273

EN COMPAGNIE
DU DIABLE

TESS GERRITSEN

EN COMPAGNIE DU DIABLE

*Traduit de l'anglais (États-Unis)
par Philippe Safavi*

PRESSES DE LA CITÉ

Titre original :
THE MEPHISTO CLUB

Déjà paru aux éditions France Loisirs sous le titre *Méphisto Club*
et aux Presses de la Cité sous le titre *Le Cercle du Mal*.

Pocket, une marque d'Univers Poche,
est un éditeur qui s'engage pour la préservation
de son environnement et qui utilise du papier fabriqué
à partir de bois provenant de forêts gérées
de manière responsable.

© Tess Gerritsen, 2006
Édition originale : Ballantine Books, New York

place
des
éditeurs,
© Presses de la Cité, un département de
2009 pour la traduction française, 2010 pour la présente édition
ISBN : 978-2-266-20864-2

À Neil et Mary

Extermine en même temps toutes les âmes
adonnées à de coupables jeux ;
extermine les rejetons des Vigilants,
assez et trop longtemps
ils ont tyrannisé le genre humain.

Le Livre d'Enoch,
chapitre 10, verset 18
(texte juif, IIe siècle avant notre ère)

1

On aurait dit la famille idéale.

Ainsi pensait l'adolescent debout devant la fosse funéraire creusée pour son père, tout en écoutant le prêtre débiter des extraits de sa bible. Ils n'étaient pas nombreux à s'être réunis par cette chaude journée de juin pour assister à l'enterrement de Montague Saul, à peine une douzaine, et bon nombre d'entre eux venaient tout juste de lui être présentés. Il avait passé les six derniers mois en pension et voyait certains d'entre eux pour la première fois. La plupart lui étaient totalement indifférents.

En revanche, la famille de son oncle l'intriguait au plus haut point. Elle méritait d'être étudiée de plus près.

Le Dr Peter Saul ressemblait beaucoup à son défunt frère : mince, l'air intello, des lunettes de hibou et des cheveux châtains qui se clairsemaient, prélude à une inexorable calvitie. Sa femme Amy avait un visage rond et doux. Elle lançait sans cesse des regards inquiets vers son neveu de quinze ans, semblant brûler d'envie de le serrer dans ses bras pour le consoler. Leur fils Teddy, dix ans, était un petit clone maigrelet de Peter Saul, jusqu'aux lunettes de hibou.

Puis il y avait la fille. Lily. Seize ans.

La chaleur moite plaquait contre son visage les petites mèches qui s'étaient échappées de sa queue de cheval. Elle paraissait mal à l'aise dans sa robe noire et se dandinait nerveusement d'un pied sur l'autre, telle une jeune pouliche prête à bondir. Il était évident qu'elle aurait préféré être n'importe où plutôt que dans ce cimetière, à chasser les insectes de devant son visage.

Ils paraissent tellement normaux, tellement comme tout le monde. Tellement différents de moi.

Puis le regard de Lily croisa le sien et il ressentit un frisson de surprise. Au cours de ce bref instant, ce fut comme si elle avait atteint les recoins les plus sombres de son cerveau, sondant tous les lieux secrets que personne n'avait jamais vus. Qu'il n'avait encore jamais laissé voir.

Troublé, il détourna les yeux, préférant se concentrer sur les autres personnes autour de la fosse : la femme de ménage de son père, deux voisins, et de simples connaissances venues par bienséance plutôt que par affection. Pour eux, Montague Saul n'était qu'un chercheur discret rentré depuis peu de Chypre, un érudit qui passait ses journées le nez plongé dans ses livres, ses cartes et ses petits bouts de poterie. Ils ne le connaissaient pas vraiment, pas plus qu'ils ne savaient qui était son fils.

L'oraison funèbre s'acheva enfin et ils se rapprochèrent tous du garçon, telle une amibe s'apprêtant à engloutir sa proie, pour lui dire à quel point ils compatissaient à son deuil. Une telle tragédie alors qu'ils venaient tout juste de rentrer aux États-Unis !

Le prêtre déclara :

— Au moins, tu n'es pas seul. Tu as une famille qui s'occupera de toi.

Une famille ? Oui, je suppose que ces gens sont ma famille.

Le petit Teddy s'approcha timidement, poussé par sa mère.

— Tu vas être mon frère, maintenant.

— Ah oui ?

— Maman a préparé ta chambre. Elle est juste à côté de la mienne.

— Mais non, je reste ici. Dans la maison de mon père.

Perplcxe, le petit garçon se tourna vers sa mère.

— Il ne vient pas habiter à la maison avec nous ?

Amy Saul intervint rapidement :

— Tu ne peux pas vivre tout seul, mon chéri. Tu n'as que quinze ans. Si ça se trouve, tu te plairas tellement à Purity que tu décideras de rester définitivement avec nous.

— Mon école se trouve dans le Connecticut.

— Je sais, mais l'année scolaire est terminée. En septembre, tu retourneras en pension si tu veux mais, cet été, viens vivre avec nous.

— Je ne serai pas tout seul ici. Ma mère va venir.

Il y eut un long silence durant lequel Amy et Peter échangèrent un regard. L'adolescent devinait aisément ce qu'ils pensaient : *Sa mère l'a abandonné il y a des années.*

— Elle va venir me chercher, insista-t-il.

Son oncle lui sourit d'un air indulgent.

— On en reparlera plus tard, mon garçon.

Cette nuit-là, étendu sur son lit dans la maison de son père, il entendit son oncle et sa tante discuter à voix basse au rez-de-chaussée. Ils se tenaient dans le bureau où Montague Saul s'était enfermé au cours des derniers mois pour traduire laborieusement ses petits fragments fragiles de papyrus. Ce même bureau où, cinq jours plus tôt, il s'était écroulé sur sa table, terrassé par un infarctus. Ces gens n'étaient pas à leur place parmi les précieux objets et documents de son père. Ils étaient des envahisseurs.

— Ce n'est encore qu'un enfant, Peter. Il a besoin d'une famille.

— On ne peut pas l'emmener de force avec nous à Purity s'il n'en a pas envie.

— À quinze ans, on ne décide pas. C'est aux adultes de prendre les décisions pour lui.

Le garçon se leva du lit, sortit de sa chambre à pas de loup et descendit quelques marches de l'escalier pour mieux les entendre.

— Honnêtement, Peter, combien d'adultes a-t-il connus ? Ton frère ne compte pas vraiment. Il était tellement obnubilé par ses momies qu'il n'a probablement jamais remarqué le gamin.

— Tu es injuste, Amy. Mon frère était un type bien.

— Je ne dis pas le contraire, mais il vivait sur une autre planète. Quel genre de femme a pu vouloir faire un enfant avec lui ? En plus, elle le plaque en le lui laissant à élever… Comment peut-on être aussi irresponsable ?

— Monty ne s'en est pas mal sorti, avec son fils. Le gamin a d'excellents résultats à l'école…

— C'est à ça que tu reconnais un bon père ? Au fait que son fils a de bonnes notes ?

— Il m'a l'air d'être un jeune homme très équilibré. Tu as vu comme il a bien tenu le coup pendant l'enterrement ?

— Il est tétanisé, Peter. Tu l'as vu exprimer la moindre émotion aujourd'hui ?

— Monty était comme ça, lui aussi.

— Insensible ?

— Non, intellectuel. Logique.

— Pourtant, derrière cette façade ce garçon doit être fou de douleur. J'en ai les larmes aux yeux quand je pense à quel point sa mère doit lui manquer. C'est affreux de l'entendre répéter qu'elle va venir le chercher alors qu'on sait pertinemment que ça n'arrivera jamais.

— En fait, on n'en sait rien.

— On ne la connaît même pas ! Monty nous a simplement écrit du Caire un beau jour pour nous annoncer qu'il avait un fils. Pour ce qu'on en sait, il aurait pu l'avoir trouvé dans un panier coincé dans les roseaux, comme Moïse !

Le plancher craqua au-dessus du garçon et il releva la tête. Depuis le palier, sa cousine Lily l'observait entre les barreaux de la rampe. Elle l'étudiait comme une créature exotique qu'elle n'aurait encore jamais vue, l'air de se demander s'il représentait un danger ou pas.

Tante Amy s'exclama :

— Oh ! Tu es debout !

Son oncle et sa tante étaient sortis du bureau et se tenaient au pied de l'escalier, consternés à l'idée qu'il ait pu surprendre leur conversation.

— Quelque chose ne va pas, mon chéri ?

— Non, tante Amy.

— Il est tard. Tu devrais remonter te coucher.

Il ne bougea pas. Il se demandait à quoi cela ressemblerait de vivre avec ces gens. Ce qu'ils pourraient lui apprendre. Cela rendrait son été intéressant... en attendant que sa mère vienne le chercher.

— Tante Amy, j'ai pris ma décision.

— À quel sujet ?

— Pour cet été. L'endroit où j'ai envie de le passer.

Elle supposa aussitôt le pire.

— Rien ne presse, tu as tout le temps d'y réfléchir. Nous avons une très jolie maison au bord du lac. Tu auras ta propre chambre. Viens au moins quelques jours avant de décider...

— Mais justement, j'ai décidé de venir chez vous.

Elle marqua un temps d'arrêt, prise de court. Puis son visage s'illumina et elle grimpa les marches quatre à quatre pour le prendre dans ses bras. Elle sentait le savon à l'amande douce et le shampooing à la pomme verte. Elle était tellement ordinaire... Son oncle donna une tape sur l'épaule de l'adolescent, un grand sourire aux lèvres, sa manière d'accueillir un nouveau fils. Leur bonheur était poisseux comme de la barbe à papa, l'engluant dans leur univers d'amour, de lumière et de rires.

— Les enfants seront tellement contents quand on leur annoncera que tu rentres avec nous !

Il lança un regard vers le palier. Lily avait disparu. Ses parents n'avaient rien vu.

Celle-là, il va falloir que je la tienne à l'œil. Parce que, elle, elle me surveille déjà.

— Désormais, tu fais partie de notre famille, annonça Amy.

Tandis qu'ils remontaient l'escalier bras dessus bras dessous, elle lui raconta tous ses projets pour l'été. Tous les endroits où ils l'emmèneraient, tous les petits plats qu'elle lui mitonnerait. Elle semblait heureuse, euphorique, comme une mère avec son nouveau-né.

Amy Saul n'avait pas idée de ce qu'elle s'apprêtait à introduire chez elle.

2

Douze ans plus tard.

C'était peut-être une erreur.

Maura Isles s'arrêta sur le parvis de Notre-Dame-de-la-Divine-Lumière, hésitante. Les paroissiens étaient déjà entrés et elle se tenait seule dans la nuit, tête nue sous la neige. À l'intérieur, l'organiste entama *Adeste fideles*. Cela voulait dire que tout le monde était déjà assis. Si elle devait se joindre aux fidèles, c'était maintenant ou jamais.

Elle n'était pas vraiment à sa place dans la communauté de croyants assis dans cette église mais la musique l'appelait, tout comme la promesse de chaleur et le réconfort des rituels familiers. Ici, dehors, dans cette rue sombre, elle était seule. Seule, un soir de Noël.

Elle monta les marches, entra.

Malgré l'heure tardive, les bancs étaient pleins de familles et d'enfants somnolents tirés de leur lit pour la messe de minuit. L'entrée tardive de Maura attira quelques regards. Alors que résonnaient les derniers accords d'*Adeste fideles*, elle se glissa sur la première place vacante qu'elle aperçut, vers le fond de l'église. Presque aussitôt, elle dut se lever à nouveau avec le reste de la congrégation pour le premier chant. Le père

Daniel Brophy s'approcha de l'autel et fit le signe de la croix.

— Que la grâce et la paix de Dieu notre père et de Jésus-Christ soient avec vous.

— Et avec votre esprit.

Elle avait murmuré avec les autres. Même après toutes ces années loin de l'Église, les réponses franchissaient naturellement ses lèvres, imprimées en elle par tous les dimanches de son enfance.

— Seigneur, prends pitié. Christ, prends pitié. Seigneur, prends pitié.

Daniel ignorait sa présence dans l'assemblée mais elle ne voyait que lui. Ses cheveux bruns, ses gestes gracieux, sa belle voix de baryton. Ce soir, elle pouvait le regarder sans honte, sans gêne. Ce soir, le dévisager était permis.

— Apporte-nous la joie éternelle dans le Royaume des cieux, où le Dieu éternel vit et règne avec Toi et le Saint-Esprit pour l'éternité.

Maura se rassit dans un brouhaha de toussotements étouffés et de gémissements d'enfants fatigués. Sur l'autel, la flamme vacillante des cierges célébrait la lumière et l'espoir en cette nuit d'hiver.

Daniel commença sa lecture :

— « Et l'ange leur dit : "Ne craignez point, car je vous annonce une nouvelle qui sera pour tout le peuple une grande joie…" »

Saint Luc, reconnut Maura. *Luc, le médecin.*

— « "Et voici ce qui en sera le signe : vous trouverez un nouveau-né emmailloté et couché dans…" »

Il s'interrompit, venant d'apercevoir Maura dans l'assistance.

C'est donc si surprenant de me voir ici, Daniel ?

Il s'éclaircit la gorge, baissa les yeux vers ses notes, reprit :

— « "Vous trouverez un nouveau-né emmailloté et couché dans une crèche…" »

Après cet incident, il évita de regarder dans sa direction. Leurs regards ne se croisèrent pas durant le *Cantate Domino*, ni pendant le *Dies Sanctificatus*, pas plus qu'au cours de l'offertoire ni de la liturgie de l'eucharistie. Quand les autres autour d'elle se levèrent et commencèrent à faire la queue pour recevoir la communion, elle resta à sa place. Si on ne croit pas, à quoi bon partager l'hostie et le vin ?

D'ailleurs, qu'est-ce que je fais ici ?

Pourtant, elle ne bougea pas. Elle attendit les rites de conclusion, le bénédicité, le congé.

— Allez dans la paix de Dieu.

Les paroissiens répondirent en chœur :

— Loué soit le Seigneur !

Les gens commencèrent à se diriger vers la sortie, reboutonnant leurs manteaux, enfilant leurs gants. Maura se leva à son tour. Elle se glissait vers l'allée centrale quand elle aperçut Daniel qui tentait d'attirer son attention, l'implorant en silence de ne pas partir. Elle se rassit, sentant les regards intrigués de ceux qui passaient devant son banc. Elle devinait ce qu'ils pensaient : une femme seule, cherchant le réconfort dans les paroles d'un prêtre la nuit de Noël.

Ou voyaient-ils au-delà ?

Elle évita de leur retourner leurs regards, se concentrant stoïquement sur l'autel.

Il est tard, je devrais rentrer. Rester ici ne nous apportera rien de bon.

— Bonsoir, Maura.

Elle releva les yeux vers Daniel. L'église n'était pas encore vide. L'organiste rangeait ses partitions et plusieurs membres du chœur étaient en train de se rhabiller. Toutefois, il ne semblait voir qu'elle, comme si elle avait été seule dans la salle.

— Ça fait longtemps que vous n'étiez pas venue.

— C'est vrai.

— La dernière fois, c'était en août, non ?

Alors toi aussi tu as compté les jours.

Il se glissa sur le banc à côté d'elle.

— Je ne m'attendais pas à vous voir ici ce soir.

— C'est la nuit de Noël, après tout.

— Oui, mais vous n'êtes pas croyante.

— J'aime quand même le rite, les chants.

— C'est la seule raison de votre venue ? Pour chanter quelques psaumes ? Quelques *Amen* et autres *Loué soit le Seigneur* ?

— Je voulais entendre de la musique, être entourée de gens.

— Ne me dites pas que vous êtes toute seule ce soir !

Elle émit un petit rire.

— Vous me connaissez, Daniel. Je ne suis pas vraiment une fêtarde.

— Mais je pensais que… j'aurais cru…

— Quoi ?

— Que vous seriez en bonne compagnie. Surtout ce soir.

Je suis avec quelqu'un. Toi.

Ils se turent quelques instants pendant que l'organiste descendait l'allée avec son fourre-tout chargé de partitions.

— Bonne nuit, père Brophy.

— Bonne nuit, madame Easton. Merci encore pour la musique, c'était très bien.

— Tout le plaisir était pour moi, mon père.

L'organiste lança un dernier regard curieux vers Maura et s'éloigna. Ils entendirent la porte se refermer derrière elle. Ils étaient enfin seuls.

— Alors, pourquoi avez-vous attendu aussi long-temps pour venir ? demanda-t-il.

— Bah, vous savez ce que c'est, quand on travaille avec les morts. Ils ne vous laissent pas souffler une minute. Un de nos pathologistes a dû être hospitalisé pour une opération du dos il y a quelques semaines, et il a fallu se répartir sa charge de travail. J'ai été très occupée, c'est tout.

— Vous auriez pu décrocher votre téléphone et me passer un coup de fil.

— Oui, je sais.

Il aurait pu, lui aussi. Mais il ne le ferait jamais. Daniel Brophy ne franchissait jamais la ligne jaune, ce qui était sans doute aussi bien. Elle avait déjà assez de mal à lutter contre la tentation pour eux deux.

— Et vous, comment ça va ? lui demanda-t-elle.

— Vous savez que le père Roy a eu une attaque le mois dernier ? C'est moi qui le remplace, comme aumônier de la police.

— Oui, l'inspecteur Rizzoli me l'a dit.

— J'étais sur la scène du crime de Dorchester, il y a quelques semaines. Vous savez, l'officier qui a été abattu. Je vous ai aperçue.

— Je ne vous ai pas vu. Vous auriez pu me dire bonjour.

— Vous étiez occupée. Totalement absorbée par votre travail, comme d'habitude.

Il sourit avant d'ajouter :

— Vous savez que vous pouvez avoir l'air féroce, Maura ?

Elle se mit à rire.

— C'est peut-être ça, mon problème.

— Quel problème ?

— Je fais peur aux hommes.

— Vous ne m'avez jamais fait peur.

Comment le pourrais-je ? Es-tu seulement un homme, d'abord ?

Elle lança un regard délibéré à sa montre et se leva.

— Il est tard. Je vous ai déjà retenu trop longtemps.

— Je n'ai pas grand-chose à faire.

Il la raccompagna jusqu'à la porte.

— Vous avez vos paroissiens. Et on est le soir de Noël.

— Vous remarquerez que, moi non plus, je n'ai nulle part où aller ce soir.

Elle s'arrêta pour le dévisager. Ils étaient seuls dans l'église. Une odeur de cire et d'encens flottait autour d'eux, un parfum familier qui faisait resurgir une enfance pleine d'autres Noëls, d'autres messes. Un temps où pénétrer dans une église ne provoquait pas en elle de tels émois. Elle se tourna vers la porte.

— Bonne nuit, Daniel.

Il lança derrière elle :

— Je vais devoir attendre encore quatre mois avant de vous revoir ?

— Je ne sais pas.

— Nos conversations m'ont manqué, Maura.

Elle hésita à nouveau, la main sur la porte.

— À moi aussi. C'est peut-être pourquoi nous devrions éviter d'en avoir dorénavant.

— Nous n'avons rien fait de mal.

— Pas encore.

Elle gardait le regard fixé sur le bois sculpté de la porte, le seul obstacle entre elle et la fuite.

— Maura, ne nous quittons pas comme ça. Je ne vois pas pourquoi on ne pourrait pas conserver une...

Il s'interrompit en entendant la sonnerie d'un téléphone portable. Celui de Maura. Elle le sortit de son sac. Un appel à une heure si tardive ne pouvait rien signifier de bon. Elle sentait le regard de Daniel sur elle, un regard qui la bouleversait. Elle répondit, d'une voix faussement calme :

— Docteur Isles à l'appareil.

C'était l'inspecteur Jane Rizzoli.

— Joyeux Noël ! Comment se fait-il que tu ne sois pas chez toi à cette heure-ci ? J'ai essayé ton fixe...

— Je suis allée à la messe de minuit.

— Il est déjà une heure du matin. Elle n'est toujours pas finie ?

— Si, Jane. Je m'apprêtais justement à rentrer. De quoi s'agit-il ?

Elle se doutait bien qu'on ne l'appelait pas pour prendre de ses nouvelles.

— Note l'adresse : 210, Prescott Street, East Boston. Une maison particulière. Frost et moi sommes là depuis déjà une demi-heure.

— Des détails ?

— Une victime, une jeune femme.

— Homicide ?

— Plutôt, oui.

— Tu as l'air bien sûre de toi.

— Tu comprendras sur place.

Elle raccrocha, Daniel l'observait toujours. Toutefois, le moment dangereux, celui où ils auraient pu l'un comme l'autre dire des choses qu'ils auraient regrettées plus tard, était terminé. La mort était passée par là.

— Vous devez aller travailler ?

Elle glissa le téléphone dans son sac.

— Oui, je suis de service cette nuit. N'ayant pas de famille en ville, je me suis portée volontaire.

— Cette nuit en particulier ?

— Pour moi, que ce soit Noël ne change pas grand-chose.

Elle reboutonna son col et sortit. Il la suivit dehors et la regarda marcher dans la neige fraîche jusqu'à sa voiture. Debout sur les marches, sa chasuble blanche claquant dans le vent de la nuit, il la salua d'un signe de la main.

Elle mit le moteur en marche et démarra. Il agitait toujours la main.

3

Les gyrophares bleus de trois voitures de police transperçaient le rideau de neige, annonçant à tous ceux qui approchaient : ici, un drame vient de se produire, un terrible fait divers. Le pare-chocs avant de Maura crissa contre le talus de neige glacé quand elle serra sa Lexus sur le côté pour laisser de la place aux autres véhicules. À cette heure-ci, une nuit de Noël, les seuls à s'engager dans cette rue étroite appartiendraient probablement comme elle au cortège de la Mort. Elle rassembla son courage pour affronter les heures épuisantes qui l'attendaient, ses yeux las hypnotisés par les lumières clignotantes. Ses membres étaient lourds, son esprit embué.

Secoue-toi ! C'est l'heure d'aller au turbin.

Quand elle descendit de voiture, une soudaine rafale de vent glacé acheva de la réveiller. La poudreuse se soulevait à chacun de ses pas comme un petit nuage de plumes. Bien qu'il soit une heure et demie du matin, il y avait de la lumière aux fenêtres de plusieurs des maisons modestes qui bordaient la rue. Derrière une vitre décorée au pochoir de rennes volants et d'un père Noël, elle discerna la silhouette d'un voisin intrigué tentant d'apercevoir ce qui se tramait au sein de cette nuit qui n'avait plus rien de doux ni de saint.

— Docteur Isles ?

Un vieux flic en uniforme qu'elle reconnut vaguement lui faisait signe. Lui avait l'air de bien la connaître. Tout le monde savait qui elle était.

— On dirait que vous avez tiré le gros lot ce soir, docteur.

— Je pourrais en dire autant de vous.

— Ouais, faut croire que c'est notre jour de chance. Putain de joyeux Noël !

— L'inspecteur Rizzoli est à l'intérieur ?

— Oui, Frost et elle ont déjà terminé de tout enregistrer en vidéo.

Il pointa le doigt vers un petit pavillon en forme de boîte à chaussures dont toutes les fenêtres étaient allumées. Il était coincé dans une rangée de maisons plus anciennes et délabrées.

— Ils n'attendent plus que vous.

Un bruit de violent haut-le-cœur la fit sursauter. Un peu plus loin dans la rue, une blonde se tenait pliée en deux, retenant les pans de son long manteau pour éviter de vomir dessus.

L'agent émit un petit ricanement et glissa à Maura :

— En voilà une qui se prépare une belle carrière dans la Crim ! Elle a déboulé ici comme si elle se croyait dans un épisode de *Cagney et Lacey*... distribuant des ordres à droite et à gauche. Une vraie dure à cuire ! Puis elle est entrée dans la maison et en est ressortie dare-dare. Depuis, elle n'arrête plus de gerber dans la neige.

— Je ne l'ai encore jamais vue. Elle appartient à la Crim, vous dites ?

— J'ai entendu dire qu'elle venait d'être transférée des Stups, ou des Mœurs. Le commissaire divisionnaire s'est mis en tête de féminiser le métier.

Il secoua la tête d'un air écœuré.

— Si vous voulez mon avis, elle fera pas long feu.

La jeune femme en question s'essuya les lèvres et s'approcha d'un pas incertain des marches du perron, sur lesquelles elle s'assit. L'agent lui lança :

— Hé, inspecteur ! Ça vous ennuierait de vous éloigner de la scène de crime ? Si vous devez gerber à nouveau, vaudrait mieux éviter de le faire là où ils sont en train de relever des empreintes...

Un flic plus jeune qui se tenait non loin pouffa de rire.

La blonde se releva précipitamment. La lueur crue d'un gyrophare illumina son visage mortifié.

— Je crois que je vais aller m'asseoir un instant dans ma voiture, marmonna-t-elle.

— C'est ça, bonne idée, m'dame.

Maura la regarda battre en retraite vers son véhicule, se demandant quelles horreurs l'attendaient à l'intérieur de la maison.

— Doc !

L'inspecteur Barry Frost. Il se tenait sur le perron, emmitouflé dans un anorak. Ses cheveux blonds étaient dressés sur sa tête, comme si on venait de le tirer du lit. Il avait toujours eu le teint cireux, mais le halo jaune de la lampe au-dessus de la porte d'entrée lui donnait l'air encore plus maladif que d'habitude. Elle se dirigea vers lui.

— J'ai l'impression que ce n'est pas joli joli à l'intérieur...

— En tout cas, ce n'est pas le genre de tableau qu'on s'attend à voir la nuit de Noël. J'ai dû sortir un moment prendre une bouffée d'air frais.

Elle s'arrêta au pied des marches, remarquant les nombreuses traces de pas laissées dans la neige sur le perron.

— Je peux entrer ?

— Oui, toutes ces empreintes sont celles de la police de Boston.

— Pas de traces de semelles suspectes ?

— On n'a pas trouvé grand-chose par ici.

— Quoi, l'assassin s'est envolé par la fenêtre ?

— Il semblerait qu'il ait nettoyé derrière lui. On peut encore voir les traces des coups de balai.

— On a affaire à quelqu'un de méticuleux, semble-t-il.

— Vous ne croyez pas si bien dire. Attendez de voir l'intérieur…

Elle gravit les marches puis enfila ses protège-chaussures et ses gants. De près, Frost avait l'air encore plus mal en point, les traits tirés et le teint blême. Néanmoins, il se redressa et proposa courageusement :

— Je vous accompagne ?

— Non, non, restez ici et soufflez un peu. Rizzoli me briefera.

Il acquiesça sans la regarder. Il gardait les yeux fixés sur un point au loin, avec toute la concentration d'un homme qui lutte pour ne pas rendre son dîner. Elle le laissa à son combat intérieur et poussa la porte. Elle s'était préparée au pire. Quelques minutes plus tôt, elle était arrivée épuisée, bataillant pour rester éveillée. À présent, elle sentait la tension grésiller dans ses nerfs comme de l'électricité statique.

Elle entra et s'arrêta, le cœur battant, contemplant une scène d'une banalité déconcertante. Le parquet en chêne du vestibule était usé et éraflé. De là où elle se tenait, elle voyait le séjour, meublé de bric et de broc : un vieux canapé-lit en mousse avachi, un pouf défraîchi, une bibliothèque assemblée avec des planches et des parpaings. Jusque-là, rien n'indiquait une « scène de crime ». L'horreur était encore à venir, elle le savait, cachée quelque part dans cette maison. Elle en avait vu le reflet dans les yeux de Frost et sur la face terreuse de la fliquette blonde.

Elle traversa le séjour, entra dans la salle à manger. Il y avait quatre chaises autour d'une table en sapin. Cependant, ce ne fut pas le mobilier qui attira son attention dans l'instant mais le fait que le couvert était dressé comme pour un repas en famille : un dîner pour quatre.

Une des assiettes était recouverte d'une serviette de table tachée de sang.

Elle saisit délicatement la serviette entre deux doigts et la souleva. Elle la laissa retomber aussitôt avec un mouvement de recul.

— Tu viens à peine d'arriver et tu as déjà trouvé la main gauche...

Maura sursauta et se retourna.

— Tu m'as fichu une de ces frousses !

— Tu veux voir un truc qui fout vraiment la trouille ? demanda Jane Rizzoli. Suis-moi.

Elle entraîna Maura dans un couloir. Comme Frost, Jane semblait tout juste sortie de son lit. Son pantalon à pinces était froissé, ses cheveux noirs emmêlés. En revanche, contrairement à son collègue, elle marchait d'un pas assuré, ses protège-chaussures glissant sur le parquet. De tous les inspecteurs qui se présentaient régulièrement dans la salle des autopsies, Jane était l'un des rares à s'approcher au plus près de la table et à se pencher sur les cadavres pour mieux les examiner. Maura avait du mal à la suivre, gardant le regard baissé vers les gouttes de sang au sol.

— Attention, marche de ce côté-ci. On a trouvé quelques traces indistinctes de pas, allant dans les deux directions. Une chaussure de sport quelconque.

Elles sont pratiquement sèches à présent, mais je ne veux pas qu'on risque d'effacer quoi que ce soit.

— Qui vous a prévenus ?

— Quelqu'un a composé le numéro d'urgence de la police. Juste après minuit.

— D'où venait l'appel ?

— D'ici, de la maison.

Maura se tourna vers elle.

— La victime ? Elle a appelé à l'aide ?

— Il n'y avait personne au bout de la ligne. On a juste composé le numéro puis laissé le téléphone décroché. La première patrouille est arrivée dix minutes après l'appel. L'agent a trouvé la porte ouverte, est entré dans la chambre... et a pété un plomb.

Jane s'arrêta sur le seuil d'une pièce et lança un regard d'avertissement à Maura par-dessus son épaule.

— C'est ici que ça se corse.

Comme si la main coupée ne suffisait pas.

Jane s'effaça pour la laisser regarder dans la chambre. Maura n'aperçut pas la victime, elle ne vit que du sang. Un corps humain en contient en moyenne cinq litres. Le même volume en peinture rouge projeté dans une petite pièce suffirait amplement à éclabousser les moindres surfaces. Partout où son regard se posait, de longues gerbes rouge vif zébraient les murs blancs tels de grands serpentins lancés par-dessus les meubles et le lit.

— C'est du sang artériel, annonça Rizzoli.

Maura se contenta d'acquiescer, silencieuse. Son regard suivait les arcs tracés par les giclures, lisant l'histoire d'épouvante écrite en rouge sur ces murs. Quand elle était en quatrième année de médecine, alors qu'elle effectuait un stage aux urgences, elle avait vu un homme atteint d'une balle se vider de son sang sur la table d'opération. Sa tension déclinant à vue d'œil, l'interne de service, à court d'idées, avait pratiqué une laparotomie pour tenter d'endiguer l'hémorragie interne. Il avait ouvert le ventre, libérant un geyser de sang artériel qui avait éclaboussé le visage et les blouses des urgentistes. Dans les ultimes secondes frénétiques, tandis qu'ils tentaient de comprimer le vaisseau sectionné avec des compresses stériles, Maura était restée hypnotisée par le sang, son rouge brillant, son odeur de viande. Enfonçant sa main dans l'abdomen ouvert pour récupérer un rétracteur, elle avait senti sa chaleur traverser sa manche, aussi apaisante qu'un bain. Ce jour-là, dans le bloc opératoire, elle avait appris que même une faible tension artérielle pouvait engendrer un jet de sang alarmant.

À présent, contemplant les murs de cette chambre, c'était à nouveau le sang qui accaparait toute son attention : il lui racontait les dernières secondes de vie de la victime.

Quand la première entaille a été faite, le cœur de la victime battait toujours, générant une pression du sang dans les artères...

Là, au-dessus du lit, la première giclée avait tracé un grand arc haut sur le mur. Après quelques palpitations vigoureuses, les arcs suivants s'étaient raccourcis. Le corps avait cherché à compenser la tension en chute libre, les artères s'étaient refermées, le pouls s'était accéléré. Néanmoins, à chaque nouveau battement le corps s'était vidé un peu plus, accélérant sa propre fin. Quand, finalement, la tension s'était estompée et que le cœur s'était arrêté, le sang n'avait plus jailli mais s'était écoulé en un petit filet. C'était la mort que Maura lisait ici, sur les murs et sur le lit.

Son regard s'arrêta soudain sur un détail qu'elle avait failli rater au milieu de toutes ces éclaboussures.

Un détail qui hérissa tous les poils sur sa peau. Sur un des murs, dessinées avec du sang, se trouvaient trois croix inversées :

†††

Et au-dessous, un gribouillis énigmatique :

Elle lança un regard perplexe à Jane.

— Qu'est-ce que ça veut dire ?

— Aucune idée. On essaie de le déchiffrer.

Maura ne parvenait pas à arracher son regard des signes. Elle déglutit péniblement avant de demander :

— À quoi a-t-on affaire, au juste ?

— Tu n'as encore rien vu.

Jane contourna le lit et pointa un doigt vers le sol.

— La victime est là. Enfin, ce qu'il en reste.

Maura la rejoignit. La femme entra alors dans son champ de vision. Elle était étendue nue sur le dos. L'exsanguination avait décoloré sa peau jusqu'à lui donner un aspect d'albâtre. Maura se souvint soudain d'une des salles du British Museum où étaient exposés des dizaines de fragments de statues romaines. L'usure des siècles avait ébréché le marbre, fendu des cous, cassé des bras, ne laissant pas grand-chose de plus que des torses anonymes. C'était ce qu'elle voyait à présent, gisant sur le plancher.

Une vénus brisée, sans tête.

— Apparemment, il l'a tuée ici, sur le lit, expliqua Jane. Ça explique les giclées sur ce mur-ci et tout le sang sur le matelas. Ensuite, il l'a traînée sur le parquet, peut-être parce qu'il lui fallait une surface plus dure pour achever de la découper.

Jane soupira et se détourna, comme si elle avait atteint sa limite et ne pouvait regarder le cadavre plus longtemps.

— Tu as dit que la première patrouille est arrivée dix minutes après l'appel d'urgence… fit Maura.

— Oui, c'est bien ça.

— Pratiquer les amputations et lui couper la tête a demandé plus de temps que ça.

— Oui, c'est ce qu'on s'est dit. Donc, pour répondre à ta question de tout à l'heure, je ne crois pas que ce soit la victime qui ait téléphoné.

Le parquet craqua, les faisant se retourner. Barry Frost se tenait sur le seuil. Il ne semblait pas avoir très envie d'entrer à nouveau dans la chambre.

— L'équipe scientifique est arrivée, annonça-t-il.

— Dis-leur d'entrer, répondit Jane. Tu n'as pas l'air dans ton assiette…

— Je trouve que je tiens plutôt bien le coup, vu les circonstances.

— Comment va Kassovitz ? Elle a fini de gerber ? On aurait bien besoin d'un peu d'aide, ici.

Frost secoua la tête.

— Elle est toujours assise dans sa voiture. Je ne crois pas que ses tripes soient encore prêtes pour cette affaire-ci. Je vais chercher les techniciens.

Jane lança derrière lui :

— Dis-lui de se ressaisir, bordel ! Je déteste quand une collègue me laisse tomber. Ça donne une mauvaise image de nous, les femmes…

Maura se tourna à nouveau vers le torse.

31

— Vous avez retrouvé...

— Les autres morceaux ? acheva Jane. Oui. Tu as déjà vu la main gauche. Le bras droit est dans la baignoire. Bon, je crois qu'il est temps que je te montre la cuisine...

— Allons bon. Qu'est-ce qu'il y a de plus, là-bas ?

— Des surprises.

En se tournant pour la suivre dans le couloir, Maura aperçut son reflet dans le miroir de la chambre. Elle avait les yeux tirés et la neige fondue avait alourdi ses cheveux noirs, qui pendaient mollement. Toutefois, ce ne fut pas sa triste mine qui la fit se figer. Elle chuchota :

— Jane ! Regarde !

— Quoi ?

— Là, dans le miroir. Les signes.

Elle se tourna à nouveau vers le mur pour regarder le gribouillis.

— Tu ne vois pas ? C'est une image inversée. Ce ne sont pas des symboles mais des lettres, censées être lues à travers le miroir.

Jane regarda le mur, puis le miroir.

— C'est un mot, ça ?

— Oui. *Peccavi*.

— Même à l'envers, je ne comprends toujours pas ce que...

— C'est du latin, Jane.

— D'accord. Et ça signifie ?

— « J'ai péché ».

Les deux femmes se regardèrent un instant sans rien dire. Puis Jane éclata soudain de rire.

— Tu parles d'une confession ! Tu crois que quelques *Je vous salue, Marie* suffiront à effacer ce péché-là ?

— Le sujet n'est peut-être pas l'assassin mais sa victime. « J'ai péché ».

— Une punition ? dit Jane. Ou une vengeance…

— C'est un mobile possible. Elle a fait quelque chose qui a provoqué la colère de l'assassin. Elle a péché contre lui. Il l'a châtiée.

Jane inspira profondément.

— Bon, viens voir la cuisine maintenant.

Elle entraîna Maura dans le couloir. Sur le seuil de la cuisine, elle se tourna vers elle. Maura s'était figée, abasourdie au point d'en rester sans voix.

Un grand cercle avait été tracé sur les dalles du sol avec ce qui semblait être de la craie rouge. Tout autour de sa circonférence, cinq bougies noires avaient fondu, laissant des pâtés de cire. Au centre du cercle, orientée de façon que les yeux regardent vers la porte, se trouvait la tête de la victime.

Un cercle, cinq bougies noires.

C'est un sacrifice rituel.

— Après ça, je suis censée rentrer à la maison et retrouver ma petite fille, soupira Jane. Demain matin, on va tous s'asseoir autour du sapin, ouvrir les cadeaux et faire comme si la paix régnait sur terre. Mais moi, je penserai toujours à cette… chose… me regardant dans le blanc des yeux. Merci, papa Noël !

Maura se ressaisit.

— Vous l'avez identifiée ?

— On n'a pas rameuté ses amis et ses voisins pour leur demander s'ils la reconnaissaient. Tu imagines : « Dites, cette tête, là, sur le sol de la cuisine, ça vous dit quelque chose ? » Néanmoins, d'après la photo de son permis de conduire, il s'agirait de Lori-Ann Tucker. Vingt-huit ans. Cheveux châtains, yeux marron.

Jane émit un petit rire nerveux avant d'ajouter :

— Je suppose que si tu rassembles toutes les parties du corps, ça correspondra à Mlle Tucker.

— Qu'est-ce que vous savez sur elle ?

— On a trouvé le reçu d'un chèque de salaire dans son sac. Elle travaille au musée des Sciences. On ignore ce qu'elle y fait exactement, mais à en juger par la maison et le mobilier, dit-elle en lançant un regard vers le séjour, ça ne doit pas être dans les hautes sphères...

Des voix et des bruits de pas. L'équipe scientifique venait d'entrer dans la maison. Jane se redressa aussitôt pour les accueillir avec un semblant d'aplomb, redevenant l'inébranlable et célébrissime inspecteur Rizzoli. Tandis que Frost et deux criminologues pénétraient précautionneusement dans la cuisine, elle leur lança :

— Salut, les gars, vous allez en avoir pour votre argent, ce coup-là !

— Seigneur ! souffla l'un des hommes. Où est le reste du corps ?

— Il y en a un peu dans toutes les pièces. Vous feriez mieux de commencer par...

Elle s'interrompit soudain, tous les sens en alerte.

Le téléphone posé sur la table de la cuisine sonnait.

Frost était celui qui se tenait le plus près. Il interrogea Rizzoli du regard.

— Qu'est-ce que je fais ?

— Réponds.

Frost décrocha délicatement le combiné du bout de ses doigts gantés.

— Allô ?... Allô ?

Au bout d'un moment, il le reposa.

— On a raccroché.

— Le numéro de l'appelant s'est affiché ?

Frost pressa le bouton de l'historique des appels.

— Un numéro à Boston...

Jane sortit son portable et lut le numéro sur l'écran du téléphone fixe.

— Je rappelle.

Elle composa le numéro, attendit un bon moment, raccrocha.

— Ça ne répond pas.

— Je vais vérifier si ce numéro a déjà appelé plus tôt, déclara Frost.

Il fit défiler tous les numéros entrants et sortants inscrits dans l'historique.

— On a un appel depuis cette ligne au numéro d'urgence à minuit dix.

— Notre assassin, annonçant son œuvre.

— Il y a eu un autre appel, juste avant. À un numéro à Cambridge. À minuit cinq.

— L'assassin aurait passé deux appels depuis cette ligne ?

— Si c'est bien lui qui a appelé.

Jane contempla le téléphone.

— Voyons... Il se tient ici dans la cuisine. Il vient de la tuer et de la découper en morceaux. Il lui a tranché la main, le bras. Il a déposé sa tête ici sur le sol. Pourquoi appellerait-il quelqu'un ? Pour se vanter de ce qu'il vient de faire ? Et qui appellerait-il ?

— Essayez le second numéro, suggéra Maura.

Jane reprit son portable et composa cette fois le numéro à Cambridge.

— Ça sonne... Je tombe sur un répondeur...

Elle écarquilla les yeux et se tourna brusquement vers Maura.

— Tu ne devineras jamais à qui appartient ce numéro !

— Qui ?

Jane raccrocha, recomposa le même numéro et tendit son portable à Maura, le tout sans dire un mot.

Maura attendit quatre sonneries, puis un répondeur se déclencha. Une voix enregistrée retentit, aussitôt familière, lui glaçant le sang :

« Vous êtes chez le Dr Joyce P. O'Donnell. Je ne suis pas disponible actuellement, mais laissez-moi un message et je vous rappellerai. »

Maura raccrocha et croisa le regard de Jane, aussi ahuri que le sien.

— Pourquoi l'assassin appellerait-il Joyce O'Donnell ?

— Vous plaisantez ! s'exclama Frost. C'est son numéro ?

— C'est qui ? demanda un des criminologues.

Jane se tourna vers lui.

— Un vampire. Joyce O'Donnell est un vampire.

4

Ce n'était pas là que Jane aurait aimé être, en ce matin de Noël.

Frost et elle étaient assis dans sa Subaru garée dans Battle Street, observant la grande demeure coloniale blanche. La dernière fois qu'elle était entrée dans cette maison, c'était l'été, et le jardin côté rue était impeccablement entretenu. À présent, au cœur de l'hiver, elle était de nouveau impressionnée par le raffinement des moindres détails, les moulures gris ardoise autour des fenêtres, la belle couronne de houx accrochée sur la porte d'entrée. La grille en fer forgé était décorée de branches de sapin et de rubans rouges. Derrière l'une des grandes fenêtres de la façade, on apercevait un sapin de Noël rutilant de décorations. Elle était surprise. Même les suceurs de sang fêtaient Noël !

Frost proposa :

— Si tu n'as pas envie de le faire, je peux aller lui parler.

— Quoi, tu penses que je ne serai pas à la hauteur ?

— Ça ne doit pas être évident pour toi…

— Ce qui ne sera pas évident, ce sera de ne pas l'étrangler.

— Tu vois ? C'est exactement ce que je voulais dire. Ton sale caractère va tout faire capoter. Vous avez des antécédents, toutes les deux. Tu ne peux pas rester neutre.

— Qui, sachant ce qu'elle est, pourrait rester neutre ?

— Rizzoli, elle fait juste son boulot, elle est payée pour ça.

— Les putes aussi.

Sauf que les putes ne faisaient de mal à personne. Jane observait toujours la maison de Joyce O'Donnell, une maison payée avec le sang de victimes de meurtres. Les putes n'entraient pas d'un pas guilleret dans les salles de tribunal en tailleur Yves Saint Laurent pour passer à la barre des témoins et défendre des bouchers.

— Tout ce que je veux dire, c'est « garde ton calme », d'accord ? On n'est pas obligés de l'aimer, mais on ne peut pas se permettre de se la mettre à dos.

— Parce que tu crois que c'est mon plan ?

— Regarde-toi, tu as déjà toutes tes griffes dehors.

— C'est uniquement une mesure d'autodéfense.

Jane ouvrit sa portière avant d'ajouter :

— Parce que je sais que cette garce va essayer de me planter les siennes dans la peau.

En descendant de voiture, elle s'enfonça dans la neige jusqu'à mi-mollets mais sentit à peine la morsure du froid traverser ses chaussettes. Un sentiment plus glaçant encore l'habitait. Elle était entièrement concentrée sur l'entretien qu'elle s'apprêtait à avoir avec une femme qui ne connaissait que trop bien ses peurs secrètes. Et savait les exploiter.

Frost ouvrit la grille et ils remontèrent l'allée déblayée. Jane s'efforçait tellement de ne pas glisser sur les dalles verglacées que, quand elle atteignit les marches du perron, elle se sentait déjà déstabilisée et le pas incertain. Ce n'était pas le meilleur état mental pour affronter Joyce O'Donnell. Pour ne rien arranger, cette dernière vint leur ouvrir en personne, toujours aussi élégante, cheveux blonds coupés au carré, corsage rose et ample pantalon kaki impeccablement coupés pour mettre en valeur sa silhouette athlétique. Jane, dans son vieux tailleur-pantalon noir aux revers trempés de neige, se sentit comme un mendiant à la porte du manoir.

C'est exactement la sensation qu'elle cherche à me donner.

O'Donnell les salua froidement d'un signe de tête.

— Inspecteurs.

Elle ne s'effaça pas immédiatement, marquant une longue pause pour bien leur faire comprendre qu'ici, sur son territoire, c'était elle qui commandait.

— On peut entrer ? demanda enfin Jane.

Naturellement, elle savait déjà que l'autre ne pouvait refuser. La partie venait de commencer.

D'un geste vague de la main, O'Donnell leur fit signe de passer.

— Ce n'est pas vraiment comme ça que je comptais passer le jour de Noël…

— Nous non plus, répliqua Jane. Et je parierais que la victime avait d'autres projets, elle aussi.

Tout en les conduisant vers le salon, O'Donnell expliqua :

— Comme je vous l'ai déjà dit, l'enregistrement a été effacé. Vous pouvez écouter mon répondeur mais il n'y a rien à entendre.

Peu de choses avaient changé depuis la dernière visite de Jane. Elle vit les mêmes tableaux abstraits aux murs, les mêmes tapis d'Orient aux couleurs profondes sur le sol. La seule nouveauté était le sapin de Noël. Ceux de l'enfance de Jane avaient été décorés au petit bonheur, leurs branches alourdies par un assortiment dépareillé d'ornements suffisamment robustes pour avoir survécu aux Noëls précédents. Le tout recouvert de cascades de guirlandes argentées... un vrai Niagara. Jane les appelait ses « sapins de Las Vegas ».

Il n'y avait pas une seule guirlande sur l'arbre d'O'Donnell. Le clinquant n'était pas le genre de la maison. Le sien était orné de prismes en cristal et de larmes en argent qui reflétaient le soleil hivernal en projetant sur les murs des éclats de lumière dansants.

Même son putain de sapin me fait me sentir minable !

O'Donnell se dirigea vers son répondeur téléphonique et appuya sur la touche des messages.

— Voilà tout ce que j'ai.

Une voix numérique annonça : « Vous n'avez aucun nouveau message. »

Elle releva les yeux vers Jane.

— Malheureusement, le message qui vous intéresse n'existe plus. En rentrant chez moi hier soir, j'ai écouté tous mes messages en les effaçant au fur et à mesure. Quand je suis arrivée au vôtre, me demandant de conserver l'enregistrement, il était trop tard.

— Combien de messages aviez-vous ?

— Quatre. Le vôtre était le dernier.

— L'appel qui nous intéresse a été passé à minuit cinq.

— En effet, le numéro entrant est toujours là, dans le registre électronique.

O'Donnell appuya sur une autre touche, faisant remonter l'historique à l'appel de minuit cinq.

— La personne qui m'a appelée n'a rien dit. Il n'y avait aucun message.

— Qu'avez-vous entendu ?

— Rien, je viens de vous le dire.

— Pas de bruits de fond ? Une télé ? De la circulation ?

— Pas même un souffle humain. Juste quelques secondes de silence puis le clic quand on a raccroché. C'est pourquoi je l'ai effacé aussitôt.

— Le numéro entrant vous dit quelque chose ? demanda Frost.

— Il devrait ?

— C'est la question qu'on vous pose, dit Jane.

Le mordant dans sa voix était palpable.

O'Donnell soutint son regard, et Jane lut dans ses yeux une lueur de dédain.

Comme si je n'étais même pas digne de son attention.

— Non, répondit enfin O'Donnell. Je ne reconnais pas ce numéro.

— Connaissez-vous une certaine Lori-Ann Tucker ?

— Non, qui est-ce ?

— Elle a été assassinée chez elle hier soir. Cet appel a été passé depuis son téléphone.

O'Donnell marqua un temps d'arrêt, puis déclara :

— Elle s'est peut-être trompée de numéro.

— Ça m'étonnerait. Je crois que cet appel vous était destiné.

— Dans ce cas, pourquoi n'a-t-elle rien dit ? À mon avis, en entendant l'enregistrement de mon répondeur, elle s'est rendu compte qu'elle avait fait un faux numéro et a raccroché.

— Je doute que ce soit la victime qui vous ait appelée.

Cette fois, O'Donnell marqua un temps d'arrêt plus long.

— Je vois, dit-elle enfin.

Elle s'approcha d'un fauteuil et s'assit, mais pas parce qu'elle était ébranlée. Elle paraissait toujours aussi imperturbable, telle une impératrice sur son trône tenant cour.

— Ce serait l'assassin qui m'aurait appelée ?

— Cette possibilité n'a pas l'air de vous inquiéter.

— Je ne vois pas en quoi cela devrait m'inquiéter. Je ne connais rien de cette affaire. Pourquoi ne m'en dites-vous pas un peu plus ?

Elle leur indiqua le canapé, son premier geste d'hospitalité depuis leur arrivée.

Forcément, maintenant qu'on a quelque chose d'intéressant à lui offrir ! Elle a senti le sang frais. C'est de ça qu'elle se nourrit.

Le canapé était d'un blanc immaculé. Frost hésita un instant avant de s'asseoir, semblant craindre de le tacher. Jane, elle, n'eut pas tant de scrupules et s'assit avec son pantalon humide, fixant O'Donnell.

— La victime est une jeune femme de vingt-huit ans. Elle a été tuée hier soir, autour de minuit.

— Des suspects ?

— Nous n'avons encore arrêté personne.

— Donc, vous n'avez aucune idée de l'identité du meurtrier.

— J'ai juste dit que nous n'avions encore arrêté personne. Nous suivons des pistes.

— Et j'en suis une.

— Quelqu'un vous a appelée depuis la maison de la victime. Ce pourrait fort bien être l'assassin.

— Mais pourquoi voudrait-il me parler ? En supposant que ce soit bien un homme.

Jane se pencha en avant.

— Nous savons toutes les deux pourquoi, docteur. C'est votre métier. Vous avez sûrement un joli petit fan-club, avec tous ces assassins qui vous considèrent comme leur amie. Vous êtes célèbre parmi la clique des tueurs psychopathes. Vous êtes la psy qui parle aux monstres.

— J'essaie de les comprendre, c'est tout. Je les étudie…

— Vous les défendez.

— Je suis neuropsychiatre. Je suis beaucoup plus qualifiée pour témoigner devant un tribunal que la plupart des témoins. Tous les meurtriers ne sont pas forcément à leur place en prison. Certains sont gravement malades.

— Oui, on connaît votre théorie. On tape sur la tête d'un gamin, on bousille ses lobes temporaux et il est absous de toutes les atrocités qu'il commettra par la suite. Il peut assassiner une femme, la découper en morceaux, vous le défendrez quand même devant le tribunal.

— C'est ce qui est arrivé à la victime ? Elle a été coupée en morceaux ?

L'expression d'O'Donnell était soudain devenue d'une vivacité troublante, ses yeux brillants et sauvages.

— Pourquoi cette question ?

— J'aimerais juste le savoir.

— Curiosité professionnelle ?

O'Donnell s'enfonça dans son fauteuil.

— Inspecteur Rizzoli, j'ai eu des entretiens avec beaucoup de tueurs. Au fil des ans, j'ai collecté un grand nombre de données sur leurs motivations, leurs méthodes et leurs schémas mentaux. Alors, oui, on peut dire qu'il s'agit de curiosité professionnelle…

Elle marqua une pause, puis :

— Démembrer sa victime n'est pas si rare, surtout quand cela permet de se débarrasser du corps plus facilement.

— Ce n'était pas le cas dans notre affaire.

43

— Vous en êtes sûrs ?

— C'est assez clair.

— A-t-il laissé intentionnellement les parties du corps derrière lui ? Les a-t-il mises en scène ?

— Pourquoi ? Vous avez des petits copains psychopathes branchés dans ce genre de truc ? Vous n'auriez pas quelques noms à nous communiquer ? Ils vous écrivent, n'est-ce pas ? Votre nom circule dans les prisons. Le docteur qui aime entendre tous les détails…

— S'ils m'écrivent, c'est généralement anonymement. Ils ne me donnent pas leur nom.

— Mais vous recevez des lettres.

— Des gens me contactent.

— Des tueurs.

— Ou des affabulateurs. Il m'est impossible de déterminer s'ils disent la vérité ou pas.

— Vous pensez que certains ne font que partager leurs fantasmes avec vous ?

— La plupart ne passeront probablement jamais à l'acte. Ils ont juste besoin d'exprimer des pulsions inavouables. Nous en avons tous. L'homme le plus doux rêve parfois à ce qu'il aimerait faire subir à des femmes. Des choses si tordues qu'il n'ose en parler à personne. Je parie que, même vous, vous avez parfois des pensées déplacées, inspecteur Frost.

Elle le fixa, cherchant de toute évidence à le mettre mal à l'aise. Raté. Imperturbable, Frost se pencha vers elle.

— Quelqu'un vous a écrit pour vous parler de fantasmes d'amputations ? lui demanda-t-il.

— Pas récemment.

— Mais c'est arrivé ?

— Comme je vous l'ai dit, découper sa victime n'est pas rare.

— Dans les fantasmes ou dans la réalité ?

44

— Les deux.

Jane intervint :

— Qui vous a écrit pour vous parler de ce genre de fantasmes, docteur ?

La psychiatre la dévisagea froidement.

— Ce type de correspondance est confidentiel, inspecteur. Sans cela, ces hommes ne me raconteraient pas leurs secrets, leurs désirs, leurs rêveries.

— Ils vous téléphonent parfois ?

— Rarement.

— Vous leur parlez ?

— Je ne cherche pas à les éviter.

— Conservez-vous une liste de ceux qui vous appellent ?

— On peut difficilement parler de liste. Je ne me souviens même plus de la dernière fois où c'est arrivé.

— C'est arrivé la nuit dernière.

— Peut-être, mais je n'étais pas là pour répondre.

— Vous n'étiez pas chez vous non plus à deux heures du matin, dit Frost. On vous a appelée et on est tombés sur votre répondeur.

— Où étiez-vous, la nuit dernière ? demanda Jane.

O'Donnell esquissa un haussement d'épaules.

— Sortie.

— À deux heures du matin la nuit de Noël ?

— J'étais avec des amis.

— À quelle heure êtes-vous rentrée ?

— Il devait être autour de deux heures et demie.

— Ce devait être de très bons amis. Ça vous ennuierait de nous donner leurs noms ?

— Oui.

— Pourquoi ?

— Pourquoi je tiens à préserver ma vie privée ? Suis-je vraiment obligée de répondre à cette question ?

— Nous enquêtons sur un meurtre. Une femme a été assassinée hier soir. Une des boucheries les plus atroces que j'aie jamais vues.

— Et vous voulez mon alibi.

— Je suis simplement curieuse de savoir pourquoi vous refusez de nous dire avec qui vous étiez.

— Je fais partie des suspects ? Ou vous cherchez juste à me montrer qui commande ?

— Vous n'êtes pas un suspect. Pour le moment.

— Dans ce cas, rien ne m'oblige à vous parler.

Elle se leva brusquement et se dirigea vers la porte, annonçant :

— Je vous raccompagne.

Frost commença à se lever à son tour puis, constatant que Jane ne bougeait pas, se laissa retomber dans le canapé.

— Si vous vous souciiez un tant soit peu de la victime... reprit Jane. Si vous aviez vu ce qu'il a fait à Lori-Ann Tucker...

O'Donnell se tourna vers elle.

— Pourquoi ne me le dites-vous pas ? Qu'est-ce qu'il lui a fait exactement ?

— Vous voulez les détails, c'est ça ?

— C'est mon champ d'étude. J'ai besoin de connaître les détails.

Elle revint vers Jane, ajoutant :

— Ils m'aident à comprendre.

Dis plutôt qu'ils t'excitent. Voilà pourquoi tu as l'air soudain si intéressée. Avide, même.

— Vous avez dit qu'il l'avait démembrée, poursuivit O'Donnell. Elle a été décapitée ?

Frost regarda Jane en fronçant les sourcils, la mettant en garde. Toutefois, elle n'eut pas besoin de révéler quoi que ce soit. O'Donnell avait déjà tiré ses propres conclusions :

— La tête est un symbole si puissant. Si personnel. Si individuel.

Elle se rapprocha encore de quelques pas, se déplaçant comme un prédateur.

— L'a-t-il emportée avec lui, comme un trophée ? Un souvenir de chasse ?

— Dites-nous où vous étiez hier soir.

— Ou l'a-t-il laissée sur place ? À l'endroit où elle aurait le plus d'impact ? Un endroit impossible à rater ? Sur le comptoir de la cuisine, peut-être ? Ou bien en évidence sur le sol ?

— Avec qui étiez-vous ?

— C'est un message fort, une tête, un visage. C'est la manière du tueur de vous dire qu'il contrôle tout. Il vous montre à quel point vous êtes impuissante, inspecteur. Et combien, lui, il est puissant.

— Avec qui étiez-vous ?

Au moment même où la question franchissait ses lèvres, Jane sut qu'elle commettait une erreur. Elle avait laissé O'Donnell l'asticoter et lui faire perdre son calme.

— Mes amitiés ne regardent que moi, rétorqua O'Donnell.

Elle esquissa un petit sourire avant d'ajouter :

— Sauf celles que vous connaissez déjà. Je veux parler de notre connaissance commune. Il me demande régulièrement de vos nouvelles. Il veut toujours savoir ce que vous trafiquez.

Elle n'avait pas besoin de prononcer son nom. Ils avaient déjà compris qu'elle parlait de Warren Hoyt.

Ne réagis pas. Ne la laisse pas voir qu'elle a réussi à te planter ses griffes dans la chair.

Néanmoins, elle pouvait sentir ses traits se durcir et perçut le regard inquiet que lui lança Frost. Les cicatrices que Hoyt avait laissées sur les mains de Jane n'étaient que les plaies les plus visibles. Il y en avait d'autres, bien plus profondes. Même à présent, deux ans plus tard, la seule mention de son nom la faisait tiquer.

O'Donnell n'en avait pas terminé avec elle.

— C'est un de vos plus fervents admirateurs, inspecteur. Même s'il ne pourra plus jamais marcher à cause de vous, il ne vous en veut pas du tout.

— Si vous saviez à quel point je me fous de ce qu'il pense.

— Je suis passée le voir la semaine dernière. Il m'a montré sa collection de nouvelles coupures de presse. Il l'appelle son « dossier Janie ». Lorsque vous vous êtes retrouvée coincée dans cette prise d'otages à l'hôpital, l'été dernier, il a gardé la télé allumée toute la nuit. Il n'a pas quitté l'écran des yeux une seconde.

O'Donnell marqua une pause avant d'ajouter innocemment :

— Il m'a appris que vous aviez une petite fille...

Jane sentit tous les muscles de son dos se bander. *Ne la laisse pas te faire ça. Ne la laisse pas enfoncer le couteau encore plus profondément.*

— Regina, c'est bien ça ?

Jane se leva et, bien qu'elle fût plus petite qu'O'Donnell, une lueur dans son regard incita l'autre à reculer d'un pas.

— Nous reviendrons, déclara Jane.

— Vous pouvez venir autant que vous voudrez, je n'ai rien de plus à vous dire.

— Elle ment, dit Jane.

Elle ouvrit sa portière, se glissa derrière le volant. Puis elle resta assise, immobile, fixant le paysage de carte postale ; le soleil qui faisait scintiller les stalactites de glace ; les maisons tapissées de neige, décorées de houx et de guirlandes de bon goût. Ce n'était pas dans cette rue qu'on verrait des pères Noël échevelés dans leurs traîneaux tirés par des rennes en folie. Ici, pas d'ornements délirants sur les toits comme à Revere, le quartier où Jane avait grandi. Elle songea à la maison de Johnny Silva, à quelques portes de chez ses parents, et aux longues files de curieux qui faisaient un détour rien que pour voir le son et lumière hallucinant que les parents de Johnny installaient dans leur jardin chaque mois de décembre. On y voyait le père Noël, les Rois mages, Marie, Joseph, le petit Jésus et une ménagerie comptant tellement d'espèces animales qu'elle aurait à coup sûr coulé l'arche de Noé. Le tout illuminé comme une fête foraine. Chaque Noël, les Silva consommaient assez d'électricité pour alimenter un petit pays d'Afrique.

Mais ici, dans Battle Street, on ne donnait pas dans ce genre d'étalage vulgaire ; tout n'était que sobre élégance. Il n'y avait pas de Johnny Silva dans le coin. Néanmoins, elle préférait encore avoir ce crétin de Johnny comme voisin que la garce qui vivait dans cette maison.

— Elle en sait plus sur cette affaire qu'elle ne le prétend.

— Qu'est-ce qui te fait dire ça ? demanda Frost.

— Mon instinct.

— Depuis quand tu te fies à l'instinct ? Tu me répètes toujours que ça revient à jouer aux devinettes.

— Oui, mais je connais cette femme. Je sais comment elle fonctionne.

Jane lança un regard vers Frost dont le teint pâlot était encore plus blême à la lumière hivernale.

— Celui qui l'a appelée la nuit dernière lui a laissé un message.

— Ce n'est qu'une supposition.

— Pourquoi l'aurait-elle effacé ?

— Pourquoi elle ne l'aurait pas fait ? Si son interlocuteur n'a laissé aucun message ?

— C'est ce qu'elle dit.

Il secoua la tête en soupirant :

— Elle t'a encore eue. J'en étais sûr.

— Pas du tout !

— Ah non ? Et quand elle a parlé de Regina, tu n'as pas pété un câble, peut-être ? Elle est psy. Elle sait très bien comment te manipuler. Tu ne devrais même pas t'approcher d'elle.

— Et qui d'autre va s'en charger ? Toi ? Cette lavette de Kassovitz ?

— Quelqu'un qui n'a pas un passif aussi lourd avec elle. Quelqu'un qu'elle ne peut pas atteindre.

Il dévisagea Jane avec un regard pénétrant qui, pour un peu, lui aurait fait détourner les yeux. Ils étaient coéquipiers depuis deux ans et, même s'ils n'étaient pas très proches, ils se comprenaient mieux que la plupart des amis ou même des amants, car ils avaient partagé les mêmes horreurs, livré les mêmes batailles. Frost connaissait mieux que quiconque, même mieux que son mari Gabriel, son histoire avec Joyce O'Donnell.

Et avec le tueur surnommé le Chirurgien.

Il demanda, sur un ton plus doux :

— Elle te fait toujours peur, n'est-ce pas ?

— Non, elle m'agace.

— Parce qu'elle sait ce qui te fait peur. Elle ne perd pas une occasion de te rappeler son existence, de mentionner son nom.

— Pourquoi j'aurais peur d'un type qui ne peut même pas remuer le bout de ses orteils ? D'un type qui ne peut pas pisser tout seul sans qu'une infirmière

50

lui glisse la bite dans un pistolet ? Tu parles si Warren Hoyt me fait peur !

— Tu fais toujours les mêmes cauchemars ?

Elle se raidit. Elle ne pouvait lui mentir, il le saurait aussitôt. Aussi, elle préféra se taire, regardant droit devant elle, dans cette rue parfaite aux maisons parfaites.

— Moi aussi, j'en aurais si ça m'était arrivé.

Mais ça ne t'est pas arrivé. C'est moi qui ai senti la lame de Hoyt sur ma gorge, moi qui porte les traces de son scalpel. C'est à moi qu'il pense toujours, c'est sur moi qu'il fantasme.

Même s'il ne pouvait plus lui faire de mal, le seul fait de savoir qu'elle était pour lui un objet de désir lui donnait la chair de poule.

— Pourquoi sommes-nous en train de parler de lui ? dit-elle soudain. Il s'agit d'O'Donnell.

— Tu ne peux pas dissocier les deux.

— Ce n'est pas moi qui n'arrête pas d'en parler ! Restons concentrés sur notre enquête, tu veux bien ? À savoir Joyce O'Donnell et pourquoi l'assassin a choisi de lui téléphoner.

— On n'est pas sûrs que ce soit l'assassin qui l'ait appelée…

— Pour n'importe quel pervers, discuter avec O'Donnell, c'est comme prendre son pied en racontant des obscénités au téléphone. Ils peuvent lui raconter leurs fantasmes les plus tordus ; elle les avalera goulûment et en redemandera, tout en prenant des notes. C'est pour ça qu'il l'a appelée. Il avait besoin de se vanter de ce qu'il venait de faire. Il cherchait une oreille compréhensive ; or, qui de plus indiqué que Madame S.O.S. Assassin ?

Elle tourna rageusement la clef dans le contact et mit le moteur en marche. Les évents du système de chauffage soufflèrent un courant d'air glacé.

— Voilà pourquoi il lui a téléphoné. Pour fanfaronner. Pour le plaisir de capter son attention.

— Pourquoi nous aurait-elle menti ?

— Pourquoi n'a-t-elle pas voulu nous dire où elle était hier soir ? Du coup, on ne peut pas s'empêcher de s'interroger sur ses fameux « amis ». Et si l'appel en question était une invitation ?

Frost sursauta.

— Es-tu en train de suggérer ce que je crois ?

— Notre assassin découpe Lori-Ann Tucker en petits morceaux avant minuit puis appelle O'Donnell. Elle prétend qu'elle n'était pas là et que c'est son répondeur qui a pris l'appel. Mais si elle était vraiment chez elle ? S'ils se sont parlé ?

— Quand on a appelé chez elle, à deux heures du matin, elle n'y était pas.

— Tu veux dire qu'elle n'y était plus. Elle a dit qu'elle était dehors avec « des amis ».

Elle se tourna vers lui avant d'ajouter :

— Mais si elle était plutôt avec *un* ami ? Son tout nouvel ami ?

— Allez ! Tu crois vraiment qu'elle protégerait ce malade ?

Jane libéra le frein à main et démarra.

— Je la crois capable de tout. D'absolument tout.

5

— Ce n'est pas une façon de fêter Noël !

Angela Rizzoli était penchée sur sa cuisinière. Quatre casseroles mijotaient sur le feu, couvercles cliquetant sous l'effet de la vapeur qui s'élevait en s'enroulant autour de sa chevelure moite. Elle en souleva un et versa une assiette pleine de gnocchis faits maison dans l'eau bouillante. Cela signifiait que le dîner était imminent. Jane regarda autour d'elle la série de plats déjà prêts. La plus grande angoisse d'Angela Rizzoli était que quelqu'un, un jour, puisse sortir de chez elle avec encore un petit creux.

Ce jour-là n'était pas encore arrivé.

Sur le plan de travail se trouvaient un gigot d'agneau sentant bon l'origan et l'ail, et une poêlée de pommes de terre sautées dorées à point et parsemées de romarin. Jane aperçut également une panière remplie de ciabattas et une salade de tomates et mozzarella. Gabriel et elle n'avaient contribué au festin familial qu'avec une salade de haricots verts. Sur la cuisinière, les casseroles dégageaient encore d'autres parfums et les gnocchis engloutis commençaient à remonter à la surface.

— Qu'est-ce que je peux faire pour t'aider, maman ?

— Rien. Tu as travaillé toute la journée. Assieds-toi.

53

— Tu veux que je te râpe du fromage ?

— Non, non. Tu dois être fatiguée. Gabriel m'a dit que tu avais bossé toute la nuit.

Angela plongea sa cuillère en bois dans l'eau bouillante et la remua.

— Je ne comprends pas pourquoi tu as été travailler aujourd'hui. Ce n'est pas raisonnable.

— C'est mon boulot.

— Mais c'est Noël !

— Va le dire aux criminels.

Jane sortit la râpe du tiroir et commença à frotter un bloc de parmesan sur les lames. Elle ne pouvait rester à ne rien faire dans cette cuisine.

— Comment se fait-il que Mike et Frankie ne soient pas en train de t'aider, maman ? Je parie que tu cuisines depuis ce matin.

— Oh, tu connais tes frères.

— Ouais.

Hélas.

Dans l'autre pièce, on entendait brailler le commentateur d'un match de foot, comme d'habitude. Des cris virils accompagnaient les rugissements de la foule du stade, tous acclamant un quidam avec un petit cul bien moulé et un ballon en peau de porc.

Angela se pencha sur la salade de haricots verts.

— Oh, ça m'a l'air délicieux ! À quoi tu l'as assaisonnée ?

— Je n'en sais rien, c'est Gabriel qui l'a préparée.

— Tu en as de la chance d'avoir un mari qui cuisine, Janie.

— Laisse papa crever de faim quelques jours et il apprendra à cuisiner, lui aussi.

— Tu parles ! Il se laissera dépérir, assis à table, attendant que son dîner se matérialise comme par magie…

Angela souleva la casserole d'eau bouillante et la renversa au-dessus d'une passoire, déversant une pluie de gnocchis cuits. Quand la vapeur se dissipa, Jane vit le visage de sa mère trempé de vapeur d'eau. Audehors, un vent glacé balayait les rues givrées mais ici, à l'intérieur, dans la cuisine d'Angela, la chaleur embuait les vitres.

— Tiens, la voilà, ta maman !

Gabriel venait d'entrer en portant Regina dans ses bras.

— Regarde qui a déjà fini sa sieste !

— Elle n'a pas dormi longtemps, dit Jane.

Il se mit à rire.

— Avec le match de foot à la télé ? Notre fille est résolument une supporter des Patriots. Si tu l'avais entendue brailler quand les Dolphins ont marqué un but !

— Donne-la-moi.

Jane ouvrit les bras et serra son bébé gesticulant contre son sein.

À quatre mois seulement, mon enfant essaie déjà de m'échapper. Cette sauvageonne de Regina était venue au monde en brandissant les poings, le visage violacé à force de hurler. *Tu es donc si impatiente de grandir ? Reste encore bébé quelque temps et laisse-moi profiter de toi, avant que les années te fassent franchir la porte de notre maison.*

Regina saisit les cheveux de sa mère et tira dessus d'un coup sec. Grimaçante, Jane déplia les petits doigts tenaces et regarda la main de sa fille. Soudain, elle pensa à une autre main, froide et inerte. La fille de quelqu'un d'autre, gisant à présent en pièces détachées à la morgue. *Nous y voilà ! Et il fallait que ça tombe le soir de Noël. Un moment où je ne devrais pas penser à des femmes mortes.*

Tout en embrassant les cheveux soyeux de Regina, humant son odeur de savon et de shampooing pour bébé, elle ne pouvait chasser de son esprit le souvenir d'une autre cuisine, et d'yeux qui la fixaient depuis le sol carrelé.

— Hé, m'man ! C'est la mi-temps. Quand est-ce qu'on mange ?

Frankie, le frère aîné de Jane, venait d'entrer dans la cuisine de son pas lourd. Elle ne l'avait pas revu depuis l'année précédente, quand il était rentré de Californie pour passer Noël en famille. Depuis, ses épaules s'étaient encore épaissies. Chaque année, il semblait devenir plus massif et ses bras étaient désormais si musclés qu'ils se balançaient perpétuellement en arcs simiesques.

Toutes ces heures dans la salle de muscu... À quoi ça rime ? Ça l'a rendu plus imposant, certes, mais pas plus intelligent pour autant.

Elle lança un regard appréciateur vers Gabriel, en train d'ouvrir une bouteille de chianti. Plus grand et plus svelte que Frankie, il était bâti comme un étalon de course, pas comme un percheron.

Quand on a un cerveau, on n'a pas besoin de muscles hypertrophiés.

— On passe à table dans dix minutes, annonça Angela.

— Ça veut dire qu'on va rater une bonne partie de la seconde mi-temps, gémit Frankie.

— Ça ne vous arrive jamais d'éteindre la télé ? demanda Jane. C'est le repas de Noël.

— Ouais, et on serait passés à table bien plus tôt si tu t'étais pointée à l'heure !

— Frankie ! s'exclama Angela. Non seulement ta sœur a travaillé toute la nuit mais elle est ici, dans la cuisine, en train de se rendre utile. Alors ne viens pas lui chercher des poux !

Un silence soudain s'abattit dans la pièce, le frère et la sœur regardant leur mère, médusés.

Quoi, elle a pris ma défense, pour une fois ?

Frankie tourna les talons et sortit en grommelant :

— Ouais, tu parles d'un repas de Noël !

Angela versa les gnocchis égouttés dans un plat et fit couler par-dessus une louchée de ragoût de veau.

— Ils n'ont aucun respect pour le travail des femmes, marmonna-t-elle.

Jane se mit à rire.

— Tu t'en rends compte seulement maintenant ?

Angela saisit un petit couteau et attaqua un bouquet de persil, le hachant avec une rapidité de mitraillette.

— Ils ne savent pas apprécier ce qu'on fait pour eux. C'est de ma faute. J'aurais dû mieux les élever. Mais c'est surtout la faute de ton père. Il leur a donné l'exemple en me traitant comme une moins que rien.

Jane lança un regard surpris à Gabriel, qui jugea préférable de s'éclipser.

— Dis-moi, maman... papa a fait quelque chose qui t'a contrariée ?

Angela lui lança un regard par-dessus son épaule, son couteau en suspens au-dessus des fragments de persil.

— Ça ne te concerne pas.

— Mais si !

— Je n'ai pas envie d'en parler, Janie. Je considère que tout père a droit au respect de ses enfants, quoi qu'il fasse.

— Donc, il a bien fait quelque chose...

— Je viens de te dire que je ne voulais pas en parler.

57

Angela saisit le tas de persil et l'éparpilla au-dessus des gnocchis. Puis elle se dirigea d'un pas lourd vers le seuil de la cuisine et hurla pour se faire entendre par-dessus la télé :

— À table ! Maintenant !

En dépit de son ordre, il fallut quelques minutes à Frank Rizzoli père et à ses deux fils pour s'arracher au poste. La mi-temps venait de commencer et des filles tout en jambes et en justaucorps à paillettes venaient de grimper sur un podium. Les trois hommes Rizzoli étaient comme hypnotisés par l'écran. Gabriel fut le seul à se lever pour aider Angela et Jane à transporter les plats dans la salle à manger. Bien qu'il n'ait pas prononcé un mot, Jane put lire dans son regard : « Depuis quand le repas de Noël s'est transformé en zone de guerre ? »

Angela laissa tomber le plat de pommes de terre sautées sur la table, se dirigea vers le salon, saisit la télécommande et éteignit la télévision.

Frankie gémit :

— Oh, maman ! Y a Jessica Simpson qui va chanter dans dix...

Il s'interrompit en voyant l'expression de sa mère.

Mike fut le premier à bondir sur ses pieds. Sans un mot, il se dirigea docilement vers la salle à manger, suivi d'un pas plus traînant par Frankie et Frank Senior.

La table était somptueusement dressée. Des bougies brûlaient dans des bougeoirs en cristal. Angela avait sorti son service en faïence bleu et or, des serviettes en lin et les nouveaux verres à vin qu'elle venait d'acheter à la boutique Dansk. Pourtant, quand elle s'assit et contempla son travail, ce fut avec une expression non pas de fierté mais d'amertume.

— Vous nous gâtez, madame Rizzoli, dit Gabriel.

— Oh, *merci*. Je sais à quel point *toi*, tu apprécies tout le travail que représente un repas pareil, parce que *toi*, tu sais cuisiner.

— En fait, je n'ai pas eu le choix, à force de vivre tout seul pendant tant d'années.

Il pinça le genou de Jane sous la table.

— Mais j'ai de la chance d'avoir trouvé une fille qui sait faire de bons petits plats.

Il aurait dû ajouter : « Quand elle en a le temps. »

— J'ai appris tout ce que je savais à Janie.

— M'man, tu me passes l'agneau ? demanda Frankie.

— Pardon ?

— L'agneau.

— Tu ne sais pas dire « s'il te plaît » ? Je ne te passerai rien avant de l'avoir entendu.

Frank Senior soupira.

— Lâche-nous, Angie. C'est Noël, laisse ce garçon manger ce qu'il veut.

— Je lui donne à manger ce qu'il veut depuis trente-sept ans. Il ne mourra pas de faim parce que je lui demande un minimum de courtoisie.

Mike demanda timidement :

— Euh... maman ? Je pourrais avoir... euh... les pommes de terre... euh, s'il te plaît ?

Pour faire bonne mesure, il répéta :

— S'il te plaît ?

— Mais oui, Mickey, répondit Angela en lui passant le plat.

Pendant un moment, plus personne ne parla. On n'entendait plus que le cliquetis des couverts contre les assiettes et les bruits de mastication. Jane lançait des regards vers son père et sa mère, assis chacun à un bout de table. Ils évitaient soigneusement de se regarder, paraissant si loin l'un de l'autre qu'ils

auraient pu se trouver chacun dans une pièce diffé-
rente. Jane observait rarement le comportement de ses
parents, mais ce qu'elle voyait ce soir la déprimait.
Quand étaient-ils devenus si vieux ? Quand les paupières de sa mère avaient-elles commencé à paraître
si lourdes et les cheveux de son père à se clairsemer
au point de se réduire à quelques petits brins épars
sur son crâne ?

Quand avaient-ils commencé à se détester ?

Frank Senior se tourna vers sa fille.

— Alors, raconte-nous, Janie. C'est quoi, cette
affaire qui t'a tenue éveillée toute la nuit dernière ?

— Euh… ce n'est pas vraiment une histoire à
raconter à table, papa.

— Moi ça m'intéresse, dit Frankie.

— C'est Noël, on pourrait peut-être…

— Qui s'est fait buter ?

Elle lança un regard vers son frère aîné assis en
face d'elle.

— Une jeune femme. Ce n'était pas beau à voir.

— Raconte ! Moi, les détails gore, ça ne me dérange
pas du tout.

Tout en enfournant un morceau d'agneau rosé à
point, Frankie, l'adjudant-chef, la défiait de lui couper
l'appétit.

— Ce meurtre-ci te dérangerait. En tout cas, moi,
il m'a soulevé le cœur.

— Elle était jolie ?

— Quel rapport ?

— Je me posais juste la question.

— C'est une question idiote.

— Pourquoi ? Si elle était jolie, on comprend mieux
le mobile de l'assassin.

— Quoi, ça te paraît une bonne raison de la tuer ?!
Nom de Dieu, Frankie !

— Jane ! la reprit son père. C'est Noël !

— Jane a raison, dit Angela.

Frank regarda sa femme, ahuri.

— Ta fille jure à table et c'est moi qui ai tort ?

— Tu crois qu'il n'y a que les jolies femmes qui valent la peine d'être tuées ?

— M'man, c'est pas ce que j'ai dit, se défendit Frankie.

— C'est ce que tu penses. Vous le pensez tous les deux. Il n'y a que les jolies femmes qui méritent votre attention. Qu'on les aime ou qu'on les tue, elles n'ont d'intérêt que si elles sont belles.

— Oh, je t'en prie !

— Quoi, « je t'en prie » ? Ce n'est pas toi qui vas dire le contraire, Frank. *N'est-ce pas ?*

Jane et ses frères se tournèrent vers leur père, perplexes.

Mike demanda à sa mère :

— Pourquoi tu dis ça, maman ?

Son père grommela :

— Angela, c'est Noël.

— Je *sais* que c'est Noël !

Angela se leva brusquement et retint un sanglot avant de répéter :

— Je le sais très bien !

Elle fila dans la cuisine.

Jane demanda à son père :

— Qu'est-ce qui lui arrive ?

— Tu sais, les femmes, à cette époque de leur vie... la ménopause...

— Ce n'est pas la ménopause. Je vais voir ce qu'elle a.

Jane se leva à son tour et partit rejoindre sa mère dans la cuisine.

— Maman ?

Angela ne sembla pas l'entendre. Elle lui tournait le dos, fouettant de la crème dans un bol en acier. Le mixeur cliquetait contre les parois, éclaboussant le plan de travail.

— Maman, ça va ?

— Il faut que je prépare le dessert. J'avais complètement oublié la chantilly.

— Qu'est-ce qui se passe ?

— J'aurais dû m'en occuper avant qu'on passe tous à table. Tu sais combien ton frère Frankie s'impatiente quand il doit trop attendre entre les plats. S'il reste encore cinq minutes assis sans rien à manger devant lui, il va rallumer la télé.

Angela saisit le sucre et en saupoudra une cuillerée au-dessus du bol sans cesser de battre.

— Au moins, Mickey fait des efforts pour se montrer gentil. Même quand il ne voit autour de lui que des mauvais exemples. Partout où son regard se porte, il n'y a que de mauvais exemples.

— Maman, dis-moi ce qui ne va pas.

Angela éteignit le mixeur et ses épaules s'affaissèrent. Elle resta quelques instants à contempler sa chantilly, à présent tellement battue qu'elle était presque solide.

— Ce n'est pas ton problème, Janie.

— Si c'est le tien, c'est aussi le mien.

Sa mère se retourna et la dévisagea.

— Le mariage, c'est plus dur que tu ne le crois.

— Qu'est-ce que papa a fait ?

Angela dénoua son tablier et le jeta sur la table.

— Tu veux bien servir la tarte pour moi ? J'ai mal au crâne. Je vais monter m'allonger un instant.

— Maman, parle-moi.

— Je n'ai rien à dire. Je ne suis pas ce genre de mère. Je ne forcerai jamais mes enfants à prendre parti.

Elle sortit de la cuisine et monta à l'étage s'enfermer dans sa chambre.

Déconcertée, Jane retourna dans la salle à manger. Frankie était trop occupé à se découper un nouveau morceau d'agneau pour relever la tête vers elle, mais Mike paraissait anxieux. Frankie était peut-être une brute épaisse mais son frère était suffisamment sensible pour se rendre compte que quelque chose clochait. Elle regarda son père, en train de vider le fond de la bouteille de chianti dans son verre.

— Papa ? Tu veux bien m'expliquer ce qui se passe ?

Frank Senior prit le temps de boire une longue gorgée avant de répondre :

— Non.

— Elle est vraiment contrariée.

— Ça ne regarde qu'elle et moi, d'accord ?

Il se leva et donna une tape sur l'épaule de Frankie.

— Viens, on a peut-être encore le temps de voir la deuxième mi-temps.

— C'était vraiment le Noël le plus pourri que j'aie jamais vécu !

Dans la voiture qui les ramenait à la maison, Regina s'était endormie dans son siège sur la banquette arrière. Jane et Gabriel pouvaient enfin discuter tranquillement.

— Tu sais, d'ordinaire ce n'est pas comme ça. Bien sûr, on se chamaille et tout, mais maman nous raboche toujours avant la fin de la soirée.

Elle lança un regard vers son mari. Dans la pénombre, elle ne pouvait déchiffrer son visage.

— Je suis désolée.

— De quoi ?

— Tu ne savais pas en m'épousant que tu hériterais d'une famille de tarés. À présent, tu dois te demander dans quoi tu t'es embringué.

— Ouais, je dirais même qu'il serait temps que je change de femme.

— Tu plaisantes mais tu le penses quand même un peu, hein ?

— Jane, ne sois pas ridicule.

— Je te comprends. Il y a des jours où, même moi, j'aimerais fuir ma famille.

— En tout cas, je n'ai aucune envie de te fuir.

Il se tourna à nouveau vers la route. Le vent balayait la neige devant les phares. Ils roulèrent quelques minutes en silence puis il déclara :

— Tu sais, je n'ai jamais entendu mes parents se disputer. Pas une seule fois au cours de mon enfance et de mon adolescence.

— C'est ça, enfonce le couteau dans la plaie. Je sais bien qu'on est une famille de grandes gueules.

— Tu viens d'une famille où les gens expriment ce qu'ils ressentent, c'est tout. Ils claquent des portes, crient et rient comme des hyènes.

— Aïe ! Je sens que ça se gâte.

— J'aurais aimé grandir dans une famille comme ça.

Elle éclata de rire.

— C'est ça !

— Mes parents ne criaient pas, Jane, ils ne claquaient pas les portes mais ne riaient pas beaucoup non plus. Non, la famille du colonel Dean était beaucoup trop disciplinée pour s'abaisser à montrer des émotions. Je ne me souviens pas d'avoir entendu mon père dire « Je t'aime », à moi ou à ma mère. Il a fallu que j'apprenne à le dire. Et j'apprends toujours.

Il se tourna vers elle.

— C'est toi qui me l'as appris.

Elle posa une main sur sa cuisse. Son homme, si flegmatique et impénétrable. Elle avait encore quelques petits trucs à lui apprendre.

— Alors ne t'excuse jamais pour eux, reprit-il. Ce sont eux qui t'ont faite.

— Parfois, je me le demande. Quand je vois Frankie, je me dis : pourvu que j'apprenne un jour qu'ils m'ont trouvée sur leur paillasson.

Ce fut au tour de Gabriel de rire.

— C'était plutôt chaud, ce soir, c'est vrai. Qu'est-ce qui leur arrive, à ton avis ?

Jane se cala plus confortablement dans son siège.

— Aucune idée, mais, tôt ou tard, on finira par le savoir.

6

Jane enfila des chaussons en papier par-dessus ses bottes, une blouse de chirurgien, en noua les lacets dans le creux de ses reins. Regardant à travers la cloison vitrée de la salle d'autopsie, elle se dit : *Je me barrerais bien de là en courant !*

Cependant, Frost y était déjà, avec sa blouse et son masque, qui laissait voir juste assez de son visage pour qu'elle devine sa grimace. Yoshima, l'assistant de Maura, sortit des radios d'une enveloppe et les fixa sur le négatoscope. Le dos de Maura lui bouchait la vue sur la table, lui cachant ce qu'elle redoutait de voir. Une heure plus tôt, elle était assise dans sa cuisine, Regina roucoulant sur ses genoux pendant que Gabriel préparait leur petit déjeuner. À présent, les œufs brouillés se retournaient dans son estomac. Ses doigts la démangeaient d'arracher cette blouse pour ressortir du bâtiment et courir se rouler dans la neige purificatrice.

Au lieu de cela, elle poussa la porte battante et entra dans la salle d'autopsie.

Maura lui lança un regard par-dessus son épaule, ses traits ne trahissant pas la moindre appréhension quant à la procédure qui allait suivre. Elle n'était qu'une professionnelle comme une autre, s'apprêtant à faire son boulot. Même si elles exerçaient toutes les deux un métier en rapport avec la mort, la pathologiste entretenait avec cette dernière des relations beaucoup plus intimes et était nettement plus à l'aise quand il s'agissait de la regarder en face.

— On allait justement commencer, annonça Maura.

— J'ai été retenue dans des embouteillages. Ça circule horriblement mal ce matin.

Jane attacha son masque et s'approcha de la table. Elle évita de regarder la dépouille, préférant se concentrer sur les radiographies.

Yoshima alluma le négatoscope, qui s'illumina derrière deux rangées de clichés. Des crânes. Jane n'en avait encore jamais vu de pareils. Là où la colonne vertébrale aurait dû se trouver, il n'y avait que quelques vertèbres puis... rien. Uniquement l'ombre déchiquetée des tissus mous là où le cou avait été tranché. Elle imagina Yoshima préparant la tête pour prendre les radios. Avait-elle roulé comme un ballon de plage quand il l'avait posée pour régler le viseur ?

Elle se détourna, se retrouva face à la table d'autopsie. Les restes humains étaient disposés anatomiquement. Le torse, couché sur le dos ; les parties amputées plus ou moins là où elles étaient censées être. Un puzzle de chair et d'os, les éléments attendant d'être assemblés. Même si elle ne voulait pas la voir, elle était là : la tête, inclinée sur l'oreille gauche comme si la victime se tournait pour voir qui entrait.

— J'ai besoin de reconstituer la plaie, dit Maura. Tu veux bien me la tenir ?

Un silence.

— Jane ?

Jane sursauta et dévisagea Maura.

— Quoi ?

— Yoshima doit prendre quelques clichés pendant que je regarde à la loupe.

Maura saisit le crâne entre ses mains gantées et le tourna, essayant de faire correspondre le bord des plaies.

— Tiens-la dans cette position. Enfile des gants et viens te placer de ce côté-ci de la table.

Jane lança un regard à Frost qui lui répondit mentalement : « C'est à toi qu'elle l'a demandé, pas à moi. » Résignée, elle enfila des gants en latex, les faisant claquer sur ses poignets, puis saisit le crâne. Malgré elle, elle regarda les yeux de la victime. Ses cornées étaient cireuses. Un jour et demi dans la chambre froide avait laissé la chair molle et fraîche. Tout en tenant la tête, elle ne put s'empêcher d'imaginer le rayon boucherie de son supermarché, avec ses rangées de poulets emballés sous cellophane.

Au bout du compte, nous ne sommes jamais que de la viande.

Maura se pencha sur la plaie, l'examinant à travers sa loupe.

— Je ne vois qu'une seule taillade en travers de l'antérieur. Une lame très aiguisée. Les seules estafilades que je distingue se trouvent tout au fond, sous les oreilles. Façon couteau à pain.

— Un couteau à pain ? Ce n'est pas vraiment tranchant, observa Frost.

Sa voix paraissait lointaine. Jane releva la tête. Il avait battu en retraite et s'était réfugié près de l'évier, une main sur son masque.

— Par « couteau à pain », je ne parle pas de la lame mais de la méthode de coupe, expliqua Maura. Des balayages répétés allant de plus en plus profond, toujours sur le même plan. Ici, nous avons un premier passage très profond à travers le cartilage thyroïdien jusqu'à la colonne vertébrale. Puis il y a une rapide désarticulation, entre la deuxième et la troisième cervicale. Il n'a pas fallu plus d'une minute pour réaliser cette décapitation.

Yoshima s'approcha avec son appareil photo numérique, prenant des clichés de la plaie reconstituée. Une vue frontale, une autre latérale. L'horreur sous tous les angles.

— C'est bon, Jane, dit Maura. Examinons à présent le plan d'incision...

Elle saisit la tête et la retourna.

— Tiens-la-moi comme ça.

Jane aperçut des lambeaux de chair et la trachée béante, et détourna rapidement les yeux. Maura approcha à nouveau sa loupe pour examiner la surface.

— Je vois des stries sur le cartilage thyroïdien. Il se peut que la lame ait été dentelée. Yoshima, prenez-moi plusieurs clichés de ça.

Yoshima se pencha et appuya plusieurs fois sur le déclencheur.

Mes mains seront visibles dans le champ, pensa Jane. *Ce moment sera conservé dans le dossier des pièces à conviction. Sa tête, mes mains.*

De loin, Frost déclara :

— Vous avez dit... vous avez dit que c'était du sang artériel sur le mur.

Maura acquiesça.

— En effet, sur le mur de la chambre.

— Elle était donc vivante.

— Oui.

— Et cette... décapitation... n'a pris que quelques secondes ?

— Avec un couteau bien affûté, une main experte, oui, le tueur a pu agir très vite. Il n'y avait que la colonne vertébrale pour le ralentir.

— Alors elle savait, n'est-ce pas ? Elle a dû le sentir.

— J'en doute fort.

— Quand quelqu'un vous coupe la tête, vous restez conscient pendant au moins quelques secondes. C'est ce que j'ai entendu à la télé. Il y avait un médecin qui racontait ce qu'on ressent quand on est guillotiné. Il expliquait que vous êtes encore vivant quand votre tête tombe dans le panier, que vous vous sentez probablement tomber dedans.

— C'est peut-être vrai, mais…

— Ce médecin disait aussi que Mary, la reine d'Écosse, avait essayé de parler même après avoir eu la tête coupée. Ses lèvres remuaient encore.

— Assez ! gémit Jane. Tu as vraiment besoin d'en rajouter ?

— C'est possible, hein ? Que cette victime ait senti sa tête se détacher ?

— C'est très peu probable, répéta Maura. Et je ne dis pas ça pour vous faire plaisir.

Elle tourna le crâne sur le côté avant d'ajouter :

— Touchez le crâne. Juste ici.

Frost la dévisagea avec une expression d'horreur.

— Non, non, ce n'est pas la peine. Je vous crois sur parole.

— Allez, venez. Enfilez vos gants et passez vos doigts sur l'os temporal. Il y a une lacération du cuir chevelu. Je ne l'ai vue qu'après avoir nettoyé le sang. Palpez le crâne à cet endroit et dites-moi ce que vous sentez.

C'était la dernière chose que Frost avait envie de faire. Il enfila néanmoins un gant et posa timidement ses doigts sur le crâne.

— Je sens comme un creux, juste ici…

— C'est une fracture déprimée. On la voit sur les radios.

Maura s'approcha du négatoscope et indiqua un des clichés.

— Sur celui-ci, on voit les fractures qui irradient du point d'impact. Elles forment une toile d'araignée sur l'os temporal. En fait, c'est exactement comme ça qu'on appelle ce type de fracture : en mosaïque, ou en toile d'araignée. C'est un site particulièrement critique, car l'artère méningée moyenne passe juste à ce niveau. Si elle se rompt, le sang se déverse dans la cavité crânienne. Quand nous ouvrirons la boîte crânienne, nous pourrons vérifier si c'est ce qui s'est passé.

Elle se tourna vers Frost, poursuivit :

— Elle a reçu un violent coup à la tête. Je pense qu'elle était inconsciente quand il a commencé à la découper.

— Mais toujours vivante.

— Oui, ça, c'est certain, elle était toujours vivante.

— Vous ne pouvez pas *affirmer* qu'elle était inconsciente.

— Ses membres ne présentent aucun signe de défense. Aucun signe physique qu'elle se soit débattue. On ne se laisse pas trancher la gorge sans réagir. Je pense qu'elle a été assommée. Elle n'a pas dû sentir la lame.

Maura s'interrompit puis ajouta rapidement, d'une voix plus basse :

— En tout cas, je l'espère.

Elle passa du côté droit du cadavre et saisit son bras amputé, examinant à la loupe les bords incisés de la plaie.

— Il y a encore des traces d'outils sur la surface du cartilage, là où il a désarticulé l'épaule. Apparem-

71

ment, il a utilisé la même lame. Très aiguisée et dentelée.

Elle approcha le bras libre de l'épaule, comme si elle assemblait un mannequin de vitrine, et inspecta la jointure. Ses traits n'exprimaient aucune horreur, uniquement de la concentration. Elle aurait pu aussi bien étudier un gadget ou un roulement à billes. Ce n'était plus le membre d'une femme qui l'avait autrefois levé pour se recoiffer, saluer, danser. Comment Maura faisait-elle ? Jour après jour, elle disséquait au scalpel la tragédie de vies fauchées prématurément.

Moi aussi, je suis quotidiennement confrontée à ces tragédies, mais je n'ai pas à scier des crânes en deux ni à enfoncer mes mains dans des torses ouverts.

Maura fit le tour du corps pour se placer à sa gauche. Sans sourciller, elle saisit la main coupée. Froide et exsangue, elle paraissait en cire, comme l'idée qu'un accessoiriste de cinéma se ferait d'une vraie main. Maura approcha la loupe et examina la surface de la partie tranchée. Son front se plissa.

Elle reposa la main et souleva le bras pour examiner le moignon du poignet. Les plis de son front se creusèrent encore un peu. Elle reprit la main et compara les deux plaies, essayant de faire correspondre les bords coupés, la main contre le poignet, une peau cireuse contre une autre.

Elle reposa soudain les deux morceaux et se tourna vers Yoshima.

— Vous pouvez m'afficher les radios du poignet et de la main ?

— Vous en avez terminé avec celles du crâne ?

— J'y reviendrai plus tard. Pour le moment, je voudrais la main et le poignet gauches.

Yoshima enleva la première série de clichés et en installa une seconde. Éclairés par-derrière, les os de la main et des doigts luisaient, les phalanges telles de fines tiges de bambou. Maura ôta ses gants et s'approcha du négatoscope, le regard fixé sur les images. Elle ne disait mot, un silence éloquent qui indiquait à Jane qu'il y avait comme un sérieux problème.

Maura se tourna vers elle.

— Vous avez fouillé toute la maison de la victime ?

— Oui, bien sûr.

— De fond en comble ? Vous avez regardé dans tous les placards, tous les tiroirs ?

— Ils ne contenaient pas grand-chose. Elle n'avait emménagé dans cette maison que depuis quelques mois.

— Et le réfrigérateur ? Le congélateur ?

— Oui, l'équipe scientifique les a examinés. Pourquoi ?

— Viens voir cette radio.

Jane ôta à son tour ses gants souillés et s'approcha. Elle ne vit rien qui justifiât l'agitation soudaine de Maura. Tout lui paraissait correspondre à ce qu'elle voyait sur la table.

— Qu'est-ce que je suis censée regarder, au juste ?

— Tu vois ce cliché de la main ? Ces petits os ici sont les carpes. Ils forment la base de la main, avant la bifurcation des os des doigts...

Maura lui prit la main pour lui montrer, la retournant paume vers le haut. Elle était traversée par une cicatrice qui lui rappellerait à jamais ce qu'un autre tueur lui avait fait ; un souvenir de violence, imprimé dans sa chair par Warren Hoyt. Toutefois, Maura ne fit aucun commentaire sur la cicatrice, indiquant plutôt la partie charnue près du poignet.

— Les carpes se trouvent ici. Sur la radio, ils ressemblent à huit petits cailloux. Ce sont juste des fragments d'os, retenus ensemble par des ligaments, des

73

muscles et du tissu conjonctif. Ils donnent sa souplesse à notre main, lui permettant d'accomplir toutes sortes de tâches incroyables, sculpter, jouer du piano…

— Soit, mais encore ?

Maura pointa le doigt vers une radio, lui indiquant un os près du poignet.

— Tu vois celui-ci, dans la rangée proximale ? On l'appelle le scaphoïde. Tu remarqueras qu'il y a un espace pour l'articulation juste en dessous et, sur cette radio, on distingue nettement un fragment venant d'un autre os ; il fait partie du processus styloïde. Quand il lui a tranché la main, il a également coupé une partie de l'os du bras.

— Je ne vois toujours pas où est le problème.

Maura lui indiqua un autre cliché.

— À présent, regarde bien la radio du poignet sectionné. Tu vois la terminaison distale des deux os de l'avant-bras ? Le plus mince est le cubitus. Le plus épais, du côté du pouce, c'est le radius. Tu retrouves ici le processus styloïde dont je viens de te parler. Tu ne vois toujours pas où je veux en venir ?

Jane fronça les sourcils.

— Il est intact. Sur cette radio du bras, l'os est complet.

— Exactement. Non seulement il est intact, mais on aperçoit même un petit fragment de l'autre os encore attaché à lui, le scaphoïde.

Dans l'air frisquet de la salle, Jane sentit soudain ses joues se glacer.

— Oh mince, murmura-t-elle. Ça, c'est pas bon.

— C'est très mauvais, même, confirma Maura.

Jane revint près de la table d'autopsie et contempla la main coupée, posée à côté de ce qu'elle avait cru être – qu'ils avaient tous cru être – le bras auquel elle avait été attachée auparavant.

— Les bordures des plaies ne correspondent pas, poursuivit Maura. Pas plus que les radios.

— Vous voulez dire que cette main ne lui appartient pas… commença Frost.

— Il faudra attendre les analyses d'ADN pour le confirmer, mais je crois bien que nous avons toutes les preuves qu'il nous faut ici, sous les yeux.

Elle se tourna vers Jane avant de conclure :

— Il y a une autre victime quelque part que vous n'avez pas encore trouvée. Pour le moment, nous avons déjà sa main gauche.

7

Mercredi 15 juillet. Phase de la lune : nouvelle.

Voici les rituels de la famille Saul :

À treize heures, oncle Peter rentre à la maison après sa matinée de travail à la clinique. Il se change, enfile un jean et un tee-shirt, puis se rend dans son potager, où une jungle de pieds de tomates et de concombres fait ployer ses treillis en ficelle.

À quatorze heures, le petit Teddy remonte du lac avec sa canne à pêche. Bredouille. Je ne l'ai encore jamais vu rapporter un seul poisson.

À quatorze heures quinze, Lily et ses deux copines remontent la colline à leur tour avec leurs maillots de bain et leurs serviettes. La plus grande, je crois qu'elle s'appelle Sarah, porte également son poste de radio. Sa musique étrange et tambourinante perturbe le silence de l'après-midi. Elles étalent leurs serviettes sur la pelouse et se font dorer au soleil comme des félins paresseux. L'huile solaire fait luire leur peau. Lily se redresse et saisit la bouteille d'eau. Quand elle la porte à ses lèvres, elle se fige soudain, le regard fixé sur ma fenêtre. Elle me voit l'espionner.

Ce n'est pas la première fois.

Elle repose lentement la bouteille et dit quelque chose à ses amies. Les deux autres filles se redressent à leur tour et regardent dans ma direction. Pendant un moment, elles me fixent et je les fixe. Sarah éteint sa radio, elles se lèvent et secouent leurs serviettes avant de rentrer dans la maison.

Quelques instants plus tard, Lily frappe à ma porte. Elle n'attend pas que je réponde et entre.

— Pourquoi tu nous épies ? me demande-t-elle.

— Je regardais simplement par la fenêtre.

— C'est nous que tu regardais.

— Parce que vous vous trouviez là, c'est tout.

Elle baisse les yeux vers mon bureau. Le livre que ma mère m'a offert pour mes dix ans est ouvert dessus. Communément appelé le Livre des morts, c'est un recueil d'anciens textes funéraires égyptiens. Il contient tous les sortilèges et incantations dont on a besoin pour voyager dans l'au-delà. Elle s'approche du livre mais n'ose pas le toucher, comme si les pages risquaient de lui brûler les doigts. Je lui demande :

— Tu t'intéresses aux rituels funéraires ?

— Ce ne sont que des superstitions.

— Comment peux-tu le savoir si tu ne les as pas essayés ?

— Tu sais vraiment lire les hiéroglyphes ?

— Ma mère m'a appris. Mais ceux-ci ne sont que des formules mineures, ce ne sont pas les plus puissantes.

— Qu'est-ce que tu peux faire avec une formule plus puissante ?

Quand elle me dévisage, son regard est si direct que je me demande parfois si elle n'est pas plus que ce qu'elle paraît être. Et si je l'avais sous-estimée ?

Je lui réponds :

— Les plus puissantes peuvent ramener les morts à la vie.

Elle se met à rire.

— *Tu veux dire, comme dans* La Momie *?*

J'entends des gloussements derrière moi. Ses deux copines se tiennent sur le seuil. Elles nous ont écoutés en douce et me dévisagent avec dédain. Je suis le garçon le plus bizarre qu'elles aient jamais vu. Elles n'imaginent même pas à quel point je suis différent.

Lily referme le Livre des morts *puis se tourne vers ses camarades.*

— *Si on allait nager, les filles ?*

Elle sort de la chambre, laissant derrière elle les effluves de sa lotion solaire.

Depuis ma fenêtre, je les regarde redescendre la colline en direction du lac. La maison est à nouveau silencieuse.

J'entre dans la chambre de Lily. J'extrais quelques longs cheveux châtains de sa brosse et les glisse dans ma poche. Je débouche ses flacons de lotion et de crème et les hume. Chaque parfum fait renaître un souvenir : Lily à la table du petit déjeuner ; Lily assise à mes côtés dans la voiture. J'ouvre ses tiroirs, sa penderie, je touche ses habits. Ce sont les tenues de n'importe quelle adolescente américaine. Ce n'est qu'une fille, après tout, rien de plus. Mais elle a besoin d'être surveillée.

C'est ce que je sais faire de mieux.

8

Sienne, Italie, au mois d'août.

Lily Saul se réveilla en sursaut d'un profond sommeil. Elle resta un instant immobile dans ses draps froissés, haletante. La lumière ambrée de la fin d'après-midi filtrait entre les volets de bois entrouverts. Dans la pénombre au-dessus de son lit, une mouche bourdonnait, décrivant des cercles en attendant de se poser pour goûter sa peau moite. Sa peur. Elle se redressa sur le mince matelas, repoussa sa chevelure emmêlée et se massa le crâne, écoutant les battements de son cœur ralentir lentement. Sa transpiration maculait son tee-shirt. Elle était parvenue à dormir pendant la pire chaleur de la journée mais la pièce était encore une étuve, l'air épais et étouffant.

Je ne peux pas continuer à vivre comme ça, je vais devenir folle.

À moins que je ne le sois déjà.

Elle se leva et s'approcha de la fenêtre. Même le carrelage en céramique sous ses pieds était brûlant. Ouvrant grand les volets, elle regarda de l'autre côté de la minuscule place les bâtiments qui cuisaient au soleil comme des fours en pierre. Une brume de chaleur dorée peignait les dômes et les toits de terre d'ombre. Les Siennois, connaissant leur été, restaient sagement chez eux. À cette heure-ci, il n'y avait que les touristes au-dehors, errant dans les ruelles en écarquillant les yeux, grimpant vers la basilique, haletants et ruisselants de sueur, ou se prenant en photo sur la Piazza del Campo, leurs semelles fondant jusqu'à coller au sol de brique. En arrivant à Sienne, elle avait elle aussi fait la touriste, avant que la chaleur estivale ne s'abatte sur la cité médiévale, l'obligeant à s'adapter au rythme de vie des autochtones.

Il n'y avait pas une âme sur la piazzetta. Toutefois, au moment où elle allait s'écarter de sa fenêtre, elle perçut un mouvement dans l'ombre d'un porche. Elle se figea, scrutant l'endroit.

Je n'arrive pas à le voir. Et lui, il me voit ?

Puis l'intrus sortit de sa cachette, traversa la place au petit trot et disparut.

Ce n'était qu'un chien.

Elle s'éloigna de la fenêtre en riant. Toutes les ombres ne cachaient pas un monstre.

Mais certaines, si. Des ombres vous suivent, vous menacent, où que vous alliez.

Dans sa minuscule salle de bains, elle s'aspergea le visage d'eau tiède et tira ses cheveux en arrière, les nouant en queue de cheval. Elle ne perdit pas de temps à se maquiller. Au cours de l'année qui venait de s'écouler, elle avait appris à se défaire de toutes les habitudes susceptibles de la ralentir. Elle se déplaçait avec une petite valise et un sac à dos. Deux paires de chaussures – ses sandales et ses baskets –, des jeans, quelques tee-shirts et deux ou trois pulls lui suffisaient pour passer de la chaleur de l'été à la rigueur de l'hiver. En fin de compte, survivre consistait juste à savoir ajouter ou enlever des couches, qu'il s'agisse de vêtements ou de défenses psychologiques. Se protéger des éléments, se débarrasser des liens affectifs.

Rester en sécurité.

Elle saisit son sac à dos et sortit dans le couloir sombre. Là, comme elle le faisait toujours, elle coinça un petit bout d'allumette en carton contre le jambage de la porte avant de la fermer à clef. Non que le vieux verrou pût empêcher quiconque d'entrer. Comme le bâtiment lui-même, il devait avoir plusieurs siècles.

Rassemblant son courage pour affronter la canicule, elle sortit sur la piazzetta. Elle hésita, étudiant l'espace désert. Il était encore trop tôt pour la plupart des Siennois, mais, d'ici une heure, ils s'extirperaient de leur sieste et reprendraient le chemin de leur boutique ou de leur bureau. Cela lui laissait un peu de temps avant que Giorgio ne l'attende à son poste de travail. C'était une bonne occasion de se remettre les idées en place en rendant visite à ses lieux favoris. Elle n'était à Sienne que depuis trois mois mais sentait déjà sa ville préférée lui échapper. Bientôt, elle allait devoir la quitter, comme elle avait fui les autres endroits qu'elle avait aimés.

Je suis déjà restée trop longtemps ici.

Elle traversa la piazzetta et s'engagea dans la ruelle qui débouchait sur la Via di Fontebranda. Son itinéraire la mena vers l'ancienne fontaine monumentale de la ville, passant devant des bâtiments qui, au Moyen Âge, avaient abrité les artisans puis, plus tard, les abattoirs. Autrefois célébrée par Dante, la fontaine Branda avait encore des eaux claires et accueillantes malgré le passage des siècles. Une nuit de pleine lune, Lily était passée devant. Selon la légende, c'était à ce moment que les loups-garous venaient s'y baigner pour retrouver leur forme humaine. Cette nuit-là, elle n'avait aperçu aucun lycanthrope, uniquement quelques touristes saouls. Ce qui revenait peut-être au même.

81

En remontant la colline, ses robustes sandales claquant sur les pavés brûlants, elle passa devant la maison de sainte Catherine, la patronne de Sienne, qui avait survécu un bon moment en ne se nourrissant que d'hosties. Sainte Catherine avait eu de puissantes visions de l'enfer, du purgatoire et du paradis ; elle avait aspiré ardemment à la gloire et à l'agonie divine des martyrs. Toutefois, après une longue et pénible maladie, elle n'avait connu qu'une mort tristement banale.

Moi aussi j'ai eu des visions de l'enfer. Mais je ne veux pas finir en martyre. Je veux vivre. À n'importe quel prix.

Quand elle arriva enfin sur le parvis de la basilique Saint-Dominique, son tee-shirt était trempé. Hors d'haleine, elle se tint au sommet de la colline, contemplant la ville à ses pieds, les toits en tuile se fondant dans la vapeur de l'été. Cette vue lui serra le cœur, sachant qu'elle devrait bientôt partir. Elle s'était déjà trop attardée à Sienne et sentait le mal la rattraper ; elle percevait presque ses relents fétides dans la brise. Autour d'elle, des hordes de touristes aux cuisses grasses allaient et venaient, mais elle se tenait dans un isolement silencieux, un fantôme parmi les vivants.

Déjà morte. Pour moi, ceci n'est qu'un sursis.

— Excusez-moi, mademoiselle, vous parlez anglais ?

Elle sursauta et se tourna pour découvrir un couple d'âge moyen portant chacun un tee-shirt aux armes de l'université de Pennsylvanie et un short large. L'homme tenait un appareil photo à l'air compliqué.

— Vous voulez que je vous prenne en photo ? demanda-t-elle.

— Oh oui, ce serait très gentil, merci !

Lily prit l'appareil.

— Il y a un truc, sur celui-ci ?

— Non, il suffit d'appuyer sur le bouton.

Le couple prit la pose, bras dessus bras dessous, avec la vue sur Sienne s'étirant derrière lui telle une tapisserie médiévale. Leur souvenir d'une grimpette laborieuse sous un soleil de plomb.

Quand Lily leur rendit l'appareil, la femme demanda :

— Vous êtes américaine, n'est-ce pas ? D'où êtes-vous ?

Ce n'était qu'une question amicale, comme s'en posaient d'innombrables touristes entre eux, une manière d'établir un lien avec d'autres voyageurs loin de chez eux. Lily se tint aussitôt sur ses gardes.

Leur curiosité est certainement innocente, mais je ne connais pas ces gens. Je ne peux être sûre de rien.

— De l'Oregon, mentit-elle.

— Vraiment ? Notre fils y vit aussi ! Quelle ville ?

— Portland.

— C'est fou comme le monde est petit ! Il habite sur Northwest Irving Street. C'est près de chez vous ?

— Non.

Lily reculait déjà, battant en retraite devant ces envahisseurs qui allaient probablement insister pour lui offrir un café et la mitrailler de questions, essayant de lui soutirer des détails qu'elle n'avait aucune intention de partager.

— Profitez bien de votre séjour !

— Dites, ça vous dirait de venir…

— Je dois retrouver quelqu'un.

Elle les salua d'un signe de la main et s'enfuit, mettant le cap sur les portes de la basilique. Elle pénétra dans le sanctuaire. Le silence et l'air frais lui firent pousser un soupir de soulagement. L'église était pratiquement vide ; seuls quelques touristes se promenaient dans le vaste espace, parlant à voix basse. Elle se dirigea vers l'arche gothique dont le vitrail laissait filtrer des éclats de lumière colorés, passa devant les tombes de nobles siennois qui bordaient les murs. Elle entra dans une petite chapelle et s'arrêta devant un autel en marbre doré. Là se trouvait la châsse contenant la tête préservée de sainte Catherine. Sa dépouille avait été découpée et ses morceaux répartis en reliques saintes : son corps à Rome, sa tête à Sienne, un pied à Venise. S'était-elle doutée qu'elle finirait ainsi ? Que sa tête serait arrachée à son torse en décomposition et que son visage momifié serait exhibé devant d'innombrables touristes dégoulinants de sueur et des écoliers pouffant de rire ?

Les orbites parcheminées de la sainte la fixaient de l'autre côté de la vitre.

Voici à quoi ressemble la mort. Mais tu le savais déjà, n'est-ce pas, Lily Saul ?

Lily réprima un frisson, sortit de la chapelle et, ses pas pressés résonnant dans l'église, se dirigea vers la sortie. De nouveau dehors, elle trouva la chaleur presque réconfortante. Mais pas la présence des touristes. Il y avait tant d'inconnus armés d'appareils photo. N'importe lequel d'entre eux pouvait être en train de la photographier en douce.

Elle redescendit de la colline, traversa la Piazza Salimbeni et passa devant le Palazzo Tolomei. Les touristes se perdaient facilement dans le dédale de rues étroites, mais Lily connaissait son chemin, marchant d'un pas rapide et sûr vers sa destination. Elle était en retard à présent, s'étant trop attardée sur la colline. Giorgio allait la gronder. Cela dit, ce n'était pas franchement terrifiant, ses grognements ne faisaient peur à personne.

Aussi, quand elle se présenta avec un quart d'heure de retard, elle poussa la porte sans angoisse. La clochette tinta, annonçant son entrée, et elle respira le parfum familier des livres poussiéreux, du camphre et de la cigarette. Giorgio et son fils Paolo étaient penchés sur un bureau au fond de la boutique, tous deux portant une loupe attachée autour du front. Quand Paolo redressa la tête, Lily eut l'impression qu'un énorme œil de cyclope la fixait. Il lui lança :

— Faut que tu viennes voir ça ! Ça vient d'arriver. C'est un collectionneur israélien qui l'a envoyé !

Ils étaient tellement excités qu'ils ne s'étaient pas rendu compte de son retard. Elle déposa son sac à dos derrière son bureau et se faufila entre une table antique et un banc de monastère en chêne. Elle passa devant un sarcophage romain (converti ignominieusement en placard de rangement provisoire), enjamba une caisse ouverte dont la paille d'emballage s'était déversée sur le sol et parvint devant le bureau de Giorgio. L'objet qu'ils étaient en train d'examiner était un bloc de marbre sculpté, peut-être un morceau d'édifice. Elle remarqua la patine sur les deux surfaces adjacentes, le doux lustre laissé par des siècles d'exposition au vent, au soleil et à la pluie. Une pierre d'angle.

Quand Paolo ôta sa loupe, ses cheveux bruns restèrent dressés sur sa tête. Avec son grand sourire et ses mèches hirsutes qui rappelaient de grandes oreilles, il ressemblait à un de ces légendaires loups-garous de Sienne, mais parfaitement inoffensif et absolument charmant. À l'instar de son père, Paolo ne possédait pas une once de cruauté et, si elle n'avait pas su d'avance qu'elle lui briserait forcément le cœur, Lily l'aurait volontiers pris comme amant.

— Je crois que cette pièce va te plaire, annonça-t-il en lui tendant la loupe. C'est exactement le genre de truc qui te branche.

Elle se pencha sur la pierre et examina la silhouette sculptée sur sa surface. Celle d'un homme, les hanches ceintes d'un pagne, les poignets et les chevilles décorés de bracelets. Toutefois, il n'avait pas une tête humaine. Elle coiffa la loupe, s'approcha encore. Quand les détails prirent forme sous le verre grossissant, elle sentit un frisson la parcourir. Il avait de longues canines, des doigts se prolongeant en griffes, le crâne surmonté de cornes.

Elle se redressa, la gorge sèche, et demanda d'une voix étrangement distante :

— Tu as dit que le collectionneur était en Israël ?

Giorgio acquiesça et ôta sa loupe à son tour, révélant une version plus âgée et plus ronde de Paolo. Il avait les mêmes yeux noirs mais bordés de pattes-d'oie rieuses.

— C'est la première fois qu'il s'adresse à nous, si bien qu'on ne peut pas être sûrs de la provenance. Ni si on peut lui faire confiance.

— Comment se fait-il qu'il vous ait envoyé cette pièce ?

Giorgio haussa les épaules.

— Elle est arrivée dans cette caisse aujourd'hui, c'est tout ce que je sais.

— Il cherche à la vendre ?

— Il a simplement demandé une estimation. Qu'est-ce que tu en penses ?

Elle caressa la patine du bout du doigt et sentit à nouveau le même frisson, comme si le froid de la pierre se diffusait dans sa chair.

— Où dit-il qu'il l'a trouvée ?

Giorgio fouilla dans une liasse de papiers.

— Selon lui, il l'a achetée il y a huit ans à Téhéran. À mon avis, c'est de la contrebande.

Il lui adressa un clin d'œil, poursuivit :

— Mais après tout, qu'est-ce qu'on en sait, hein ?

— Persan, murmura-t-elle. Ahriman.

— C'est quoi, l'Ahriman ? demanda Paolo.

— Pas « quoi » mais « qui ». Dans la Perse antique, Ahriman était un démon, l'esprit de la destruction.

Elle reposa la loupe et prit une grande inspiration.

— Il était leur personnification du mal.

Giorgio éclata de rire et se frotta les mains.

— Qu'est-ce que je te disais, Paolo ? J'étais sûr qu'elle saurait. Les diables, les démons... elle les connaît tous. À tous les coups, elle a la réponse.

Paolo la dévisageait.

— Pourquoi ? Je n'ai jamais compris pourquoi tu t'intéressais tant à tout ce qui est maléfique.

Que pouvait-elle lui répondre ? Comment lui dire qu'elle avait un jour regardé la Bête dans le blanc des yeux, et que la Bête l'avait regardée en retour ?

Depuis, elle ne cesse de me poursuivre.

— Alors, elle est authentique ? demanda Giorgio. La pierre d'angle ?

— Oui, je crois.

— Dans ce cas, il faut lui écrire tout de suite ! Nous devons prévenir notre nouvel ami à Tel-Aviv qu'il a trouvé le bon marchand, qui comprend la valeur de son bien.

Il replaça précautionneusement la pierre dans sa caisse.

— On trouvera certainement un acheteur pour une pièce aussi spéciale.

Qui voudrait de cette monstruosité chez lui ? Pourquoi exposer le mal dans son salon ?

— Au fait, j'allais oublier ! dit Giorgio. Tu sais que tu as un admirateur ?

Lily fronça les sourcils.

— Pardon ?

— Un homme est entré dans la boutique à l'heure du déjeuner. Il a demandé si une Américaine travaillait pour moi.

Elle se raidit.

— Qu'est-ce que vous lui avez répondu ?

— J'ai arrêté papa avant qu'il lui dise quoi que ce soit, intervint Paolo. On pourrait avoir des ennuis, vu que tu n'as pas de permis de travail.

Giorgio reprit :

— Mais plus j'y pense, plus je crois que cet homme a le béguin pour toi. Il voulait juste se renseigner.

Il lui fit un clin d'œil.

Elle déglutit péniblement.

— Il vous a donné son nom ?

Giorgio donna une tape amicale sur le bras de son fils.

— Tu vois ? Tu n'as pas réagi assez vite, mon garçon. Voilà qu'un autre homme va venir nous la piquer sous le nez.

— Comment s'appelait-il ? répéta-t-elle.

Ni le père ni le fils ne semblèrent remarquer la note d'angoisse dans sa voix. Ils étaient trop occupés à se taquiner.

— Il n'a rien dit, répondit Giorgio. À mon avis, il veut rester incognito. T'intriguer.

— Il était jeune ? À quoi il ressemblait ?

— Ah ! Tu es intéressée, hein ?

— Y avait-il quelque chose... d'inhabituel chez lui ?

— Qu'est-ce que tu entends par « inhabituel » ?

En fait, elle aurait voulu dire : « D'inhumain. »

— Il avait les yeux très bleus, dit Paolo. Des yeux étranges. Très brillants, comme ceux d'un ange.

C'est tout le contraire d'un ange.

Elle fila près de la fenêtre et observa les passants à travers la vitre poussiéreuse. *Il est là. Il m'a retrouvée à Sienne.*

— Il va revenir, *cara mia*, dit Giorgio. Sois patiente.

Et quand il reviendra, il faut que je sois partie.

Elle saisit son sac à dos.

— Je suis désolée. Je ne me sens pas très bien.

— Qu'est-ce qui t'arrive ?

— Je n'aurais pas dû manger ce poisson, hier soir. Je me sens toute barbouillée, il faut que je rentre chez moi.

— Paolo va te raccompagner.

— Non, non ! Ça ira !

Elle ouvrit la porte d'un coup sec, agitant violemment la clochette, et sortit de la boutique sans un regard derrière elle de peur que Paolo la rattrape et insiste galamment pour l'escorter. Elle ne pouvait courir le risque qu'il la ralentisse. Il n'y avait plus une seconde à perdre.

Elle retourna à son appartement par des chemins détournés, évitant les places grouillantes de monde et les rues principales, ne prenant que des ruelles, grimpant des escaliers étroits entre des murs médiévaux, se rapprochant peu à peu du quartier de Fontebranda. Faire ses bagages ne lui prendrait que cinq minutes. Elle avait appris à rester en mouvement, à décamper à la moindre alerte. Il lui suffisait de jeter ses vêtements et sa trousse de toilette dans sa valise et de sortir sa réserve d'euros de sa cachette derrière la coiffeuse. Au cours des trois derniers mois, Giorgio l'avait payée au noir, sachant pertinemment qu'elle n'avait pas de papiers en règle. Elle avait amassé de quoi tenir entre deux jobs, assez pour lui donner le temps de s'installer dans une autre ville. Elle prendrait donc son magot et sa valise et filerait. Droit à la gare routière.

Non, non. En y réfléchissant bien, c'était là qu'il l'attendrait. Il valait mieux prendre un taxi. Plus onéreux, certes, mais elle pouvait l'utiliser uniquement pour sortir de la ville, peut-être pour aller jusqu'à San Gimignano et, de là, prendre un train pour Florence. Là-bas, dans la foule compacte, elle pourrait plus facilement disparaître.

Elle n'entra pas dans son immeuble par la piazzetta, préférant passer par la sombre ruelle qui le longeait, en se faufilant entre les poubelles et les bicyclettes à l'arrêt, et monter à son étage en empruntant l'escalier de service. Quelqu'un écoutait de la musique à plein volume dans un des appartements dont la porte était ouverte. C'était son voisin, un adolescent ténébreux. Tito et sa foutue radio. En passant devant chez lui, elle l'aperçut vautré tel un zombie sur son canapé. Parvenue devant sa porte, elle sortit ses clefs... et se figea.

Le bout d'allumette qu'elle avait coincé contre le jambage était tombé sur le plancher.

Elle recula, le cœur battant. Quand elle repassa devant la porte de Tito, celui-ci releva les yeux et la salua d'un geste de la main. Il choisissait bien son moment pour se montrer amical, celui-là !

Ne me parle pas, le supplia-t-elle mentalement. *Je t'en prie, ne dis pas un mot.*

— Salut ! Tu ne bosses pas, aujourd'hui ? lança-t-il.

Elle tourna les talons et dévala les escaliers. Elle manqua percuter des bicyclettes en fuyant dans la ruelle.

Je suis arrivée trop tard ! se maudit-elle en dérapant à un coin de rue et en grimpant quatre à quatre un petit escalier.

Débouchant sur un jardin luxuriant, elle s'accroupit derrière un mur en ruine et s'immobilisa, osant à peine respirer. Cinq minutes. Dix. Elle n'entendit aucun bruit de pas, aucun signe de poursuite.

L'allumette est peut-être tombée toute seule. Je pourrais encore essayer de récupérer ma valise et mon argent.

Elle risqua un coup d'œil par-dessus le mur. Personne.

Puis-je prendre ce risque ? J'ose ?

Elle redescendit dans la ruelle et en prit plusieurs autres pour contourner la piazzetta. Elle ne s'aventura pas dans l'espace découvert, préférant raser les murs et se cacher derrière un angle d'où elle pouvait observer la fenêtre de son appartement. Les volets en bois étaient toujours ouverts, tels qu'elle les avait laissés. Dans la lumière faiblissante du soir, elle aperçut soudain quelque chose bouger derrière la vitre. Une silhouette, l'espace d'un instant, encadrée par les volets.

Elle recula aussitôt derrière le mur.

Merde, merde et merde.

Elle ouvrit son sac à dos, examina le contenu de son portefeuille. Quarante-huit euros. Juste assez pour quelques repas et un ticket de bus. Peut-être assez pour prendre le taxi jusqu'à San Gimignano, mais pas plus. Elle avait bien une carte de crédit mais n'osait l'utiliser que dans les grandes villes, où elle pouvait facilement se fondre dans la foule. La dernière fois qu'elle s'en était servie, c'était à Florence, un samedi soir, quand les rues étaient bondées.

Elle s'éloigna de la piazzetta et retourna dans les ruelles obscures de Fontebranda. C'était le quartier qu'elle connaissait le mieux, où elle avait plus de chance de pouvoir semer qui voudrait la suivre. Elle entra dans un minuscule café qu'elle avait découvert quelques semaines plus tôt, fréquenté uniquement par des Siennois. L'intérieur était aussi sombre qu'une grotte et enfumé. Elle choisit une table dans un coin, commanda un sandwich au fromage et à la tomate ainsi qu'un *espresso*. Plus tard dans la soirée, elle prit un autre café. Puis un autre. Cette nuit, elle ne dormirait pas. Elle marcherait jusqu'à Florence. Cela faisait quoi, vingt-cinq, trente kilomètres ? Elle avait déjà dormi dans les champs. Elle avait volé des pêches, cueilli du raisin. Elle pouvait encore le faire.

Elle dévora son sandwich jusqu'à la dernière miette. Dieu seul savait quand elle mangerait la prochaine fois. Quand elle sortit enfin du café, la nuit était tombée et elle pouvait se déplacer dans les rues sombres sans trop craindre d'être reconnue. Il existait une autre solution. Elle était risquée mais lui éviterait peut-être de parcourir trente kilomètres à pied.

Giorgio lui rendrait ce service. Il la conduirait à Florence.

Elle marcha longtemps, contournant de loin le Campo et ne prenant que des artères secondaires. Le temps qu'elle arrive chez Giorgio, elle avait mal aux chevilles et les pieds endoloris à force de marcher sur les pavés irréguliers. Elle se tapit dans un recoin sombre, observant la fenêtre. Giorgio avait perdu sa femme des années plus tôt et partageait désormais une maisonnette avec son fils. Il y avait de la lumière à l'intérieur, mais elle ne distinguait aucun mouvement au rez-de-chaussée.

N'osant pas frapper directement à la porte d'entrée, elle contourna la maison, se glissa dans le petit jardin à l'arrière, se fraya un chemin entre les plants parfumés de thym et de lavande puis frappa à la porte de la cuisine.

Personne ne répondit.

Elle tendit l'oreille, guettant le son de la télévision qui aurait empêché Giorgio de l'entendre. Elle ne percevait qu'un bruit étouffé de circulation au loin dans les rues.

Elle appuya sur la poignée, la porte s'ouvrit.

Un regard suffit. Du sang, des bras étendus, des visages dévastés. Giorgio et Paolo, corps enchevêtrés dans une ultime étreinte.

Elle recula précipitamment, une main sur la bouche, sa vue brouillée par un rideau de larmes.

C'est de ma faute. Tout est de ma faute. Ils ont été tués à cause de moi.

Titubant dans les lavandes, elle percuta la petite porte du jardin. Le choc lui remit les idées en place.

Pars. Cours.

Elle sortit du jardin sans prendre la peine de refermer la porte derrière elle et courut dans la rue, ses sandales claquant sur les pavés.

Elle ne ralentit le pas qu'une fois sortie de Sienne.

9

— Vous êtes absolument sûrs qu'il y a une autre victime ? demanda le commissaire Marquette. Nous n'avons pas encore reçu la confirmation des analyses d'ADN.

— Mais nous avons deux groupes sanguins différents, répondit Jane. La main coupée appartient à une personne du groupe O+. Lori-Ann Tucker était A+. Le Dr Isles ne s'est pas trompée.

Il y eut un long silence dans la salle de conférences.

Le Dr Zucker marmonna dans sa barbe :

— Voilà qui devient très intéressant.

Assise de l'autre côté de la table, Jane se tourna vers lui. Le regard intense de Lawrence Zucker, psychologue médico-légal, la mettait toujours mal à l'aise. Il l'observait à présent comme un objet d'une grande curiosité ; elle le sentait presque s'immiscer jusque dans son cerveau. Ils avaient travaillé ensemble, deux ans et demi plus tôt, sur l'enquête du Chirurgien et Zucker savait à quel point cette affaire l'avait traumatisée. Il était au courant de ses cauchemars, de ses attaques de panique. Il avait remarqué la manière dont elle frottait sans cesse les cicatrices sur ses paumes, comme pour effacer les souvenirs. Désormais, Warren Hoyt hantait moins souvent ses nuits, mais chaque fois que Zucker la dévisageait ainsi, elle se sentait exposée. Il l'avait vue dans sa période la plus vulnérable. C'était ce qu'elle ne lui pardonnait pas.

Elle détourna les yeux, préférant se concentrer sur les deux autres inspecteurs, Barry Frost et Eve Kassovitz. Intégrer Kassovitz dans l'équipe avait été une erreur. Ses vomissements dans la neige avaient fait le tour du service et Jane aurait pu prédire les canulars qui allaient suivre. Dès le lendemain de Noël, un grand seau en plastique portant son nom était apparu mystérieusement sur le bureau d'accueil de l'unité. La nouvelle recrue aurait mieux fait d'en rire ou de pousser une gueulante. Au lieu de cela, elle avait pris un air de chien battu et s'était affalée sur sa chaise, trop démoralisée pour réagir. Cette Kassovitz n'allait jamais survivre dans ce club de machos si elle n'apprenait pas à rendre les coups.

Zucker reprit la parole :

— Si je comprends bien, nous avons un tueur qui non seulement démembre ses victimes, mais déplace des parties de corps d'une scène de crime à l'autre. Vous avez un cliché de la main ?

Jane lui tendit le dossier d'autopsie.

— On en a tout un tas. À en juger par son aspect, nous sommes presque sûrs qu'il s'agit d'une main de femme.

Les images, épouvantables, auraient retourné l'estomac de n'importe qui mais le visage de Zucker ne trahit pas le moindre choc ni dégoût, uniquement une grande curiosité. À moins que ce ne fût une lueur concupiscente que Jane lisait dans ses yeux ? Prenait-il son pied en regardant les atrocités commises sur des corps de jeunes femmes ?

Il s'arrêta sur la photo de la main.

— Pas de vernis à ongles, mais les doigts ont l'air manucurés. Oui, je suis d'accord, ce doit être la main d'une femme.

Il se tourna vers Jane, ses yeux pâles la fixant par-dessus ses lunettes.

— Qu'ont donné les recherches d'empreintes ?

— La propriétaire de cette main n'a pas de casier judiciaire. Elle n'a pas fait l'armée non plus. Nous n'avons rien trouvé au NCIC[1].

— Elle ne figure dans aucune banque de données ?

— Pas ses empreintes digitales, en tout cas.

— Cette main ne pourrait pas provenir d'un hôpital ? Un déchet après une amputation ?

Ce fut au tour de Frost de répondre :

— J'ai vérifié auprès de tous les centres médicaux du grand Boston. Au cours des quinze derniers jours, il n'y a eu que deux cas de mains amputées, l'une à Mass General, l'autre au Pilgrim Hospital. Les deux étaient traumatiques : la première, un accident avec une tronçonneuse ; la seconde, une attaque de chien. Dans les deux cas, les mains étaient tellement endom-magées qu'elles n'ont pas pu être recousues. La pre-mière appartenait à un homme.

— Cette main n'a pas été récupérée dans les pou-belles d'un hôpital, déclara Jane. Elle n'a pas été déchirée, ni arrachée. Elle a été tranchée avec une lame dentelée très aiguisée. En outre, cela n'a pas été fait de manière chirurgicale. L'extrémité du radius a été coupée aussi, sans tentative apparente de contrôler l'hémorragie. Il n'y a pas eu de cautérisation des vais-

---

1. Pour « National Crime Information Center » : base de don-nées recensant l'ensemble des informations disponibles sur tous types de criminels, terroristes, fugitifs, ainsi que sur les personnes disparues. *[Toutes les notes sont du traducteur.]*

seaux, de dissection des couches du derme. Juste une coupe nette.

— Nous n'avons aucune personne disparue à qui cette main pourrait appartenir ?

— Pas dans le Massachusetts. Nous élargissons les recherches. À toutes les femmes blanches. Elle ne peut pas avoir disparu depuis bien longtemps car la main semble encore fraîche.

— Elle aurait pu être congelée, observa Marquette.

— Non, répondit Janc. Le microscope ne révèle aucune lésion cellulaire. Selon le Dr Isles, quand on congèle un tissu, l'expansion de l'eau fait éclater les cellules, ce qui n'est pas le cas ici. La main a peut-être été conservée dans un frigo, ou dans de l'eau glacée, comme ça se fait pour le transport d'organes à greffer. Mais elle n'a pas été congelée. Nous pensons donc que sa propriétaire a été tuée il y a quelques jours, tout au plus.

— Si elle a été tuée, dit Zucker.

Ils se tournèrent tous vers lui, surpris par l'atroce implication de ce qu'il venait de dire.

— Vous pensez qu'elle pourrait être encore en vie ? demanda Frost.

— L'amputation en soi n'est pas forcément fatale.

— Beurk, gémit Frost. Lui couper la main sans la tuer...

Zucker parcourut les autres photos d'autopsie, s'arrêtant sur chacune d'elles avec la concentration d'un joaillier examinant une gemme à la loupe. Puis il les reposa enfin.

— Un tueur peut avoir deux raisons de découper sa victime. La première est purement pratique. Il a besoin de s'en débarrasser. Il s'agit d'assassins qui savent ce qu'ils font et ont un but précis. Ils sont conscients de la nécessité de faire disparaître le corps et de cacher leur crime.

— Des tueurs organisés, résuma Frost.

— Si le démembrement est suivi d'un éparpillement ou d'une dissimulation des parties du corps, cela implique une planification. Un tueur cognitif.

— Ces parties n'étaient pas du tout cachées, dit Jane. Elles étaient disposées à divers endroits de la maison, là où il savait qu'on les trouverait.

Elle tendit un autre paquet de photos à Zucker.

— Ce sont des clichés de la scène de crime.

Il ouvrit le dossier et s'arrêta, fixant la première image en murmurant :

— Ça devient de plus en plus intéressant...

Il voit une main coupée dans une assiette, et « intéressant » est le premier mot qui lui vient à l'esprit ?

Il releva les yeux vers elle.

— Qui a mis la table ? Qui a posé les assiettes, les verres à vin et l'argenterie ?

— Nous pensons que c'est l'assassin.

— Pourquoi ?

— Comment voulez-vous que je le sache ?

— Je veux dire, qu'est-ce qui vous fait penser que c'est lui qui l'a dressée ?

— Parce qu'il y avait une traînée de sang sous une des assiettes, laissée quand il l'a manipulée.

— Des empreintes ?

— Malheureusement, non. Il portait des gants.

— Une autre preuve de préméditation. Un homme prévoyant.

Il se replongea dans les photos.

— La table est mise pour quatre. Cela a-t-il une importance ?

98

— On ne le sait pas plus que vous. Il y avait huit assiettes dans le placard, il aurait donc pu en mettre plus sur la table. Il a choisi de n'en mettre que quatre.

Marquette demanda :

— À votre avis, à quoi avons-nous affaire ici, docteur Zucker ?

Le psychologue ne répondit pas. Il continua de feuilleter lentement les clichés, marquant un temps d'arrêt sur l'image du bras dans la baignoire. Puis il passa à la photo de la cuisine, s'immobilisa à nouveau. Il y eut un très long silence tandis qu'il observait les bougies fondues, le cercle dessiné sur le sol, ce qui était posé au centre de ce cercle.

— On aurait dit une mise en scène rituelle bizarroïde, raconta Frost. Le cercle à la craie, les bougies…

— En effet, ça m'a l'air très ritualiste, dit Zucker.

Quand il releva la tête, la lueur dans ses yeux donna la chair de poule à Jane.

— Est-ce bien l'assassin qui a dessiné ce cercle ? demanda-t-il.

Jane hésita, surprise par sa question.

— Vous voulez dire, par opposition à la victime ?

— Je ne fais aucune présomption, ici. J'espère que vous non plus. Qu'est-ce qui vous fait dire avec certitude que ce cercle n'a pas été tracé par la victime ? Qu'au début elle n'était pas une participante consentante à un rituel ?

Jane eut envie de rire.

Oui, bien sûr, comme si j'allais me porter volontaire pour me faire couper la tête !

— C'est forcément le tueur qui a tracé le cercle et allumé les bougies. Nous n'avons retrouvé aucun morceau de craie dans la maison. Après s'en être servi pour dessiner sur le sol de la cuisine, il a dû l'emporter avec lui.

Zucker s'enfonça en arrière dans son fauteuil, songeur.

— Donc, le tueur découpe sa victime mais ne cache pas les morceaux du corps. Il ne la défigure pas. Il ne laisse aucune trace derrière lui, ce qui laisse entendre qu'il connaît les méthodes de la police. Et pourtant, il nous offre le plus gros indice qui soit, si l'on peut dire, à savoir une partie du corps d'une autre victime...

Il marqua une pause, puis :

— Vous avez trouvé des traces de sperme ?

— Il n'y en avait pas sur le corps de la victime.

— Et sur le lieu du crime ?

— L'équipe scientifique a passé toute la maison aux rayons. Le crimescope a détecté plus de cheveux qu'on ne pourrait en compter, mais pas de sperme.

— Là encore, c'est caractéristique d'un comportement cognitif. S'il s'agit effectivement d'un maniaque sexuel, il maîtrise suffisamment ses pulsions pour attendre d'être en sécurité avant de savourer son défoulement.

— Et si ce n'est pas un maniaque sexuel ? demanda Marquette.

— Alors je ne suis pas certain de savoir ce que cela veut dire, répondit Zucker. Mais le démembrement, la mise en scène des parties du corps, les bougies, le cercle à la craie...

Il lança un regard autour de la table.

— Je suis sûr que nous pensons tous à la même chose : rituels sataniques.

— C'était la nuit de Noël, ajouta Marquette.

— Oui, mais notre tueur ne cherchait pas à honorer le petit Jésus. Il essayait plutôt d'invoquer le Prince des ténèbres...

— Il y a un autre cliché que vous devriez regarder, lui dit Jane.

Elle lui indiqua le paquet de photos qu'il n'avait pas encore examiné.

— On a trouvé un message écrit sur le mur, avec le sang de la victime.

Zucker trouva l'image.

— Trois croix à l'envers, dit-il. Elles peuvent fort bien avoir une signification satanique. Mais c'est quoi ces symboles, dessous ?

— C'est un mot.

— Je ne le vois pas.

— C'est une image inversée. Il faut la lire dans un miroir.

Zucker haussa les sourcils.

— Vous connaissez, bien sûr, la signification de l'écriture en miroir ?

— Non, mais je suis tout ouïe.

— Quand le Diable conclut un pacte avec vous pour acheter votre âme, le contrat est rédigé et signé en écriture spéculaire.

Il se pencha un peu plus sur la photo puis releva les yeux vers Jane.

— Je n'arrive pas à le lire. Qu'est-ce que ça dit ?

— *Peccavi*. « J'ai péché », en latin.

— Une confession ? suggéra Marquette.

— Je dirais plutôt qu'il se vante, dit Zucker. Il annonce à Satan : « J'ai obéi à tes ordres, maître. »

Son regard balaya tous les clichés étalés sur la table.

— J'adorerais pouvoir coincer ce type dans la salle des entretiens. Il y a tellement de symbolisme là-dedans ! Pourquoi a-t-il disposé les parties du corps de cette manière ? Quel est le sens de la main dans l'assiette ? De la table dressée pour quatre personnes ?

— Les quatre cavaliers de l'Apocalypse, répondit Kassovitz d'une voix basse.

C'était la première fois qu'elle prenait la parole depuis le début de la réunion.

— Qu'est-ce qui vous fait dire ça ? demanda Zucker.

Kassovitz s'éclaircit la gorge et se redressa sur son siège.

— On parle de Satan. De péché. Ce sont des thèmes bibliques.

Jane objecta :

— Le couvert pour quatre peut tout autant signifier que trois amis invisibles vont le rejoindre pour un petit dîner impromptu à minuit.

— Vous n'êtes pas convaincue par la thèse biblique ? lui demanda Zucker.

— Je sais que ça a l'air du satanisme. Tout y est : le cercle et les bougies ; l'écriture en miroir ; les croix inversées... comme pour nous conduire tout droit à cette conclusion.

— Vous pensez que ce n'est qu'une mise en scène ?

— Peut-être pour masquer la vraie raison pour laquelle Lori-Ann Tucker a été tuée.

— Quels pourraient être les mobiles ? Avait-elle des peines de cœur ?

— Elle était divorcée. Son ex-mari vit au Nouveau-Mexique. Ils se sont apparemment séparés à l'amiable. Elle a emménagé à Boston il y a trois mois. On ne lui connaît pas de petit ami.

— Elle avait un emploi ?

— J'ai parlé au directeur du musée des Sciences, répondit Kassovitz. Lori-Ann travaillait à la boutique de souvenirs. Personne n'a signalé de conflits ni de problèmes.

— Vous êtes absolument sûre de ça ?

La question de Zucker s'adressait à Jane et non à Kassovitz, une rebuffade qui fit rougir cette dernière. C'était un coup de plus à son amour-propre déjà mis à mal.

Jane défendit sa coéquipière :

— Ce n'est pas ce que l'inspecteur Kassovitz vient de vous dire ?

— Soit, dit Zucker. Dans ce cas, pourquoi cette femme a-t-elle été tuée ? Pourquoi vouloir faire croire à du satanisme si ce n'en est pas vraiment ?

— Pour rendre son crime intéressant. Pour attirer l'attention.

Zucker se mit à rire.

— Il n'avait pas besoin de se donner tant de mal pour attirer notre attention !

— Pas la nôtre. L'attention d'une personne beaucoup plus importante à ses yeux.

— Vous parlez du Dr O'Donnell, c'est ça ?

— Nous savons qu'il l'a appelée, mais elle affirme qu'elle n'était pas chez elle.

— Vous ne la croyez pas ?

— On ne peut pas le confirmer, puisqu'elle a effacé le message. Selon elle, il a raccroché sans prononcer le moindre mot.

— Qu'est-ce qui vous fait penser qu'elle ment ?

— Vous savez qui elle est, n'est-ce pas ?

Il la dévisagea un moment avant de répondre :

— Je sais que vous avez été en conflit toutes les deux par le passé. Que son amitié avec Warren Hoyt vous dérange.

— Il ne s'agit pas d'O'Donnell et de moi...

— Mais si. Elle entretient une amitié avec un homme qui a failli vous tuer, un homme dont le plus grand désir est d'y parvenir un jour.

Jane se pencha en avant, tous les muscles bandés, et déclara lentement :

— Docteur Zucker, ne vous aventurez pas sur ce terrain-là.

La lueur qu'il vit dans son regard le fit battre en retraite.

— Vous considérez O'Donnell comme un suspect ?

— Je me méfie d'elle. C'est une mercenaire à la solde de criminels. Payez-la suffisamment et elle ira au tribunal défendre n'importe quel assassin. Elle affirmera qu'il souffre de lésions neurologiques ou de je ne sais quoi et qu'il n'est pas responsable de ses actes. Que sa place est dans un hôpital et non derrière les barreaux.

— Elle n'est pas très appréciée de la police, ajouta Marquette. Tous départements confondus.

— Même si on l'adorait, reprit Jane, ça ne répond pas à nos questions. Pourquoi l'assassin l'a-t-il appelée depuis la scène du crime ? Pourquoi n'était-elle pas chez elle ? Pourquoi refuse-t-elle de nous dire où elle était ?

— Parce qu'elle sait que vous lui êtes hostile.

Elle n'imagine pas à quel point, ni jusqu'où mon hostilité peut aller.

— Inspecteur Rizzoli, êtes-vous en train de suggérer que le Dr O'Donnell est impliquée dans ce crime ?

— Non, mais elle n'hésiterait pas à l'exploiter. À s'en nourrir. Intentionnellement ou pas, elle l'a inspiré.

— Comment ça ?

— Vous savez que les chats tuent parfois une souris et l'apportent à leur maître comme une sorte d'offrande ? Un gage d'affection ?

— Vous pensez que l'assassin cherche à impressionner O'Donnell ?

— C'est pourquoi il l'a contactée. C'est pourquoi il a monté cette mise en scène, pour piquer sa curiosité. Puis, pour s'assurer que son travail aura bien été remarqué, il a téléphoné à la police. Quelques heures plus tard, alors qu'on se tenait tous dans la cuisine, il a appelé la maison de la victime depuis une cabine publique, juste pour vérifier qu'on était bien là. Ce tueur veut nous embobiner tous. La police comme O'Donnell.

— Est-elle consciente du danger que cela peut représenter pour elle ? demanda Marquette. D'être le point de mire d'un assassin ?

— Elle ne m'a pas eu l'air très impressionnée.

— Qu'est-ce qui pourrait faire peur à cette femme ?

— Peut-être qu'il lui envoie un petit gage d'affection. L'équivalent d'une souris morte.

Jane marqua une pause. Puis :

— N'oublions pas que la main de Lori-Ann Tucker est toujours manquante.

10

Debout dans sa cuisine, occupée à découper du poulet froid pour un dîner tardif, Jane ne pouvait s'empêcher de repenser à cette main. Elle apporta le plat à table, où son mari d'ordinaire impeccable était assis manches retroussées, le col plein de bave de bébé. Y avait-il quelque chose de plus sexy qu'un homme attendant patiemment que sa fille fasse son rototo ? Regina émit une éructation vigoureuse et Gabriel éclata de rire. Quel moment doux et parfait ! Tous les trois réunis, en bonne santé et à l'abri.

Puis elle baissa les yeux vers le poulet découpé et pensa au contenu d'une autre assiette, sur la table de cuisine d'une autre femme. Son appétit s'envola aussitôt.

Nous ne sommes que de la viande. Du poulet. Un morceau de bœuf.

— Je croyais que tu avais faim, observa Gabriel.

— J'ai changé d'avis. Tout à coup, ça ne me paraît plus aussi appétissant...

— C'est à cause de cette affaire, n'est-ce pas ?

— J'aimerais pouvoir cesser d'y penser.

— J'ai vu les dossiers que tu as apportés ce soir. Je n'ai pas pu m'empêcher de regarder ce qu'il y avait dedans. Du coup, ça m'inquiète, moi aussi.

— Tu es censé être en vacances. Qu'est-ce que tu fais à consulter des clichés d'autopsie ?

— Ils étaient là, sur le plan de travail.

Il reposa Regina sur sa chaise de bébé puis demanda :

— Tu veux qu'on en parle ? Ça te fera peut-être du bien.

Elle lança un regard à Regina qui les observait, les yeux alertes, puis se mit à rire.

— Mon Dieu, quand elle sera assez grande pour comprendre, j'imagine déjà les conversations familiales à table : « Alors, ma chérie, combien de cadavres sans tête tu as vus aujourd'hui ? » Très approprié !

— Pour quelque temps encore elle ne nous comprend pas, alors tu peux me parler.

Jane se leva, alla au réfrigérateur, sortit une bouteille de bière et la décapsula.

— Jane ?

— Tu veux vraiment entendre les détails ?

— Je veux savoir ce qui te perturbe autant.

— Tu as vu les photos. Tu sais ce qui me perturbe.

Elle se rassit, but une longue gorgée au goulot. Puis elle contempla, songeuse, la bouteille couverte de condensation.

— Parfois, je me dis qu'il faut être fou pour faire des enfants. Tu les aimes, tu les élèves, puis tu les regardes partir dans un monde où ils vont se faire mal. Où ils vont rencontrer des types comme…

Comme Warren Hoyt, pensait-elle, mais elle ne prononça pas son nom. Elle ne le prononçait pratiquement jamais, comme si le dire à voix haute revenait à invoquer le Diable en personne.

La sonnerie soudaine de l'interphone la fit sursauter. Elle lança un regard à la pendule au mur.

— Il est dix heures et demie.

— Je vais voir qui c'est, déclara Gabriel.

Il se rendit dans le séjour et décrocha le combiné.

— Oui ?

Une voix inattendue résonna dans le haut-parleur :

— C'est moi, annonça la mère de Jane.

— Montez, madame Rizzoli, répondit Gabriel en pressant le bouton d'ouverture.

Il lança un regard surpris à Jane.

— Il est bien tard. Qu'est-ce qu'elle vient faire ?

— Je n'ose pas l'imaginer.

Ils entendirent les pas d'Angela dans l'escalier, plus lents et lourds que d'habitude, accompagnés de bruits sourds intermittents, comme si elle traînait un objet encombrant derrière elle. Quand elle arriva sur le palier du deuxième étage, ils comprirent ce que c'était.

Une valise.

— Maman ? demanda Jane.

Elle reconnaissait à peine sa mère dans cette femme échevelée au regard sauvage. Son manteau était déboutonné, le revers coincé sous le col, son pantalon était trempé jusqu'aux genoux, comme si elle avait escaladé une congère pour arriver jusque chez eux. Elle souleva sa valise des deux mains, semblant prête à la balancer à la figure du premier venu.

Elle paraissait dangereuse.

— J'ai besoin de dormir chez vous ce soir, annonça-t-elle.

— Quoi ?

— Je peux entrer, oui ou non ?

— Bien sûr, maman.

Gabriel tendit la main.

— Laissez-moi prendre votre bagage, madame Rizzoli.

— Ah, tu vois ? dit Angela à sa fille. Voilà comment un homme est censé se comporter ! Il voit une femme en difficulté, il se précipite à son aide. Ça, c'est un gentleman !

— Maman, que s'est-il passé ?

— Ce qui s'est passé ? Ce qui s'est passé ? Je ne sais même pas par où commencer !

Regina, trouvant qu'on la négligeait trop longtemps, se mit à brailler.

Angela fonça aussitôt vers la cuisine et prit sa petite-fille dans ses bras.

— Oh, mon pauvre petit cœur ! Si seulement tu savais ce qui t'attend quand tu seras grande !

Elle s'assit à table en berçant Regina, la serrant si fort que l'enfant se mit à se débattre, essayant d'échapper à l'étreinte suffocante de sa grand-mère.

Jane poussa un soupir las.

— Maman, qu'est-ce que papa t'a fait ?

— Ne compte pas sur moi pour te le dire.

— Qui va me le dire, alors ?

— Je ne monterai pas mes enfants contre leur père. Les parents ne devraient jamais dire du mal l'un de l'autre devant leurs enfants.

— Je ne suis plus une enfant, maman. J'ai besoin de savoir ce qui se passe.

Angela refusa d'en dire plus. Elle continuait à se balancer d'avant en arrière, serrant Regina, qui paraissait de plus en plus paniquée.

— Euh… tu comptes rester combien de temps chez nous, maman ?

— Je n'en sais rien.

Jane lança un regard à Gabriel, qui avait eu la sagesse de rester en dehors de la conversation. Elle lut la même lueur d'angoisse dans ses yeux.

— Je vais peut-être avoir besoin de me trouver un nouvel appartement, déclara Angela. Un endroit *à moi*.

— Enfin, maman, ne me dis pas que tu ne rentreras plus jamais à la maison…

— C'est exactement ce que je suis en train de dire. Je vais refaire ma vie, Janie.

Elle dévisagea sa fille, le menton en avant, prête à en découdre.

— Plein de femmes le font. Elles quittent leur mari et s'en sortent très bien. On n'a pas besoin d'eux, on peut se débrouiller toutes seules.

— Maman, tu n'as pas de travail…

— Ah bon ? À ton avis, qu'est-ce que je fais depuis trente-sept ans ? Je cuisine et je nettoie pour *cet homme* ! Tu crois qu'il l'apprécie ? Tout ce qu'il sait faire, c'est rentrer à la maison et bâfrer ce que je mets devant lui. Il se fiche bien de tout le soin et l'attention que je mets dans ses petits plats. Tu sais combien de gens m'ont dit que je devrais ouvrir un restaurant ?

En fait, ce serait un restaurant formidable, pensa Jane.

Néanmoins, elle se garda bien de dire quoi que ce soit qui aurait pu encourager cette crise de démence.

— Alors ne viens pas me dire : « Tu n'as même pas un travail » ! Mon métier, c'était de prendre soin de cet homme, pour le bien que ça m'a valu ! Autant me faire payer pour ce que je fais !

Elle serra Regina avec un regain de vigueur alarmante et le bébé poussa un cri de protestation.

— Je ne resterai pas longtemps chez vous. Je dormirai dans la chambre du bébé. Même sur le sol, ça ne me dérange pas. Je veillerai sur elle pendant que vous êtes au travail tous les deux. Comme on dit en Afrique : il faut bien tout un village pour élever un enfant.

Jane se leva et se dirigea vers le téléphone.

— Puisque tu refuses de me dire ce qui s'est passé, je vais le demander à papa.

— Qu'est-ce que tu fais ?

— Je lui téléphone. Je te parie qu'il est prêt à te présenter ses excuses.

Je parie plutôt qu'il a faim et veut que son chef cuisinier personnel rapplique derrière les fourneaux.

Elle saisit le combiné et composa le numéro.

— Ne te donne pas cette peine ! lança Angela.

La sonnerie retentit une fois, deux fois…

— Puisque je te dis que tu perds ton temps. Il n'est probablement pas là.

— Où est-il alors ?

— Chez elle.

Jane se raidit, écoutant la ligne de ses parents qui sonnait et sonnait, sans que personne décroche. Elle raccrocha lentement et se tourna vers sa mère.

— Chez elle… C'est qui, « elle » ?

— Elle. Sa traînée.

— Mon Dieu, maman…

— Le bon Dieu n'a rien à voir là-dedans.

Angela émit un hoquet et son visage se froissa. Elle se recroquevilla sur sa chaise, Regina écrasée contre son sein.

— Papa a une maîtresse ?

Angela hocha lentement la tête et s'essuya les yeux.

— Qui ?

Jane s'assit devant sa mère et la regarda dans les yeux.

— Qui, maman ? Tu la connais ?

— Au travail… sanglota Angela.

— Mais il ne bosse qu'avec une bande de vieux croûtons !

— Elle est nouvelle. Elle est… elle est…

Sa voix se brisa.

— ... plus jeune.

Le téléphone sonna.

Angela redressa brusquement la tête.

— Je ne veux pas lui parler ! Dis-le-lui.

Jane regarda le numéro sur le petit écran numérique mais ne le reconnut pas. C'était peut-être son père. Appelant depuis chez *l'autre*. La traînée. Elle décrocha et déclara d'une voix teigneuse :

— Ici l'inspecteur Rizzoli.

Il y eut un silence, puis :

— Ouh là ! T'as encore l'air de bon poil !

Tu n'as encore rien vu, pensa-t-elle en reconnaissant la voix de l'inspecteur Darren Crowe.

— Quoi de neuf ? demanda-t-elle.

— Rien de bon. Je crois que Frost et toi feriez bien de rappliquer. On est à Beacon Hill. Je suis navré d'avoir à t'annoncer ça, mais...

— T'es de permanence, ce soir ?

— Ce soir nous le sommes tous, Rizzoli.

Crowe paraissait plus sombre que jamais, sans la moindre trace de ses habituels sarcasmes. Il acheva, en baissant le ton d'un cran :

— C'est l'un des nôtres.

L'un des nôtres. Ça voulait dire un flic.

— Qui ? demanda-t-elle.

— Eve Kassovitz.

Jane resta sans voix. Ses doigts autour du combiné paraissaient engourdis.

Ce n'est pas possible, je l'ai vue il y a quelques heures à peine...

— Rizzoli ?

Elle s'éclaircit la gorge.

— Donne-moi l'adresse.

Quand elle raccrocha, Gabriel avait emmené Regina en sécurité dans l'autre pièce et Angela était assise, épaules avachies, bras ballants.

— Je suis désolée, maman, il faut que j'y aille.

Angela acquiesça tristement.

— Bien sûr. Vas-y.

— On en reparlera à mon retour.

Elle se pencha pour embrasser sa mère et, de près, remarqua sa peau flasque, ses yeux tombants.

Quand a-t-elle autant vieilli ?

Elle prit son arme, sortit son manteau de la penderie. Alors qu'elle le boutonnait, elle entendit Gabriel dire :

— Ça ne pouvait pas tomber plus mal.

Elle le dévisagea un instant.

Que se passera-t-il quand je serai vieille comme maman ? Toi aussi, tu me quitteras pour une femme plus jeune ?

— Je risque d'en avoir pour un moment, dit-elle. Ne m'attendez pas.

11

Quand elle descendit de sa Lexus, les talons de Maura firent craquer le verglas sur la chaussée. La neige qui avait fondu pendant la journée avait givré dès la tombée du soir, quand un vent glacé avait fait brutalement chuter la température. Dans les éclats de lumière intermittents projetés par les nombreux gyrophares, toutes les surfaces luisaient, glissantes et dangereuses. Elle aperçut un flic avançant précautionneusement un pas après l'autre sur le trottoir, les bras en balancier pour conserver son équilibre. Quand la camionnette de l'équipe scientifique arriva, elle dérapa en freinant et évita de justesse le pare-chocs arrière d'une voiture de patrouille en stationnement.

L'agent l'appela depuis l'autre côté de la rue :

— Faites attention, docteur ! On a déjà un officier qui s'est ramassé tout à l'heure. Je crois bien qu'il s'est cassé le poignet...

— Quelqu'un aurait dû jeter du sel sur cette chaussée.

— Ouais, grogna-t-il. *Quelqu'un* aurait dû, parce qu'il faut pas compter sur la municipalité pour s'en charger cette nuit.

— Où est l'inspecteur Crowe ?

L'agent agita une main gantée vers une rangée d'élégants hôtels particuliers.

— Au numéro 41. C'est quelques portes plus loin. Je vais vous accompagner…

— Non, ce n'est pas la peine, je vous remercie.

Elle s'arrêta pour laisser passer une autre voiture de police et la regarda patiner sur la chaussée avant de buter contre le bord du trottoir. Il y avait déjà au moins huit véhicules de patrouille encombrant la rue étroite.

— Vous allez devoir faire de la place pour que la camionnette de la morgue puisse passer. Toutes ces voitures ont-elles vraiment besoin d'être ici ?

— Oui, répondit le flic.

Le ton de sa voix la fit se retourner. Dans la lumière stroboscopique des gyrophares, ses traits étaient creusés d'ombres sinistres.

— Nous devons tous être présents, ajouta-t-il. On lui doit bien ça.

Maura songea à la nuit de Noël, revit Eve Kassovitz pliée en deux, vidant ses tripes dans la neige. Elle se souvint également comment les policiers s'étaient moqués d'elle. À présent qu'elle était morte, ils ne ricanaient plus. Ils lui montraient le respect grave dû à tout officier tombé en service.

Le flic poussa un soupir excédé et reprit :

— Son petit ami, il est de chez nous, lui aussi.

— Il est officier de police ?

— Ouais. Aidez-nous à coincer ce salaud, doc.

Elle acquiesça.

— Comptez sur moi.

Elle avança sur le trottoir, soudain consciente de tous les regards qui suivaient ses pas, de tous les officiers qui avaient sûrement remarqué son arrivée. Ils connaissaient sa voiture, ils savaient qui elle était. Des silhouettes sombres la saluaient au passage. Elles étaient toutes blotties les unes contre les autres, leur souffle créant des nuages blancs, comme des fumeurs regroupés pour s'adonner furtivement à leur vice. Ils connaissaient tous la raison de sa visite, tout comme chacun d'eux était conscient qu'il pourrait être l'objet un jour ou l'autre de ses attentions.

Une bourrasque souleva brusquement un nuage de neige et elle plissa les yeux, baissant la tête pour éviter la morsure du froid sur son visage. Quand elle la releva, elle aperçut un homme qu'elle ne s'était pas attendue à voir ici. De l'autre côté de la rue, le père Daniel Brophy parlait doucement avec un jeune officier affalé contre une voiture de la police de Boston, comme trop faible pour tenir sur ses deux jambes. Le prêtre lui passa un bras autour des épaules pour le réconforter et le jeune homme s'effondra contre lui en sanglotant. Brophy le serra dans ses bras. D'autres les observaient non loin dans un silence gêné, battant la semelle, tête baissée, mal à l'aise devant cette manifestation de douleur à vif. Maura ne pouvait l'entendre, mais le prêtre murmura à l'oreille du jeune flic, qui acquiesça et lui répondit entre deux sanglots.

Je ne pourrais jamais faire ce que fait Daniel.

Découper de la chair morte et scier des os était beaucoup plus facile qu'affronter la souffrance des vivants. Daniel releva soudain la tête et l'aperçut. Un instant, ils se dévisagèrent. Puis elle reprit son chemin vers la maison, facilement reconnaissable au ruban jaune de la police attaché à la grille en fer forgé devant le porche. À chacun son boulot. Il était temps de se concentrer. Toutefois, en regardant le trottoir devant elle, elle pensait à Daniel. Serait-il encore ici quand elle aurait fini son travail ? Si oui, que se passerait-il ? Devrait-elle l'inviter à prendre un café ? N'aurait-elle pas l'air trop entreprenante, trop désespérée ?

Devrait-elle simplement lui souhaiter bonne nuit et poursuivre son chemin, comme d'habitude ?

Qu'est-ce que tu aimerais qu'il arrive ?

Elle s'arrêta sur le trottoir devant la maison, contempla l'élégante bâtisse de deux étages. À l'intérieur, toutes les lumières étaient allumées. Des marches en brique menaient à la porte d'entrée massive, où un heurtoir en bronze luisait à la lueur de lanternes à gaz ornementales. En dépit de la saison, il n'y avait pas de décorations de Noël sur la façade. C'était la seule porte de la rue sans une guirlande. À travers les grands bow-windows, elle aperçut le reflet dansant d'un feu de cheminée mais pas le scintillement d'un sapin de Noël.

— Docteur Isles ?

Elle entendit grincer les gonds d'une porte en fer forgé sur le côté de la maison. Roland Tripp était l'un des plus vieux officiers de la brigade criminelle et, ce soir, il faisait vraiment son âge. La lumière du réverbère lui jaunissait le teint, accentuant les poches sous ses yeux et ses paupières tombantes. Malgré son épaisse doudoune, il paraissait grelotter. Il parlait en crispant les mâchoires, comme pour s'empêcher de claquer des dents.

Il lui tint la porte de la grille.

— Venez, la victime est par ici.

Maura le rejoignit, et la porte se referma en claquant derrière eux. Il la conduisit dans une cour étroite qui longeait le bâtiment, lui éclairant le chemin avec sa lampe torche. L'allée avait été balayée depuis la dernière tempête de neige, et les briques étaient juste tapissées d'une fine poudre blanche. Tripp s'arrêta et braqua sa torche sur un petit monticule de neige en bordure de l'allée. Il était maculé d'une traînée rouge.

— C'est ce qui a attiré l'attention du majordome.

— Il y a un majordome, ici ?

— Oh oui ! C'est le genre de la maison.

— Que fait-il ? Je veux dire, le propriétaire des lieux ?

— Il dit qu'il est professeur d'histoire à la retraite. Il enseignait au Boston College.

— Qui aurait cru que les professeurs gagnaient autant d'argent...

— Attendez de voir l'intérieur de la baraque. Ce n'est pas un décor de prof d'histoire. Ce type a du fric qui vient d'ailleurs.

Il pointa son faisceau vers la porte de service.

— Le majordome est sorti par là, portant un sac d'ordures. Il marchait vers ces poubelles, là-bas, quand il a remarqué que la porte de la grille était ouverte. Il a trouvé ça bizarre et, en revenant, il est allé la fermer et a jeté un coup d'œil autour de lui. C'est là qu'il a vu le sang et qu'il s'est dit que quelque chose clochait sérieusement. Il a ensuite vu d'autres traînées de sang, le long de cette allée en brique, en direction de l'arrière de la maison.

Maura fixait le sol.

— La victime a été traînée par terre sur cette allée.

— Venez, je vais vous montrer.

Tripp continua vers l'arrière de l'hôtel particulier jusque dans un petit jardin. Son faisceau balaya des dalles verglacées et des plates-bandes protégées pour l'hiver par des branches de sapin. Une petite gloriette se dressait au milieu du jardin. Ce devait être un endroit délicieux en été, un coin ombragé où s'asseoir, prendre un café tout en humant le parfum des fleurs.

L'occupante actuelle de la gloriette n'était plus en état de humer quoi que ce soit.

Maura ôta ses gants en laine et enfila ceux en latex. Ils ne la protégeaient guère du froid mordant.

S'accroupissant, elle souleva la bâche en plastique jetée sur le cadavre.

L'inspecteur Eve Kassovitz était étendue sur le dos, les bras le long du corps, ses cheveux blonds collés par le sang. Elle portait des vêtements sombres : pantalon en laine, caban et bottes noirs. Le caban était ouvert et son pull retroussé dévoilait sa peau nue maculée de sang. Elle portait un holster, son revolver était toujours en place. Mais c'était son visage que Maura fixait, réprimant un frisson d'horreur. Ses paupières avaient été découpées, laissant ses yeux grands ouverts sur un regard à jamais fixe. Des rigoles de sang avaient séché le long de ses tempes, lui faisant comme des larmes rouges.

— Je l'ai vue il y a une semaine à peine, murmura Maura. Sur une autre scène de crime.

Elle releva les yeux vers Tripp. Son visage était caché dans les ténèbres et elle ne voyait que sa silhouette massive la surplombant.

— Celle d'East Boston, précisa-t-elle.

Il acquiesça :

— Eve a rejoint notre unité il y a quelques semaines. Avant, elle était aux Stups…

— Elle habite dans le quartier ?

— Non, dans un appart à Mattapan.

— Alors… qu'est-ce qu'elle faisait ici ?

— Même son petit ami n'en sait rien. Mais on a quelques idées.

Maura pensa au jeune flic qu'elle avait vu pleurer dans les bras de Daniel.

— Son petit ami, c'est l'officier, là-bas, dehors ? Celui qui parle avec le père Brophy ?

— Oui, il est salement secoué. Faut dire, le pauvre, il était en patrouille quand il a entendu par hasard le message à la radio. C'est moche.

— Il n'a aucune idée de ce qu'elle faisait dans le coin ? Vêtue tout en noir et armée ?

Tripp hésita, juste assez pour que Maura le remarque.

— Monsieur Tripp ?

Il soupira.

— On l'a un peu charriée. Vous savez, à cause de ce qui est arrivé la nuit de Noël... Peut-être qu'on a eu la main un peu lourde...

— Vous voulez parler du fait qu'elle a vomi dans la rue ?

— Oui. Je sais que c'est infantile. On fait ça tout le temps, dans le service. On se moque, on se chambre. Mais Eve, j'ai bien peur qu'elle ait pris ça un peu trop au sérieux...

— Ça n'explique toujours pas ce qu'elle faisait sur Beacon Hill.

— Ben dit qu'après toutes ces taquineries elle s'était mis en tête de prouver qu'elle était à la hauteur. On pense qu'elle était ici pour enquêter sur le meurtre de Noël. Si c'est le cas, elle n'a prévenu personne.

Maura contempla le visage d'Eve Kassovitz. Elle écarta des mèches raidies par le sang, aperçut une lacération du scalp. Cependant, une brève palpation ne révéla aucune fracture. Le coup qui avait arraché un bout de peau n'avait pas été assez puissant pour donner la mort. Elle se concentra ensuite sur le torse. Elle souleva délicatement le pull, dévoila la cage thoracique et examina le soutien-gorge ensanglanté. La lame avait pénétré juste sous le sternum. Le sang avait déjà séché, une croûte gelée obscurcissant les lèvres de la plaie.

— À quelle heure l'a-t-on trouvée ?

— Vers vingt-deux heures. Quand le majordome est sorti jeter un premier sac d'ordures dans les poubelles, vers dix-huit heures, il n'a rien vu.

— Il a sorti les poubelles deux fois dans la soirée ?

— Il y avait quatre invités à dîner dans la maison. Beaucoup de cuisine, beaucoup d'ordures.

— Donc, elle serait morte entre six et dix heures du soir ?

— C'est ça.

— Quand son petit ami l'a-t-il vue pour la dernière fois ?

— Vers quinze heures. Juste avant qu'il prenne son service.

— Il a donc un alibi.

— En béton. Son coéquipier ne l'a pas quitté de la soirée.

Tripp marqua une pause avant de demander :

— Vous allez prendre la température du corps ? Parce qu'on a déjà la température extérieure, si vous en avez besoin. Il fait moins onze.

Maura lança un regard vers les vêtements chauds du cadavre.

— Je ne vais pas prendre sa température rectale ici. Je ne veux pas la déshabiller dans le noir. Votre témoin nous a déjà donné une marge horaire pour la mort. En supposant qu'il ne se trompe pas.

Tripp fit une moue sarcastique.

— Il est probablement exact à la seconde près. Vous devriez le rencontrer, ce majordome. Il s'appelle Jeremy. Dans le genre maniaque, on fait pas mieux.

Un faisceau de lumière transperça les ténèbres. Maura aperçut une silhouette balayant la cour avec une lampe torche.

— Hé, toubib ! appela Jane. Je ne savais pas que tu étais déjà là.

— Je viens d'arriver.

Maura se releva. Dans l'obscurité, elle ne pouvait distinguer les traits de Jane, uniquement le halo volumineux de sa chevelure.

— Je ne m'attendais pas à te voir ici, dit-elle. C'est Crowe qui m'a appelée.

— Il m'a appelée, moi aussi.

— Où est-il ?

— À l'intérieur, en train d'interroger le propriétaire.

— Où voulez-vous qu'il soit ? grogna Tripp. Il est à l'intérieur parce qu'il fait chaud, pendant que moi, je me les gèle dehors...

Jane se tourna vers lui.

— Dites donc, Tripp, on dirait que vous aimez Crowe autant que moi...

— Ouais, faut dire que c'est un type adorable. Pas étonnant que son ancien coéquipier ait pris sa retraite anticipée.

Il poussa un long soupir et son souffle se condensa en une spirale dans le noir. Puis il reprit :

— Personnellement, je serais pour qu'on se le coltine à tour de rôle, se le refilant d'unité en unité. Ça soulagerait un peu la douleur. On supporterait Beau Gosse chacun à son tour.

— Merci, mais j'ai déjà donné, rétorqua Jane. Plus que nécessaire.

Elle baissa les yeux vers Eve Kassovitz et poursuivit, sur un ton plus doux :

— Il s'est comporté comme un salaud avec elle. Le coup du seau sur le bureau, c'était lui, non ?

— Ouais, admit Tripp. Mais on est tous responsables, à notre manière. Peut-être qu'elle ne serait pas là si... Vous avez raison, on a tous été de vrais connards...

— Vous avez dit qu'elle était venue enquêter, les coupa Maura. Il y a une piste qui mène ici ?

— O'Donnell, répondit Jane. Elle faisait partie des invités au dîner.

— Kassovitz la filait ?

— Nous avions brièvement envisagé de la surveiller. C'était juste une idée. Je ne pensais pas qu'elle me prendrait au mot.

— O'Donnell se trouvait donc ici, dans la maison...

— Elle y est encore, en train d'être interrogée.

Jane fixait toujours le cadavre.

— On dirait que l'admirateur d'O'Donnell lui a fait une autre offrande.

— Tu penses que c'est le même assassin ?

— Je le sais.

— Il y a une mutilation des paupières, je te l'accorde, mais pas de démembrement, pas de symboles rituels comme à East Boston... commença Maura.

Jane se tourna vers Tripp.

— Vous ne lui avez pas montré ?

— J'allais le faire.

— Me montrer quoi ? demanda Maura.

Jane leva sa torche et éclaira la porte de service de la maison. Maura sentit un frisson glacé lui parcourir l'échine. Trois croix inversées avait été dessinées à la craie rouge et, dessous, un œil unique et grand ouvert.

— À mon avis, c'est le même homme, dit Jane.

— Ce pourrait être un imitateur. Pas mal de gens ont vu ces symboles dans la chambre de Lori-Ann Tucker. Les flics sont bavards.

— Voilà qui devrait te convaincre...

Jane baissa son faisceau vers le seuil de la porte. Un petit paquet enveloppé dans un linge était posé sur la marche de granit.

— On l'a déjà déballé. Je dirais qu'on a retrouvé la main gauche de Lori-Ann Tucker.

Une soudaine rafale souleva une brume de poudreuse qui piqua les yeux du légiste et lui glaça les joues. Des feuilles mortes volèrent à travers le jardin, la gloriette trembla en grinçant.

Maura demanda doucement :

— Avez-vous envisagé la possibilité que ce meurtre n'ait aucun rapport avec Joyce O'Donnell ?

— Bien sûr qu'il est lié. Kassovitz suit O'Donnell jusqu'ici. Le tueur la voit, la choisit comme prochaine victime. Ça nous ramène toujours à O'Donnell.

— Il aurait pu voir Kassovitz la nuit de Noël. Elle se trouvait sur la scène de crime. Il surveillait peut-être la maison de Lori-Ann Tucker.

— Vous voulez dire, prenant son pied en regardant le remue-ménage ? demanda Tripp.

— Oui, savourant le fait d'être à l'origine de l'agitation, de la présence de tous ces flics. D'être l'instigateur du branle-bas de combat. Pour le sentiment de pouvoir que ça lui procurait.

— Dites donc, s'il a suivi Kassovitz après qu'elle lui a tapé dans l'œil l'autre soir, ça change tout, déclara Tripp.

Jane dévisagea Maura.

— Ça voudrait dire qu'il nous a tous vus, cette nuit-là. Il connaît désormais nos visages.

Maura se pencha et rabattit la bâche sur le corps. Avec ses doigts engourdis, elle eut du mal à retirer ses gants en latex et à renfiler ceux en laine.

— Je gèle. Je ne peux plus rien faire d'autre ici. Nous devrions l'emmener à la morgue. Et j'ai besoin de me réchauffer les mains.

— Tu as déjà prévenu la morgue ?

— Ils sont en route. Si ça ne vous ennuie pas, je vais attendre dans ma voiture. Je ne souhaite qu'une chose, c'est m'abriter de ce vent.

— Nous devrions tous nous mettre à l'abri de ce vent, ronchonna Tripp.

Ils retraversèrent la cour latérale et sortirent par la petite porte en fer forgé. Le réverbère projetait une lumière blafarde sur le trottoir. De l'autre côté de la rue, des flics étaient regroupés, apparaissant en projection stroboscopique dans la lueur des gyrophares. Daniel se tenait parmi eux, les mains dans les poches de son pardessus, facile à identifier par sa haute taille.

Tu peux venir attendre à l'intérieur avec nous, proposa Jane à Maura.

Celle-ci fixait toujours Daniel.

— Non, merci. J'attendrai dans ma voiture.

Jane se tut un instant. Elle avait remarqué Daniel elle aussi et devinait probablement pourquoi Maura s'attardait au-dehors.

— Si c'est de la chaleur que tu veux, toubib, tu ne la trouveras pas ici à l'extérieur. Mais bon, tu fais comme tu veux.

Elle donna une tape sur l'épaule de Tripp.

— Venez. Rentrons voir ce que trafique Beau Gosse.

Maura était toujours sur le trottoir, observant Daniel. Il ne semblait pas avoir remarqué sa présence. C'était un peu gênant, avec tous ces flics autour. Mais, au fond, de quoi se serait-elle sentie embarrassée ? Elle était ici pour faire son travail et lui aussi. Quoi de plus naturel pour deux personnes qui se connaissent de se saluer ?

Elle traversa la rue en direction du groupe de policiers. Daniel l'aperçut soudain, comme tous ceux qui se tenaient près de lui et qui se turent à son approche. Bien qu'elle eût affaire à des flics à longueur de journée et qu'elle en croisât sur toutes les scènes de crime, elle ne s'était jamais sentie à l'aise avec eux, ni eux avec elle. Cette gêne réciproque était particulièrement prononcée ce soir-là. Elle sentait leurs regards sur elle et pouvait deviner ce qu'ils pensaient. « Tiens, voilà le Dr Isles, la femme de glace. Avec elle, on doit pas se bidonner tous les jours. » À moins qu'ils ne soient intimidés par son titre, celui-ci érigeant un mur entre eux, la rendant inaccessible.

Ou alors c'est moi, tout simplement. Je leur fais peur.

Elle ouvrit la conversation sur un ton purement professionnel :

— La morgue devrait arriver d'une minute à l'autre. Si vous pouviez lui faire de la place dans la rue...

— Bien sûr, doc.

Pourtant, le flic qui avait répondu restait là, toussotant dans son poing.

Il y eut un autre long silence, les hommes gardant le regard perdu au loin, battant la semelle sur le trottoir.

— Bon... eh bien merci, dit-elle. Je vais attendre dans ma voiture.

Elle s'éloigna, sans un regard vers Daniel.

— Maura ?

Elle se retourna au son de sa voix et vit que les flics l'observaient toujours en coin.

Il y aura toujours un public. Daniel et moi ne serons jamais seuls.

— Qu'est-ce que vous avez appris de nouveau ? demanda-t-il.

Elle hésita, consciente de tous les regards sur eux.

— Pas grand-chose de plus, pour le moment.

— On pourrait en parler ? Si j'en savais plus sur ce qui s'est passé, ça m'aiderait sans doute à réconforter l'officier Lyall.

— C'est-à-dire... je ne suis pas sûre de...

— Vous n'avez pas besoin de me dire quoi que ce soit de confidentiel.

Ils se dévisagèrent un moment puis elle proposa :

— Allons dans ma voiture. Elle est garée un peu plus loin.

Ils marchèrent côte à côte, les mains dans les poches, la tête baissée pour se protéger de la morsure du vent. Elle songea à Eve Kassovitz, étendue seule dans la cour, son cadavre glacé, son sang gelant dans ses veines. Par une nuit pareille, personne ne voulait tenir compagnie aux morts. Une fois dans la voiture, elle mit le contact pour faire marcher le chauffage, mais l'air dégagé par la soufflerie était encore froid.

— L'officier Lyall était son petit ami ? demanda-t-elle.

— Il est effondré. Je ne pense pas l'avoir beaucoup aidé.

— Je ne pourrais jamais faire ce que vous faites, Daniel. Je ne suis pas très douée pour gérer la douleur.

— Pourtant, vous la gérez. Vous êtes bien obligée.

— Pas au même niveau que vous, quand elle est encore si vive, si fraîche. Je suis celle dont ils attendent toutes les réponses, pas celle qu'on vient chercher pour être réconforté.

Elle regarda vers lui. Dans l'obscurité de la voiture, il n'était qu'une silhouette.

— Le dernier aumônier de la police de Boston n'a tenu que deux ans, reprit-elle. Je suis sûre que son attaque a été en partie provoquée par le stress.

— Le père Roy avait soixante-cinq ans, quand même.

— La dernière fois que je l'ai vu, il en paraissait quatre-vingts.

— C'est vrai, les appels de nuit, c'est dur à vivre. C'est pareil pour les policiers. Ou encore les médecins ou les pompiers. Mais au fond, ce n'est pas si mal...

Il émit un petit rire avant d'ajouter :

— Puisqu'il n'y a qu'en me rendant sur les scènes de crime que j'ai l'occasion de vous voir.

Elle sentit son regard sur elle et remercia le ciel d'être plongée dans le noir.

— Autrefois, vous me rendiez visite, reprit-il. Pourquoi avez-vous cessé ?

— Je suis venue pour la messe de minuit.

— Tout le monde vient pour la messe de minuit, même ceux qui ne croient pas.

— Mais j'y étais. Je n'ai pas cherché à vous éviter.

— Et le reste du temps, c'est ce que vous faites ? Vous m'évitez ?

Elle se tut. Pendant un moment, ils s'observèrent dans l'obscurité de la voiture. L'air s'était à peine réchauffé et ses doigts étaient encore glacés, mais elle sentait le feu lui monter aux joues.

— Je sais ce qui est en train de se passer, dit-il doucement.

— Vous n'en avez aucune idée.

— Je suis aussi humain que vous, Maura.

Elle laissa échapper un rire amer.

— Vous parlez d'un cliché ! Le curé et sa paroissienne !

— Ne nous réduisez pas à ça.

— Mais c'est un cliché. C'est probablement arrivé un million de fois déjà. Les prêtres et les femmes au foyer délaissées. Les prêtres et les veuves esseulées. C'est la première fois pour vous, Daniel ? Parce que c'est sûr qu'à moi, ça ne m'était encore jamais arrivé.

Soudain honteuse d'avoir passé sa colère sur lui, elle détourna la tête. Qu'avait-il fait, sinon lui offrir son amitié, son attention ?

Je suis l'architecte de mon propre malheur.

— Si ça peut vous soulager, reprit-il, vous n'êtes pas la seule à en souffrir.

Elle resta parfaitement immobile, le regard fixé droit devant elle sur le pare-brise désormais couvert de buée. Tous ses autres sens étaient douloureusement tendus vers l'homme assis sur le siège du passager. Même aveugle et sourde, elle aurait su qu'il était là, tant elle était consciente de sa présence. Consciente également des battements de son propre cœur, de ses nerfs à vif. En l'entendant avouer son mal-être, elle avait ressenti un frisson pervers. Au moins, elle n'était pas la seule à souffrir, pas la seule à ne pouvoir dormir la nuit. Dans les affaires de cœur, la douleur désirait ardemment de la compagnie.

On frappa bruyamment à la vitre. Elle sursauta et distingua une silhouette spectrale à travers le verre embué. Elle abaissa sa fenêtre et se retrouva nez à nez avec un officier de police.

— Docteur Isles ? La camionnette de la morgue est arrivée.

— Merci, j'arrive.

La fenêtre remonta en ronronnant. Elle coupa le moteur, se tourna vers Daniel.

— Nous avons le choix. Nous pouvons tous les deux être malheureux. Ou nous pouvons tourner la page et poursuivre notre chemin. Je choisis la seconde option.

Elle sortit et referma la portière. Elle inspira une bouffée d'air si glacé qu'il lui brûla la gorge. Mais il chassa également toute indécision de son esprit, le laissant clair et concentré, un laser braqué sur ce qu'elle devait faire. Elle s'éloigna de sa voiture sans un regard en arrière. Elle remonta à nouveau la rue, avançant d'une tache de lumière à la suivante à mesure qu'elle passait sous les réverbères. Daniel était derrière elle, à présent. Devant elle : une morte. Et tous ces flics. Attendant quoi ? Des réponses qu'elle ne pourrait peut-être pas leur donner ?

Elle resserra le col de son manteau, comme pour se protéger des regards, songeant à la nuit de Noël et à une autre scène de crime. À Eve Kassovitz rendant ses tripes dans la neige. Avait-elle eu, ne serait-ce qu'un instant, la prémonition qu'elle serait la prochaine à passer sous le scalpel de Maura ?

Les policiers se rassemblèrent en silence devant l'hôtel particulier tandis que les hommes de la morgue poussaient le corps d'Eve Kassovitz sur une civière. Quand le corps houssé franchit les grilles, ils ôtèrent leur casquette, formant un rang bleu solennel, en l'honneur d'une des leurs. Même après que la civière eut été hissée dans la camionnette et que les portes de cette dernière se furent refermées, ils restèrent immobiles. Ils attendirent que les feux arrière aient disparu dans la nuit pour remettre leur casquette et reprendre lentement le chemin de leur véhicule.

Maura allait elle aussi retourner à sa voiture quand la porte d'entrée s'ouvrit. Dans la lumière chaude se déversant sur le seuil, une silhouette masculine s'avança.

— Excusez-moi. Vous êtes le Dr Isles ?

— Oui ?

— M. Sansone vous invite à entrer. Il fait bien meilleur à l'intérieur. Je viens juste de préparer du café.

Elle hésita au pied des marches, regardant le majordome baigné dans un halo accueillant. Il se tenait très droit, l'observant dans une immobilité sinistre qui lui rappela une statue en papier mâché qu'elle avait vue dans une boutique de gadgets : un majordome gran-

130

deur nature tenant un plateau chargé de faux cocktails. Elle lança un regard vers sa voiture. Daniel était parti. Elle n'avait rien à faire, sinon rentrer seule dans une maison vide.

— Merci, un bon café me ferait le plus grand bien.

12

Elle s'avança dans la chaleur du petit salon. Son visage était glacé. Ce ne fut qu'une fois devant la cheminée, attendant que le majordome aille prévenir M. Sansone, que les sensations revinrent lentement dans ses joues. Elle sentit le picotement agréable des nerfs réveillés, du retour du sang sous la peau. Elle entendit un murmure de conversation dans la pièce voisine : la voix de l'inspecteur Crowe, s'élevant pour poser une question, suivie d'une réponse plus basse, à peine audible. Une voix de femme. Des étincelles jaillirent dans le foyer, dégageant un nuage de fumée. Elle se rendit compte alors que c'était un vrai feu de bûches et non une fausse cheminée à gaz, comme elle l'avait cru de prime abord. Le grand portrait médiéval au-dessus du manteau était sans doute authentique, lui aussi. Il représentait un homme d'Église dans un long manteau en velours bordeaux, un crucifix en or autour du cou. Bien qu'il ne soit pas jeune et que ses cheveux soient striés de gris, ses yeux brillaient avec une ardeur juvénile. Dans la lumière vacillante de la pièce, ils paraissaient vivants, pénétrants.

Elle frissonna et se détourna, étrangement intimidée par le regard d'un inconnu mort depuis longtemps. La pièce offrait d'autres curiosités, d'autres trésors à examiner. Il y avait des fauteuils tapissés de soie rayée, un vase chinois patiné par les siècles, une console en bois de rose sur laquelle étaient posées une boîte à cigares et une carafe à cognac en cristal. Le centre du tapis sur lequel elle se tenait était élimé, preuve de son grand âge et des innombrables souliers qui l'avaient foulé, mais son périmètre relativement intact portait la marque de la laine de qualité et du talent du tapissier. Dans la frise sous ses pieds, un entrelacs complexe de vignes encadrait une licorne couchée à l'ombre d'une tonnelle verdoyante. Elle eut soudain honte de piétiner un tel chef-d'œuvre et s'écarta sur le parquet, plus près de la cheminée.

Du coup, elle se trouva à nouveau face au portrait. Son regard se leva vers le visage du prêtre, dont les yeux perçants ne semblaient pas la quitter.

— Il appartient à ma famille depuis des générations. Étonnant, non ? C'est incroyable à quel point les couleurs sont toujours aussi éclatantes après tous ces siècles.

Maura se tourna vers l'homme qui venait d'entrer. Il était arrivé très discrètement, comme s'il s'était matérialisé derrière elle. Prise de court, elle ne sut quoi répondre. Il portait un pull noir à col roulé qui rendait ses cheveux argentés encore plus frappants. À son visage, elle lui donna une petite cinquantaine. S'ils s'étaient croisés dans la rue, il aurait attiré son attention car ses traits étaient saisissants et étrangement familiers. Il avait un front haut et un port aristocratique. La lueur du feu se refléta dans ses yeux noirs, donnant l'impression qu'ils luisaient de l'intérieur. Il avait dit tenir le portrait de sa famille et la ressemblance sautait aux yeux. Ils avaient le même regard.

Il tendit la main.

— Bonsoir, docteur Isles. Je suis Anthony Sansone.

Il la dévisageait avec une telle intensité qu'elle se demanda s'ils ne s'étaient pas déjà rencontrés.

Non, je me souviendrais certainement d'un homme aussi séduisant.

Il lui serra la main.

— Je suis ravi de faire enfin votre connaissance après tout ce qu'on m'a raconté sur vous.

— Qui vous a parlé de moi ?

— Le Dr O'Donnell.

Maura sentit sa main se glacer dans la sienne et la retira.

— Je ne vois pas ce qu'elle pourrait avoir à dire sur moi.

— Que du bien, rassurez-vous.

— Vous m'en voyez surprise.

— Pourquoi ?

— Parce que je ne peux en dire autant à son sujet.

— Oui, je sais, elle peut être rebutante, mais elle gagne à être connue. Elle a des points de vue intéressants.

La porte s'ouvrit si silencieusement que Maura ne l'entendit pas. Un cliquetis de porcelaine lui indiqua que le majordome était entré, portant un plateau avec des tasses et une cafetière. Il le posa sur la console, lança un regard interrogateur à Sansone, puis sortit. Ils n'avaient pas échangé une seule parole, uniquement ce regard et un léger signe de tête en retour, tout le vocabulaire nécessaire entre deux hommes qui se connaissaient suffisamment pour se passer de paroles superflues.

Sansone lui fit signe de s'asseoir et Maura prit place dans un des fauteuils Empire tapissés de soie rayée.

— Je suis navré de vous confiner dans ce petit salon, mais la police de Boston a réquisitionné toutes les autres pièces pour ses interrogatoires.

Il servit le café et lui tendit une tasse.

— Vous avez examiné la victime, je suppose ?

— Oui, je l'ai vue.

— Qu'en avez-vous pensé ?

— Vous savez bien que je ne peux faire aucun commentaire là-dessus.

Il s'enfonça dans son fauteuil, se fondant à merveille dans le brocart bleu et or.

— Je ne voulais pas parler du corps. Je comprends parfaitement que vous ne puissiez commenter vos observations médicales. Je faisais allusion à la scène du crime elle-même.

— Vous devriez poser la question à l'inspecteur principal, madame Rizzoli.

— Je suis plus intéressé par vos impressions.

— Je suis médecin, pas policier.

— Mais je devine que vous avez votre propre idée sur ce qui s'est passé dans mon jardin cette nuit.

Il se pencha en avant, ses yeux ardents rivés sur elle.

— Vous avez vu les symboles sur la porte de service ?

— Je ne peux rien...

— Docteur Isles, vous ne divulguerez rien que je ne sache déjà. J'ai vu le corps. Tout comme le Dr O'Donnell. Quand Jeremy l'a découvert, il est venu tout droit nous avertir.

— Puis O'Donnell et vous êtes sortis voir le spectacle, comme deux badauds ?

— Nous sommes tout sauf des badauds.

— Avez-vous songé aux empreintes que vous détruisiez en piétinant le terrain ? Aux pièces à conviction que vous avez contaminées ?

— Nous savions parfaitement ce que nous faisions. Nous *devions* voir le lieu du crime.

— « Devions » ?

— Cette maison n'est pas uniquement ma résidence. C'est aussi un lieu de rencontre pour des collègues venus des quatre coins du monde. Le fait que la violence ait frappé si près nous a alarmés.

— N'importe qui serait alarmé en découvrant un cadavre dans son jardin. Mais la plupart des gens ne sortiraient pas avec leurs invités pour le regarder.

— Nous devions vérifier si ce meurtre avait été perpétré chez moi par hasard.

— Que voulez-vous dire ?

— Je parle d'un avertissement qui nous aurait été spécifiquement destiné.

Il reposa sa tasse et la dévisagea avec une telle concentration qu'elle se sentit clouée dans son fauteuil.

— Vous avez vu le dessin à la craie sur la porte ? L'œil ? Les trois croix inversées ?

— Oui.

— J'ai cru comprendre qu'il y avait eu un autre meurtre la nuit de Noël. Une autre femme. Une autre scène de crime avec des croix inversées tracées sur le mur de la chambre…

Elle n'eut pas besoin de le confirmer, il lut sa réponse sur son visage. Elle sentait son regard la sonder profondément, voyant beaucoup plus qu'elle n'était prête à montrer.

— Nous pouvons en parler, reprit-il. Je connais déjà tous les détails essentiels.

— D'où les tenez-vous ?

— De gens en qui j'ai confiance.

Elle émit un petit rire incrédule.

— Vous voulez parler, entre autres, de Joyce O'Donnell ?

— Que vous l'appréciiez ou non, c'est une autorité dans son domaine. Lisez ses ouvrages sur les meurtriers en série. Elle comprend ces monstres.

— D'aucuns diraient même qu'elle s'identifie à eux.

— À un certain niveau, elle y est obligée. Elle doit pénétrer dans leurs têtes, examiner les moindres fissures.

— Pour comprendre un monstre, il faut en être un soi-même.

— Vous le croyez vraiment ?

— À propos d'O'Donnell ? Absolument.

Il se pencha encore plus près et sa voix baissa au point de n'être qu'un murmure :

— Se pourrait-il que l'antipathie qu'elle vous inspire soit motivée par des raisons personnelles ?

— Personnelles ?

— Par le fait qu'elle en sait autant sur vous ? Sur votre famille ?

Maura resta sans voix.

— Elle nous a parlé d'Amalthea.

— Elle n'en avait pas le droit.

— L'incarcération de votre mère est un fait public. Nous savons tous ce qu'a fait Amalthea.

— Il s'agit de ma vie privée...

— En effet, et votre mère est un de vos démons personnels. Je le comprends bien.

— Mais en quoi cela peut-il vous intéresser ?

— Parce que *vous* m'intéressez. Vous avez regardé le mal dans les yeux. Vous l'avez vu sur le visage de votre mère. Vous savez qu'il existe, qu'il est dans votre lignée. Voilà ce qui me fascine, docteur Isles. Que vous soyez issue d'une famille si violente et que, pourtant, vous travailliez dans le camp des anges.

— Je travaille dans le camp de la science et de la raison, monsieur Sansone. Les anges n'ont rien à voir là-dedans.

— Soit, vous ne croyez pas aux anges. Mais croyez-vous en leurs contraires ?

Elle s'esclaffa.

— Vous voulez parler des démons ? Assurément pas.

Il parut légèrement déçu par sa réponse.

— Puisque votre religion semble être la science et la raison, comme vous dites, comment la science explique-t-elle ce qui est arrivé à cette femme dans mon jardin ? À l'autre femme, la nuit de Noël ?

— Vous me demandez d'expliquer le mal ?

— Oui.

— Je ne peux pas. La science non plus. Il existe, c'est tout.

Il acquiesça :

— C'est exactement ça. Il existe et nous l'avons toujours connu. Une entité réelle, vivant parmi nous, nous traquant. Attendant une occasion de se nourrir. La plupart des gens n'en sont pas conscients, ne savent pas le reconnaître, même quand il les effleure, les croise dans la rue...

Il parlait si bas qu'elle entendait le craquement des bûches dans l'âtre, le murmure des voix dans l'autre pièce. Il reprit :

— Mais *vous* si, vous l'avez vu de vos propres yeux.

— Je ne vois rien de plus que ce que voit n'importe quel policier de la Criminelle...

— Je ne vous parle pas de crimes ordinaires. De maris assassinant leurs femmes et inversement, de dealers s'entre-tuant à cause de la concurrence. Je vous parle de ce que vous avez vu dans les yeux de votre mère. La lueur. L'étincelle. Non pas divine mais sacrilège.

Un courant d'air gémit le long du conduit de cheminée, projetant des cendres contre le pare-feu. Les flammes vacillèrent, comme s'effaçant devant un intrus invisible. La pièce parut soudain glaciale, comme si toute la chaleur, toute la lumière venaient d'être aspirées au-dehors.

Sansone poursuivit :

— Je comprends parfaitement que vous ne vouliez pas parler d'Amalthea. C'est une ascendance très lourde à porter.

— Elle n'a rien à voir avec qui je suis. Elle ne m'a pas élevée. Je ne savais même pas qu'elle existait jusqu'à il y a quelques mois.

— Pourtant, cela reste pour vous un sujet sensible.

Elle soutint son regard.

— Je m'en fiche éperdument.

— Je trouve cela étrange.

— On n'hérite pas des fautes de ses parents. Ni de leurs vertus.

— Certains héritages sont trop puissants pour qu'on les ignore.

Il indiqua le portrait au-dessus de la cheminée.

— Seize générations me séparent de cet homme. Toutefois, je n'échapperai jamais à son legs. Je ne serai jamais entièrement lavé de ce qu'il a fait.

Maura contempla le tableau. Une fois de plus, elle fut frappée par sa ressemblance avec l'homme assis en face d'elle.

— Vous avez dit que ce tableau était un souvenir de famille.

— Pas un souvenir dont j'ai hérité avec plaisir.

— Qui était-il ?

— Monsignore Antonino Sansone. Ce portrait a été peint à Venise en 1561. Alors qu'il était au sommet de sa puissance. Ou, pourrait-on dire, au sommet de sa dépravation.

— Antonino Sansone ? Comme votre nom ?

— Je suis son descendant en ligne directe.

Elle se tourna à nouveau vers le tableau en fronçant les sourcils.

— Mais il...

— Il était prêtre. C'est ce que vous alliez dire ?

— Oui.

— La nuit ne suffirait pas pour vous raconter toute son histoire. Une autre fois, peut-être. Disons simplement qu'Antonino n'était pas un dévot. Ce qu'il a fait subir à ses semblables vous ferait remettre en question le sens même du...

Il s'interrompit, puis acheva :

— Ce n'est pas un ancêtre dont je suis fier.

— Pourtant, vous avez accroché son portrait chez vous.

— Pour ne pas oublier.

— Oublier quoi ?

— Regardez-le, docteur Isles. Il me ressemble, n'est-ce pas ?

— C'est saisissant.

— En fait, nous pourrions être frères. C'est pourquoi il est accroché ici, pour me rappeler que le mal a des traits humains, peut-être même des traits plaisants. Vous pourriez croiser cet homme, le voir vous sourire, sans imaginer ce qu'il pense de vous. Vous pouvez étudier un visage aussi longtemps que vous voudrez, sans jamais voir ce qu'il y a derrière le masque.

Il se pencha en avant. Avec le reflet des flammes sur ses cheveux, il paraissait coiffé d'un casque d'argent.

— Ils nous ressemblent, docteur Isles.

— « Ils » ? À vous entendre, on dirait une espèce à part.

— C'est peut-être le cas. Des vestiges de temps immémoriaux. Tout ce que je sais, c'est qu'ils ne sont pas comme nous. Le seul moyen de les identifier est d'enquêter sur leurs agissements. Suivre les traces sanglantes, guetter les hurlements. Il faut rechercher ce que les services de police sont trop surchargés pour remarquer : les constances dans leurs comportements. Nous regardons au-delà du brouhaha de la criminalité ordinaire, des bains de sang routiniers, pour discerner les points névralgiques. Nous traquons les empreintes des monstres.

— Par « nous », vous entendez qui ?

— Les gens qui dînaient chez moi ce soir.

— Vos invités.

— Nous partageons la conviction que le mal n'est pas qu'un concept. Il est réel, il possède une présence physique. Il a un visage... À un moment ou l'autre de notre existence, chacun de nous l'a vu en chair et en os.

Maura haussa les sourcils.

— Satan ?

— Appelez-le comme vous voudrez. Il a eu tant de noms, remontant à la nuit des temps. Lucifer, Abigor, Samaël, Mastema... Chaque culture donne un nom au mal. Mes amis et moi y avons tous été confrontés personnellement un jour ou l'autre. Nous avons vu son pouvoir et, je dois bien l'avouer, docteur Isles, nous en avons peur.

Leurs regards se croisèrent et il ajouta :

— Cette nuit plus que jamais.

— Vous pensez que ce meurtre dans votre jardin...

— ... est lié à nous. À ce que nous faisons dans cette maison.

— À savoir ?

— Nous surveillons l'œuvre des monstres. À travers tout le pays. À travers le monde.

— Un club de détectives du dimanche ? C'est l'impression que vous me donnez.

Elle regarda à nouveau le portrait d'Antonino Sansone, qui devait valoir une fortune. Un seul coup d'œil dans la pièce suffisait pour comprendre que cet homme avait de l'argent à ne plus savoir qu'en faire. Et assez de temps pour le perdre en occupations excentriques.

— Pourquoi cette femme a-t-elle été tuée dans mon jardin, docteur Isles ? Pourquoi avoir choisi ma maison, surtout cette nuit ?

— Vous êtes convaincu que tout cela tourne autour de vous et de votre... club ?

— Vous avez vu les signes à la craie sur ma porte. Les dessins dans la maison de cette malheureuse assassinée, la nuit de Noël.

— Je n'ai aucune idée de ce qu'ils signifient.

— Les croix inversées sont des symboles sataniques communs. Mais, ce qui m'intéresse, c'est le cercle chez Lori-Ann Tucker. Celui dessiné à la craie sur le sol de sa cuisine.

Il était inutile de nier les faits, cet homme connaissait déjà tous les éléments de l'enquête.

— Et que signifie ce cercle ?

— Il pourrait s'agir d'un anneau de protection, un autre symbole emprunté aux rituels sataniques. En traçant ce cercle, Lori-Ann a peut-être cherché à s'abriter. Elle tentait peut-être de contrôler les forces qu'elle avait invoquées des ténèbres.

— Attendez... vous pensez que c'est la victime elle-même qui l'aurait dessiné, pour repousser le diable ?

Le ton de sa voix ne laissait aucun doute sur ce qu'elle pensait de cette théorie : *ineptie totale*.

— Si c'est elle qui l'a tracé, elle ne se rendait pas compte de ce que... ou de qui... elle appelait.

Le feu s'agita soudain, les flammes grimpant dans l'âtre. Maura se tourna juste au moment où s'ouvrait la porte donnant sur le grand salon. Joyce O'Donnell apparut et s'arrêta, surprise de voir Maura. Puis elle se tourna vers Sansone.

— Quelle chance j'ai ! Après deux heures d'interrogatoire avec la crème de la police de Boston, ils m'ont enfin autorisée à rentrer chez moi. Vous au moins, vous savez recevoir, Anthony. Après le dîner de ce soir, vous aurez un mal fou à vous surpasser.

— J'espère ne jamais faire mieux. Laissez-moi vous donner votre manteau.

Il se leva et ouvrit une petite porte cachée dans les boiseries, révélant une penderie. Il tint ouvert un manteau bordé de fourrure pendant qu'O'Donnell passait les bras dans les manches avec une grâce féline, sa chevelure blonde effleurant les doigts de son hôte. Maura perçut de la familiarité dans ce bref contact, une danse confortable entre deux personnes se connaissant bien.

Peut-être même très bien.

Tout en se boutonnant, O'Donnell se tourna vers Maura.

— Cela fait longtemps qu'on ne s'était vues, docteur Isles. Comment va votre mère ?

Elle saute toujours droit à la gorge. Ne la laisse pas voir qu'elle a visé juste.

— Je n'en ai aucune idée.

— Vous n'êtes pas retournée la voir ?

— Non, mais vous le savez probablement déjà.

— Oh, j'ai terminé mes entretiens avec Amalthea il y a déjà plus d'un mois. Je ne l'ai pas revue depuis.

O'Donnell enfila lentement ses gants sur ses longs doigts élégants.

— Lors de ma dernière visite, elle allait bien, si cela vous intéresse.

— Pas le moins du monde.

— Ils lui ont trouvé un poste dans la médiathèque de la prison. Elle est devenue un vrai rat de bibliothèque. Elle dévore tous les manuels de psychologie sur lesquels elle peut mettre la main.

O'Donnell marqua une pause et tira un dernier petit coup sur son gant.

— Si elle avait eu la possibilité d'aller à l'université, elle aurait fait une carrière brillante.

Sauf qu'elle a choisi une autre voie. Celle du prédateur, du boucher.

Maura avait beau essayer de se distancier d'Amalthea, de refouler toutes les pensées qui la ramenaient à elle, elle ne pouvait regarder son reflet sans voir les yeux de sa mère, sa mâchoire. Le monstre dans le miroir.

— Dans mon prochain livre, je consacrerai tout un chapitre à l'étude de son cas, reprit O'Donnell. Si vous acceptiez d'en discuter avec moi, cela contribuerait considérablement à éclaircir son histoire.

— Je n'ai absolument rien à ajouter.

O'Donnell se contenta d'un léger sourire, s'étant attendue à ce refus.

— On ne perd rien à demander, déclara-t-elle.

Elle se tourna à nouveau vers Sansone. Son regard s'attarda sur lui quelques instants, comme si elle avait quelque chose à ajouter mais ne pouvait le faire devant Maura.

— Bonne nuit, Anthony.

— Voulez-vous que je demande à Jeremy de vous raccompagner ?

— Absolument pas.

Elle lui adressa un sourire charmeur.

— Je suis une grande fille.

— Joyce, cette fois les circonstances sont différentes.

— Vous avez peur ?

— Je serais fou, si je n'avais pas peur.

Elle balança un pan de son écharpe par-dessus son épaule dans un geste théâtral qui signifiait qu'elle n'allait pas laisser un sentiment aussi trivial l'entraver.

— Je vous appelle demain.

Il ouvrit la porte, laissant entrer une bouffée d'air glacé et une volute de flocons de neige qui s'éparpillèrent comme des paillettes sur le tapis ancien.

— Soyez prudente, Joyce.

Il se tint à la porte, l'observant jusqu'à ce qu'elle eût rejoint sa voiture. Il attendit de la voir démarrer et s'éloigner pour refermer. Il revint alors s'asseoir face à Maura, qui lui demanda :

— Si je comprends bien, vos amis et vous, vous vous considérez du côté des anges ?

— Oui, je le crois.

— Et elle, dans quel camp est-elle ?

— Je sais qu'elle n'est pas dans les petits papiers de la police. C'est son rôle en tant que témoin à décharge d'être en opposition avec l'accusation. Mais je connais Joyce depuis des années. Je sais quelles sont ses convictions.

— Pouvez-vous vraiment en être sûr ?

Maura saisit son manteau, qu'elle avait déposé sur le dossier d'un canapé. Il ne l'aida pas à l'enfiler. Sans doute sentait-il que, contrairement à O'Donnell, elle n'était pas d'humeur à apprécier sa galanterie. Tandis qu'elle boutonnait son col, elle sentit deux paires d'yeux la fixer. Le portrait d'Antonino Sansone l'observait lui aussi, son regard perçant la brume des siècles. Elle ne put s'empêcher de lever les yeux vers lui, l'homme dont les actions, commises tant de générations plus tôt, faisaient encore frissonner son descendant.

Elle se tourna vers son hôte.

— Vous avez dit que vous aviez regardé le mal dans les yeux.

— C'est notre cas à tous les deux.

— Alors vous devriez savoir qu'il porte toujours un habile déguisement.

En sortant de la maison, elle respira un air chargé de brume glacée. Le trottoir s'étirait devant elle tel un ruisseau sombre, les réverbères projetant de pâles îlots de lumière. Une dernière voiture de police était garée de l'autre côté de la rue, son moteur ronronnant. Elle aperçut la silhouette d'un agent en uniforme derrière le volant et lui adressa un petit signe de la main.

Il la salua à son tour.

Je n'ai aucune raison d'avoir peur, se dit-elle en marchant. *Ma voiture est à deux pas et il y a un flic juste à côté.*

Sansone était là, lui aussi. Elle lança un regard derrière elle et l'aperçut sur son seuil, l'observant. Tout en avançant, elle scruta les ombres de part et d'autre, guettant le moindre mouvement. Ce ne fut qu'une fois derrière le volant qu'elle sentit la tension dans ses épaules se relâcher.

Il est temps de rentrer. Et de prendre un petit remontant.

En arrivant chez elle, elle trouva deux messages sur son répondeur. Elle alla d'abord dans la cuisine, se servit un verre de cognac, puis revint dans son séjour et pressa la touche « messages ». En entendant la voix du premier appelant, elle se raidit.

« C'est Daniel. Peu importe l'heure qu'il est, quand vous entendrez mon message, appelez-moi, s'il vous plaît. Ça me tue de penser que vous et moi... » Une pause. « Il faut qu'on parle, Maura. Appelez-moi. »

Elle ne bougea pas, serrant son cognac, les doigts crispés sur le verre. Puis vint le second message :

« Docteur Isles, Anthony Sansone à l'appareil. Je voulais juste m'assurer que vous étiez bien rentrée chez vous. Passez-moi un coup de fil pour me rassurer, merci. »

L'appareil se tut. Elle prit une grande inspiration, décrocha et composa un numéro.

— Ici la résidence Sansone. Jeremy à l'appareil.

— C'est le Dr Isles. Pourriez-vous...

— Un instant, docteur Isles, je vais chercher monsieur.

— Non, dites-lui simplement que je suis bien rentrée.

— Je sais qu'il aimerait beaucoup vous parler en personne.

— Ce n'est pas la peine de le déranger. Bonne nuit.

Elle raccrocha et garda la main au-dessus du combiné, prête à composer le second numéro.

Un bruit sourd au-dehors la fit sursauter. Elle se dirigea vers la porte d'entrée et alluma la lumière du perron. La neige tombait en fine poudre blanche tourbillonnante. Une stalactite gisait sur le béton, brillant telle une dague brisée. Elle éteignit la lumière mais resta derrière sa fenêtre, regardant un camion de la voirie qui passait en grondant et projetait du sable sur la chaussée verglacée.

Elle retourna s'asseoir sur son canapé, fixant le téléphone en sirotant son cognac.

« Il faut qu'on parle, Maura. Appelez-moi. »

Elle reposa son verre, éteignit la lampe et alla se coucher.

13

22 juillet. Phase de la lune : premier quartier.

Tante Amy se tient devant la cuisinière, touillant avec l'air satisfait d'une vache le ragoût qui mijote. C'est une journée sombre, d'épais nuages noirs s'accumulent dans le ciel à l'ouest, mais elle ne semble pas entendre le grondement lointain du tonnerre. Dans le monde de ma tante, il fait toujours beau. Elle ne voit pas le mal, ne le craint pas. Elle me fait penser aux têtes de bétail qu'on engraisse dans la ferme voisine et qui n'ont pas conscience de l'existence de l'abattoir. Elle ne voit pas au-delà de la lumière de son propre bonheur, ignorant le précipice à ses pieds.

Elle est aux antipodes de ma mère.

Tante Amy se détourne de ses fourneaux et annonce : « Le dîner est presque prêt. »

Je propose : « Je mets la table », et elle m'adresse un sourire reconnaissant. Il n'en faut pas beaucoup pour la contenter. Tout en déposant les assiettes, les serviettes et les fourchettes – dents contre la nappe, à la française –, je sens sur moi son regard affectueux. Elle ne voit qu'un garçon tranquille et aimable ; elle n'a aucune idée de ce que je suis réellement.

Seule ma mère me connaît. Elle fait remonter notre lignée jusqu'aux Hyksôs, qui régnaient sur le royaume d'Égypte à l'époque où le dieu de la Guerre était sacré. Elle me l'a dit : « Le sang des chasseurs de l'Antiquité coule dans tes veines, mais il ne faut jamais en parler, les gens ne comprendraient pas. »

Pendant le dîner, je ne dis pas grand-chose. Les bavardages familiaux suffisent à combler n'importe quel silence. Ils parlent de ce que Teddy a fait aujourd'hui au bord du lac, de ce que Lily a entendu chez Lori-Ann, de la belle récolte de tomates qu'ils feront en août.

Quand on a terminé de manger, oncle Peter demande : « Qui veut aller en ville manger une glace ? » Je suis le seul à préférer rester à la maison.

Je les regarde s'éloigner en voiture depuis la porte d'entrée, puis, dès qu'ils ont disparu derrière la colline, je monte explorer la chambre de mon oncle et de ma tante. Cela faisait longtemps que j'attendais cette occasion. Le lit est fait au carré mais quelques touches de désordre ici et là – le jean de mon oncle jeté sur le dossier d'une chaise, quelques magazines sur la table de chevet – confirment que des personnes en chair et en os occupent cette chambre.

Dans leur salle de bains, j'ouvre l'armoire à pharmacie et trouve, outre les aspirines et les comprimés contre le rhume habituels, une ordonnance vieille de deux ans établie pour le Dr Peter Saul :

Valium, 5 mg
Prendre un comprimé trois fois par jour jusqu'à disparition des douleurs lombaires

Il reste au moins une dizaine de comprimés dans le flacon.

Je retourne dans la chambre. J'ouvre les tiroirs de la commode et découvre que ma tante porte des sou-

tiens-gorge 85B, des sous-vêtements en coton, et mon oncle des caleçons taille médium. Dans le tiroir du bas, je trouve également une clef. Elle est trop petite pour une serrure de porte. Je crois savoir ce qu'elle ouvre.

Redescendu au rez-de-chaussée, dans le bureau de mon oncle, je l'essaie dans la serrure de son cabinet. Elle marche. À l'intérieur, sur une étagère, il y a un revolver. C'est un vieux modèle qu'il a hérité de son père, seule raison pour laquelle il l'a conservé. Il ne le sort jamais ; je crois qu'il en a un peu peur.

Je referme le cabinet et monte ranger la clef à sa place.

Une heure plus tard, j'entends leur voiture dans l'allée. Je descends les accueillir.

Tante Amy sourit en me voyant. « Je suis désolée que tu ne sois pas venu avec nous. Tu ne t'es pas trop ennuyé ? »

14

Le couinement des freins du camion réveilla Lily Saul en sursaut. Elle redressa la tête, gémit en sentant sa nuque endolorie, battit des paupières en regardant la campagne qui défilait. L'aube pointait et la brume matinale formait un voile doré sur les vignobles en pente et les vergers couverts de rosée. Elle espéra que les pauvres Giorgio et Paolo se trouvaient désormais dans un lieu aussi beau. Si certains méritaient d'aller au paradis, c'était bien eux.

Mais je ne les y retrouverai pas. Ma seule chance de goûter au paradis, c'est ici et maintenant. Un moment de paix, infiniment doux parce que je sais qu'il ne durera pas.

— Tu es enfin réveillée !

Le chauffeur lui parlait en italien, la lorgnant de ses yeux noirs. La nuit précédente, quand il l'avait prise en stop à la sortie de Florence, elle ne l'avait pas bien regardé. À présent, dans la lumière oblique qui filtrait à l'intérieur de la cabine, elle voyait ses traits épais, son front proéminent, le chaume sombre sur ses joues. Oh, comme il était facile de déchiffrer ce regard ! « Alors, signorina, on s'paye un peu de bon temps ou pas ? » Les Américaines sont faciles. Prenez-les en stop, offrez-leur un abri pour la nuit et elles coucheront avec vous.

Tu peux toujours courir.

Non pas qu'elle n'eût jamais passé la nuit avec un inconnu ou deux. Ou trois, quand des mesures désespérées s'imposaient. Mais ces hommes n'avaient pas été dénués de charme et lui avaient offert ce dont elle avait eu tant besoin à ce moment-là : non pas un lit mais le confort des bras d'un homme. L'occasion de savourer l'illusion brève mais si douce que quelqu'un pouvait la protéger.

— Si t'as besoin d'un endroit pour la nuit, j'ai un appartement en ville.

— Merci, mais ce ne sera pas nécessaire.

— Tu as quelque part où aller ?

— J'ai... des amis. Ils ont offert de m'héberger.

— C'est quoi leur adresse à Rome ? Je t'y déposerai.

Il savait qu'elle mentait. Il la mettait à l'épreuve.

— Je t'assure, insista-t-il. Ce n'est pas un problème.

— Laissez-moi à la gare. Ils habitent tout près.

Une fois de plus, il laissa son regard se promener sur son visage. Elle n'aimait pas ses yeux. Elle y voyait de la méchanceté, comme l'éclat d'un serpent enroulé qui pouvait bondir à tout instant.

Il haussa les épaules avec une petite grimace, comme si finalement, il s'en moquait éperdument.

— Tu es déjà allée à Rome ?

— Oui.

— Tu parles très bien l'italien.

Pas assez bien. Dès que j'ouvre la bouche, on sait que je suis étrangère.

— Tu comptes rester longtemps en ville ?

— Je ne sais pas.

Tant que j'y serai en sécurité. Jusqu'à ce que je décide quoi faire ensuite.

— Si tu as besoin d'aide, appelle-moi.

Il sortit une carte de visite de sa poche de poitrine et la lui tendit.

— Il y a le numéro de mon portable.

— Je vous appellerai à l'occasion.

Elle laissa tomber la carte dans son sac à dos. Il pouvait toujours rêver. Le tout était de se débarrasser de lui au plus tôt.

Elle descendit du camion à la Stazione Termini, la gare centrale de Rome. Elle le salua d'un signe de la main et sentit son regard la suivre tandis qu'elle traversait la rue vers la gare. Elle ne se retourna pas. Une fois dans le bâtiment, elle l'observa derrière une vitre. Le camion était toujours là, attendant.

Dégage ! Fous-moi la paix.

Un taxi klaxonna derrière le camion et celui-ci se mit enfin en route.

Elle ressortit de la gare et marcha jusqu'à la Piazza della Repubblica, où elle s'arrêta, étourdie par la foule, la chaleur, le vacarme et les gaz d'échappement. Juste avant de quitter Florence, elle avait pu s'arrêter à un distributeur et retirer trois cents euros. Elle se sentait riche. En faisant attention, elle pourrait tenir pendant deux semaines en se nourrissant de pain, de fromage et de café, et en ne dormant que dans des hôtels bas de gamme. C'était le quartier idéal pour trouver des hébergements bon marché. En outre, avec le flot de touristes allant et venant dans la gare, elle pourrait facilement se fondre dans la foule.

Mais elle devait être prudente.

S'arrêtant devant un bazar, elle se demanda comment modifier son apparence. Une teinture ? Non. Dans le pays des beautés ténébreuses, il valait mieux rester brune. Changer de tenue, peut-être. Ne plus avoir l'air aussi américaine. Échanger son jean contre une petite robe bon marché. Elle entra dans une boutique poussiéreuse et en émergea une demi-heure plus tard dans une robe large en coton bleu.

Elle s'offrit ensuite une montagne de spaghettis bolognaise, son premier repas chaud depuis deux jours. La sauce était médiocre et les pâtes trop cuites mais elle les dévora, sauçant jusqu'à la dernière goutte avec le pain rassis. Ensuite, le ventre plein, elle se mit en quête d'un hôtel d'un pas léthargique. Elle en trouva un dans une petite rue crasseuse. Des chiens avaient laissé leurs souvenirs nauséabonds près de la porte d'entrée. Du linge séchait aux fenêtres, et une poubelle, couronnée d'un nuage de mouches, débordait sur un lit de bouteilles brisées.

Parfait.

Sa chambre donnait sur une cour intérieure sombre. Tout en déboutonnant sa robe, elle regarda un chat chétif bondir sur quelque chose de trop petit pour qu'elle l'identifie. Un bout de ficelle ? Une malheureuse souris ?

En sous-vêtements, elle se laissa tomber sur le mauvais matelas et écouta le cliquetis des climatiseurs dans la cour, les klaxons, le vrombissement des autobus de la Ville éternelle. Une capitale de quatre millions d'habitants était un bon endroit pour se cacher un moment.

Personne ne me retrouvera facilement ici.

Pas même le Diable.

15

La maison d'Edwina Felway se trouvait dans les faubourgs de Newton, à la lisière des pelouses enneigées du Braeburn Country Club, dominant la branche est du Cheesecake Brook transformé pour la saison en un étincelant ruban de glace. Bien qu'elle ne fût pas, de loin, la plus grande des demeures patriciennes de la rue, ses charmantes excentricités la distinguaient de ses voisines plus majestueuses. D'épaisses tiges de glycine enserraient ses murs en pierre tels des doigts arthritiques, attendant que le printemps réchauffe leurs articulations noueuses et fasse éclore leurs fleurs. Un des pignons était percé d'un grand vitrail rond qui scrutait l'horizon tel un œil multicolore. Sous le toit en ardoise, des stalactites de glace brillaient comme des dents pointues. Dans le jardin devant la maison, des statues coiffées de givre semblaient émerger d'une longue hibernation. Une fée ailée figée en plein vol, un dragon au souffle sulfureux provisoirement éteint, une jeune nymphe élancée, la guirlande de fleurs sur sa tête métamorphosée en couronne de neige.

Depuis sa voiture, Jane observait la maison.

— Combien, à ton avis ? Deux briques ? Deux briques et demie ?

— Dans ce quartier ? À côté d'un terrain de golf ?
Je dirais plutôt quatre, répondit Barry Frost.

— Pour cette vieille bicoque biscornue ?

— Elle ne doit pas être si vieille.

— En tout cas, quelqu'un s'est donné bien du mal
pour qu'elle en ait l'air.

— Je pense qu'on a plutôt cherché à lui donner du
caractère.

— C'est ça, le caractère de la chaumière des Sept
Nains !

Jane remit le contact, tourna dans l'allée en pavés
bien sablés et se gara près d'une camionnette. En descendant de voiture, elle remarqua la carte « handi-
capé » sur le tableau de bord de cette dernière. Elle
regarda à travers la lunette arrière et aperçut un fauteuil roulant.

— Bonjour ! Vous êtes de la police ?

La femme à qui appartenait cette voix puissante se
tenait sur le seuil de la maison et semblait en pleine
possession de ses capacités physiques.

— Madame Felway ? demanda Jane.

— Oui, vous devez être l'inspecteur Rizzoli.

— Et voici mon équipier, l'inspecteur Frost.

— Faites attention aux pavés, ils sont glissants. Je
sable toujours l'allée pour mes visiteurs mais, sincèrement, le plus pratique, c'est encore une paire de
bonnes grosses chaussures…

En grimpant les marches du perron et en serrant la
main de leur hôtesse, Jane se dit que « pratique » était
le terme qui s'appliquait le mieux à la garde-robe
d'Edwina Felway. Elle portait une veste en tweed
informe, un pantalon de laine et des bottes en caout-
chouc, la tenue typique de l'Anglaise à la campagne,
ce qui, d'ailleurs, correspondait parfaitement à son
accent. Elle devait avoir la soixantaine mais était

droite et robuste comme un peuplier, avec des épaules aussi larges que celles d'un homme. Ses cheveux gris, coupés à la Jeanne d'Arc, retenus en arrière par des barrettes en écaille, dégageaient ses beaux traits rougis par le froid, avec des pommettes saillantes et un regard bleu et franc. Elle n'avait pas besoin de maquillage, elle était déjà suffisamment haute en couleur.

Edwina les fit entrer dans sa maison.

— J'ai déjà mis l'eau à chauffer, au cas où vous voudriez du thé.

Elle referma la porte, ôta ses bottes et enfila une vieille paire de pantoufles. À l'étage, on entendait des chiens aboyer. De gros chiens, apparemment.

— Oui, je les ai enfermés dans la chambre. Ils ne sont pas très disciplinés en présence d'étrangers. Et ils peuvent être très intimidants.

— Vous préférez qu'on se déchausse ? demanda Frost.

— Vous plaisantez ! Les chiens entrent et sortent à longueur de journée avec leurs pattes pleines de sable. Je me suis fait une raison, pour mon parquet. Tenez, laissez-moi vous débarrasser...

Tout en ôtant sa veste, Jane ne pouvait quitter des yeux le haut plafond voûté. Les poutres apparentes créaient l'effet d'une salle médiévale. Le vitrail rond qu'elle avait remarqué de l'extérieur rayonnait en projetant des lumières acidulées. Partout où son regard se posait, il y avait une curiosité : une niche abritant une madone peinte à la feuille d'or et parsemée d'éclats de verre de couleur, un triptyque orthodoxe aux tons flamboyants, des statues animalières en bois, des châles de prière tibétains, un banc de chœur médiéval en chêne. Appuyé contre un mur, un totem indien grimpait jusqu'au sommet de la double hauteur sous plafond.

— Vous avez vraiment un intérieur intéressant, madame, s'émerveilla Frost.

— Mon mari était anthropologue... et collectionneur, jusqu'à ce que nous n'ayons plus de place pour tout exposer.

Elle indiqua la tête d'aigle qui surmontait le totem.

— C'était sa pièce favorite. Il y en a d'autres, rangées dans un entrepôt. Tout cela doit valoir une fortune aujourd'hui mais je me suis attachée à toutes ces horreurs et je ne peux plus m'en séparer.

— Et votre mari est...

— Mort, lâcha-t-elle sans sourciller. Il était beaucoup plus âgé que moi. Ça fait des années que je suis veuve, mais nous avons au moins vécu quinze belles années ensemble.

Elle alla suspendre leurs manteaux. Jane entrevit l'intérieur chaotique de la penderie et aperçut une canne en ébène surmontée d'un crâne humain.

Voilà une horreur dont je me serais débarrassée depuis longtemps.

Edwina referma la porte et se tourna vers eux.

— Je suis sûre que vous êtes débordés, avec cette enquête. C'est pourquoi nous avons pensé vous faciliter les choses.

— « Faciliter » ?

Edwina allait répondre lorsque le sifflement de la bouilloire électrique l'interrompit.

— Allons dans la cuisine, proposa-t-elle.

Elle leur ouvrit la voie, ses pantoufles glissant sur le vieux parquet en chêne.

— Anthony nous a prévenus que vous auriez des tonnes de questions, alors nous vous avons préparé une chronologie complète. Tout ce qui nous est revenu en tête depuis hier soir.

— M. Sansone en a parlé avec vous ?

— Il m'a appelée cette nuit pour me raconter tout ce qui s'était passé après mon départ.

— C'est regrettable. Il aurait été préférable que vous n'en discutiez pas ensemble au préalable.

Edwina s'arrêta dans le couloir.

— Pourquoi ? Pour que chacun avance dans cette affaire à l'aveuglette ? Si nous voulons être utiles à la police, nous devons être sûrs de nos faits.

— Je préfère me baser sur des déclarations personnelles de nos témoins, faites en toute indépendance...

— Chaque membre de notre groupe est tout à fait indépendant, croyez-moi. Nous avons chacun nos opinions. C'est ainsi qu'Anthony le souhaite. C'est pourquoi nous travaillons si bien ensemble.

Le cri de la bouilloire se tut soudainement. Edwina lança un regard vers la cuisine.

— Ah, il a dû l'arrêter.

« Il » ? Qui d'autre se trouvait dans la maison ? Edwina hâta le pas vers la cuisine, lançant :

— Laisse-moi faire !

— C'est bon, Winnie, j'ai rempli la théière. Tu voulais de l'Irish Breakfast, pas vrai ?

L'homme, assis dans un fauteuil roulant, leur tournait le dos. C'était le propriétaire de la camionnette dans l'allée. Quand il fit pivoter son siège pour les saluer, Jane vit d'abord une masse de cheveux raides et châtains et d'épaisses lunettes en écaille. Ses yeux gris la dévisageaient, à la fois curieux et concentrés. Il paraissait assez jeune pour être le fils d'Edwina, autour de vingt-cinq ans. Cependant, il semblait américain et il n'y avait aucun trait commun entre la robuste Anglaise débordante de santé et ce pâle jeune homme.

— Je te présente les inspecteurs Frost et Rizzoli, annonça Edwina. Voici Oliver Stark.

Jane tiqua.

— Vous étiez l'un des invités au dîner de M. Sansone hier soir, n'est-ce pas ?

— Oui.

Remarquant ses sourcils froncés, Oliver demanda :

— Ça vous pose un problème ?

— Nous avions espéré vous interroger séparément.

Edwina lui expliqua :

— Ils ne sont pas contents que nous ayons discuté de l'affaire entre nous.

— Je te l'avais bien dit, Edwina, non ?

— Mais c'est tellement plus efficace ainsi, si on rassemble tous les détails. Ça fait gagner du temps à tout le monde.

Une montagne de journaux encombrait la table, comprenant toutes sortes de titres, du *Bangkok Post* à l'*Irish Times*. Elle s'en saisit, la déposa sur le comptoir et approcha deux chaises.

— Installez-vous, je monte chercher le dossier.

— Le dossier ? demanda Jane.

— Naturellement, nous avons commencé à compiler un dossier. Anthony a pensé que vous en voudriez une copie.

Elle sortit de la cuisine et ils l'entendirent grimper l'escalier à pas lourds.

— On dirait un séquoia, non ? déclara Oliver. J'ignorais qu'il en poussait d'aussi grands et costauds en Angleterre.

Il approcha son fauteuil de la table et leur fit signe de le rejoindre.

— Je sais que ça va à l'encontre de la déontologie policière, de l'interrogatoire indépendant des témoins et tout ça, mais c'est vraiment plus pratique. En outre, on a eu une téléconférence avec Gottfried ce matin, si bien que ça vous fera trois dépositions de témoins d'un coup.

— Vous voulez parler de Gottfried Baum ? demanda Jane. Le quatrième invité du dîner ?

— Oui, il a dû reprendre un vol pour Bruxelles hier soir, c'est pourquoi Edwina et lui sont partis tôt du dîner. Nous l'avons appelé il y a quelques heures pour comparer nos notes. Tous nos souvenirs concordent assez bien.

Il adressa un petit sourire à Jane.

— Ce doit bien être la première fois dans l'histoire que cela arrive.

Jane poussa un soupir.

— Vous savez, monsieur Stark...

— Appelez-moi Ollie, comme tout le monde.

Jane s'assit afin que leurs regards soient à la même hauteur. Le léger amusement qu'elle lut dans le sien l'agaça. Il signifiait : « Je suis intelligent et je le sais. Et je suis certainement plus malin que n'importe quelle femme flic. » Le plus irritant, c'était qu'il avait probablement raison. Il avait tout du petit génie qu'on redoute de voir assis à ses côtés en cours de maths. Le frimeur qui rend son interro alors que tous ses camarades se débattent encore avec le petit *a* du premier problème.

— Nous n'essayons pas de saper votre protocole habituel, reprit Oliver. Nous voulons juste nous rendre utiles. Et nous le pouvons vraiment, si nous travaillons ensemble.

À l'étage, les chiens paraissaient déchaînés, leurs griffes raclaient le parquet tandis qu'Edwina tentait de les calmer. Une porte se referma en claquant.

— Vous nous aiderez surtout en vous contentant de répondre à nos questions, dit Jane.

— Je crois que vous vous méprenez.

— À quel sujet ?

— Sur tout ce que nous pouvons vous apporter. Sur notre groupe.

— Oui, je sais, M. Sansone m'a déjà parlé de votre petit club de lutte contre le crime.

— C'est une association, pas un club.

— Quelle est la différence ? demanda Frost.

— Le sérieux, inspecteur. Nous avons des membres dans le monde entier. Nous ne sommes pas des amateurs.

— Êtes-vous un professionnel chargé de faire respecter la loi ? demanda Jane.

— Non, en fait, je suis mathématicien. Mais mon vrai domaine de prédilection, c'est l'herméneutique.

— Pardon ?

— J'interprète les symboles. Leurs origines et leurs significations, à la fois apparentes et cachées.

— Mmm... Et Mme Felway ?

— Elle est anthropologue. Elle nous a rejoints récemment. Elle nous a été chaudement recommandée par notre branche londonienne.

— Et M. Sansone ? Ce n'est certainement pas un représentant de la loi, lui non plus.

— C'est tout comme.

— Il nous a dit qu'il était professeur d'université à la retraite. Il enseignait l'histoire au Boston College. Ce n'est pas la même chose qu'être flic.

Oliver se mit à rire.

— C'est bien lui, toujours aussi modeste.

Edwina revint dans la cuisine en tenant une chemise en carton.

— Qui est modeste, Ollie ?

— Anthony. La police croit que c'est un simple prof à la retraite.

Edwina s'assit derrière la table.

— Il préfère la discrétion. Faire de la publicité serait contre-productif.

— Que sommes-nous supposés savoir sur lui ? demanda Frost.

— Eh bien, pour commencer, vous savez qu'il est riche, répondit Edwina.

— Oui, ça crève les yeux.

— Je veux dire, *sérieusement* riche. Cette maison sur Beacon Hill, ce n'est rien, comparé à son domaine à Florence.

— Ou à son hôtel particulier à Londres, renchérit Oliver.

— On est censés être impressionnés ? s'énerva Jane.

Edwina lui répondit d'un regard froid.

— L'argent à lui seul rend rarement un homme impressionnant. C'est ce qu'il fait avec qui compte.

Elle déposa la chemise devant Jane.

— Pour vous, inspecteur.

Jane l'ouvrit. La première page était une chronologie des événements de la soirée précédente, tels que s'en souvenaient trois des invités au dîner, Edwina, Oliver et Gottfried Baum.

(Toutes les heures sont approximatives.)
19 heures : Edwina et Gottfried arrivent.
19 h 15 : Oliver Stark arrive.
19 h 20 : Joyce O'Donnell arrive.
19 h 40 : Jeremy sert les entrées.

Suivait tout le menu : consommé suivi d'un aspic de saumon et d'une salade de cœurs de laitue. Tournedos garnis de croustillants de pommes de terre. Dégustation de porto pour accompagner des tranches de reblochon. Enfin, café, Sacher Torte et double-crème.

À vingt et une heures trente, Edwina et Gottfried étaient partis ensemble pour l'aéroport Logan, où Edwina avait déposé Gottfried pour qu'il puisse prendre son vol pour Bruxelles.

À vingt et une heures quarante-cinq, Oliver avait quitté Beacon Hill et était rentré droit chez lui.

— Et voilà tout ce dont nous nous souvenons concernant les horaires, commenta Edwina. Nous avons essayé d'être le plus précis possible.

Jusqu'au consommé, pensa Jane en parcourant la feuille. Cette chronologie ne lui était d'aucune utilité. Elle répétait les informations que Sansone et le majordome lui avaient déjà données, plus les détails culinaires. Le tableau général était le même : une nuit d'hiver, quatre invités arrivent à Beacon Hill à plus ou moins vingt minutes d'intervalle. Ils partagent avec leur hôte un élégant dîner et sirotent leur vin en discutant des crimes du jour sans se rendre compte que, à quelques mètres, dans le jardin glacé derrière la maison, une femme est en train de se faire assassiner.

Tu parles d'un club de lutte contre le crime ! Ces amateurs ne nous apporteront rien.

La seconde page du dossier était une feuille de papier à lettres avec une seule lettre imprimée au sommet, « M » en police gothique. Dessous, écrit à la main, *« Oliver, ton analyse ? AS »*. Anthony Sansone ? Jane passa à la page suivante, une photo, et se figea, la reconnaissant immédiatement. Les symboles dessinés sur la porte de service de Sansone.

— C'est la scène de crime d'hier soir, dit-elle. Comment vous l'êtes-vous procurée ?

— Anthony l'a envoyée ce matin. C'est une des photos qu'il a prises la nuit dernière.

165

— Ceci n'est pas censé circuler. C'est une pièce à conviction.

— Une pièce très intéressante, dit Oliver. Vous en connaissez le sens, n'est-ce pas ? Je veux parler de ces symboles.

— Ils sont sataniques.

— Ça, c'est la réponse toute faite. Dès qu'on voit des symboles bizarroïdes sur une scène de crime, on présume automatiquement que c'est l'œuvre d'un vilain culte satanique. Les méchants de service.

— Vous pensez qu'il s'agit d'autre chose ? demanda Frost.

— Je ne dis pas que la possibilité d'un culte est à exclure. Les adeptes de Satan utilisent effectivement des croix inversées comme symbole de l'Antéchrist. Sans parler du meurtre de la nuit de Noël, celui avec la décapitation et le cercle tracé par terre avec la tête au milieu. Effectivement, ça peut évoquer un rite satanique.

— Comment êtes-vous au courant de tout ça ?

Oliver lança un regard à Edwina.

— Ils nous prennent vraiment pour des gogols, hein ?

— Peu importe comment nous avons appris les détails, déclara Edwina. L'important est que nous sommes au courant de l'affaire.

Frost pointa l'index vers la photographie.

— Dans ce cas, que pensez-vous de ce symbole ? Celui qui rappelle un œil ? C'est satanique, ça aussi ?

— Tout dépend, répondit Oliver. Tout d'abord, il faut prendre en compte ce que vous avez vu la nuit de Noël : un cercle à la craie rouge au milieu duquel avait été placée la tête de la victime. Il y avait aussi cinq bougies brûlées sur le périmètre.

— Et alors ?

— Le cercle en soi est un symbole assez primitif ; en outre, il est universel. Il peut signifier toutes sortes de choses. Le soleil, la lune. La protection. L'éternité. La renaissance, le cycle de la vie. Effectivement, il est également utilisé par les satanistes pour représenter l'organe sexuel de la femme. Nous ignorons ce qu'il signifiait pour la personne qui a tracé ce cercle.

— Mais il pourrait avoir une signification satanique ? insista Frost.

— Bien sûr. Les cinq bougies pourraient représenter les cinq points d'un pentagramme. À présent, penchons-nous sur ce qui a été dessiné, la nuit dernière, sur la porte d'Anthony…

Il indiqua la photographie.

— Que voyez-vous ?

— Un œil.

— Parlez-moi davantage de cet œil.

— Il a… comme une larme. Et une sorte de cil dépasse dessous.

Oliver sortit un stylo de sa poche et retourna la feuille de papier à lettres du côté vierge.

— Je vais vous le dessiner plus clairement pour que vous voyiez exactement les différents éléments présents dans ce symbole.

Il reproduisit le dessin sur le papier :

— On dirait toujours un œil, observa Frost.

— Oui, mais tous ces éléments – la paupière, la larme – en font un œil très particulier. Ce symbole s'appelle l'Oudjat. Les experts en cultes sataniques vous diront qu'il représente l'œil de Lucifer, qui voit tout. La larme, c'est pour toutes les âmes encore en dehors de sa sphère d'influence. Certains adeptes des théories de conspiration affirment que c'est le même œil qui figure sur les billets américains.

— Vous voulez dire celui au-dessus de la pyramide ?

— Oui. C'est leur prétendue preuve que les finances mondiales sont gérées par des fidèles de Satan.

— Nous en revoilà donc aux symboles sataniques.

— Il y a d'autres interprétations possibles.

— Lesquelles ?

— C'est également un symbole utilisé par les francs-maçons. Auquel cas, son sens est bénin. Pour eux, il représente l'illumination.

— La recherche de la connaissance, précisa Edwina. Il s'agit d'apprendre les secrets de leur art.

— Vous voulez dire que ce meurtre aurait été commis par un franc-maçon ? demanda Jane.

— Ouh là, non, s'empressa de répondre Oliver. Ce n'est pas du tout ce que j'ai dit. Ces pauvres francs-maçons ont déjà été la cible de tant d'accusations démentes, que je ne vous répéterai même pas. Je vous fais juste un bref cours d'histoire. C'est mon domaine, vous savez, l'interprétation des symboles. J'essaie de vous expliquer que celui-ci, l'Oudjat, est très ancien. On l'a utilisé au fil des siècles dans des buts différents. Pour certains, il est sacré. Pour d'autres, il est terrifiant, il incarne le mal. Mais son sens originel, qui remonte à l'Égypte ancienne, est beaucoup moins menaçant et plutôt pratique.

— Et que voulait-il dire, à l'époque ?

— Il représentait l'œil d'Horus, le dieu solaire. Horus est généralement représenté sur les peintures et les sculptures par un homme à tête de faucon. Il était incarné sur terre par le pharaon.

Jane soupira.

— Donc ce pourrait être un symbole satanique, un symbole d'illumination, ou l'œil d'un dieu égyptien avec une tête d'oiseau.

— Il existe encore une autre possibilité.

— Je m'en doutais.

Oliver reprit son stylo et dessina une variante de l'œil. Il expliqua :

— Ce symbole a commencé à être utilisé en Égypte vers 1200 avant notre ère. On le trouve dans l'écriture hiératique.

— C'est toujours l'œil d'Horus ? demanda Frost.

— Oui, mais vous remarquerez que, cette fois, il est composé de différents éléments. L'iris est représenté par le cercle, situé entre les deux moitiés de la sclérotique. Ensuite, il y a la larme et le cil incurvé. Cela ressemble à une version stylisée de l'Oudjat, mais il a en fait une fonction très pratique en tant que symbole mathématique. Chaque partie de l'œil représente une fraction…

Il écrivit des chiffres sur le dessin :

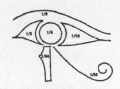

— Ces fractions sont obtenues en divisant des nombres subséquents en deux. L'œil entier représente le nombre entier, un. La partie gauche de la sclérotique représente la fraction, un demi. Le cil, un trente-deuxième.

— On va quelque part, là ? demanda Jane.

— Bien sûr.

— Et on peut savoir où ?

— L'œil porte peut-être un message spécifique. Lors du premier meurtre, la tête coupée était enfermée dans un cercle. Dans le second, il y avait un Oudjat sur la porte. Si ces deux symboles étaient liés ? Si le premier était la clef pour interpréter le second ?

— Une clef mathématique, vous voulez dire ?

— Oui, et le cercle, dans le premier meurtre, représenterait un élément de l'Oudjat.

Jane regarda les dessins et les chiffres d'Oliver en plissant le front.

— Vous voulez dire que le cercle du premier meurtre serait l'iris ?

— Oui, et il a une valeur.

— Il représenterait un chiffre ? Une fraction ?

Elle releva les yeux vers Oliver. Il était penché vers elle, les joues rouges d'excitation.

— Exactement, dit-il. Et cette fraction serait ?

— Un quart, répondit-elle.

— Exact.

Il sourit et répéta :

— Exact.

— Un quart de quoi ? demanda Frost.

— Ça, nous ne le savons pas encore. Il pourrait s'agir d'un quart de l'année, de l'une des quatre saisons...

— Ou encore qu'il n'a achevé qu'un quart de sa tâche, intervint Edwina.

— Oui, dit Oliver. Il nous dit peut-être qu'il y a d'autres meurtres à venir. Qu'il en projette quatre au total.

Jane lança un regard à Frost.

— La table était mise pour quatre, chez Lori-Ann Tucker.

Dans le silence qui suivit, la sonnerie stridente du portable de Jane les fit tous sursauter. Elle reconnut le numéro du labo de la police scientifique et décrocha aussitôt.

— Rizzoli.

— Bonjour, inspecteur. Erin, du service Traces et Empreintes, à l'appareil. Vous savez, ce cercle rouge dessiné sur le sol de la cuisine ?

— Oui, on est en train d'en discuter en ce moment même.

— J'ai comparé le pigment avec celui des symboles du meurtre de Beacon Hill. Les dessins sur la porte. Ils correspondent.

— Notre assassin a donc utilisé la même craie rouge dans les deux lieux...

— Sauf que... c'est justement ce pour quoi je vous appelle. Ce n'est pas de la craie.

— Qu'cst-ce que c'est ?

— Quelque chose de bien plus intéressant.

16

Les laboratoires de la police scientifique étaient logés dans l'aile sud du Schroeder Plaza, le QG de la police de Boston, au fond du couloir qui abritait les bureaux de la brigade criminelle. En s'y rendant, Jane et Frost passèrent devant les fenêtres qui donnaient sur le quartier ouvrier miteux de Roxbury. Aujourd'hui, sous le manteau de neige, il paraissait purifié et blanchi. Même le ciel semblait propre, l'air cristallin. Toutefois, la vue étincelante ne s'attira qu'un bref regard de la part de Jane. Son esprit était entièrement concentré sur la salle S269, le labo « Traces et Empreintes ».

La criminologue Erin Volchko les y attendait. Dès que Jane et Frost entrèrent dans la pièce, elle s'écarta du microscope sur lequel elle était penchée et saisit un dossier sur le comptoir.

— Après tout le boulot que j'ai mis là-dedans, vous me devez tous les deux un apéro.

— Vous dites toujours ça, répliqua Frost.

— Cette fois, c'est vrai. De toutes les pièces qu'ils ont rapportées de la scène de crime, je pensais que celle-ci serait la plus facile à analyser. Tu parles ! J'ai dû remuer ciel et terre pour trouver avec quoi ce cercle avait été dessiné.

— Ce n'est donc pas de la simple craie rouge, dit Jane.

Erin lui tendit le dossier.

— Eh non ! Jetez un coup d'œil là-dessus.

Jane ouvrit le dossier. La première page était une planche-contact avec une série de clichés. Des grumeaux rouges sur un fond flou.

— J'ai commencé par la microscopie optique à fort grossissement. Ces taches que vous voyez, ce sont des particules du pigment prélevé sur le cercle rouge de la cuisine.

— Qu'est-ce qu'il faut comprendre ?

— Plusieurs choses. Vous remarquerez qu'il y a différentes nuances de couleur. Les particules ne sont pas uniformes. L'indice de réfraction varie lui aussi, de 2,5 à 3,01, et bon nombre de ces particules sont biréfringentes.

— Ce qui veut dire ?

— Ce sont des particules d'oxyde de fer anhydre. C'est une substance très commune qu'on trouve un peu partout dans le monde. C'est ce qui donne à l'argile ses tons caractéristiques. On l'utilise dans les pigments d'artistes pour produire les couleurs rouge, jaune et marron.

— Ça n'a donc rien de spécial...

— C'est ce que j'ai pensé, jusqu'à ce que j'approfondisse le sujet. J'ai supposé que ça venait d'un morceau de craie ou de pastel, et j'ai fait des comparaisons avec des échantillons que nous nous sommes procurés auprès de deux boutiques de fournitures pour artistes locaux.

— Ils correspondent ?

— Non. Au microscope, la différence saute aux yeux. D'une part, les granules de pigment rouge des pastels présentent beaucoup moins de variabilité de couleurs et d'indice de réfraction. C'est parce que la plupart des oxydes de fer anhydres utilisés aujourd'hui dans les pigments sont synthétiques et non extraits de la terre. On utilise couramment un composé baptisé « Rouge Mars », un mélange d'oxydes de fer et d'aluminium.

— Donc les particules de pigments sur ces photos ne sont pas synthétiques ?

— Non, c'est de l'oxyde de fer anhydre naturel. On l'appelle aussi « hématite ». Ça vient du mot grec pour « sang », parce qu'il est parfois rouge.

— On n'utilise pas le truc naturel dans les fournitures pour artistes ?

— On a trouvé quelques craies et pastels hautement spécialisés qui employaient de l'hématite comme pigment. Mais les craies contiennent aussi du carbonate de calcium. En outre, les pastels industriels utilisent généralement de la colle naturelle pour lier les pigments. Une sorte d'amidon, comme la méthylcellulose ou la gomme adragante. Le tout est mélangé en une pâte qui est ensuite passée dans une extrudeuse pour former les bâtonnets. Nous n'avons trouvé aucune trace de gomme adragante ou de liant à l'amidon dans les échantillons prélevés sur les deux scènes de crime. Nous n'avons pas trouvé non plus suffisamment de carbonate de calcium pour indiquer qu'il s'agissait de craie colorée.

— Nous avons donc affaire à quelque chose qu'on ne trouve pas dans les fournitures pour artistes.

— Pas dans la région en tout cas.

— Alors d'où vient ce truc rouge ?

— Parlons d'abord de ce que c'est exactement.

— Vous venez de dire que c'était de l'hématite…

— Oui, de l'oxyde de fer anhydre. Mais quand on le trouve dans de l'argile teintée, il porte un autre nom : de l'ocre.

— Ce n'est pas ce que les Indiens se mettaient autrefois sur la figure ? demanda Frost.

— Cela fait au moins trois mille ans que les hommes utilisent l'ocre. On en a retrouvé dans les sépultures néandertaliennes. L'ocre rouge, notamment, semble avoir été universellement associée aux cérémonies funéraires, en raison de sa ressemblance avec le sang. On en trouve dans les peintures rupestres de l'âge de pierre comme sur les maisons de Pompéi. Les anciens se teignaient le corps avec, comme décorations ou peintures de guerre. On s'en servait également dans les rituels magiques.

— Y compris les cérémonies sataniques ?

— C'est la couleur du sang. Quelle que soit votre religion, cette couleur possède un pouvoir symbolique.

Erin marqua une pause avant d'ajouter :

— Cet assassin fait des choix très inhabituels.

— Ça, on le savait déjà, répondit Jane.

— Je veux dire par là qu'il connaît l'histoire. Il ne se sert pas d'une craie commune pour ses dessins rituels. Il opte pour le même pigment primitif qui était utilisé au paléolithique et il ne se contente pas d'aller le déterrer dans son jardin.

— Mais vous avez dit que l'ocre rouge se trouvait dans l'argile commune, dit Frost. Peut-être qu'il l'a simplement déterrée, de fait...

— Pas si son jardin se trouve quelque part dans la région.

Erin indiqua le dossier que Jane tenait toujours.

— Regardez l'analyse chimique. Ce qu'on a trouvé à la chromatographie gazeuse et à la spectroscopie Raman.

Jane tourna la page et vit une impression numérique. Un graphique avec de nombreuses pointes.

— Vous voulez bien nous éclairer ?

— Bien sûr. Commençons par la spectroscopie Raman...

— Jamais entendu parler.

— C'est une technique que les archéologues utilisent pour analyser des objets historiques. Elle détermine les propriétés d'une substance à l'aide de son spectre lumineux. Pour les archéologues, elle présente le grand avantage de ne pas détruire l'objet en question. Vous pouvez analyser les pigments de tout et n'importe quoi, des bandelettes d'une momie au Saint Suaire, sans endommager la pièce examinée. J'ai demandé au professeur Ian MacAvoy, du département d'archéologie de Harvard, d'analyser les résultats de la spectroscopie. Il m'a confirmé que l'échantillon contient de l'oxyde de fer, plus de l'argile, plus de la silice.

— C'est de l'ocre rouge ?

— Oui, de l'ocre rouge.

— Mais vous le saviez déjà.

— Certes, mais c'est toujours sympa d'avoir une confirmation. Il m'a proposé ensuite de m'aider à retrouver sa source. La partie du monde d'où provient cette ocre rouge en particulier.

— C'est possible ?

— La technique en est encore à sa phase expérimentale. Elle ne pourrait probablement pas être utilisée devant un tribunal, mais MacAvoy a été suffisamment intrigué pour entrer notre échantillon dans une base de données d'ocres rouges recueillies aux quatre coins du monde. Elle détermine les concentrations de onze autres éléments contenus dans les spécimens, tels que le magnésium, le titane, le thorium. Selon la théorie, une source géographique particulière présentera un profil d'éléments traces précis. C'est comme examiner les échantillons de terre extraits d'un pneu et y reconnaître le profil plomb/zinc d'une région minière du Missouri. Dans notre cas, nous avons comparé notre échantillon avec onze variables différentes.

— Les éléments traces.

— Exactement. Les archéologues ont compilé une bibliothèque de sources d'ocres.

— Pour quoi faire ?

— Parce que cela les aide à déterminer la provenance d'un objet. Par exemple : d'où proviennent les pigments sur le Saint Suaire ? De France ou d'Israël ? La réponse peut établir les origines du suaire. Ou encore, dans le cas d'une peinture rupestre, où l'artiste a-t-il trouvé son ocre ? Si sa source se situe à mille kilomètres de là, c'est soit qu'il a parcouru toute cette distance lui-même, soit qu'il existait une forme de commerce préhistorique. D'où la grande utilité de cette bibliothèque. Elle nous offre une fenêtre sur la vie de nos ancêtres.

— Et que sait-on de notre échantillon de pigment ? demanda Frost.

Erin sourit.

— Tout d'abord, qu'il contient une grande proportion de peroxyde de manganèse, quinze pour cent, ce qui lui donne un ton plus riche, plus profond. C'est la même proportion que l'on trouve dans les ocres rouges utilisées en Italie au Moyen Âge.

— Il est italien ?

— Non. Les Vénitiens l'importaient d'ailleurs. Quand MacAvoy a comparé le profil élémentaire complet, il a trouvé une correspondance avec un lieu particulier, un endroit où l'on extrait de l'ocre rouge encore aujourd'hui. L'île de Chypre.

— Il me faut un atlas, déclara Jane.

Erin indiqua le dossier.

— Je vous ai imprimé une carte trouvée sur Internet.

Jane tourna une page.

— D'accord, je vois. Ça se trouve en Méditerranée, juste au sud de la Turquie.

— Si vous voulez mon avis, il aurait eu plus vite fait d'utiliser une craie rouge, observa Frost.

— Et ç'aurait été bien meilleur marché. Votre assassin a choisi un pigment rare, provenant d'une source obscure. Il a peut-être des liens avec Chypre.

— Ou il pourrait nous mener en bateau, déclara Frost. Il dessine des symboles bizarres. Il utilise des pigments venus d'on ne sait où. On dirait qu'il veut nous faire tourner en bourrique.

Jane examinait toujours la carte. Elle songeait au symbole dessiné sur la porte de service d'Anthony Sansone. L'Oudjat, l'œil qui voit tout. Elle lança un regard à Frost.

— L'Égypte est juste au-dessous de Chypre.

— Tu penses à l'œil d'Horus ?

— C'est quoi ? demanda Erin.

— Le symbole tracé à Beacon Hill, répondit Jane. Horus est le dieu solaire égyptien.

— C'est un symbole satanique ?

Ce fut au tour de Frost de répondre :

— On ne sait pas ce qu'il signifie pour le tueur. Chacun a sa théorie. Adepte de Satan. Fan d'histoire. Ou simplement un bon vieux cinglé des familles.

Erin acquiesça.

— Comme le Fils de Sam. Je me souviens que la police a longtemps tourné en rond à se demander qui était Sam, alors que ce n'était finalement qu'une hallucination auditive du tueur. Un chien qui parlait.

Jane referma le dossier.

— Entre nous, j'espère que notre assassin est un fou, lui aussi.

— Pourquoi ? demanda Erin.

— Parce que l'autre possibilité me fait beaucoup plus peur. Qu'il soit parfaitement sain d'esprit.

Assis dans la voiture, le moteur tournant, Jane et Frost attendirent que le dégivreur fasse disparaître la buée sur le pare-brise.

Si seulement il pouvait être aussi facile de dissiper la brume qui enveloppe notre assassin...

Jane ne parvenait pas à se faire une image de lui, ne pouvait même pas imaginer à quoi il ressemblait. Un mystique ? Un artiste ? Un historien ?

Tout ce que je sais, c'est que c'est un boucher.

Frost passa la première et ils se glissèrent dans la circulation, beaucoup plus lente que d'habitude en raison des chaussées verglacées. Sous le ciel dégagé, les températures chutaient encore et, cette nuit, le froid promettait d'être plus mordant que jamais. Une nuit à rester chez soi, devant un bon pot-au-feu ; une nuit, espérait-elle, à ne pas mettre un assassin dehors.

Frost descendit Columbus Avenue puis tourna vers Beacon Hill, où ils comptaient examiner à nouveau la scène de crime. L'intérieur de la voiture s'était enfin réchauffé et elle redoutait le moment où il faudrait ressortir dans le froid, le vent, pour retourner dans le jardin de Sansone encore souillé de sang gelé.

Remarquant qu'ils approchaient de Massachusetts Avenue, elle dit soudain :

— Tu veux bien tourner à droite ?

— On ne va plus chez Sansone ?

— Tourne là.

— Comme tu voudras.

Il tourna.

— Continue tout droit, jusqu'à Albany Street.

— On va où ?

— C'est juste là, à quelques pâtés de maisons.

Elle lut les numéros de portes qui défilaient puis déclara :

— Arrête-toi ici.

Elle regardait de l'autre côté de la rue.

Frost se gara et suivit son regard.

— Kinko's ?

— Mon père travaille ici.

Elle lança un regard à sa montre.

— Il est presque midi.

— Qu'est-ce qu'on fait, exactement ?

— On attend.

— Rizzoli, ça a un rapport avec ce que tu m'as dit au sujet de ta mère, c'est ça ?

— Cette histoire me bousille la vie, en ce moment.

— Tes parents traversent une petite crise, ça arrive.

— Attends que ta mère emménage chez vous, tu verras la tête que fait Alice.

— Je suis sûr que ça va passer et qu'elle va rentrer à la maison.

— Pas s'il y a une autre femme dans le coup.

Elle se redressa brusquement.

— Le voilà !

Frank Rizzoli franchit la porte de Kinko's et remonta la fermeture Éclair de son blouson. Il lança un regard vers le ciel, frissonna et exhala un souffle blanc.

— Apparemment, il sort déjeuner, observa Frost. La belle affaire !

— La voilà, la belle affaire, murmura Jane.

Une femme venait de sortir du magasin derrière lui. Une blonde tout en cheveux avec un blouson en cuir noir et un jean moulant. Frank lui sourit et lui enlaça

180

la taille. Ils descendirent la rue, s'éloignant de Jane et Frost, bras dessus, bras dessous.

— Oh, putain ! gémit Jane. C'est donc vrai.

— Euh... on ferait peut-être mieux de partir...

— Regarde-les ! Non, mais regarde-les !

Frost mit le moteur en marche.

— J'irais bien déjeuner, moi aussi. Si on allait au...

Jane ouvrit sa portière et descendit.

— Oh non, Rizzoli ! Pas ça...

Elle traversa la rue en quelques enjambées et courut derrière son père sur le trottoir, criant :

— Hé ! Hé !

Frank s'arrêta, laissant retomber son bras. Il se retourna et écarquilla les yeux, la mâchoire tombante. La blonde le tenait toujours par la taille et continuait de s'accrocher à lui alors qu'il tentait de se libérer. De loin, elle paraissait superbe, mais, en s'approchant, Jane remarqua les rides profondes autour de ses yeux, que même l'épaisse couche de fond de teint ne pouvait cacher. En outre, elle empestait la cigarette. C'était ça, la beauté pour laquelle Frank était prêt à risquer son ménage ?

— Janie, dit Frank, ce n'est pas le moment de...

— C'est quand le moment, alors ?

— Je t'appellerai, d'accord ? On en discutera ce soir.

— Frankie chéri, qu'est-ce qui se passe ? demanda la blonde.

Jane lui lança un regard assassin.

Ne t'avise plus de l'appeler Frankie !

— Comment vous appelez-vous ?

La blonde prit un air hautain.

— Qui êtes-vous ?

— Répondez à ma question.

— Et puis quoi encore ?

181

Elle se tourna vers Frank.

— C'est qui, celle-là ?

Frank se plaqua une main sur le front et gémit :

— Et merde !

Jane sortit sa carte de police et la brandit sous le nez de la blonde.

— Police. Je vous ai demandé votre nom.

La blonde ne regarda même pas sa carte ; elle dévisageait Jane, incrédule.

— Sandie, murmura-t-elle.

— Sandie comment ?

— Huffington.

— Vos papiers, ordonna Jane.

— Janie, ça suffit comme ça, dit son père.

Sandie sortit docilement son portefeuille et montra son permis de conduire.

— Qu'est-ce qu'on a fait de mal ?

Elle lança un regard suspicieux à Frank.

— Qu'est-ce que tu as fait ?

— Ce ne sont que des conneries, répondit-il.

— Et elles vont finir quand, tes conneries ? demanda Jane. Quand vas-tu enfin grandir ?

— Ce ne sont pas tes oignons.

— Ah non ? Elle est assise dans mon appartement en ce moment, probablement en train de pleurer comme une Madeleine. Tout ça parce que tu ne peux pas garder ta braguette fermée.

— Qui ça, « elle » ? demanda la blonde. De qui elle parle ?

— Trente-sept ans de mariage, et tu fous tout en l'air pour cette blondasse ?

— Tu ne peux pas comprendre…

— Oh si, je comprends parfaitement.

— Tu n'as aucune idée de la vie que je mène. Je ne fais que bosser. Je ne suis qu'un robot bon à rame-

182

ner du fric à la maison. J'ai soixante et un ans ; elle est passée où, ma vie ? Je n'ai pas le droit d'en profiter un peu, pour une fois ?

— Et maman, elle en profite, elle ?

— C'est son problème.

— C'est aussi le mien.

— Ça, je n'y suis pour rien.

— Hé, mais c'est ta fille ! comprit enfin Sandie. Elle se tourna vers Jane.

— Vous avez dit que vous étiez flic.

Frank soupira.

— Elle est vraiment flic.

— Tu lui brises le cœur, tu le sais ? poursuivit Jane. Tu t'en fiches ou quoi ?

— Et mon cœur à moi ? s'aventura Sandie.

Jane ne lui prêta aucune attention, fixant toujours Frank.

— Je ne sais même plus qui tu es, papa. Autrefois, j'avais du respect pour toi. À présent, regarde-toi ! Tu es pathétique, tout simplement pathétique. Cette blondasse remue le popotin et tu es là, comme un crétin de clébard, la truffe en l'air... Bravo, c'est ça, agite donc la queue !

Frank lui pointa un doigt sous le nez.

— Ça suffit maintenant ! Arrête ça !

— Tu crois que cette potiche va veiller sur toi quand tu tomberas malade ? Tu crois qu'elle restera toujours à tes côtés ? Putain ! Est-ce qu'elle est seulement capable de faire cuire un œuf ?

— Comment osez-vous ! s'indigna Sandie. Vous avez utilisé votre carte pour m'intimider !

— Maman te reprendra, papa. J'en suis sûre. Va lui parler.

— Il y a une loi contre ce que vous avez fait ! poursuivait Sandie. C'est du harcèlement policier !

183

— Je vais te montrer ce que c'est, le harcèlement policier, ma cocotte ! rétorqua Jane. Continue à me chauffer...

— Vous allez faire quoi ? M'arrêter ? Chiche !

Sandie se pencha vers elle, plissant des yeux jusqu'à ce qu'on ne voie plus que deux épais traits de mascara. Elle appuya le bout de l'index sur la poitrine de Jane et poussa.

— Allez-y ! la défia-t-elle.

La suite fut purement une affaire de réflexe. Jane attrapa le poignet de Sandie et le tordit. Derrière le grondement du sang dans ses tempes, elle entendit les obscénités hurlées par la blonde et les cris de son père :

— Arrête ! Nom de Dieu, arrête !

Peine perdue. Elle fonctionnait sur pilote automatique, l'adrénaline fusant dans ses veines. Elle força Sandie à s'agenouiller sur le trottoir comme elle l'aurait fait avec n'importe quel criminel. Mais, cette fois, c'était la rage qui lui faisait tordre le poignet plus fort que nécessaire. Elle voulait faire mal à cette femme, l'humilier...

— Rizzoli ! T'es dingue ou quoi ? Ça suffit !

La voix de Frost transperça enfin la brume de son esprit. Elle lâcha Sandie et recula d'un pas, hors d'haleine. Elle contempla la femme qui gémissait agenouillée sur le trottoir. Frank s'accroupit auprès d'elle et l'aida à se relever.

Il fusilla sa fille du regard.

— Tu vas faire quoi, maintenant ? L'arrêter ?

— Tu l'as vue. Elle m'a poussée.

— Elle était énervée.

— C'est elle qui a commencé !

— Rizzoli, dit Frost calmement. Laisse tomber, d'accord ?

— Je pourrais l'arrêter, dit Jane. Je vais me gêner !

— Ouais, d'accord, dit Frost. Tu pourrais. Mais tu en as vraiment envie ?

Elle poussa un grand soupir et marmonna :

— J'ai mieux à faire.

Elle tourna les talons et repartit vers la voiture. Le temps qu'elle s'asseye, son père et la blonde avaient disparu au coin de la rue.

Frost se glissa derrière le volant et claqua sa portière.

— Ça, c'était vraiment pas malin de ta part.

— Contente-toi de conduire.

— Tu y es allée en cherchant la bagarre.

— Non mais tu l'as vue ? Mon père sort avec une putain de bimbo !

— Raison de plus pour te tenir à l'écart. Vous étiez prêtes à vous entre-tuer.

Jane se prit la tête dans les mains.

— Qu'est-ce que je vais pouvoir raconter à maman ?

— Rien.

Frost démarra et s'engagea dans la rue.

— Leur mariage ne concerne qu'eux.

— Ça me concerne aussi : je vais devoir rentrer chez moi et la regarder en face. Lire la douleur sur son visage.

— Alors sois une bonne fille. Prête-lui une épaule sur laquelle pleurer. Elle va en avoir besoin.

Qu'est-ce que je vais dire à maman ?
Jane trouva une place de parking devant son immeuble et resta assise derrière le volant un moment, redoutant ce qui allait suivre. Peut-être ne devrait-elle pas lui raconter la scène qu'elle venait de vivre. Angela était déjà au courant pour son mari et la blon-

185

dasse. Pourquoi retourner le couteau dans la plaie ? Pourquoi l'humilier davantage ?

Parce que si j'étais elle, je préférerais savoir. Je ne voudrais pas que ma fille me cache quelque chose, aussi douloureux cela soit-il.

Jane descendit de voiture, réfléchissant à ce qu'elle allait dire, sachant que, quelle que soit sa décision, la soirée s'annonçait des plus pénibles et qu'elle ne pourrait pas faire grand-chose pour soulager la douleur de sa mère. « Sois une bonne fille, avait dit Frost, prête-lui une épaule sur laquelle pleurer. »

Ça, c'est encore dans mes cordes.

Elle grimpa jusqu'au premier étage de son immeuble, ses pas plus lourds à chaque marche tandis qu'elle maudissait intérieurement Miss Sandie Huffington pour avoir mis leurs vies sens dessus dessous.

Toi, ma fille, je vais pas te lâcher. Je vais te pourrir la vie. Traverse seulement en dehors des clous et je serai là. Des PV impayés ? Attends un peu pour voir ! Maman ne peut pas se venger, mais moi si.

Elle enfonça rageusement la clef dans la serrure et se figea, entendant la voix de sa mère à l'intérieur. Des rires.

Maman ?

En entrant, une odeur de cannelle et de vanille lui chatouilla les narines. Elle entendit un autre rire, celui d'un homme cette fois. Elle l'identifia sur-le-champ. Elle marcha droit à la cuisine et y trouva Vince Korsak, inspecteur de police à la retraite, assis à table devant une tasse de café et une énorme assiette de cookies au sucre.

— Salut ! lança-t-il.

Il leva sa tasse de café dans sa direction. Regina, assise à côté dans sa chaise de bébé, l'imita en levant sa main minuscule.

186

— Euh… qu'est-ce que vous faites là ?

Angela était en train de sortir une nouvelle fournée de cookies qu'elle déposa sur la cuisinière pour la laisser refroidir.

— Janie ! la gronda-t-elle. En voilà une façon d'accueillir Vince !

« Vince » ? Elle l'appelle par son prénom, maintenant ?

— Il a téléphoné pour vous inviter à une fête, Gabriel et toi.

— Et vous aussi, madame Rizzoli ! lui lança Korsak avec un clin d'œil. Plus il y aura de jolies filles, mieux on se portera.

Angela rougit, et ce n'était pas à cause de la chaleur du four.

— Et il a senti les cookies à travers la ligne de téléphone ? demanda Jane.

— Mais non, j'étais justement en train de cuisiner quand il a appelé, répondit Angela. Je lui ai dit que, s'il venait tout de suite, je lui en mettais une fournée de côté.

— Je ne pouvais pas laisser passer une telle offre, dit Korsak en riant. Dites, c'est sympa d'avoir votre mère à la maison, hein ?

Jane baissa les yeux vers sa chemise pleine de miettes.

— Je constate que vous avez abandonné votre régime.

— Et je constate que vous êtes toujours aussi charmante.

Il avala bruyamment une gorgée de café et s'essuya la bouche du revers d'une main grasse avant de reprendre :

— J'ai entendu dire que vous étiez tombés sur un cas foutrement tordu.

Il s'interrompit, regardant Angela.

— Oups, désolé pour mon langage, madame Rizzoli.

— Je vous en prie, vous pouvez dire ce que vous voulez. L'essentiel est que vous vous sentiez comme chez vous.

S'il te plaît, maman, ne l'encourage pas !

— Une sorte de culte satanique, ajouta-t-il.

— Vous en avez entendu parler ?

— La retraite ne rend pas sourd.

Ni idiot. Il avait beau l'irriter avec son humour vulgaire, Korsak était l'un des enquêteurs les plus futés qu'elle connaisse. Bien qu'il ait pris sa retraite un an plus tôt à la suite d'une crise cardiaque, il n'avait jamais vraiment rendu son badge. Les samedis soir, elle le voyait toujours traîner au JP Doyle's, un des troquets préférés de la police de Boston, s'informant des derniers potins. Retraité ou pas, Korsak mourrait flic.

Jane s'assit en face de lui.

— Qu'est-ce que vous avez entendu d'autre ?

— Que votre type est un artiste. Il laisse de jolis petits dessins derrière lui. Et il aime...

Il lança un regard vers Angela, occupée à découper les cookies sur la plaque du four.

— ... faire des découpages et des collages. Ça correspond ?

— Ça correspond.

Angela sortit les derniers cookies, les versa dans un sac hermétique qu'elle déposa, avec un petit geste théâtral, devant Korsak. Ce n'était pas l'Angela décomposée que Jane s'était attendue à trouver en rentrant. Sa mère papillonnait dans la cuisine, rassemblant ses casseroles et ses bols, jetant un peu de liquide vaisselle dans l'évier. Elle ne semblait ni malheureuse, ni abandonnée, ni déprimée. Elle paraissait même dix ans de moins.

C'est ça qui arrive quand votre mari vous plaque ?

Tout en remplissant de café la tasse de Korsak, Angela déclara :

— Expliquez à Jane la raison de votre soirée.

— Ah oui !

Il but à nouveau, toujours aussi bruyamment.

— J'ai signé les papiers de mon divorce il y a une semaine. Après une année de bagarre pour des questions de fric, c'est enfin fini. J'ai pensé que le moment était venu de fêter mon nouveau statut d'homme libre. J'ai fait redécorer mon appartement : canapé en cuir, grand écran de télé, etc. Alors je vais acheter quelques caisses de champagne, réunir mes potes et on va faire la bringue !

C'était un adolescent de cinquante-cinq ans, avec du bide et une mèche rabattue sur son crâne chauve.

— Alors vous viendrez, hein ? demanda-t-il à Jane. Le deuxième samedi de janvier.

— Il faut que je voie la date avec Gabriel…

— S'il ne peut pas, venez en célibataire. Mais surtout n'oubliez pas d'amener votre grande sœur, ici présente !

Il adressa un autre clin d'œil à Angela, qui se mit à glousser.

La scène devenait de plus en plus pénible. Jane fut presque soulagée d'entendre la sonnerie étouffée de son portable. Elle se rendit dans le séjour, où elle avait laissé son sac, et sortit son téléphone.

— Rizzoli.

Le commissaire Marquette ne perdit pas de temps en amabilités :

— À l'avenir, montrez-vous plus respectueuse avec Anthony Sansone.

Elle entendit Korsak rire dans la cuisine, ce qui acheva de l'agacer.

Bordel, si tu dois draguer ma mère, fais-le ailleurs que chez moi.

Marquette poursuivit :

— J'ai appris que vous l'enquiquiniez, ainsi que ses amis.

— Vous pourriez définir le verbe « enquiquiner » ?

— Vous l'avez interrogé pendant deux heures. Vous avez cuisiné son majordome, ses invités. Puis vous êtes retournée chez lui cet après-midi. Vous lui donnez l'impression qu'il est en examen.

— Navrée si j'ai blessé sa sensibilité. On fait simplement ce qu'on a toujours fait.

— Rizzoli, essayez de vous mettre dans la tête que cet homme n'est pas un suspect.

— Je ne suis pas encore arrivée à cette conclusion. O'Donnell se trouvait chez lui. Eve Kassovitz a été assassinée dans son jardin. Et quand son majordome découvre le cadavre, que fait Sansone ? Il sort et prend des photos, qu'il fait passer ensuite à ses amis. Vous voulez la vérité ? Ces gens ne sont pas normaux. En tout cas, Sansone ne l'est pas.

— Ce n'est pas un suspect.

— Je ne l'ai pas encore éliminé.

— Faites-moi confiance, fichez-lui la paix.

Elle se tut quelques instants puis demanda plus calmement :

— Ça vous ennuierait de m'en dire un peu plus, commissaire ? Qu'est-ce que j'ignore, au sujet d'Anthony Sansone ?

— Ce n'est pas un homme qu'on veut se mettre à dos.

— Vous le connaissez ?

— Pas personnellement. Les ordres viennent d'en haut. On nous a dit de traiter cet homme avec respect.

Elle raccrocha. En s'approchant de la fenêtre, elle constata que le ciel de l'après-midi n'était plus bleu. Il allait probablement se remettre à neiger.

Un instant on croit voir l'éternité, et l'instant suivant, les nuages rappliquent et on se retrouve dans le noir.

Elle reprit son téléphone et composa un numéro.

17

Derrière la fenêtre d'observation, Maura regardait Yoshima, protégé par un tablier en plomb, positionner le collimateur au-dessus de l'abdomen. Certains se rendaient au travail le lundi matin en redoutant de se retrouver face à une montagne de paperasserie ou une pile de notes de service. Elle, c'était un cadavre de femme qui l'attendait, étendu nu sur cette table. Elle vit Yoshima ressortir de derrière son écran protecteur pour récupérer la plaque photographique à développer. Il releva les yeux vers elle, esquissa un signe de tête.

Maura poussa la porte et entra dans la salle d'autopsie.

La nuit où, grelottante, elle s'était accroupie dans le jardin d'Anthony Sansone, elle n'avait vu ce corps que dans le faisceau d'une lampe torche. Aujourd'hui, l'inspecteur Eve Kassovitz gisait, entièrement exposée, la lumière crue chassant les moindres ombres. Le sang avait été lavé, révélant les plaies roses. Une lacération du cuir chevelu. Un coup de lame dans la poitrine, sous le sternum. Et les yeux sans paupières, aux cornées désormais voilées. Maura ne pouvait s'empêcher de les regarder.

Le bruissement de la porte annonça l'arrivée de Jane.

— Vous n'avez pas commencé ? demanda-t-elle.

— Non. On attend encore quelqu'un ?

— Non, je suis toute seule aujourd'hui.

Alors qu'elle boutonnait sa blouse, Jane se figea soudain, le regard fixé sur le visage de sa collègue. Elle marmonna :

— J'aurais dû prendre sa défense. Quand ces crétins du service ont commencé à la chambrer, j'aurais dû tout de suite mettre le holà.

— Ce sont eux qui doivent se sentir coupables, Jane. Pas toi.

— Oui mais je suis passée par là, moi aussi. Je sais ce que c'est.

Elle ne pouvait détacher son regard des yeux grands ouverts.

— Ils ne pourront jamais la rendre présentable pour l'enterrement.

— Il faudra un cercueil fermé.

— L'œil d'Horus, murmura Jane.

— Pardon ?

— Ce dessin sur la porte de Sansone, c'est un symbole ancien, remontant aux Égyptiens. On l'appelle l'Oudjat, l'œil qui voit tout.

— Qui t'a raconté ça ?

— Un des invités au dîner de Sansone. Cette bande – Sansone et ses amis – n'est vraiment pas nette. Plus j'en apprends sur eux, plus ils me donnent la chair de poule. Surtout lui.

Yoshima sortit de la chambre noire avec une liasse d'épreuves photographiques. Il les fixa sur le négatoscope, chacune émettant une note musicale en claquant contre la vitre.

Maura prit sa règle et mesura la lacération du cuir chevelu, notant ses dimensions sur un bloc. Sans relever la tête, elle déclara :

— Il m'a téléphoné, l'autre nuit. Pour s'assurer que j'étais bien rentrée chez moi.

— Qui, Sansone ?

Maura releva la tête.

— Tu le considères comme un suspect ?

— Après avoir vu le corps, tu sais ce qu'il a fait ? Avant même d'avoir appelé la police ? Il a sorti son appareil photo et mitraillé le cadavre. Il a demandé à son majordome d'envoyer les clichés à ses amis le lendemain matin. Ne me dis pas que c'est un comportement normal.

— Mais le considères-tu comme un suspect ?

Après une pause, Jane admit :

— Non. Même si c'était le cas, ce ne serait pas du gâteau.

— Qu'est-ce que tu veux dire ?

— Gabriel a essayé de se renseigner pour moi. Il a passé quelques coups de fil pour en apprendre un peu plus sur ce type. Il n'a fait que poser une ou deux questions et toutes les portes se sont aussitôt refermées. Le FBI, Interpol… personne n'a voulu lui parler de Sansone. Apparemment, il a des amis haut placés qui le protègent.

Maura songea à l'hôtel particulier sur Beacon Hill, au majordome, aux antiquités.

— Sa richesse y est peut-être pour quelque chose.

— Il en a hérité. Il ne peut pas avoir gagné tout cet argent en enseignant l'histoire médiévale au Boston College.

— On parle de combien de millions, là ?

— La baraque sur Beacon Hill ? Pour lui, c'est du camping. Il possède également des résidences à Londres et à Paris, ainsi qu'une propriété familiale en Italie. C'est ce qu'on appelle un beau parti : célibataire, plein aux as, et beau mec par-dessus le marché.

Pourtant, on ne voit jamais sa photo dans les pages mondaines. Il ne participe à aucun gala de charité, aucune soirée de collecte de fonds. Un vrai ermite.

— Il ne m'a pas paru être le type qu'on voit dans les fêtes de la jet-set.

— Quelles autres impressions il t'a laissées ?

— Nous n'avons pas beaucoup parlé.

— Mais vous avez eu l'occasion de discuter un peu, tous les deux.

— Il faisait un froid de canard, dehors. Il m'a invitée à prendre un café pour me réchauffer.

— Ça ne t'a pas paru bizarre ?

— Quoi donc ?

— Qu'il t'invite chez lui ?

— J'ai trouvé son geste sympathique. Pour ta gouverne, c'est son majordome qui est sorti m'inviter.

— Toi personnellement ? Il savait qui tu étais ?

Maura hésita.

— Oui.

— Qu'est-ce qu'il te voulait au juste, toubib ?

Maura s'était approchée du buste et mesurait à présent l'entaille dans la poitrine, notant le résultat sur un autre bloc. Les questions commençaient à devenir trop pointues et elle n'en aimait pas les implications : qu'elle s'était laissé manipuler par Anthony Sansone.

— Je n'ai rien révélé de vital sur notre affaire, Jane. Si c'est ce que tu veux savoir.

— Mais vous en avez parlé ?

— On a abordé un certain nombre de choses. Et, oui, il voulait savoir ce que j'en pensais. Ça n'a rien de surprenant, dans la mesure où le cadavre a été découvert dans son jardin. Sa curiosité est compréhensible. C'est vrai aussi qu'il est un peu excentrique.

— Excentrique ? C'est le seul mot qui te vient à l'esprit ?

Maura repensa à la manière dont Sansone l'avait examinée cette nuit-là, à la manière dont ses yeux reflétaient la lueur des flammes. D'autres adjectifs lui vinrent en tête. *Intelligent. Séduisant. Intimidant.*

— Tu ne le trouves pas un peu malsain ? poursuivit Jane.

— Pourquoi ?

— Tu as vu comment c'est, chez lui ? On a l'impression d'entrer dans une autre époque. Et tu n'as pas visité toutes les pièces ! Avec tous ces portraits qui te fixent depuis les murs, on se croirait dans le château de Dracula !

— C'est un professeur d'histoire.

— C'était. Il n'enseigne plus.

— C'est probablement son héritage. De toute évidence, il est fier de son patrimoine.

— Oui, c'est ça, des souvenirs de famille. On peut dire qu'il a de la chance. Ils sont rentiers depuis quatre générations.

— Cela ne l'a pas empêché de faire carrière dans l'enseignement supérieur. C'est plutôt à son honneur. Au moins, il n'est pas devenu un simple play-boy.

— C'est là que ça devient intéressant. Le fidéicommis familial a été instauré en 1905 par son arrière-grand-père. Devine le nom qu'il a choisi.

— Aucune idée.

— La Fondation Méphisto. C'est aussi le nom du groupe qui, autour de Sansone, lutte contre le Mal.

Maura releva des yeux surpris.

— Méphisto ? répéta-t-elle dans un murmure.

— Avec un nom pareil, on peut se demander de quel type de patrimoine familial il s'agit.

— Pourquoi ce nom, « Méphisto » ? demanda Yoshima.

— J'ai fait quelques recherches, dit Jane. C'est le diminutif de Méphistophélès. Le doc sait probablement de qui il s'agit.

— Le nom vient de la légende de Faust. Comme vous le savez sûrement, le Dr Faust était un magicien. Il a dessiné des symboles secrets pour invoquer le Diable. Un esprit maléfique du nom de Méphistophélès lui est apparu et lui a proposé un pacte.

— Quel genre de pacte ?

— En échange d'une connaissance complète de la magie, Faust lui a vendu son âme.

— Donc, ledit Méphisto est...

— Un serviteur de Satan.

Une voix retentit soudain dans l'interphone :

— Docteur Isles ?

Louise, la secrétaire de Maura.

— Vous avez un appel externe sur la ligne un. Un monsieur Sansone. Vous voulez le prendre ou je lui demande de laisser un message ?

En parlant du Diable...

Maura croisa le regard de Jane, qui lui adressa un léger signe de tête.

— Je prends son appel, annonça-t-elle.

Ôtant ses gants en latex, elle traversa la salle et décrocha le téléphone mural.

— Monsieur Sansone ?

— J'espère que je ne vous interromps pas ?

Elle lança un regard au cadavre sur la table.

Je ne pense pas qu'Eve Kassovitz y verra d'objections. Il n'y a pas plus patient qu'un mort.

— Je peux vous consacrer une minute.

— Samedi prochain, j'organise un dîner chez moi. Ce serait un grand plaisir pour moi que vous veniez.

Maura hésita, sentant le regard de Jane sur elle.

— Il faut que j'y réfléchisse, répondit-elle.

— Vous devez vous demander de quoi il s'agit.

— Effectivement, la question m'a traversé l'esprit.

— Je vous promets de ne pas vous interroger sur l'enquête.

— De toute façon, je n'ai pas le droit d'en parler, vous le savez bien.

— J'ai compris. Ce n'est pas la raison pour laquelle je vous invite.

— Pourquoi, alors ?

La question était directe et inélégante, mais elle devait la poser.

— Nous partageons des intérêts communs. Ou, plutôt, des préoccupations communes.

— Je ne suis pas sûre de comprendre.

— Joignez-vous à nous samedi soir, vers dix-neuf heures. Nous pourrons en discuter.

— Je dois d'abord consulter mon agenda. Je vous rappelle.

Elle raccrocha.

— Qu'est-ce qu'il voulait ? demanda Jane.

— M'inviter à dîner.

— Il veut quelque chose.

— Selon lui, rien du tout.

Maura ouvrit un tiroir pour prendre une nouvelle paire de gants en latex. Ses mains ne tremblaient pas, mais elle sentait le feu dans ses joues et son pouls battait jusqu'au bout de ses doigts.

— Tu le crois ? demanda Jane.

Maura se tourna vers elle.

— Bien sûr que non. C'est pourquoi je n'irai pas.

— Tu devrais peut-être, suggéra doucement Jane.

— Tu plaisantes ?

— J'aimerais en savoir plus sur la Fondation Méphisto. Qui ils sont, ce qu'ils font pendant leurs

198

petites réunions secrètes. C'est peut-être la seule occasion que j'aurai de l'apprendre.

— Tu voudrais que j'y aille afin d'espionner ?

— Tout ce que je dis, c'est que ce n'est pas forcément une mauvaise idée. Tant que tu restes sur tes gardes.

Maura revint vers la table d'autopsie et regarda Eve Kassovitz.

Cette femme était flic et armée. Apparemment, elle n'était pas assez sur ses gardes.

Elle saisit son scalpel et commença à inciser.

Sa lame traça un Y sur le torse, deux incisions partant des épaules et se rejoignant plus bas que d'habitude, sous le sternum. Avant même de couper les côtes et d'ouvrir la cage thoracique, elle savait ce qu'elle allait trouver. Elle pouvait le voir sur les radios fixées sur le caisson lumineux : la silhouette globulaire du cœur, beaucoup plus gros qu'il n'aurait dû l'être chez une jeune femme en bonne santé. Elle souleva le bouclier formé par le sternum et les côtes, glissa une main sous la poche qui contenait le cœur.

Il était rempli de sang. Elle releva les yeux vers Jane, expliquant :

— Tamponnade cardiaque. Elle a saigné à l'intérieur du péricarde, la membrane qui entoure le cœur. Comme c'est un espace confiné, cette membrane s'est tellement tendue qu'elle a empêché le cœur de pomper. Il se peut aussi que le coup de couteau ait provoqué une arythmie fatale. Dans un cas comme dans l'autre, c'est une manière de tuer rapide et efficace. Le tout est de bien viser.

— En d'autres termes, il savait ce qu'il faisait.

— Ou alors c'est un coup de pot.

Elle indiqua la plaie.

— La lame a pénétré juste sous le processus xiphoïde. Au-dessus de cette limite, le cœur est bien protégé par le sternum et les côtes. Mais en perçant juste ici, là où se situe la plaie, et en dirigeant sa lame dans le bon angle…

— On atteint le cœur ?

— Ce n'est pas difficile. Je l'ai fait une fois, quand j'étais interne, pendant mon tour de garde aux urgences…

— Sur un cadavre, j'espère.

— Non, elle était vivante mais on n'entendait plus ses pulsations cardiaques. Sa tension artérielle était en chute libre et la radio du torse montrait un cœur globulaire. Il fallait agir vite.

— Tu lui as transpercé le cœur ?

— Avec une aiguille cardiaque. J'ai extrait suffisamment de sang de la poche pour la maintenir en vie jusqu'à ce qu'on puisse l'opérer.

— C'est comme dans ce roman d'espionnage, *L'Arme à l'œil*, déclara Yoshima. Le tueur poignarde ses victimes en plein cœur et elles meurent si vite qu'il n'y a pratiquement pas de sang. C'est ce qu'on appelle « tuer proprement ».

— Merci pour cette observation utile, grimaça Jane.

— En fait, Yoshima vient de mettre le doigt sur quelque chose d'intéressant, dit Maura. Notre assassin a choisi une méthode rapide pour tuer Eve Kassovitz alors qu'avec Lori-Ann Tucker il a pris son temps pour couper la main, le bras et la tête. Après quoi, il a dessiné ses symboles. Avec Eve, cela ne lui a pas demandé beaucoup de temps, ce qui me laisse penser qu'elle a été tuée pour une raison plus pratique. Peut-être l'a-t-elle surpris et il a dû s'en débarrasser sur-le-champ. Il a donc opéré de la manière la plus rapide possible, un coup sur la tête puis un coup de couteau dans le cœur.

— Mais il a quand même pris le temps de dessiner sur la porte.

— Et s'il avait fait ses dessins avant ? Pour accompagner le petit paquet qu'il venait de déposer sur les marches ?

— Tu veux parler de la main ?

Maura acquiesça.

— Oui, son offrande.

Elle s'était remise au travail avec sa lame. Elle ôta les poumons, les laissa tomber en une masse spongieuse dans une bassine en acier. Elle examina un instant leur surface rose, pratiqua quelques incisions dans chaque lobe puis informa Jane que c'étaient là les poumons sains d'une non-fumeuse, destinés à servir leur propriétaire jusqu'à un âge avancé.

Puis Maura se pencha de nouveau sur la cavité péritonéale, ses mains gantées plongèrent dans l'abdomen pour réséquer l'estomac, le pancréas et le foie. Eve Kassovitz avait un ventre plat, le résultat sans nul doute de longues heures passées à faire des abdominaux. Dire qu'il suffisait d'un coup de scalpel pour réduire tous ces efforts en un amas de muscles lacérés et de chair béante...

La bassine se remplissait lentement d'organes, les méandres de l'intestin grêle luisant comme un nid d'anguilles, le foie et la rate ne formant qu'un petit monticule sanglant. Tout était sain, parfaitement sain.

Maura entailla le rétropéritoine, dégagea les reins lisses et veloutés, en découpa de petits morceaux qu'elle laissa tomber dans un bocal à spécimens. Ils sombrèrent lentement dans le formol, laissant de petites volutes de sang dans leur sillage.

Elle se redressa et se tourna vers Yoshima.

— Vous pouvez m'installer les radios du crâne ? Voyons ce que ça donne.

Il ôta les clichés du torse et installa une nouvelle série d'images qu'elle n'avait pas encore examinées. Des vues du crâne s'illuminèrent sur le négatoscope. Elle se concentra sur la plaque osseuse juste sous la lacération du cuir chevelu, cherchant une ligne de fracture ou une dépression qu'elle n'aurait pas sentie à la palpation. Il n'y avait rien. Même sans provoquer une fracture, le coup pouvait avoir été suffisamment puissant pour étourdir la victime, le temps de lui ouvrir son blouson et de soulever son pull.

Et de lui plonger une lame dans le cœur.

Dans un premier temps, Maura regarda le crâne de face. Puis elle passa à une vue latérale et observa la nuque, son regard s'arrêtant sur l'os hyoïde. Juste derrière se trouvait une opacité conique comme elle n'en avait encore jamais vu. Fronçant les sourcils, elle se rapprocha du caisson et fixa l'anomalie. Sur la vue frontale, elle était en grande partie cachée par la densité plus forte des vertèbres cervicales. En revanche, de profil, elle était clairement visible et ne faisait pas partie du squelette.

— Qu'est-ce que c'est que ce truc ? murmura-t-elle.

Jane s'approcha à son tour.

— Qu'est-ce que tu regardes ?

— Cette tache, là. Ce n'est pas de l'os. Ce n'est pas une partie normale du cou.

— Ça se trouve dans sa gorge ?

Maura revint vers la table et demanda à Yoshima :

— Vous pouvez m'apporter le laryngoscope ?

Elle redressa le menton du cadavre. Elle avait utilisé un laryngoscope pour la première fois lors de sa quatrième année de médecine, quand elle avait tenté d'insérer un tube endotrachéal dans la gorge d'un homme qui ne respirait plus. La situation était d'une extrême urgence, le patient étant en arrêt cardiaque. L'interne qui la supervisait ne lui avait laissé qu'une tentative pour l'intubation : « Je te donne dix secondes. Si tu n'y arrives pas, je reprends les choses en main. »

Elle avait introduit le laryngoscope et examiné l'intérieur de la gorge, cherchant les cordes vocales mais n'apercevant que la langue et du mucus. Les secondes passaient pendant qu'une infirmière effectuait un massage cardiaque et que toute l'équipe de réanimation observait. Maura s'était débattue avec l'instrument, consciente qu'à chaque instant qui s'écoulait pendant que le patient était privé d'oxygène, c'étaient des cellules cérébrales qui mouraient. Finalement, l'interne lui avait pris l'instrument des mains et l'avait poussée de côté pour terminer l'intervention lui-même. Une humiliante démonstration de son incompétence.

Les morts ne nécessitaient pas une telle célérité. Cette fois, quand elle glissa la lame du laryngoscope dans la bouche, il n'y avait pas de moniteur cardiaque bipant comme un dément, pas d'équipe de réanimation la surveillant, pas de vie en jeu. Eve Kassovitz était un sujet patient. Maura inclina la lame, écartant la langue. Elle se pencha et inspecta l'intérieur de la gorge. Le cou était long et mince et, dès la première tentative, elle aperçut facilement les cordes vocales, deux bandes rose pâle flanquant le larynx. Un objet luisant était coincé entre les deux.

Elle tendit une main et demanda :

— Pince.

Yoshima plaça l'instrument dans sa paume.

— Tu vois quelque chose ? demanda Jane.

— Oui.

Maura attrapa l'objet et le sortit délicatement de la gorge. Elle le lâcha au-dessus du plateau à spécimens en acier, où il atterrit en cliquetant.

— Est-ce que c'est ce que je crois que c'est ? demanda Jane.

Maura retourna l'objet du bout de sa pince. Il brillait comme une perle sous les lumières crues.

Un coquillage.

18

Quand Jane entra sur le campus de l'université de Harvard et se gara derrière Conant Hall, le ciel de l'après-midi avait viré au gris sombre. Le parking était presque vide. Affrontant le vent glacial, elle lança un regard vers les bâtiments en briques rouges qui paraissaient déserts. De fines plumettes de neige tombaient doucement sur la chaussée verglacée. Elle se rendit compte que, quand elle en aurait terminé avec ce qui l'amenait ici, il ferait déjà nuit.

Eve Kassovitz était flic, elle aussi. Pourtant, elle n'a pas vu la mort venir.

Elle boutonna le col de son manteau et se dirigea vers les musées de l'université. Dans quelques jours, les étudiants rentreraient de leurs vacances d'hiver et le campus reprendrait vie. Pour l'heure, par cet après-midi sinistre, Jane marchait seule, plissant les yeux pour se protéger du vent.

Elle atteignit l'entrée latérale du bâtiment, trouva la porte verrouillée. Cela n'avait rien de surprenant, un dimanche. Elle fit le tour jusqu'à l'entrée principale. Sur Oxford Street, elle s'arrêta et leva les yeux vers la façade de l'imposant bâtiment. Au-dessus de la porte étaient gravés les mots « Musée de zoologie comparative ».

Elle gravit les marches en granit, entra dans l'édifice et se retrouva plongée dans un autre temps. Le
parquet craquait sous ses pas. Elle sentit l'odeur d'une
poussière vieille de plusieurs décennies et la chaleur
de vieux radiateurs en fonte.

Personne. Le hall était désert.

Elle s'enfonça dans le bâtiment, passant devant des
vitrines de spécimens, et s'arrêta pour regarder une
collection d'insectes transpercés par des aiguilles. Elle
vit de monstrueux scarabées noirs dotés de pinces
prêtes à trancher dans la chair tendre, des cafards ailés
à la carapace luisante. Elle frissonna et passa son chemin, longeant des papillons aux couleurs vives, des
œufs d'oiseaux qui ne verraient jamais le jour, des
pinsons empaillés qui ne chanteraient plus. Un grincement de parquet lui indiqua qu'elle n'était plus
seule.

Elle se retourna et scruta le long couloir bordé de
hautes vitrines. Éclairé à contre-jour par la lumière
hivernale filtrant par la fenêtre, l'homme n'était
qu'une silhouette courbée et anonyme marchant vers
elle. Ce ne fut qu'une fois qu'il fut parvenu à une
dizaine de mètres qu'elle discerna son visage ridé et
chaussé de lunettes. Des yeux bleus globuleux l'exa-
minaient derrière des verres épais.

— Vous ne seriez pas la dame de la police ?
demanda-t-il.

— Professeur von Schiller ? Je suis l'inspecteur
Rizzoli.

— Je m'en doutais. Personne d'autre n'entrerait ici
aussi tard dans la journée. Normalement, à cette heure-
ci, la porte est déjà fermée, si bien qu'en quelque sorte
vous avez droit à une visite privée.

Il lui adressa un clin d'œil, comme si cette faveur
devait rester un petit secret entre eux. Une occasion

rare d'admirer des insectes morts et des oiseaux empaillés sans être bousculé par la populace.

— Alors ? demanda-t-il. Vous l'avez apporté ?

— Il est là.

Elle sortit le sachet de pièce à conviction de sa poche et vit le regard du vieux professeur s'illuminer quand il aperçut son contenu à travers le plastique transparent.

— Venez ! Allons dans mon bureau, où je pourrai l'examiner tout à loisir sous ma loupe. Ma vue n'est plus ce qu'elle était. Je déteste le néon qu'ils m'ont installé, mais il m'est bien utile pour étudier ce genre de choses.

Elle le suivit vers un escalier, calquant son pas sur le sien, d'une lenteur extrême. Ce type était-il encore capable d'enseigner ? Il paraissait tellement âgé qu'elle se demandait même s'il arriverait à monter à l'étage. Néanmoins, von Schiller était l'homme qu'on lui avait recommandé quand elle avait appelé le département de zoologie comparative. D'ailleurs, l'éclat d'excitation dans son regard était éloquent. Il mourait d'impatience d'examiner l'objet.

Tout en gravissant laborieusement les marches, sa main noueuse agrippée à la rampe en bois sculpté, il demanda :

— Vous vous y connaissez en coquillages, inspecteur ?

— Je ne connais que ceux qui finissent dans mon assiette.

Il lui lança un regard surpris par-dessus son épaule.

— Vous voulez dire que vous n'en avez jamais collectionné ? Savez-vous que Robert Louis Stevenson a déclaré : « Celui qui a le goût de collectionner les coquillages a sans doute un destin plus heureux que celui qui naît millionnaire » ?

Personnellement, je préférerais les millions.

— J'ai cette passion depuis mon enfance, reprit-il. Chaque année, mes parents nous emmenaient sur la côte amalfitaine. Ma chambre contenait tellement de boîtes remplies de coquillages qu'on ne pouvait plus se retourner. Je les ai toujours, y compris un spécimen assez rare d'*Epitonium celesti*. Je l'ai acheté, celui-là, quand j'avais douze ans et je l'ai payé à prix d'or. Cela dit, j'ai toujours pensé que dépenser de l'argent pour des coquillages était un bon investissement. C'est l'art le plus exquis de notre mère Nature.

— Avez-vous eu le temps de regarder les photos que je vous ai envoyées par mail ?

— Oh oui. Je les ai fait suivre à Stefano Rufini, un vieil ami. Il est consultant pour une société appelée Medshells. Ils localisent des spécimens rares à travers le monde et les vendent à de riches collectionneurs. Il est d'accord avec moi sur l'origine probable de votre coquillage.

— Alors, d'où vient-il ?

Von Schiller se retourna à nouveau vers elle avec un petit sourire.

— Vous croyez que je vais vous donner une réponse définitive sans l'avoir d'abord examiné ?

— Vous semblez déjà connaître la réponse.

— Tout ce que je peux vous dire, c'est que j'ai réduit les possibilités.

Il reprit sa lente ascension.

— Il appartient à la classe *Gastropoda*...

Une autre marche.

— À l'ordre des *Caenogastropoda*.

Encore une marche.

— Superfamille : *Buccinacea*.

— Excusez-moi, mais qu'est-ce que ça veut dire ?

— Que votre petit coquillage est, avant tout, un gastéropode, ce qui signifie « estomac pied ». Il appartient à la même classe générale de mollusques que l'escargot ou la limace. Ils sont univalves, avec un pied musculaire.

— C'est comme ça que s'appelle ce coquillage ?

— Non, c'est juste sa classe phylogénétique. On dénombre au moins cinquante mille variétés de gastéropodes dans le monde, et tous ne vivent pas dans les océans. La vulgaire limace, par exemple, en fait partie bien qu'elle n'ait pas de coquille.

Il atteignit enfin le palier et s'enfonça dans un autre couloir bordé de vitrines. Elles contenaient une ménagerie silencieuse de créatures qui suivaient Jane de leurs yeux de verre réprobateurs. L'impression d'être observée était si vive qu'elle s'arrêta pour lancer un regard derrière elle dans la galerie déserte.

Il n'y a personne d'autre ici que nous deux et tous ces animaux assassinés.

Quand elle se retourna, von Schiller avait disparu.

Elle se tint seule un instant au milieu du couloir, n'entendant que les battements sourds de son cœur, sentant les regards hostiles des innombrables créatures prisonnières derrière leurs vitres.

— Professeur ?

Sa voix résonna d'une galerie à l'autre.

La tête du vieil homme surgit de derrière une vitrine.

— Alors, vous venez ? dit-il. Mon bureau est par ici.

« Bureau » était un bien grand mot pour décrire l'espace qu'il occupait. Une porte ornée de la plaque « Professeur Henry von Schiller, docteur *honoris causa* » s'ouvrait sur une pièce aveugle guère plus grande qu'un placard à balais. Elle contenait à grand-peine un bureau, deux chaises et quasiment rien d'autre. Il appuya sur un interrupteur, grimaça dans la lueur crue d'un néon.

— Laissez-moi voir ça...

Il lui prit des mains la pochette en plastique.

— Vous dites que vous l'avez trouvé dans un lieu où un meurtre s'était produit ?

Elle hésita avant d'acquiescer, se gardant toutefois de préciser : « Oui, enfoncé dans la gorge d'un cadavre. »

— Pourquoi pensez-vous qu'il peut être important dans votre enquête ?

— Je ne sais pas, j'espérais que vous pourriez me le dire.

— Je peux le toucher ?

— S'il le faut vraiment.

Il ouvrit la pochette et sortit le coquillage du bout de ses doigts arthritiques.

— Mmm... oui.

Il se glissa non sans mal derrière son bureau et s'assit sur une chaise grinçante. Il approcha une lampe en col de cygne et sortit de son tiroir une loupe et une règle.

— Oui, c'est bien ce que je pensais. Il fait... vingt et un millimètres de long. Ce n'est pas un spécimen particulièrement beau. Ces stries ne sont pas jolies et il présente quelques ébréchures ici, vous les voyez ? Ce pourrait être un vieux coquillage qui a traîné au fond de la boîte d'un collectionneur du dimanche.

Il releva la tête, ses yeux bleus larmoyant derrière ses lunettes.

— *Pisania maculosa*.

— C'est son nom ?

— Oui.

— Vous êtes sûr ?

Il reposa brutalement la loupe et se leva.

— Vous ne me faites pas confiance ? Suivez-moi.

— Je n'ai pas dit que je ne vous...

— Mais si, c'est exactement ce que vous avez dit.

Von Schiller ressortit de son bureau à une vitesse dont elle ne l'aurait pas cru capable. Agacé et pressé de se défendre, il traversa galerie après galerie, Jane sur ses talons. Ils s'enfoncèrent dans un dédale sombre de cabinets de spécimens et s'arrêtèrent enfin devant une série de vitrines, dans le coin le plus reculé du bâtiment. Cette partie du musée ne devait pas recevoir beaucoup de visiteurs. Les étiquettes étaient jaunies par le temps et une couche de poussière recouvrait les vitres. Von Schiller se faufila dans l'espace étroit entre deux meubles, ouvrit un tiroir et en sortit un casier de spécimens.

Il saisit une poignée de coquillages et les plaça, un par un, sur le rebord d'une vitrine.

— Regardez. Un *Pisania maculosa*. Et encore un autre. Et un autre. Et voici le vôtre !

Il la regarda avec toute l'indignation d'un érudit offensé.

— Alors ?

Jane examina la rangée de coquillages : tous présentaient les mêmes courbes gracieuses, les mêmes stries en spirale.

— Ils se ressemblent tous.

— Évidemment qu'ils se ressemblent tous ! C'est la même espèce. Je sais de quoi je parle. C'est ma spécialité, inspecteur.

Elle sortit son calepin et demanda :

— Quel est le nom de cette espèce, déjà ?

— Je vais vous l'écrire...

Il lui prit le calepin des mains et elle le regarda griffonner quelque chose.

Il lui rendit son calepin.

— Voilà. Au moins, il sera correctement orthographié.

— Ça signifie quoi ?

— C'est son nom.

— Je voulais dire, quel est le sens de ce coquillage ?

— Il est censé vouloir dire quelque chose ? Vous êtes une *Homo sapiens sapiens*, lui, c'est un *Pisania maculosa*. C'est comme ça, un point c'est tout.

— C'est un coquillage rare ?

— Pas du tout. Vous pouvez facilement l'acheter sur Internet à bon nombre de marchands.

Ce qui le rendait parfaitement inutile pour retrouver la piste de l'assassin. Elle rangea son calepin avec un soupir. Il ajouta :

— Il est très commun en Méditerranée.

Elle redressa la tête.

— En Méditerranée ?

— Et dans les Açores.

— Vous m'excuserez, mais je ne me souviens plus très bien où se trouvent les Açores.

Il la dévisagea d'un air à la fois outré et incrédule, puis lui indiqua une des vitrines où des dizaines de coquillages étaient exposés à côté d'une vieille carte de la Méditerranée. Il pointa un doigt.

— Là. Ce sont ces îles au large du Portugal, dans l'océan Atlantique. On trouve les *Pisania maculosa* dans toute cette région, des Açores à la Méditerranée.

— Et nulle part ailleurs ? Près du continent américain ?

— Je viens de vous dire où on les trouvait. Ces coquillages que j'ai sortis pour vous les montrer ont tous été pêchés en Italie.

Elle resta silencieuse un moment, contemplant le casier. Elle ne se souvenait pas quand elle avait étudié pour la dernière fois une carte de la Méditerranée. Après tout, son univers, c'était Boston. Le seul fait de franchir la frontière de l'État était pour elle comme un voyage à l'étranger. Pourquoi un coquillage ? Et pourquoi ce coquillage en particulier ?

Son regard se concentra sur l'est de la Méditerranée, cherchant l'île de Chypre.

Ocre rouge. Coquillages. Qu'est-ce que l'assassin essaie de nous dire ?

— Tiens ! fit von Schiller. Je croyais pourtant qu'on était seuls...

Jane n'avait pas entendu de pas, même sur le vieux plancher craquant. Elle se retourna et vit un jeune homme, juste derrière elle. Sans doute un étudiant, à en juger par sa chemise froissée et son jean. En tout cas, ce ne pouvait être qu'un universitaire, avec ces lunettes à grosse monture noire, ce visage d'une pâleur hivernale. Il était tellement silencieux qu'elle se demanda s'il n'était pas muet.

Puis les mots surgirent, en un bégaiement si prononcé qu'il était douloureux à entendre :

— P-p-prof-f-fesseur von Schiller. C-c-c'est l'heure de f-f-fermer.

— Nous avons presque terminé, Malcolm. Je voulais montrer à l'inspecteur Rizzoli quelques exemples de *Pisania*. Je verrouillerai.

Il remit les coquillages dans leur casier.

— M-m-mais... c'est m-m-mon...

— Je sais, je sais. Rien que parce que je ne suis plus de la première jeunesse, on me croit incapable de tourner une clef dans une serrure. J'ai encore des papiers à trier sur mon bureau. Pourquoi ne raccompagnez-vous pas l'inspecteur à la sortie ? Je promets de fermer la porte à clef en sortant.

Le jeune homme hésita, cherchant les mots pour protester. Puis il capitula et hocha la tête.

Jane glissa dans sa poche le sachet contenant le coquillage.

— Merci pour votre aide, professeur.

Le vieil homme lui tournait déjà le dos, occupé à ranger son casier de coquillages.

Le jeune homme conduisit Jane à travers les salles d'exposition lugubres sans dire un mot, ses baskets faisant à peine grincer les lattes du parquet. Ce n'était pas vraiment un endroit pour passer ses soirées quand on était jeune, en compagnie de fossiles et de papillons desséchés.

Dehors, dans la pénombre du début de soirée, Jane reprit la direction du parking. Ses souliers crissaient sur la neige fraîche. À mi-chemin, elle ralentit puis s'arrêta. Elle se retourna lentement, examina l'enfilade de bâtiments sombres, les halos diffus autour des réverbères.

Personne. Rien ne bougeait.

La nuit de sa mort, Eve Kassovitz a-t-elle vu son assassin venir ?

Elle reprit sa route en hâtant le pas, ses clefs déjà dans la main. Sur le parking, sa voiture était désormais seule. Ce ne fut qu'une fois derrière le volant, portière verrouillée, qu'elle commença à se détendre.

Cette affaire est en train de me rendre parano. Je ne peux même plus traverser un parking sans avoir l'impression d'avoir le Diable derrière moi.

Se rapprochant de plus en plus.

19

1er août. Phase de la lune : pleine.

Hier soir, ma mère m'a parlé en rêve. Elle me grondait, me rappelait que j'avais manqué de discipline. « Pourquoi ai-je perdu mon temps à t'enseigner les rituels antiques si tu ne t'en sers pas ? N'oublie pas qui tu es. Tu es l'Élu. »

Je n'ai pas oublié. Comment le pourrais-je ? Dès ma plus tendre enfance, elle m'a raconté les récits de nos ancêtres à propos desquels Manéthon de Sebennytos écrivait : « Ils ont mis nos villes à feu et à sang. Ils ont fait subir au peuple les pires brutalités. Ils ont mené des guerres dans le but d'exterminer la race. »

Dans mes veines coule le sang sacré des chasseurs.

Ce sont là des secrets que même mon distrait et inconscient de père ignorait. Entre mes parents, la relation était purement pratique, mais les liens qui m'unissent à ma mère transcendent le temps, les continents, et s'infusent jusque dans mes rêves. Elle est fâchée contre moi.

C'est pourquoi cette nuit je conduis une chèvre dans la forêt.

Elle me suit docilement, n'ayant encore jamais connu la cruauté des hommes. La lune est si claire que je n'ai pas besoin de lampe torche pour trouver mon chemin. Derrière moi, j'entends les bêlements désorientés des autres chèvres que j'ai libérées de la grange d'un fermier. Toutefois, elles ne me suivent pas. Leurs appels s'estompent à mesure que je m'enfonce dans les bois et, bientôt, je n'entends plus que mes pas et les sabots de la chèvre sur le tapis de feuilles mortes.

Quand nous sommes suffisamment loin, je l'attache à un arbre. L'animal pressent ce qui va suivre et laisse échapper un bêlement anxieux tandis que j'ôte mes vêtements. Nu, je m'agenouille sur la mousse. La nuit est fraîche mais, si je frissonne, c'est d'anticipation. Je lève le couteau et, comme toujours, les paroles du rituel s'écoulent de mes lèvres sans le moindre effort. « Loué soit le Seigneur Seth, dieu de mes ancêtres, dieu de la Mort et de la Destruction. » Au fil d'innombrables millénaires, il a guidé nos mains, a conduit nos pas du Levant jusqu'en Phénicie puis à Rome, et aux quatre coins de la planète. Nous sommes partout.

Le sang jaillit telle une source chaude.

Quand c'est terminé, je renfile mes chaussures et marche nu jusqu'au lac. Sous le clair de lune, j'entre dans l'eau et me lave du sang de la chèvre. Je ressors purifié et exalté. Ce n'est qu'en me rhabillant que les battements de mon cœur ralentissent et que la fatigue enroule son bras lourd autour de mes épaules. Je pourrais presque me coucher ici dans l'herbe tant je suis épuisé, mais je n'ose pas, je risque de ne pas me réveiller avant le lever du jour.

Je reprends péniblement le chemin de la maison. En arrivant au sommet de la colline, je la vois. Lily se tient au bord de la pelouse, silhouette élancée aux cheveux brillants dans le clair de lune. Elle me regarde.

— *Où étais-tu ?*

— *Je suis allé nager.*

— *Dans le noir ?*

— *C'est le meilleur moment.*

Je marche lentement vers elle. Elle se tient parfaitement immobile, même quand je suis assez près pour la toucher.

— *L'eau est chaude. Tu peux nager nu sans que personne te voie.*

Ma main est froide et elle tressaille quand j'effleure sa joue. Est-ce la peur ou la fascination ? Je l'ignore. Mais je sais qu'elle m'observe depuis plusieurs semaines, comme je l'observe de mon côté. Quelque chose est en train de se passer entre nous. On dit que l'enfer appelle l'enfer. Quelque part au fond d'elle, les ténèbres ont entendu mon appel et cherchent à remonter à la surface.

Je m'approche encore. Bien qu'elle soit plus âgée que moi, je la dépasse en taille. Mon bras s'enroule facilement autour de sa taille quand je me penche vers elle. Nos hanches se joignent.

Sa gifle me fait basculer en arrière.

— *Ne me touche pas ! Ne refais jamais ça.*

Elle tourne les talons et s'éloigne vers la maison.

Ma joue me brûle. J'attends dans le noir que l'empreinte de sa main s'efface de mon visage. Elle ne sait pas qui je suis, elle ignore qui elle vient d'humilier. Elle n'a aucune idée des conséquences qu'aura son geste.

Cette nuit-là, je ne dors pas.

Je reste étendu sur mon lit, pensant à toutes les leçons de ma mère sur la patience, sur le fait de savoir attendre son heure. « La victoire la plus satisfaisante, c'est celle que tu as longuement mûrie. »

Quand le soleil se lève, je suis toujours couché, songeant aux paroles de ma mère. Je pense aussi à cette gifle humiliante. À toutes les façons dont Lily et ses amies m'ont manqué de respect.

En bas, tante Amy est dans la cuisine en train de préparer le petit déjeuner. Je sens l'odeur du café et du bacon qui frit dans la poêle. Je l'entends appeler :

— Peter ? Tu n'aurais pas vu mon couteau à désosser ?

20

Comme d'habitude par les chaudes journées d'été, la place d'Espagne était bondée de touristes. Ils avançaient au coude à coude, l'appareil photo dernier cri suspendu au cou, le visage rouge sous le bob ou la casquette de base-ball. Depuis son perchoir sur les marches, Lily observait les mouvements de la foule, suivait du regard les remous qui se formaient autour des étals des marchands. Se méfiant des pickpockets, elle descendit l'escalier, repoussant les inévitables vendeurs de gadgets qui se pressaient autour d'elle. Elle remarqua quelques hommes qui la regardaient, mais leur intérêt n'était que passager. Un regard, une lueur lascive au fond des yeux, puis leur attention était attirée par la femme suivante. Tout en descendant vers la piazza, Lily y prêta peu d'attention. Elle contourna un couple enlacé puis un jeune homme studieux plongé dans un livre et se faufila dans la masse humaine. Dans la foule, elle se sentait en sécurité, anonyme et isolée. Naturellement, ce n'était qu'une illusion ; elle n'était vraiment à l'abri nulle part. Tout en traversant la place, en évitant des touristes se prenant en photo et des gamins suçant des *gelati*, elle en était parfaitement consciente. Les foules cachent à la fois les proies et les prédateurs.

Elle atteignit l'autre côté de la place, passa devant une boutique vendant des chaussures et des sacs griffés qu'elle ne pourrait jamais s'offrir. Juste à côté se trouvait une banque équipée d'un distributeur de billets. Trois personnes patientaient devant. Elle attendit son tour. Quand il vint, elle avait eu le temps de scruter les environs et n'avait repéré aucun voleur prêt à fondre sur elle. Le moment était venu de faire un gros retrait. Elle était à Rome depuis quatre semaines et n'avait pas trouvé de travail. Malgré son italien courant, pas un seul petit café, pas une boutique de souvenirs n'avait besoin d'elle. Il ne lui restait que cinq euros.

Elle inséra sa carte de crédit et demanda trois cents euros. Sa carte ressortit, accompagnée d'un reçu. Mais pas le moindre billet. Quand elle lut le papier, son ventre se noua.

« Votre compte n'est pas suffisamment approvisionné. »

On se calme. J'ai dû demander trop à la fois.

Elle inséra à nouveau sa carte, entra son code, demanda deux cents euros.

« Votre compte n'est pas suffisamment approvisionné. »

La femme derrière elle commençait à pousser des soupirs impatients. Elle inséra à nouveau sa carte, demanda cette fois cent euros.

« Votre compte n'est pas suffisamment approvisionné. »

La femme demanda :

— Dites, vous en avez encore pour longtemps ? C'est pour aujourd'hui ou pour demain ?

Lily fit volte-face. Un seul regard brûlant de rage suffit à faire reculer l'insolente d'un pas. Lily la bouscula au passage et repartit vers la place, avançant à l'aveuglette, ne se souciant plus, pour une fois, d'être surveillée, traquée. Quand elle rejoignit le grand escalier, elle sentit ses jambes mollir. Elle se laissa tomber sur une marche et se prit la tête entre les mains.

Elle n'avait plus un sou. Elle savait que son compte finirait tôt ou tard par être à sec mais elle avait pensé qu'il lui resterait encore de quoi tenir quelques semaines. Il lui restait juste assez en poche pour deux repas, tout au plus. Pas d'hôtel ce soir, pas de lit. Après tout, ces marches étaient plutôt confortables et la vue imprenable. Quand elle aurait faim, elle pourrait toujours faire les poubelles à la recherche des restes de sandwich d'un touriste...

Arrête de te raconter des histoires. Tu dois trouver de l'argent.

Elle redressa la tête, balaya la place du regard. Elle était pleine d'hommes seuls. *Salut, les garçons, y en aurait-il un parmi vous prêt à payer pour un après-midi avec une fille sexy et désespérée ?*

Puis elle aperçut trois policiers marchant autour de la place. Ce n'était sans doute pas l'endroit idéal pour racoler. Se faire arrêter pouvait lui être fatal.

Elle ouvrit son sac à dos et fouilla fébrilement à l'intérieur. Il contenait peut-être une liasse de billets qu'elle aurait oubliée ou quelques pièces tombées au fond... Tu parles ! Comme si elle n'avait pas compté le moindre centime dépensé ! Elle trouva un paquet de bonbons à la menthe, un stylo à bille. Pas d'argent.

Mais une carte de visite, avec le nom de *Filippo Cavalli*. Son visage lui revint soudain en mémoire. Le chauffeur de camion au regard lubrique et au menton mal rasé. Tout compte fait, était-il si horrible que ça ? Elle avait fait pire dans sa vie. Bien pire.

Et je le paie encore.

Elle referma la fermeture Éclair de son sac et chercha autour d'elle un téléphone.

Regard lubrique ou pas, il faut bien que je mange.

Elle se tenait dans le couloir, devant l'appartement 4-G, reboutonnant nerveusement son chemisier, lissant ses cheveux. Puis elle se demanda pourquoi elle se donnait tant de mal, vu l'allure négligée qui était la sienne lors de leur rencontre.

La porte s'ouvrit.

— Entre ! déclara Filippo.

Au premier regard, elle eut envie de tourner les talons et de s'enfuir. Il était exactement comme dans son souvenir, le menton couvert d'un chaume dru, ses yeux avides dévorant déjà son visage. Il ne s'était même pas donné la peine de se changer pour sa visite, arborant un tee-shirt sans manches et un vieux jean. Pourquoi aurait-il fait un effort de toilette ? Il savait pertinemment ce qui l'avait amenée ici, et ce n'était ni son corps de dieu grec ni son esprit pétillant.

Elle entra dans l'appartement, où les odeurs d'ail rivalisaient avec celle de tabac froid. Cela mis à part, ce n'était pas si horrible. Il y avait un canapé et des fauteuils, une pile bien ordonnée de magazines, une table basse. Le balcon donnait sur un autre immeuble d'appartements. À travers les murs, on entendait beugler la télé d'un voisin.

— Un verre de vin, Carol ?

Carol. Elle avait oublié le prénom qu'elle lui avait donné.

Elle jugea le moment opportun pour adopter le tutoiement, elle aussi.

— Oui, merci. Et... tu n'aurais rien à grignoter par hasard ?

— Un petit creux ? Si, bien sûr.

Il lui sourit, mais son regard était toujours aussi lubrique. Il savait que ce n'étaient là que des formalités avant la transaction. Il lui apporta du pain, du fromage et des petits champignons marinés. Pas vraiment un festin, juste de quoi couper la faim. Elle ne valait pas plus que cela. Le vin était de la piquette, mais elle en but quand même deux verres avant de manger. Vu ce qui l'attendait, il valait mieux être saoule. Assis de l'autre côté de la table de la cuisine, il la regardait tout en vidant son propre verre. Combien d'autres femmes avaient atterri dans cet appartement, rassemblant leur courage avant de passer dans la chambre ? Aucune, sans doute, n'était venue de son plein gré. Comme Lily, elles avaient dû avoir besoin d'un remontant avant de passer à la casserole.

Il tendit une main au-dessus de la table et déboutonna les deux premiers boutons de son chemisier. Elle resta parfaitement immobile tandis qu'il contemplait la naissance de ses seins avec un sourire.

Faisant comme si de rien n'était, elle saisit un autre morceau de pain, vida son verre d'un trait et s'en servit un autre.

Il se leva, vint se placer derrière elle. Il acheva de déboutonner le chemisier et le fit glisser sur ses épaules ; puis il dégrafa son soutien-gorge.

Elle porta un morceau de fromage à sa bouche, le mâcha puis l'avala. Elle manqua s'étrangler quand il posa les mains sur ses seins. Elle resta le dos droit, serrant les poings, résistant à l'envie de se retourner et de lui envoyer sa main en pleine figure. Au lieu de cela, elle le laissa se pencher sur elle et ouvrir son jean. Il exerça une légère pression et elle se leva docilement afin qu'il puisse lui ôter le reste de ses vêtements. Quand elle se tint enfin nue dans la cuisine, il recula pour mieux apprécier la vue. Son excitation était manifeste. Il ne se déshabilla même pas mais la plaqua contre le comptoir de la cuisine, ouvrit sa braguette et la prit debout. Il la posséda si vigoureusement que les placards tremblaient et que l'argenterie cliquetait dans les tiroirs.

Dépêche-toi. Finis, bon sang.

Hélas, il ne faisait que commencer. Il la fit se retourner, la força à se mettre à quatre pattes sur le carrelage et la prit à nouveau, en levrette cette fois. Puis ce fut dans le salon, devant la fenêtre donnant sur le balcon, comme s'il voulait que tout le monde sache que, lui, Filippo, pouvait baiser une femme dans toutes les positions, toutes les pièces, pendant des heures. Elle ferma les yeux et se concentra sur les bruits de télévision dans l'appartement voisin. C'était la musique tapageuse d'un jeu télévisé, animé par un Italien excité. C'était toujours mieux que d'entendre les halètements et les grognements de Filippo à mesure qu'il approchait du paroxysme.

Enfin, il s'effondra sur elle, un poids mort qui menaçait de l'étouffer. Elle se dégagea de sous son corps et resta étendue sur le dos, couverte de leurs deux sueurs.

Quelques instants plus tard, il se mit à ronfler.

Elle le laissa gisant sur le sol du séjour et passa à la salle de bains. Elle resta vingt bonnes minutes sous la douche, essayant de se débarrasser de la moindre trace de lui. Les cheveux dégoulinants, elle revint dans le séjour pour s'assurer qu'il dormait toujours, ce qui était le cas, puis se glissa en silence dans la chambre et fouilla dans les tiroirs de la table de nuit. Sous un paquet de chaussettes, elle trouva une liasse de billets… au moins six cents euros.

Cent de moins… il ne s'en apercevra même pas.

De toute manière, elle les avait mérités.

Elle se rhabilla et allait prendre son sac à dos quand elle entendit des pas derrière elle.

— Tu t'en vas déjà ? Ne me dis pas qu'une seule fois te suffit !

Elle se tourna lentement vers lui, s'efforça de sourire.

— Une seule fois avec toi, Filippo, c'est comme dix fois avec un autre homme.

Il sourit.

— C'est ce qu'elles me disent toutes.

On est bien toutes des menteuses.

— Reste, je vais te préparer à dîner.

Il s'approcha d'elle et prit une mèche de ses cheveux entre ses doigts.

— Reste, et peut-être que…

Elle y réfléchit pendant deux secondes. Elle avait effectivement besoin d'un endroit où passer la nuit, mais le prix à payer était trop élevé.

— Il faut que j'y aille, répondit-elle en se tournant vers la porte.

— Reste, s'il te plaît.

Il s'interrompit puis ajouta, avec une note de désespoir dans la voix :

— Je te paierai.

Elle s'arrêta et le dévisagea. Il demanda, doucement :

— C'est pour ça que tu es venue, n'est-ce pas ?

Son sourire s'effaça, son visage s'affaissant lentement en un masque las. Ce n'était plus l'amant fanfaronnant mais un homme d'âge mûr, triste et bedonnant, en manque d'une femme dans sa vie. Auparavant, elle avait trouvé ses yeux méchants ; à présent, ils ne lui paraissaient plus que fatigués, vaincus. Il soupira.

— Jc sais que c'est la vérité. Tu n'es pas venue pour moi, mais pour l'argent.

Pour la première fois, elle le regarda sans dégoût. Pour la première fois également, elle décida d'être honnête avec lui.

— C'est vrai, admit-elle. J'ai besoin de fric. Je suis fauchée et je n'arrive pas à trouver un boulot à Rome.

— Mais tu es américaine. Tu n'as qu'à rentrer chez toi.

— Non, je ne peux pas.

— Pourquoi ?

Elle détourna les yeux.

— Parce que je ne peux pas, c'est tout. De toute manière, il n'y a rien pour moi là-bas.

Il réfléchit un instant et en vint à une conclusion logique :

— Tu es recherchée par la police ?

— Non, ce n'est pas la police...

— Alors, qui tu fuis comme ça ?

Le Diable en personne. Non, elle ne pouvait pas le lui dire, il la prendrait pour une folle. Elle répondit simplement :

— Un homme. Quelqu'un dont j'ai peur.

Il pensa probablement qu'elle parlait d'un petit ami violent. Il hocha la tête, l'air compatissant.

— Donc, tu as besoin d'argent. Viens, je vais t'en donner.

Il se tourna vers la porte de sa chambre.

— Attends, Filippo.

Se sentant coupable, elle sortit de sa poche les cent euros qu'elle avait pris dans son tiroir. Comment pouvait-elle voler un homme qui avait tant besoin de compagnie ?

Elle lui prit la main et déposa les billets dans sa paume.

— Je suis désolée. Ils sont à toi. J'avais vraiment besoin d'argent, mais je n'aurais pas dû les prendre.

Elle tourna les talons.

— Carol, c'est ton vrai prénom ?

Elle s'arrêta, la main sur la poignée de la porte.

— C'est un prénom qui en vaut un autre.

— Tu dis que tu cherches un boulot. Qu'est-ce que tu sais faire ?

— Je peux tout faire. Femme de ménage, serveuse... à condition qu'on me paie en espèces.

— Tu parles très bien l'italien.

Il la dévisagea, songeur.

— J'ai une cousine, ici en ville, qui organise des tours.

— Quel genre de tours ?

— Des visites guidées du Forum, de la basilique... Tu sais, les endroits habituels pour touristes. Elle a parfois besoin de quelqu'un parlant anglais, mais il faut être cultivé.

Un regain d'espoir fit battre son cœur un peu plus vite.

— J'ai un diplôme universitaire en études classiques. En fait, je suis plutôt calée en histoire. Surtout l'Antiquité.

— Mais tu connais bien Rome ?

Lily laissa échapper un petit rire et posa son sac à dos.

— Comme ma poche.

21

Depuis le trottoir verglacé, Maura leva les yeux vers l'hôtel particulier de Beacon Hill, dont les fenêtres allumées diffusaient une lueur accueillante. Dans le petit salon donnant sur la rue, un feu était allumé dans la cheminée, comme la nuit où elle y était entrée la première fois, attirée par les flammes dansantes et la promesse d'un café chaud. Ce soir, c'était par curiosité qu'elle gravissait les marches du perron. Cet homme l'intriguait et, elle devait le reconnaître, lui faisait un peu peur. Elle pressa la sonnette et l'écouta carillonner de pièce en pièce. Elle s'attendait à voir le majordome, aussi fut-elle prise de court quand Anthony Sansone vint ouvrir en personne.

— Je n'étais pas sûr que vous viendriez, déclara-t-il en la faisant entrer.

— Moi non plus, avoua-t-elle.

— Les autres arriveront plus tard. J'ai pensé qu'il serait préférable que nous puissions discuter en tête à tête avant.

Il pressa un pan de boiserie qui s'ouvrit pour révéler une penderie. Chez cet homme, même les murs recelaient des secrets.

— Qu'est-ce qui vous a convaincue de venir, finalement ?

— Vous avez dit que nous avions des intérêts communs. J'aimerais savoir ce que vous entendez par là.

Il suspendit son manteau et se tourna vers elle, grand et tout vêtu de noir, le visage doré par le reflet du feu.

— Le mal, répondit-il. Voilà ce que nous avons en commun. Nous l'avons tous les deux vu de près. Nous avons vu son visage, senti son haleine. Et il nous a fixés dans les yeux en retour.

— C'est le cas de beaucoup de monde.

— Mais vous l'avez vécu sur un plan très personnel.

— Vous êtes encore en train de parler de ma mère.

— Selon Joyce, personne n'a encore pu évaluer le nombre des victimes d'Amalthea.

— Je n'ai pas suivi l'enquête. Je me suis tenue à l'écart. La dernière fois que j'ai vu Amalthea, c'était en juillet. Je n'ai aucune intention de lui rendre à nouveau visite.

— Détourner les yeux face au mal ne le fait pas disparaître. Il est toujours là, il fait toujours partie de notre vie…

— Pas de la mienne.

— … jusque dans notre ADN.

— Un hasard de la naissance. Nous ne sommes pas nos parents.

— Mais à un certain niveau, Maura, les crimes de votre mère pèsent sur vous. Vous devez vous interroger.

— Me demander si je ne suis pas un monstre, moi aussi ?

— Vous ne vous êtes pas posé la question ?

Elle hésita, consciente de l'intensité de son regard.

— Je ne ressemble en rien à ma mère. Nous sommes aux antipodes l'une de l'autre. Vous n'avez qu'à voir la carrière que j'ai choisie, mon métier.

— Une forme d'expiation ?

— Je n'ai rien à expier.

— Pourtant, vous avez choisi de travailler pour les victimes. Et pour la justice. Tout le monde ne fait pas ce choix, ne le fait pas aussi bien ni avec une telle dévotion. C'est pourquoi je vous ai invitée ce soir.

Il ouvrit la porte donnant sur la pièce attenante.

— J'ai quelque chose à vous montrer.

Elle le suivit dans une salle à manger tout en boiseries, où une table massive était dressée pour le dîner. Elle compta cinq couverts, remarqua les verres à pied en cristal et la vaisselle bordée d'un liseré or et cobalt. Là encore, il y avait un feu dans la cheminée mais il faisait frais dans la pièce caverneuse, avec ses quatre mètres sous plafond. Elle avait bien fait de conserver son pull en cachemire.

Il saisit une bouteille de cabernet.

— Un verre de vin ?

— Volontiers.

Il lui tendit un verre mais elle le vit à peine. Elle ne pouvait détacher son regard de la série de portraits aux murs. Une galerie de visages, masculins et féminins, la fixait en retour à travers la patine des siècles.

— Ce n'est qu'une petite partie de la collection, expliqua-t-il. Ce sont des portraits que ma famille est parvenue à assembler au fil des ans. Certains sont des copies modernes, d'autres des représentations de ce à quoi nous pensons qu'ils ressemblaient. Quelques-uns sont des originaux. Ces gens sont tels qu'ils étaient dans la vie.

Il traversa la pièce et vint se placer devant un des tableaux. Il représentait une femme aux yeux noirs lumineux, aux cheveux sombres rassemblés sur la nuque. Dans la lumière dorée de la pièce, son visage formait un ovale pâle et sa peau était si translucide et vivante que Maura pouvait presque imaginer les mouvements d'un pouls dans ce cou blanc. Elle posait de trois quarts, les yeux tournés vers l'artiste en un regard direct et sans peur.

— Elle s'appelait Isabella, déclara Sansone. Ce portrait a été peint un mois avant son mariage. Il a nécessité un grand travail de restauration. La toile avait roussi par endroits. C'est une chance qu'il ait survécu à l'incendie qui a détruit sa maison.

— Elle est belle.

— Elle était belle, oui. Pour son plus grand malheur.

— Que voulez-vous dire ?

— Elle était mariée à Nicolo Contini, un noble vénitien. D'après ce qu'on sait, c'était une union très heureuse jusqu'à ce que... jusqu'à ce qu'Antonino Sansone ne détruise leur vie.

Elle le regarda d'un air surpris.

— C'est l'homme du portrait, celui qui est dans l'autre pièce ?

Il acquiesça.

— Mon cher ancêtre. Naturellement, il justifiait tous ses actes au nom de la chasse au Diable. L'Église cautionnait tout : les tortures, les saignées, les bûchers. Les Vénitiens s'y connaissaient particulièrement en torture et étaient très créatifs lorsqu'il s'agissait d'inventer des instruments toujours plus atroces pour arracher des confessions. Même quand l'accusation était totalement farfelue, une heure dans un cachot avec monsignore Sansone, et pratiquement n'importe qui aurait plaidé coupable. Qu'on vous accuse de pratiquer la sorcellerie, d'avoir jeté un sort à votre voisin ou de vous être acoquiné avec le Diable, tout avouer était la seule manière de faire cesser la douleur, de vous voir accorder la grâce de mourir. De fait, la mort elle-même n'était pas si miséricordieuse que ça, puisqu'ils brûlaient sur le bûcher… Tous ces gens que vous voyez ici ont subi ses sévices. Hommes, femmes, enfants… il ne faisait aucune distinction. On dit qu'il se réveillait tous les matins ravi de la tâche qui l'attendait et qu'il engloutissait un énorme petit déjeuner de pain et de viande. Ensuite, il enfilait sa robe tachée de sang et partait se mettre au travail, traquant les hérétiques. Dans la rue, malgré les épais murs de pierre, les passants pouvaient entendre les malheureux hurler.

Maura balaya la pièce du regard, contemplant les visages de ces âmes maudites, les imaginant déformés par la douleur, défigurés par les coups. Combien de temps avaient-ils résisté ? Combien de temps s'étaient-ils raccrochés à l'espoir de s'en sortir, de survivre ?

— Antonino les a tous vaincus, reprit Sansone. Sauf une.

Il se tourna à nouveau vers la femme aux yeux lumineux.

— Isabella a survécu ?

— Oh non, personne ne survivait à ses traitements. Elle est morte, comme tous les autres. Mais elle n'a jamais été vaincue.

— Elle a refusé d'avouer ?

— Et de se soumettre. Il lui suffisait d'impliquer son mari. De renoncer à lui, de l'accuser de sorcellerie. Elle aurait alors peut-être eu la vie sauve. Parce que ce qu'Antonino voulait vraiment, ce n'était pas sa confession, mais Isabella elle-même.

« Elle était belle. Pour son plus grand malheur. » Elle comprenait ce qu'il avait voulu dire.

— Un an et un mois. C'est le temps qu'elle a tenu dans une cellule sans chauffage, sans lumière. Chaque jour, une nouvelle séance avec son tortionnaire. J'ai vu les instruments qu'ils utilisaient à l'époque. Je ne peux imaginer une pire vision de l'enfer.

— Et il ne l'a jamais vaincue ?

— Elle a résisté jusqu'au bout. Même quand ils lui ont arraché son nouveau-né, lui ont broyé les mains, l'ont fouettée jusqu'à ce qu'elle n'ait plus un lambeau de peau sur le dos, lui ont disloqué toutes les articulations. Les moindres sévices ont été méticuleusement rapportés dans les journaux intimes d'Antonino.

— Vous les avez lus ?

— Oui. Ils sont toujours restés dans notre famille. Désormais, ils sont gardés dans un coffre, avec d'autres souvenirs désagréables datant de cette époque.

— Quel affreux héritage...

— C'est ce que je voulais dire en parlant de préoccupations communes. Nous avons tous les deux hérité d'un sang empoisonné.

Elle se tourna à nouveau vers le portrait d'Isabella. « Ils lui ont arraché son nouveau-né. »

— Vous avez bien dit qu'elle avait eu un enfant en prison ?

— En effet. Un fils.

— Que lui est-il arrivé ?

— Il a été placé dans un couvent, où il a été élevé.

— Mais c'était le fils d'une hérétique. On lui a laissé la vie sauve ?

— En raison de l'identité de son père.

Elle le dévisagea, sidérée.

— Antonino Sansone ?

Il acquiesça.

— L'enfant est né onze mois après le début de la détention de sa mère.

L'enfant d'un viol. Voici donc la lignée des Sansone. Elle remonte au fils d'une malheureuse martyre.

Et d'un monstre.

Elle regarda les autres tableaux autour de la salle.

— Je ne crois pas que j'aimerais avoir ces portraits chez moi.

— Vous trouvez ça morbide.

— Ils me rappelleraient tous les jours ce qui s'est passé. Je serais hantée par la manière dont ils sont morts.

— Vous les cacheriez au fond d'un placard ? Vous préféreriez éviter de les voir, comme vous évitez de penser à votre mère ?

Elle se raidit.

— Je n'ai aucune raison de penser à elle. Elle n'a rien à voir avec ma vie.

— Vous vous trompez. En outre, vous pensez à elle, n'est-ce pas ? Vous ne pouvez pas vous en empêcher.

— En tout cas, je n'irais pas jusqu'à accrocher son portrait dans mon salon.

Elle reposa son verre sur la table, poursuivant :

— Vous pratiquez une étrange forme d'hommage à vos ancêtres. Vous exhibez le tortionnaire familial dans le petit salon, comme une sorte d'icône dont vous êtes fier. Et ici, dans la salle à manger, vous conservez une galerie de ses victimes. Tous ces visages qui vous regardent, comme une collection de trophées. Un peu comme si on se trouvait chez...

Chez un chasseur.

Elle s'interrompit, fixant son verre vide, consciente du silence dans la maison. Le couvert était mis pour cinq, mais elle était la seule convive présente. Peut-être la seule à avoir été vraiment invitée.

Elle sursauta quand il l'effleura en allongeant le bras pour saisir son verre. Il se tourna pour aller le remplir et elle contempla son dos, distinguant le jeu des muscles sous son pull noir à col roulé. Puis il revint vers elle, lui tendant le verre. Elle le prit mais ne but pas, bien que sa gorge fût soudainement sèche.

Il demanda, d'une voix calme :

— Vous savez pourquoi tous ces portraits sont ici ?

— Non, mais je trouve cela... étrange.

— J'ai grandi avec eux. Ils étaient accrochés dans la maison de mon père, et dans celle de son père avant lui. Il en va de même pour le portrait d'Antonino, mais toujours dans une pièce à part. Et toujours bien en vue.

— Comme un autel.

— D'une certaine façon, oui.

— Vous honorez cet homme ? Le bourreau ?

— Nous conservons vivant son souvenir. Nous tenons à ne jamais oublier qui, ou ce qu'il était.

— Pourquoi ?

— Parce que c'est notre responsabilité. Un devoir sacré que les Sansone ont accepté il y a des générations, à commencer par le fils d'Isabella.

— L'enfant né en prison.

Il acquiesça.

— Quand Vittorio a atteint l'âge adulte, monsignore Sansone était déjà mort. Néanmoins, sa réputation de monstre s'était propagée. Le patronyme Sansone n'était plus un atout mais une malédiction. Vittorio aurait pu changer de nom, renier sa lignée. Mais il a fait tout le contraire. Il a revendiqué le nom de Sansone, ainsi que son fardeau.

— Vous parliez d'un devoir sacré. Quel genre de devoir ?

— Vittorio a juré de racheter ce que son père avait fait. Si vous regardez notre blason familial, vous y verrez la phrase : *Sed libera nos a malo*.

— « Mais libère-nous du mal », traduisit Maura.

— Exactement.

— Et que sont censés faire les Sansone, au juste ?

— Nous chassons le Diable, telle est notre mission.

Elle resta silencieuse un moment. Il devait plaisanter. Pourtant, son regard était parfaitement sérieux.

— Vous parlez au figuré, naturellement, dit-elle enfin.

— Je sais que vous n'y croyez pas, mais il existe.

Elle ne put s'empêcher de rire.

— Satan ?

— Les gens n'ont aucun mal à croire en l'existence de Dieu.

— C'est pourquoi on appelle ça la foi. Elle ne nécessite aucune preuve, puisqu'il n'y en a pas.

— Si on croit à la lumière, on doit croire aussi aux ténèbres.

— Mais vous parlez d'un être surnaturel.

— Je parle du mal, distillé dans sa forme la plus pure. Se manifestant sous la forme de créatures de chair et de sang, marchant parmi nous. Il ne s'agit pas de meurtriers occasionnels, du mari jaloux qui tue sa femme, du soldat terrifié qui achève un ennemi désarmé. Je vous parle de tout autre chose. De gens qui paraissent humains mais qui se situent aux antipodes de l'humanité.

— Des démons ?

— On peut les appeler comme ça.

— Vous croyez vraiment qu'ils existent, ces monstres, ces démons ?

— Je ne le crois pas : je le sais.

La sonnette de la porte d'entrée la fit sursauter. Elle lança un regard vers le petit salon mais Sansone ne réagit pas. Elle entendit des pas, puis la voix du majordome dans le vestibule.

— Bonsoir, madame Felway. Puis-je prendre votre manteau ?

— Désolé, Jeremy. Je suis un peu en retard.

— M. Stark et le Dr O'Donnell ne sont pas encore là.

— Ah, tant mieux.

— M. Sansone et le Dr Isles sont dans la salle à manger. Si vous voulez bien les rejoindre…

— Avec plaisir. J'ai grand besoin d'un verre.

La femme qui fit irruption dans la pièce était impressionnante, très grande, dotée de larges épaules qu'accentuaient encore les épaulettes en cuir de sa veste en tweed. En dépit de ses cheveux grisonnants, elle se déplaçait avec une vigueur juvénile et l'assurance de l'autorité. Elle marcha droit sur Maura et lui tendit la main.

— Vous devez être le Dr Isles. Edwina Felway.

Sansone lui tendit un verre de vin.

— Quel est l'état des routes ce soir, Winnie ?

— Épouvantable.

Elle but une gorgée.

— Je m'étonne qu'Ollie ne soit pas encore là.

— Il est à peine vingt heures. Il vient avec Joyce.

Edwina ne quittait pas Maura des yeux. Son regard était direct, indiscret même.

— L'enquête a-t-elle avancé ?

— Nous n'en avons pas encore discuté, répondit Sansone.

— Vraiment ? Pourtant, nous ne pensons tous qu'à ça.

— Je ne peux pas en parler, dit Maura. Je suis sûre que vous le comprendrez.

Edwina se tourna vers Sansone.

— Comment ça, elle n'a pas encore accepté ?

— Accepté quoi ? demanda Maura.

— De vous joindre à notre groupe, docteur Isles.

— À la Fondation Méphisto ? dit Maura. C'est de ça qu'il est question ?

Il y eut un silence. Dans la pièce voisine, un téléphone se mit à sonner.

Edwina éclata de rire.

— Elle a une longueur d'avance sur toi, Anthony.

Sansone se tourna vers Maura.

— Comment connaissez-vous l'existence de la fondation ?

Puis il poussa un soupir, répondant lui-même :

— L'inspecteur Rizzoli, bien sûr. J'ai entendu dire qu'elle posait un tas de questions sur nous.

— Elle est payée pour ça.

— Est-elle enfin convaincue que nous ne sommes pas suspects ?

— Que voulez-vous, elle n'aime pas les mystères. Or, votre groupe est très mystérieux.

— C'est donc pour ça que vous avez accepté mon invitation ce soir. Pour savoir qui nous sommes.

— Je crois l'avoir découvert, répondit Maura. J'en ai entendu assez pour prendre une décision.

Elle reposa son verre avant de poursuivre :

— La métaphysique, ce n'est pas mon truc. Je sais que le mal existe dans le monde. Il a toujours existé. Mais il n'est pas nécessaire de croire à Satan ou aux démons pour l'expliquer. Les hommes n'ont besoin de l'aide de personne pour commettre des horreurs.

— Rejoindre la Fondation ne vous intéresse donc pas du tout ? demanda Edwina.

— Je n'y serais pas à ma place. D'ailleurs, je crois que je ferais mieux de vous laisser.

Elle se tourna vers la porte et aperçut Jeremy sur le seuil. Il tenait un téléphone sans fil.

— Monsieur Sansone ? M. Stark vient d'appeler. Il est très inquiet.

— À quel sujet ?

— Le Dr O'Donnell devait passer le prendre chez lui mais elle n'est toujours pas arrivée.

— À quelle heure étaient-ils convenus de se retrouver ?

— Il y a quarante-cinq minutes. Il l'a appelée plusieurs fois mais elle ne répond pas, ni chez elle ni sur son portable.

— Je vais essayer.

Sansone prit le téléphone et composa un numéro, pianotant sur le bord de la table tout en attendant. Il raccrocha, recomposa un autre numéro, ses doigts tambourinant plus vite. Dans la pièce, tout le monde se taisait, écoutant le rythme accéléré sur la table. La nuit du meurtre d'Eve Kassovitz, ces gens étaient assis dans cette même salle à manger, ignorant que la mort se trouvait juste à côté, qu'elle s'était infiltrée jusque dans leur jardin, y laissant ses étranges symboles sur leur porte. Leur maison avait été marquée.

Peut-être tous ses occupants ont-ils été marqués, eux aussi.

Sansone raccrocha.

— Vous devriez peut-être appeler la police, suggéra Maura.

— Joyce peut avoir tout simplement oublié, dit Edwina. Il me paraît un peu prématuré de prévenir la police.

Jeremy demanda :

— Voulez-vous que je prenne la voiture et que j'aille voir chez le Dr O'Donnell ?

Sansone resta un moment silencieux, fixant le téléphone.

— Non, répondit-il enfin. Je vais y aller moi-même. Je préfère que vous restiez ici, au cas où Joyce appellerait.

Maura le suivit dans le petit salon où il sortit son pardessus de la penderie. Elle prit son manteau par la même occasion.

— Je vous en prie, restez quand même pour le dîner.

Il saisit ses clefs de voiture.

— Je ne rentre pas chez moi, répondit-elle. Je vous accompagne.

22

Le porche de Joyce O'Donnell était allumé mais personne ne répondit au coup de sonnette. Sansone essaya la poignée.

— Elle est fermée à clef.

Il sortit son téléphone portable.

— Je vais l'appeler une dernière fois.

Pendant qu'il composait le numéro, Maura recula de quelques pas sur l'allée et contempla la façade. Au premier étage, une fenêtre était éclairée. Elle entendit la sonnerie d'un téléphone à l'intérieur. Puis, à nouveau, le silence.

Sansone raccrocha.

— C'est son répondeur.

— Je crois qu'il est temps d'appeler Rizzoli.

— Pas encore.

Il sortit une lampe de poche et s'engagea dans l'allée déblayée qui longeait la maison.

— Qu'est-ce que vous faites ?

Il continua d'avancer, son pardessus noir se fondant dans les ténèbres. Le faisceau de sa torche balaya les dalles de l'allée puis disparut derrière l'angle de la maison.

Elle se retrouva seule devant le perron, écoutant le

bruissement des feuilles desséchées dans les branches au-dessus d'elle. Elle appela :

— Sansone ?

Pas de réponse. Elle n'entendait que les battements de son propre cœur. Elle suivit l'allée déserte et s'arrêta au coin de la maison, l'ombre du garage se dressant devant elle. Elle allait l'appeler à nouveau mais quelque chose l'en empêcha : la sensation angoissante d'une autre présence l'observant, l'épiant. Elle se retourna et regarda vers la rue. Elle ne vit qu'un morceau de papier rouler sur la chaussée, balayé par le vent tel un spectre.

Une main se referma sur son bras.

Elle tressaillit. Sansone était à nouveau à ses côtés.

— Sa voiture est dans le garage.

— Alors, où est-elle passée ?

— Je vais essayer d'entrer par-derrière.

Cette fois, elle ne le laissa pas disparaître et lui emboîta le pas tandis qu'il s'avançait dans le jardin, pataugeant dans la neige molle qui entourait le garage. Quand ils émergèrent dans la cour derrière la maison, elle avait le bas du pantalon trempé et la neige fondue avait traversé ses chaussures, lui glaçant les pieds. Le faisceau de la torche éclaira des buissons et des transats, tous couverts d'un duvet blanc. Pas d'empreintes de pas, seulement de la neige immaculée. Un mur envahi de lierre ceignait le jardin, créant un espace invisible pour les voisins. Et elle était là, seule avec un homme qu'elle connaissait à peine.

Pour le moment, il ne s'intéressait pas à elle. Il était accaparé par la porte de la cuisine, qui refusait de s'ouvrir. Il s'immobilisa, cherchant une autre solution. Finalement, il se tourna vers elle.

— Vous connaissez le numéro de téléphone de l'inspecteur Rizzoli ? Appelez-la.

Elle sortit son portable et s'approcha de la fenêtre de la cuisine pour mieux voir son clavier. Elle allait composer le numéro quand son regard fut attiré par l'évier, juste derrière la vitre.

— Sansone ? chuchota-t-elle.

— Quoi ?

— Il y a du sang, là, sur l'évier.

Il se pencha pour mieux voir puis, à la stupéfaction de Maura, saisit un des transats et le projeta contre la vitre. Celle-ci explosa, les éclats de verre volèrent dans la cuisine. Il se glissa à l'intérieur et, quelques secondes plus tard, déverrouilla la porte.

— Il y a du sang aussi sur le sol, annonça-t-il.

Baissant les yeux, elle vit des traînées rouges sur le carrelage beige. Sansone se précipita hors de la cuisine, son pardessus volant derrière lui telle une cape noire. Il fut si rapide que, le temps qu'elle arrive au pied de l'escalier, il était déjà sur le palier du premier. Il y avait du sang sur les marches en chêne, le long de la plinthe, comme si un membre ballant avait frotté contre le bas du mur tandis que le corps était hissé à l'étage.

— Maura ! cria Sansone.

Elle monta les marches quatre à quatre et vit encore du sang sur le parquet, comme deux traces de ski luisantes s'étirant dans le couloir. Puis elle entendit le bruit, comme un gargouillis dans un tuba. Avant même de pénétrer dans la chambre, elle savait ce qui l'attendait : non pas un cadavre mais un corps luttant désespérément pour rester en vie.

Joyce O'Donnell était étendue sur le dos, roulant des yeux paniqués, un filet de sang jaillissant de son cou. Elle émit un râle sifflant, car le sang se déversait dans ses poumons, et toussa, crachant une pluie rouge qui éclaboussa le visage de Sansone penché sur elle.

Maura se laissa tomber à genoux à ses côtés et pressa ses mains nues contre la plaie.

— Laissez-moi faire ! Appelez les secours ! Vite !

Elle était habituée au contact de la chair morte, pas vivante, et le sang qui filtrait entre ses doigts était d'une chaleur choquante.

Il fallait rétablir les fonctions vitales mais, d'un seul coup de lame, son agresseur les avait toutes compromises.

Sansone raccrocha son portable.

— L'ambulance est en route. Qu'est-ce que je peux faire ?

— Apportez-moi des serviettes. Il faut arrêter cette hémorragie !

La main d'O'Donnell se referma soudain sur son poignet, l'agrippant avec toute la force de sa panique. Sa peau était si glissante que les doigts de Maura dérapèrent sur la plaie, libérant un nouveau jet de sang. Un autre râle, une autre toux, et la trachée ouverte projeta une nouvelle giclée rouge. O'Donnell se noyait. À chaque respiration, elle inhalait son propre sang. Il gargouillait le long de ses voies respiratoires, bouillonnait dans ses alvéoles. Maura avait souvent examiné les poumons incisés de victimes égorgées ; elle connaissait le mécanisme de leur mort.

À présent, je le vois se produire sous mes yeux et je ne peux rien faire pour l'arrêter.

Sansone revint au pas de course dans la chambre avec des serviettes. Maura en pressa une contre la plaie. Le tissu-éponge blanc vira au rouge comme par magie. La main d'O'Donnell serra son poignet encore plus fort. Ses lèvres remuèrent mais elle ne parvenait pas à émettre un mot.

— Tout va bien, tout va bien, murmura Maura. L'ambulance arrive.

O'Donnell se mit à trembler, les membres agités de soubresauts, comme si elle était prise de convulsions. Toutefois, son regard était alerte et concentré sur Maura.

Peut-elle lire dans mes yeux que je sais qu'elle va mourir ?

En entendant une sirène au loin, Maura redressa la tête.

— Ils arrivent, déclara Sansone.

— La porte d'entrée est fermée à clef !

— Je descends leur ouvrir.

Il se releva précipitamment et dévala l'escalier.

Les yeux d'O'Donnell étaient toujours fixés sur elle. Le mouvement de ses lèvres s'accéléra et ses doigts se crispèrent comme des serres sur sa peau. Au-dehors, la sirène se rapprochait mais, dans la chambre, les seuls bruits étaient les râles d'agonie de cette femme.

— Restez avec moi, Joyce ! l'encouragea Maura. Je sais que vous pouvez encore tenir.

O'Donnell tira sur le poignet de Maura, des gestes saccadés qui menaçaient de lui faire perdre sa prise sur la plaie. À chaque inspiration, un nouveau jet explosif imbibait la serviette. Ses yeux s'écarquillèrent, comme s'ils discernaient les ténèbres qui s'ouvraient devant elle. Elle articula en silence. Non… *Non.*

À cet instant, Maura comprit que ce n'était plus elle qu'elle regardait, mais quelque chose *derrière* elle. Ce ne fut qu'alors qu'elle entendit le plancher craquer.

Son agresseur n'a pas quitté la maison. Il est toujours ici, dans cette chambre.

Elle se retourna juste au moment où le coup tombait. Elle vit une ombre noire voler devant elle, puis elle s'effondra. Son visage s'écrasa contre le sol et elle resta étourdie, la chambre devenant noire. Toute-fois, elle pouvait encore sentir, à travers les lattes du plancher, les vibrations sourdes de pas de fuite, comme si le cœur de la maison battait contre sa joue. La douleur se répandit dans sa tête, croissant en un martèlement régulier qui semblait planter des clous dans son crâne.

Elle n'entendit pas Joyce O'Donnell rendre son dernier souffle.

Une main agrippa son épaule. Prise de panique, elle se débattit, luttant pour sa vie, frappant à l'aveuglette son agresseur.

— Maura ! Arrêtez ! Maura !

Quelqu'un enserra ses mains et les maintint jusqu'à ce qu'elle cesse de s'agiter. Sa vision s'éclaircit et elle distingua Sansone penché sur elle. Elle entendit d'autres voix et aperçut l'éclat métallique d'une civière. Se tournant, elle vit deux ambulanciers accroupis près de Joyce O'Donnell.

— Je ne trouve pas de pouls. Elle ne respire plus.

— Sa trachée est grande ouverte.

— Merde, tu as vu tout ce sang !

Un des ambulanciers se tourna vers Maura.

— Où en est l'autre femme ?

— Ça a l'air d'aller, répondit Sansone. Je crois qu'elle s'est simplement évanouie.

— Non, chuchota Maura.

Elle lui agrippa le bras.

— Il était ici.

— Quoi ?

— Il était encore ici, dans la chambre !

Il comprit soudain ce qu'elle était en train de dire et eut un mouvement de recul, l'air ahuri. L'instant suivant, il était déjà debout.

— Non, attendez la police !

Sansone avait déjà franchi la porte.

Elle se redressa péniblement, sentant la pièce osciller autour d'elle. Ses yeux larmoyants brouillaient sa vue. Quand elle reprit enfin ses esprits, elle vit les deux ambulanciers agenouillés dans le sang de Joyce O'Donnell, leur équipement et des emballages éparpillés autour d'eux. Un oscilloscope relié à un ECG était allumé à côté d'eux.

Le tracé était plat.

Jane se glissa sur la banquette arrière près de Maura et referma la portière derrière elle. Les quelques secondes pendant lesquelles cette dernière avait été ouverte avaient suffi à chasser la chaleur de l'intérieur de la voiture de police. Maura se remit à grelotter.

— Tu es sûre que ça va ? lui demanda Jane. On devrait peut-être te conduire aux urgences.

— Je veux rentrer chez moi, répondit Maura. Je peux ?

— Tu ne te souviens vraiment de rien d'autre ? Il n'y a pas un petit détail qui te serait revenu ?

— Je te l'ai dit, je n'ai pas vu son visage.

— Juste ses vêtements noirs.

— En tout cas, quelque chose de noir.

— Quelque chose ? On parle d'un homme ou d'une bête ?

— Tout s'est passé si vite !

— Anthony Sansone est habillé en noir.

— Ce n'était pas lui. Il était descendu ouvrir aux ambulanciers.

— Ouais, c'est aussi ce qu'il dit.

Le profil de Jane se détachait contre les lumières des voitures de police garées de l'autre côté de la rue. Le convoi habituel de véhicules officiels était arrivé et des rubans jaunes bloquaient l'accès au jardin devant la maison. Maura attendait dans la voiture depuis une éternité. Le sang sur son manteau avait séché, raidissant la laine. Elle allait devoir le jeter. Elle ne le remettrait pour rien au monde.

Elle regarda vers la maison, dont toutes les fenêtres étaient désormais allumées.

— Quand on est arrivés, toutes les portes étaient fermées à clef. Comment est-il entré ?

— Il n'y a aucun signe d'effraction, mis à part la vitre brisée dans la cuisine.

— Nous n'avions pas le choix, nous devions entrer. Nous avons vu du sang dans l'évier.

— Et Sansone est resté avec toi tout le temps ?

— Nous ne nous sommes pas quittés de la soirée.

— Sauf quand il s'est lancé à la poursuite du tueur. Il affirme n'avoir vu personne dehors. Il a tellement retourné la neige autour de la maison en le cherchant qu'il a foutu en l'air toutes les empreintes de pas qu'il aurait pu y avoir.

— Jane, il ne peut pas être impliqué dans ce dernier meurtre.

— Je n'ai pas dit qu'il l'était.

Maura songea soudain à ce que Jane venait de lui dire. « Aucun signe d'effraction. » Elle se tourna vers elle.

— Joyce O'Donnell lui a ouvert la porte. Elle a laissé entrer son assassin.

— Ou elle a oublié de verrouiller sa porte.

— Elle l'a forcément fermée à clef, elle n'était pas idiote.

— Elle n'était pas vraiment à cheval sur sa sécurité non plus. Quand tu fricotes avec des monstres, tu ne dois pas t'étonner s'il y en a un qui te suit jusque chez toi. Cette affaire est liée à elle depuis le début, toubib. Avec le premier meurtre, il a attiré son attention en lui téléphonant. Le second a eu lieu juste sous les fenêtres de la maison où elle dînait. Tout ça pour mener à ce soir, le grand événement.

— Pourquoi l'aurait-elle laissé entrer ?

— Peut-être parce qu'elle pensait pouvoir le contrôler. Pense au nombre de prisons où elle s'est rendue, au nombre de gens comme Warren Hoyt ou Amalthea Lank qu'elle a interviewés. Elle les côtoyait de près.

Maura tiqua en entendant le nom de sa mère mais ne dit rien.

— Elle était comme ces dompteurs de fauves dans les cirques. À force de travailler tous les jours avec des animaux, on finit par croire qu'on est le maître du jeu. Chaque fois que tu agites ton fouet, tu t'attends à ce qu'ils obéissent comme de gentils matous. Tu t'imagines peut-être même qu'ils t'aiment. Puis, un jour, tu leur tournes le dos et tu te retrouves avec leurs crocs dans la nuque.

— Je sais que tu ne l'aimais pas, mais si tu avais été là… si tu l'avais vue mourir… elle était terrifiée.

— Ce n'est pas parce qu'elle est morte que je vais commencer à la trouver sympathique. Désormais, c'est une victime et je dois découvrir son assassin. Mais je ne peux pas m'empêcher de penser qu'elle l'a un peu cherché.

On frappa à la vitre et Jane la baissa. Un agent en uniforme se pencha vers elle.

— M. Sansone demande si vous avez encore des questions à lui poser.

— Oui, dites-lui d'attendre.

— Et le médecin légiste a fini. Vous avez encore des questions pour lui ?

— Si j'en ai, je lui téléphonerai.

À travers la fenêtre, Maura aperçut son collègue, le Dr Abe Bristol, qui sortait de la maison. Ce serait lui qui se chargerait de l'autopsie d'O'Donnell. Si ce qu'il venait de voir l'avait troublé, il n'en montrait rien. Il s'arrêta sur le seuil, boutonnant calmement son manteau et enfilant des gants chauds tout en bavardant avec un des flics.

Abe n'a pas eu à la regarder mourir. Il ne porte pas son sang sur son manteau.

Jane ouvrit sa portière, laissant entrer une nouvelle bouffée d'air glacé.

— Viens, toubib, dit-elle en sortant. On va te conduire chez toi.

— Ma voiture est toujours garée sur Beacon Hill.

— Tu la récupéreras plus tard. J'ai trouvé quelqu'un pour te raccompagner.

Elle se tourna et lança :

— Père Brophy ! Elle est prête à rentrer.

Maura ne l'avait pas vu, debout dans l'ombre de l'autre côté de la rue. Il marcha vers eux, les gyrophares illuminant son visage et sa haute silhouette par intermittence.

Il tendit la main pour l'aider à descendre de voiture.

— Vous êtes sûre d'être suffisamment remise ? Vous ne préférez pas aller à l'hôpital ?

— Merci, ramenez-moi juste chez moi.

Il lui offrit son bras mais elle ne le prit pas, gardant les mains enfoncées dans ses poches tandis qu'ils se dirigeaient vers sa voiture. Elle sentait le regard des policiers sur eux. « Tiens, voilà encore le Dr Isles avec le prêtre, toujours ensemble ces deux-là ! » Y avait-il encore quelqu'un qui ne les aurait pas remarqués, qui ne se posait pas de questions à leur sujet ?

S'ils savaient à quel point il n'y a rien à dire.

Elle prit place sur le siège du passager, regarda droit devant elle tandis qu'il mettait le contact.

— Merci, dit-elle enfin.

— Vous savez que vous pouvez toujours compter sur moi, Maura.

— C'est Jane qui vous a appelé ?

— Oui, elle a bien fait. Vous avez besoin d'un ami pour vous raccompagner chez vous ce soir. Pas d'un flic que vous connaissez à peine.

Il se faufila entre les véhicules des services d'urgence. Une fois qu'ils eurent laissé les lumières criardes derrière eux, il déclara :

— Vous avez pris trop de risques, ce soir.

— Croyez-moi, je ne l'ai pas fait exprès.

— Vous n'auriez pas dû entrer dans cette maison. Il fallait attendre la police.

— Si on parlait d'autre chose ?

— Y a-t-il encore un sujet dont on peut parler ensemble, Maura ? Ou est-ce que dorénavant ce sera toujours ainsi entre nous ? Vous ne venez jamais me voir, vous ne répondez pas à mes appels...

Elle se tourna enfin vers lui.

— Je ne suis plus toute jeune, Daniel. J'ai quarante et un ans. Mon premier mariage a été un désastre et j'ai le chic pour me mettre dans des situations sans espoir. Or, je *veux* me marier, former un couple heureux. Je ne peux pas me permettre de perdre mon temps dans une relation qui ne va nulle part.

— Même si l'amitié, les sentiments sont sincères ?

— Les amitiés, ça se brise. Les cœurs aussi.

— Oui, soupira-t-il. Vous avez raison.

Ils roulèrent un moment en silence, puis il dit :

— Je n'ai jamais voulu vous briser le cœur.

— Vous ne l'avez pas fait.

— Mais je vous ai fait de la peine, je le sais.

— Nous nous sommes fait de la peine mutuellement. Nous n'avions pas le choix.

Elle s'interrompit quelques instants, avant de reprendre, sur un ton amer :

— C'est bien ce qu'exige votre Dieu tout-puissant, non ?

Elle avait voulu être blessante et, à son silence, elle sut qu'elle avait fait mouche. Il ne dit plus rien jusqu'à ce qu'ils arrivent dans son quartier et qu'il s'engage dans son allée. Il coupa le moteur et se tourna vers elle.

— Vous avez raison. Mon Dieu exige beaucoup trop de moi.

Il l'attira à elle.

Elle aurait dû résister. Elle aurait dû le repousser et descendre de sa voiture. Mais elle n'en fit rien car elle attendait depuis trop longtemps cette étreinte, ce baiser. Et beaucoup plus. C'était une folie, cela ne pouvait mener à rien de bon. Toutefois, ni le bon sens ni son Dieu n'y pouvaient plus rien.

Ne nous soumets pas à la tentation. Ils s'embrassèrent depuis la voiture jusqu'à la porte d'entrée. *Délivre-nous du mal.* Paroles futiles... un simple château de sable face à une inexorable marée. Ils entrèrent dans la maison. Elle n'alluma pas le plafonnier et, tandis qu'ils se tenaient dans le vestibule sombre, l'obscurité semblait amplifier le son de leurs halètements, les frottements de leurs vêtements. Elle se libéra de son manteau taché de sang qui tomba en une masse noire à ses pieds. Le couloir n'était éclairé que par la faible lueur de la rue à travers la fenêtre. Aucune lumière ne viendrait illuminer leur péché, aucun regard indiscret ne serait témoin de leur disgrâce.

Elle le conduisit à sa chambre. À son lit.

Cela faisait un an qu'ils dansaient ce pas de deux, avançant, centimètre par centimètre, vers ce moment.

Elle connaissait le cœur de cet homme, mais son corps était celui d'un inconnu, encore jamais touché, jamais goûté. Ses doigts effleurèrent sa peau chaude et descendirent le long de son dos, découvrant ce nouveau territoire qu'elle était avide d'explorer.

Ils se débarrassèrent de leurs derniers vêtements. Dès lors, toute tentative pour revenir en arrière était impossible. Il embrassa son cou, ses seins, chuchotant :

— Maura. Ma Maura…

Ses paroles douces comme une prière ne s'adressaient plus à son Dieu mais à elle. Elle l'accueillit dans ses bras sans un soupçon de culpabilité. Ce n'était pas elle qui brisait ses vœux, ce n'était pas sa conscience qui en souffrirait. *Cette nuit, Dieu, il est à moi.* Elle savoura sa victoire tandis que Daniel gémissait contre elle ; elle l'enserra de ses jambes, le torturant, l'incitant à aller plus loin. *J'ai ce que toi, Dieu, tu ne pourras jamais lui donner. Je te le prends. Je le revendique. Tu peux appeler tous tes démons à la rescousse, je m'en moque.*

Cette nuit, Daniel s'en moquait aussi.

Quand, enfin, leurs corps furent repus, ils restèrent silencieux un long moment. Dans la lumière qui filtrait par ses fenêtres, elle distinguait l'éclat de ses yeux fixant les ténèbres. Il ne dormait pas, il réfléchissait. Peut-être avait-il des remords. À mesure que les minutes s'écoulaient, ce silence lui devint insoutenable.

— Tu regrettes ? demanda-t-elle enfin.

— Non, chuchota-t-il.

Il caressa son bras du bout des doigts.

— Tu n'es pas très convaincant.

— Il faudrait que je le sois ?

— Je veux que tu sois heureux. Ce que nous avons fait est naturel. C'est humain.

Elle s'interrompit avant de soupirer :

— Mais c'est peut-être un mauvais prétexte pour justifier le péché.

— Ce n'est pas du tout ce que je pensais.

— À quoi penses-tu, alors ?

Il déposa un baiser sur son front, son souffle chaud sur son visage.

— Je réfléchissais à ce qui allait se passer à présent.

— Que voudrais-tu qu'il se passe ?

— Je ne veux pas te perdre.

— Ce n'est pas une obligation. C'est ton choix.

— Mon choix... C'est comme de choisir entre inspirer et expirer.

Il roula sur le dos, resta silencieux un long moment. Puis il reprit :

— Je t'ai déjà raconté comment j'étais entré dans les ordres, non ?

— Tu m'as dit que ta sœur était mourante. Une leucémie.

— Et j'ai fait un vœu. J'ai conclu un pacte avec Dieu. Il a assuré sa partie du contrat et Sophie est guérie aujourd'hui. J'ai respecté ma partie, moi aussi.

— Tu n'avais que quatorze ans. C'est trop jeune pour donner le restant de sa vie.

— Mais j'ai tenu ma promesse. Je peux faire tellement de bien en Son nom, Maura. J'ai été heureux en tenant ma parole.

Il soupira.

— Jusqu'à ce que je te rencontre.

— Il faut faire un choix, Daniel.

— Ou tu disparaîtras de ma vie, je sais.

— Ce n'est pas ce que je veux.

Il la regarda.

— Alors ne disparais pas, Maura ! Je t'en prie. Ces derniers mois sans toi, je ne savais plus où j'en étais ; j'étais perdu. Je me sentais tellement coupable de te désirer, mais je ne pouvais penser qu'à toi.

— Qu'est-ce qui va m'arriver, si je reste dans ta vie ? Toi, tu gardes ton église, et moi, qu'est-ce que j'obtiens en retour ?

Elle fixa le plafond noir.

— Rien n'a vraiment changé, n'est-ce pas ?

Il prit sa main.

— Tout a changé. Je t'aime.

Mais pas assez. Pas autant que tu aimes ton Dieu.

Pourtant, elle se laissa enlacer de nouveau. Elle répondit à ses baisers. Cette fois, leurs ébats ne furent pas une tendre union ; ils furent violents, une collision des corps. Ce n'était pas de l'amour mais un châtiment. Cette nuit, ils abuseraient l'un de l'autre. Si elle ne pouvait avoir l'amour, elle voulait du sexe. Elle lui donnerait de quoi le hanter toutes les nuits où son Dieu ne suffirait pas. *Voilà ce à quoi tu renonces en me quittant. Voilà le paradis que tu vas abandonner.*

Avant l'aube, il la quitta effectivement. Elle le sentit remuer dans le lit puis se redresser et s'asseoir lentement. Il s'habilla en silence. Naturellement. C'était dimanche matin, ses paroissiens l'attendaient.

Il se pencha et déposa un baiser dans ses cheveux.

— Il faut que j'y aille, murmura-t-il.

— Je sais.

— Je t'aime, Maura. Je n'aurais jamais cru que je le dirais un jour à une femme, mais je te le dis du fond du cœur.

Il caressa son visage et elle détourna la tête, ne voulant pas qu'il voie les larmes dans ses yeux.

— Je vais te préparer du café, dit-elle en se redressant à son tour.

— Non, reste au chaud. Je me débrouillerai.

Un autre baiser et il se leva. Elle l'entendit marcher dans le couloir, puis refermer la porte d'entrée derrière lui.

Ainsi, c'était finalement arrivé. Elle était devenue un cliché de plus. Ève et sa pomme. La tentatrice acculant un saint homme au péché. Cette fois, le serpent qui les avait séduits n'était pas Satan mais leurs propres cœurs esseulés.

Vous cherchez le Diable, monsieur Sansone. Vous n'avez qu'à me regarder.

Vous n'avez qu'à regarder n'importe lequel d'entre nous.

Dehors, le ciel s'éclaircissait lentement. Elle repoussa les draps et l'odeur de leurs ébats s'éleva du lin chaud. Le parfum capiteux du péché. Elle ne se doucha pas, enfilant simplement sa robe de chambre et ses chaussons, puis elle se rendit à la cuisine pour se préparer du café. Tout en remplissant la cafetière devant son évier, elle regarda les clématites couvertes de givre, les rhododendrons aux feuilles racornies. Pas besoin d'un baromètre pour deviner que la journée serait glaciale. Elle imagina les paroissiens de Daniel serrant le col de leur manteau en descendant de leur voiture et en marchant vers Notre-Dame-de-la-Divine-Lumière, bravant le froid de ce dimanche matin pour entendre le sermon inspiré du père Brophy. Qu'allait-il leur raconter, ce matin ? Confesserait-il à ses ouailles que même lui, leur berger, pouvait s'égarer ?

Elle mit le café en route, sortit chercher son journal. Dès le premier pas dehors, elle fut assaillie par le froid. Il lui sauta à la gorge, lui piqua le nez. Elle courut jusqu'au bout de l'allée, où le livreur avait lancé le numéro dominical, et revint au pas de course.

En rejoignant son perron, elle se figea, le regard fixé sur sa porte.

Sur les mots et les symboles tracés sur le bois.

Elle se retourna et regarda fébrilement dans la rue. La chaussée déserte et glacée reflétait le soleil matinal. On n'entendait que le silence du dimanche matin.

Elle se précipita dans la maison, claqua la porte derrière elle et la verrouilla à double tour. Puis elle se rua sur le téléphone et appela Jane Rizzoli.

23

— Tu es sûre de n'avoir rien entendu pendant la nuit ? demanda Jane. Des pas sur le perron ? Rien qui sorte de l'ordinaire ?

Assise sur le canapé, Maura frissonnait en dépit de son pull et de son pantalon en laine. Elle n'avait rien mangé, ne s'était même pas servi une tasse de café ; de toute manière, elle n'aurait rien pu avaler. Au cours de la demi-heure qui s'était écoulée avant l'arrivée de Jane et de Frost, elle était restée plantée devant la fenêtre de son salon, scrutant la rue, guettant le moindre bruit, suivant des yeux la moindre voiture qui passait.

Le tueur sait où j'habite. Il sait ce qui s'est passé la nuit dernière dans ma chambre...

— Toubib ?

Maura redressa la tête.

— Je n'ai rien entendu. J'ai trouvé le message sur ma porte à mon réveil. Quand je suis sortie chercher mon...

Elle sursauta, son cœur battant à se rompre.

La sonnerie du téléphone.

Frost décrocha.

— Ici la maison du Dr Isles... Inspecteur Frost à l'appareil... Non, je suis désolé, monsieur Sansone, elle est occupée et je ne peux pas vous la passer en ce moment... Oui, je lui ferai savoir que vous avez appelé.

Jane se tourna à nouveau vers Maura.

— Tu es sûre que ces signes n'étaient pas déjà là hier soir quand tu es rentrée ?

— Je n'ai rien vu.

— Tu es passée par la porte d'entrée ?

— Oui, d'ordinaire j'entre par le garage, mais là, rappelle-toi, j'avais laissé ma voiture à Beacon Hill.

— Le père Brophy t'a accompagnée jusqu'à ta porte ?

— Il faisait nuit, Jane. Nous n'avons rien remarqué...

Nous étions trop occupés à nous peloter. Nous ne pensions qu'à arriver jusqu'à mon lit.

— Je vais aller faire un tour dehors, annonça Frost. Voir s'il y a des traces de pas.

Il sortit par la porte d'entrée. Bien qu'il se trouvât juste devant la maison, le bruit de ses pas ne franchissait pas le double vitrage. La nuit précédente, un intrus aurait pu sauter à pieds joints devant sa fenêtre, elle n'aurait rien entendu.

— Tu penses qu'il vous a suivis hier soir ? Depuis la maison d'O'Donnell ?

— Je n'en sais rien. C'est possible. D'un autre côté, j'étais présente sur les trois scènes de crime. Chez Lori-Ann Tucker, chez Sansone la nuit où Eve Kassovitz a été tuée... Il aurait pu me voir n'importe laquelle de ces nuits.

— Et te suivre.

Maura se frotta les bras, essayant de réprimer ses tremblements.

— Je n'ai rien remarqué. Je ne me suis pas rendu compte qu'on m'observait.

— Tu es équipée d'un système d'alarme. Il fonctionnait, hier soir ?

— Non.

— Pourquoi ça ?

— Je... J'ai oublié de le brancher.

J'avais autre chose en tête.

Jane s'assit dans le fauteuil en face d'elle.

— Pourquoi a-t-il dessiné ces symboles sur ta porte ? À ton avis, qu'est-ce qu'ils signifient ?

— Qu'est-ce que j'en sais ?

— Et le message... le même que dans la chambre de Lori-Ann Tucker. Sauf que, cette fois, il ne s'est pas donné la peine de l'écrire en latin. Comme s'il voulait être sûr qu'on comprendrait ce qu'il voulait dire. « J'ai péché. »

Jane marqua une pause avant de demander :

— Pourquoi ces mots sur *ta* porte ?

Maura ne répondit pas.

— Tu penses qu'ils s'adressent à toi ?

Il sembla à Maura que le regard de Jane s'était soudain fait alerte et perçant.

Elle me connaît trop bien. Elle sait que je ne lui ai pas tout dit. À moins qu'elle n'ait senti les effluves du sexe sur ma peau. J'aurais dû me doucher avant leur arrivée. J'aurais dû me débarrasser de l'odeur de Daniel.

Maura se leva brusquement.

— Je n'arrive pas à me concentrer. J'ai besoin d'une tasse de café.

Elle se rendit dans la cuisine et s'affaira, versant du café dans des tasses, sortant le lait du réfrigérateur. Jane l'avait suivie et elle évitait consciencieusement de croiser son regard. Elle déposa une tasse fumante devant elle puis but la sienne tournée vers la fenêtre de la cuisine, retardant le plus possible la révélation de sa honte.

— Il y a quelque chose que tu souhaites me dire, Maura ?

— Je t'ai tout dit. En me réveillant ce matin, j'ai trouvé ce message sur ma porte. Je ne vois pas ce que je pourrais ajouter.

— Après avoir quitté la maison d'O'Donnell, le père Brophy t'a conduite directement ici ?

— Oui.

— Vous n'avez remarqué aucune voiture derrière vous ?

— Non.

— Le père Brophy se souvient peut-être de quelque chose. Je vais l'appeler.

Maura répondit un peu trop précipitamment :

— Tu n'as pas besoin de lui parler. Je veux dire... s'il avait remarqué quoi que ce soit d'anormal hier soir, il me l'aurait dit.

— Il faut quand même que je l'interroge.

Maura se tourna vers elle.

— On est dimanche, tu sais.

— Je sais quel jour on est.

— Il a ses messes.

Jane plissa les yeux, Maura sentit ses joues prendre feu.

— Que s'est-il passé, hier soir ? demanda Jane.

— Je te l'ai dit. Je suis rentrée directement ici après avoir quitté le domicile d'O'Donnell.

— Et tu n'as pas bougé de toute la nuit ?

— Je n'ai pas quitté la maison.

— Le père Brophy non plus ?

La question avait été posée si nonchalamment que Maura en resta coite. Au bout d'un moment, elle se laissa tomber sur une chaise devant la table de la cuisine, toujours incapable de répondre, fixant sa tasse.

— Il est resté jusqu'à quelle heure ? demanda Jane.

Sa voix ne trahissait aucune émotion. Elle était flic jusqu'au bout des ongles. Toutefois, Maura sentit une pointe de réprobation derrière cette question et la culpabilité resserra encore un peu l'étau sur sa gorge.

— Il est resté pratiquement toute la nuit.

— À quelle heure est-il reparti ?

— Je ne sais pas. Il faisait encore nuit.

— Qu'avez-vous fait pendant qu'il était ici ?

— Je ne vois pas le rapport.

— Tu sais que c'est important. Il s'agit de ce que le tueur a pu voir par une fenêtre. De ce qui aurait pu lui inspirer le message laissé sur ta porte. Vous êtes restés dans le salon avec les lumières allumées pendant toute la nuit ? Le père Brophy et toi étiez dans la cuisine, à discuter ?

Maura poussa un long soupir.

— Non. Les lumières... étaient éteintes.

— La maison était donc dans l'obscurité.

— Oui.

— Quelqu'un se trouvant à l'extérieur, regardant par la fenêtre, aurait donc pu supposer que...

— Tu sais très bien ce qu'on aurait pu supposer.

— À juste titre ?

Maura soutint son regard.

— J'étais terrifiée hier soir, Jane ! Daniel était là pour moi. Il a toujours été là pour moi. Nous n'avions pas prémédité ce qui s'est passé. C'était la première fois... la seule fois...

Elle s'étrangla, puis ajouta :

— Je ne voulais pas être seule.

Jane s'assit à son tour devant la table.

— Le truc, du coup, c'est que ces mots prennent un tout autre sens : « J'ai péché ».

— Nous avons tous péché, rétorqua Maura. Il n'y en a pas un parmi nous qui n'ait jamais péché.

— Je ne te critique pas, Maura…

— Bien sûr que si. Tu crois que je ne l'entends pas dans ta voix ?

— Si tu te sens coupable, toubib, ce n'est pas à cause de ce que j'aurais pu te dire.

Maura fixa son regard implacable.

Elle a raison, bien sûr. Ma culpabilité n'appartient qu'à moi.

— Tu es consciente qu'on va devoir aborder ce qui s'est passé cette nuit avec le père Brophy.

Maura poussa un soupir résigné.

— S'il te plaît, quand tu lui parleras, sois discrète.

— Je n'ai pas l'intention d'aller le trouver avec une équipe de télévision.

— L'inspecteur Frost n'a pas besoin d'être mis au courant…

— Bien sûr que si, c'est mon coéquipier.

Maura se prit la tête dans les mains.

— Oh, Seigneur !

— C'est lié à notre enquête, tu le sais bien. Si je n'informais pas Frost, je risquerais d'avoir de gros problèmes avec mes supérieurs hiérarchiques.

Je ne pourrai plus jamais regarder Frost dans les yeux sans y voir le reflet de ma culpabilité.

Une réputation était une chose si fragile ; une simple ébréchure et elle tombait en morceaux. Au cours de ces deux dernières années, ils l'avaient tous considérée comme la reine des morts, l'imperturbable pathologiste qui pouvait regarder sans sourciller ce qui retournait l'estomac des inspecteurs les plus endurcis.

Désormais, chaque fois qu'ils la croiseraient, ils verraient sa faiblesse, les failles d'une femme seule.

Il y eut des pas sur le perron. Frost était de retour. Elle ne voulait pas être présente quand Jane lui annoncerait la sordide vérité. Barry Frost, si intègre et coincé, serait choqué d'apprendre qui avait partagé son lit.

Il n'était pas seul. Maura entendit des voix dans l'entrée et redressa la tête, stupéfaite, en voyant Anthony Sansone faire irruption dans sa cuisine, Frost sur les talons.

— Vous n'avez rien ? lui demanda-t-il.

Ce fut Jane qui lui répondit :

— Vous choisissez mal votre moment pour une visite, monsieur Sansone. Cela vous ennuierait de sortir ?

Il fit la sourde oreille, ne quittant pas Maura des yeux. Il n'était plus vêtu de noir mais en différents tons de gris. Une veste en tweed sur une chemise anthracite.

Il est tellement différent de Daniel, cet homme que je n'arrive pas à déchiffrer. Il me met mal à l'aise.

— Je viens de voir les signes sur votre porte. Quand ont-ils été tracés ?

— Je ne sais pas, répondit-elle. À un moment ou un autre pendant la nuit.

— J'aurais dû vous raccompagner chez vous moi-même.

Jane l'interrompit :

— Je crois vraiment que vous devriez repartir, maintenant.

— Attendez, intervint Frost. Il faut que vous entendiez ce qu'il a à dire sur ce qui est sur la porte. Sur sa signification.

— « J'ai péché » ? Ça me paraît assez clair...

— Pas la phrase, dit Sansone. Les symboles qui sont dessous.

— Nous savons déjà tout sur « l'œil qui voit tout », répliqua Jane. Votre ami Oliver Stark nous l'a expliqué.

— Il s'est peut-être trompé.

— Vous ne pensez pas qu'il s'agit de l'œil d'Horus ?

— Je crois qu'il s'agit de tout autre chose.

Il se tourna à nouveau vers Maura.

— Venez dehors avec moi, je vais vous expliquer.

Maura n'avait aucune envie d'être confrontée à nouveau au message accusateur, mais l'urgence dans sa voix la poussa à le suivre. Parvenue sur son perron, elle marqua un temps d'arrêt, aveuglée par le soleil. C'était un superbe dimanche matin, idéal pour traîner devant sa tasse de café en lisant le journal. Au lieu de cela, elle avait peur de s'asseoir dans sa propre maison, de regarder sa porte d'entrée.

Elle rassembla son courage et se tourna sur les mots écrits en ocre rouge, couleur de sang séché. L'accusation *J'ai péché* semblait hurler, comme destinée à lui faire rentrer la tête dans les épaules, à se couvrir le visage de honte.

Toutefois, ce n'étaient pas les mots qui semblaient intéresser Sansone, mais les deux symboles dessinés plus bas. Ils avaient déjà vu le plus grand sur la porte de service de son hôtel particulier.

— Vous direz ce que vous voudrez, ça me paraît être l'œil qui voit tout, déclara Jane.

Sansone pointa l'index vers le bas de la porte.

— Oui, mais regardez cet autre symbole.

Il était si petit qu'il semblait avoir été griffonné à la hâte à la dernière seconde.

— Dessiné à l'ocre, comme sur les autres scènes de crime.

— Comment êtes-vous au courant, pour l'ocre ? demanda Jane.

— Il faut que mes amis voient ça. Ils pourront nous confirmer si c'est bien ce que je pense…

Il sortit son portable.

— Hé, minute ! s'indigna Jane. On n'est pas à un vernissage !

— Vous savez comment interpréter ce dessin, inspecteur ? Avez-vous seulement la moindre idée d'où vous renseigner pour connaître sa signification ? Si vous voulez ce tueur, il va vous falloir comprendre ce qu'il a dans la tête. Ses symboles.

Il composa un numéro. Jane le laissa faire.

Maura s'accroupit pour mieux voir le dessin. Elle distingua des cornes incurvées, une tête triangulaire, des yeux bridés.

— On dirait un bouc, dit-elle. Mais qu'est-ce qu'il veut dire ?

Elle leva les yeux vers Sansone. À contre-jour, il ne formait qu'une haute silhouette la dominant, sombre et sans visage.

— Il représente Azazel. C'est un symbole des Vigilants.

— Azazel était le chef des Se'irim, déclara Oliver Stark. Un groupe de démons-chèvres qui hantait les déserts de l'Antiquité, avant Moïse, avant les pharaons. Ils remontent à l'époque de Lilith.

— Qui est Lilith ? demanda Frost.

Edwina le regarda avec surprise.

— Vous ne savez pas qui c'est ?

Frost fit une grimace gênée.

266

— Euh… je dois bien l'avouer, je ne suis pas un grand féru de la Bible.

— Oh, vous ne trouverez pas Lilith dans la Bible, dit Edwina. Elle a été bannie depuis longtemps de la doctrine chrétienne établie, même si elle a conservé sa place dans la légende hébraïque. C'était la première femme d'Adam.

— Adam a eu une autre femme ?

— Oui, avant Ève.

Edwina sourit devant son air ahuri.

— Quoi, vous croyez que la Bible vous dit tout ?

Ils étaient assis dans le séjour de Maura, rassemblés autour de la table basse sur laquelle le carnet d'esquisses d'Oliver gisait parmi les tasses vides. Edwina et lui étaient arrivés dans la demi-heure suivant l'appel de Sansone pour examiner les symboles sur la porte. Ils avaient débattu quelques minutes sur le perron avant que le froid ne les pousse à se réfugier à l'intérieur avec leurs théories autour d'un café chaud. Des théories qui apparaissaient de plus en plus à Maura d'une froideur tout intellectuelle. Sa maison avait été marquée par un tueur et ces gens étaient tranquillement assis dans son salon à discuter de leur théologie bizarre. Elle lança un regard à Jane, dont l'expression ne déguisait pas la pensée : *Quelle bande de cinglés*. Frost, lui, semblait fasciné.

— Je n'avais jamais entendu dire qu'Adam avait eu une première femme…

— Il y a tout un pan de l'histoire qui n'apparaît jamais dans la Bible, répondit Edwina. Il ne figure que dans les légendes cananéennes ou hébraïques. On y parle du mariage d'Adam avec une femme à l'esprit libre, une habile tentatrice qui refusait d'obéir à son époux, de se coucher et d'écarter docilement les cuisses comme une bonne épouse. Elle exigeait des ébats débridés dans toutes les positions et accablait son mari de railleries quand il ne parvenait pas à la satisfaire. C'était la première femme vraiment libérée au monde et elle n'avait pas peur de rechercher les plaisirs de la chair. Mais, aux yeux de l'Église, Lilith était une abomination, une femme échappant au contrôle des hommes, une créature tellement insatiable sexuellement qu'elle abandonna son vieux mari pour s'adonner à des orgies avec des démons.

Edwina marqua une pause avant de conclure :

— Résultat : elle a donné naissance au plus puissant de tous les démons.

— Vous ne parlez quand même pas du Diable ?

Sansone répondit :

— Au Moyen Âge, il était communément admis que Lilith était la mère de Lucifer.

Edwina émit un ricanement cynique.

— Voilà comment l'histoire traite une femme qui a du caractère ! Si vous refusez d'être soumise, si vous aimez un peu trop le sexe, l'Église fait de vous un monstre. On vous fait passer pour la mère du Diable !

— Ou encore, vous disparaissez totalement de l'histoire, dit Frost. C'est la première fois que j'entends parler de cette Lilith. Ou de ce type à moitié bouc.

— Azazel, précisa Oliver.

Il arracha la page de son dernier croquis et la plaça au milieu de la table pour que tout le monde puisse la voir. C'était une version plus détaillée du dessin sur la porte de Maura : un bouc cornu avec des yeux bridés et une flamme brûlant au-dessus du crâne.

— Les démons-boucs sont mentionnés dans le Lévitique et dans Isaïe. C'étaient des créatures velues qui s'accouplaient avec des êtres sauvages comme Lilith. Le nom Azazel remonte aux Cananéens, sans doute un dérivé du nom d'un de leurs anciens dieux.

— C'est lui que représente le dessin sur la porte ? demanda Frost.

— Je suppose.

Jane se mit à rire, incapable de contenir son scepticisme.

— Vous supposez ? Nous voilà bien avancés ! Si on se concentrait sur des faits, pour changer ?

— Vous pensez que cette discussion est une perte de temps ? demanda Edwina.

— Je pense qu'un symbole a le sens que vous voulez bien lui donner. Vous, vous croyez qu'il s'agit d'un démon-chèvre. Mais pour le tordu qui l'a dessiné, il pourrait bien signifier n'importe quoi d'autre. Vous vous souvenez de tout ce qu'Oliver et vous nous avez sorti sur l'œil d'Horus ? Les fractions, les quartiers de lune ? Alors, maintenant, tout ça n'était que du pipeau ?

— Je vous ai expliqué que l'œil pouvait représenter différentes choses, se défendit Oliver. Le dieu égyptien. L'« œil qui voit tout » de Lucifer. Ou le symbole maçonnique pour l'illumination, la connaissance.

— Ce sont des sens diamétralement opposés, fit remarquer Frost. Le Diable ou la connaissance ?

— Ils ne s'opposent pas du tout. N'oubliez pas ce que veut dire le mot Lucifer : « Celui qui apporte la lumière ».

— Ça n'a pas l'air si méchant que ça.

— Certains soutiennent que Lucifer n'est pas le mal, dit Edwina. Pour eux, il représente l'esprit curieux, le libre penseur, tout ce qui, autrefois, menaçait l'Église.

Jane s'étrangla de rire.

— Si je comprends bien, Lucifer n'est pas un mauvais bougre ? Il posait simplement trop de questions ?

— La manière dont on définit le Diable est une question de perspective, répondit Edwina. Mon mari était anthropologue. Avec lui, j'ai vécu aux quatre coins du monde, rassemblant des images de démons qui ressemblaient tantôt à des chacals, tantôt à des chats ou des serpents. Parfois aussi à de belles femmes. Chaque culture a sa propre idée sur l'aspect que revêt le Diable. Néanmoins, elles partagent pratiquement toutes un point commun, même en remontant aux premières tribus les plus primitives : la conviction que le Diable existe vraiment.

Maura songea au tourbillon noir sans visage qu'elle avait entr'aperçu dans la chambre d'O'Donnell et sentit un frisson lui parcourir la nuque. Elle ne croyait pas en Satan, mais elle ne doutait pas de l'existence du mal.

La nuit dernière, j'étais en sa présence.

Elle se pencha sur le bouc dessiné par Oliver.

— Cette chose... cet Azazel... il symbolise aussi le Diable ?

— Non, répondit Oliver. Azazel est souvent utilisé comme symbole des Vigilants.

— Qui sont ces fameux Vigilants ? demanda Frost.

Edwina se tourna vers Maura.

— Vous possédez une bible, docteur Isles ?

— Oui, pourquoi ?

— Vous pourriez nous l'apporter ?

Maura s'approcha de la bibliothèque et parcourut des yeux la dernière étagère à la recherche de la couverture usée familière. Elle avait appartenu à son père et elle ne l'avait pas ouverte depuis des années. Elle la descendit et la tendit à Edwina, qui l'ouvrit et la feuilleta, libérant un petit nuage de poussière.

— Voilà, c'est ici. Genèse, chapitre six, versets un et deux : « Lorsque les hommes eurent commencé à se multiplier sur la surface de la terre, et que des filles leur furent nées, les fils de Dieu virent que les filles des hommes étaient belles, et ils en prirent pour femmes parmi toutes celles qu'ils choisirent... »

— Les fils de Dieu ? répéta Frost.

— Il ne fait presque aucun doute que ce passage fait allusion aux anges, expliqua Edwina. Il est dit ici que des anges ont désiré des femmes de la terre et les ont épousées. Une union entre le divin et le mortel.

Elle se replongea dans la Bible.

— Puis il y a le verset quatre : « Les géants étaient sur la terre en ces temps-là, après que les fils de Dieu furent venus vers les filles des hommes, et qu'elles leur eurent donné des enfants : ce sont ces héros qui furent fameux dans l'Antiquité. »

Elle referma le livre.

— Qu'est-ce que signifie ce charabia ? demanda Frost.

— Qu'ils ont eu des enfants. C'est l'unique endroit dans la Bible où il est question d'eux : la progéniture de l'union entre des humains et des anges. Ils constituèrent une race mixte de démons appelés les Nephilim.

— Ou encore les Vigilants, ajouta Sansone.

— Vous trouverez d'autres références à eux dans des textes antérieurs à la Bible, notamment dans *Le Livre d'Enoch* et *Le Livre des Jubilés*. Ils y sont décrits comme des monstres, engendrés par des anges déchus qui s'étaient accouplés avec des humaines. Cela a donné une race hybride secrète qui vivrait encore parmi nous. Ces créatures auraient un charme et un talent exceptionnels, ainsi qu'une beauté particulière. Ils sont souvent très grands et charismatiques. Mais ils n'en sont pas moins des démons, au service des ténèbres.

— Et vous, vous croyez vraiment à ces sornettes ? demanda Jane.

— Je vous dis uniquement ce qu'il y a dans les écrits saints, inspecteur. Les anciens pensaient que nous n'étions pas seuls sur cette planète, que d'autres étaient là avant nous et que certaines personnes aujourd'hui appartiennent encore à la lignée de ces monstres.

— Mais vous avez dit qu'ils étaient les enfants des anges.

— Des anges déchus. Imparfaits et mauvais.

— Donc, ces créatures, ces Vigilants, sont des sortes de mutants, des hybrides, résuma Frost.

Edwina se tourna vers lui.

— Une sous-espèce. Violente et prédatrice. Pour eux, nous ne sommes que des proies.

Oliver reprit la parole :

— Il est écrit qu'au moment de l'apocalypse, quand le monde tel que nous le connaissons s'arrêtera, l'Antéchrist lui-même sera l'un des Nephilim. Un Vigilant.

Et ils ont laissé leur marque sur ma porte, pensa Maura en fixant la tête de bouc.

Ce symbole était-il un avertissement ?

Ou une invitation ?

Jane regarda sa montre avec insistance.

— Bien, on va peut-être pouvoir passer à des choses plus sérieuses...

— Vous ne comprenez toujours pas le sens de tout ça, n'est-ce pas ? lui demanda Sansone.

— Je trouve que ça fait une très jolie histoire à raconter le soir au coin du feu, mais ça ne me rapproche toujours pas du tueur.

— Ça vous permet de rentrer dans sa tête. De savoir à quoi il croit.

— Aux anges et aux démons-chèvres, oui, ça, je l'avais compris. À moins que notre homme n'aime simplement jouer au casse-tête chinois avec les flics. Il nous mène en bateau en nous faisant courir après de l'ocre rouge et des coquillages.

Elle se leva.

— La police scientifique devrait arriver d'un moment à l'autre. Il serait temps que vous rentriez tous gentiment chez vous pour nous laisser faire notre travail...

— Attendez ! dit Sansone. C'est quoi, cette histoire de coquillages ?

Jane fit la sourde oreille et se tourna vers Frost.

— Tu peux appeler le labo et leur demander ce qu'ils foutent ?

— Inspecteur Rizzoli, insista Sansone. Parlez-nous de ces coquillages.

— Vous semblez avoir vos propres sources. Allez donc le leur demander.

— Ce pourrait être très important. Pourquoi ne pas nous faire gagner du temps et nous le dire tout de suite ?

— Vous d'abord. Que signifie un coquillage ?

— Quel genre ? Un bivalve ? Un cône ?

— Ça change quelque chose ?

— Oui.

Jane marqua une pause avant de répondre :

— Une sorte de spirale. Je suppose qu'on peut le décrire comme un cône.

— Vous l'avez trouvé sur une des scènes de crime ?

— Eh bien... oui, on peut dire ça comme ça.

— Décrivez-le-nous.

— Je ne sais pas, moi. Il n'a rien d'extraordinaire. L'expert à qui j'ai parlé dit que c'est une espèce commune qu'on trouve dans toute la Méditerranée.

La sonnerie de son téléphone l'interrompit. Elle s'excusa et s'éloigna pour répondre. Pendant quelques instants, plus personne dans le salon ne parla. Les trois membres de la Fondation Méphisto se regardaient, puis Edwina déclara à voix basse :

— Cette fois, il n'y a plus aucun doute.

— À quel propos ? demanda Frost.

Ce fut Oliver qui lui répondit :

— Le coquillage figure dans les armoiries familiales d'Anthony.

Sansone se leva et s'approcha de la fenêtre. Il contempla la rue, son large dos encadré par les montants noirs.

— Ces symboles dessinés dans une ocre rouge extraite à Chypre… commença-t-il. Vous savez ce que ça veut dire, inspecteur Frost ?

— Aucune idée.

— Le tueur ne joue pas à des petits jeux avec la police. C'est après moi qu'il en a. Après la Fondation Méphisto.

Il se tourna vers eux mais la lumière matinale rendait ses traits illisibles.

— La nuit de Noël, il tue une femme et laisse des symboles sataniques dans son appartement… les bougies, l'ocre rouge. Mais son geste le plus significatif, c'est de téléphoner à Joyce O'Donnell, un membre de notre fondation. C'était son appel du pied. Sa manière d'attirer notre attention.

— Votre attention ? À mon avis, tout ça concernait surtout O'Donnell…

— Puis Eve Kassovitz est assassinée dans mon jardin, un soir où nous sommes tous réunis.

— C'est également un soir où O'Donnell était invitée à dîner chez vous. C'est elle qu'il a suivie, elle qu'il avait dans le collimateur.

— Hier soir encore, j'aurais été totalement d'accord avec vous. Tout semblait indiquer que Joyce était sa cible. Mais ces symboles sur la porte de Maura nous informent que le tueur n'a pas achevé son travail. Il est toujours en chasse.

— Il est au courant, pour nous, Anthony, dit Edwina. Il réduit notre cercle. Joyce a été la première. Qui sera le prochain ?

Sansone baissa les yeux vers Maura.

— J'en suis navré, mais il doit croire que vous êtes des nôtres.

— Mais ce n'est pas le cas ! Je n'ai rien à voir avec votre délire collectif.

— Toubib ?

Maura n'avait pas entendu Jane revenir. Elle se tenait sur le seuil, le portable à la main.

— Tu peux venir un instant dans la cuisine ? J'ai quelque chose à te dire en privé.

Maura se leva et la suivit. En entrant dans la cuisine, elle demanda :

— Qu'est-ce qui se passe ?

— Tu peux t'arranger pour prendre ta journée demain ? Il faut qu'on quitte la ville ce soir. Je vais rentrer chez moi prendre quelques affaires. Je passerai te chercher vers midi.

— Quoi, tu veux dire que je dois aller me cacher ? Juste parce que quelqu'un a écrit sur ma porte ?

— Ça n'a rien à voir avec ta porte. Je viens de recevoir un appel d'un flic du nord de l'État de New York. La nuit dernière, ils ont trouvé un cadavre de femme. C'est clairement un assassinat.

— Et en quoi un meurtre dans l'État de New York nous concernerait-il ?

— Il lui manque la main gauche.

24

8 août. Phase de la lune : dernier quartier.

Tous les jours, Teddy descend au lac.

Le matin, j'entends la porte moustiquaire grincer puis se refermer en claquant. Ses pas lourds font craquer les marches du porche. Depuis ma fenêtre, je le regarde s'éloigner en direction de l'eau, sa canne à pêche sur son épaule maigrelette, sa boîte à appâts à la main. C'est un étrange rituel, parfaitement inutile à mon sens puisqu'il ne rapporte jamais les fruits de son labeur. Tous les après-midi, il revient bredouille mais content.

Aujourd'hui, je le suis.

Occupé à se faufiler entre les arbres, il ne me voit pas. Je reste suffisamment loin derrière pour qu'il n'entende pas mes pas. De toute manière, il chante, d'une voix de fausset, à mille lieues d'imaginer qu'il est observé. Il atteint la rive, prépare son hameçon et lance sa ligne. Les minutes passent. Il s'assoit dans l'herbe et contemple l'eau si calme... pas un soupçon de vent ne froisse sa surface miroitante.

La mouche s'enfonce soudain.

Je me rapproche discrètement pendant que Teddy ramène sa prise. C'est un poisson brun qui s'agite au bout de la ligne, chacun de ses muscles se contracte dans une terreur mortelle. J'attends le coup de grâce, cet instant sacré où l'étincelle divine s'éteint. À ma stupéfaction, Teddy saisit le poisson, retire délicatement l'hameçon de sa gueule, puis le dépose doucement dans l'eau. Il s'accroupit et lui murmure quelque chose, comme s'il s'excusait de l'avoir dérangé. Je lui demande :

— Pourquoi tu ne l'as pas gardé ?

Il fait un bond.

— Ah, c'est toi !

— Tu l'as laissé repartir.

— Je n'aime pas les tuer. Et puis, ce n'était qu'une perche.

— Tu les rejettes tous à l'eau ?

— Ouais.

Teddy réamorce sa ligne et la lance.

— Quel intérêt de les pêcher, alors ?

— C'est amusant. C'est comme un petit jeu entre nous, les poissons et moi.

Je m'assois près de lui sur la berge. Des moucherons volettent autour de nous et Teddy les chasse de sa main. Il vient d'avoir onze ans mais il a encore la peau parfaitement lisse d'un jeune enfant. Le duvet doré de bébé sur son visage prend les reflets du soleil. Je ne me tiens pas assez près pour entendre son souffle, pour voir le pouls battre dans son cou tendre. Il ne semble pas incommodé par ma présence. D'ailleurs, il m'adresse même un sourire timide, comme si partager cette paresseuse matinée avec son cousin plus âgé était pour lui un vrai cadeau.

Il me tend sa canne.

— Tu veux essayer ?

Je la prends mais mon attention reste concentrée sur Teddy, sur la fine couche de sueur sur son front, sur les ombres projetées par ses longs cils.

La ligne se tend.

— Tu en as un !

Je commence à rembobiner. Le combat frénétique du poisson fait transpirer mes paumes d'anticipation. Je peux sentir à travers le fil son envie désespérée de vivre. Il crève enfin la surface et tord sa queue dans tous les sens tandis que je le balance sur la berge. Je saisis ses écailles gluantes.

— Maintenant, ôte-lui l'hameçon. Mais fais attention de ne pas lui faire mal.

J'ouvre la boîte à appâts et aperçois un couteau.

— Vite ! insiste Teddy. Il ne peut pas respirer hors de l'eau !

J'envisage de prendre le couteau, de plaquer le poisson dans l'herbe et de le transpercer sous les branchies. De le fendre en deux tout le long du ventre. Je veux sentir sa dernière convulsion, sentir sa force vitale bondir directement en moi dans une décharge tonifiante, la même que j'ai ressentie quand j'avais dix ans et qu'ils m'ont fait prêter le serment d'Hérem, quand, enfin, ma mère m'a conduit au centre du cercle et m'a tendu le couteau. « Tu as atteint l'âge. Il est temps pour toi d'être des nôtres. » Je revois le dernier soubresaut de la chèvre sacrificielle, je me souviens de la fierté dans le regard de ma mère et des murmures d'approbation du cercle d'hommes en longues robes. Je veux sentir ce frisson à nouveau.

Un poisson ne fera pas l'affaire.

J'enlève l'hameçon et rejette la perche gesticulante dans le lac. Elle bat l'eau d'un coup de queue puis disparaît en un éclair. Un léger souffle de vent ride la surface du lac et fait trembler les libellules perchées sur les roseaux. Je me tourne vers Teddy, qui me demande :

— Pourquoi tu me regardes comme ça ?

25

Quarante-deux euros en pourboires, pas mal pour un dimanche frisquet de décembre. En saluant de la main le groupe de touristes qu'elle venait de promener à travers le Forum, Lily sentit une goutte glacée s'écraser sur son visage. Elle leva le nez, vit le plafond bas de nuages gris. Elle frissonna. Demain, il faudrait prévoir un imperméable.

Les billets en poche, elle prit la direction de la boutique de mode préférée de tous les étudiants fauchés de Rome : le marché aux puces de Porta Portese, dans le Trastevere. Il était déjà treize heures et les marchands n'allaient pas tarder à remballer leurs étals, mais il lui restait quand même un peu de temps pour dénicher une bonne affaire. Quand elle arriva au marché, il bruinait. La Piazza di Porta Portese résonnait du vacarme des caisses qu'on empilait. En deux temps trois mouvements, elle repéra un chandail d'occasion pour trois euros seulement. Il empestait la cigarette mais un bon lavage y remédierait. Puis elle paya deux euros un ciré à capuche qui ne portait qu'une seule tache de cambouis. Ainsi parée pour le froid et avec encore de l'argent en poche, elle erra dans les passages étroits entre les étals, s'arrêtant ici et là pour fouiller dans des seaux remplis de bijoux fantaisie et de fausses monnaies romaines. Puis elle continua vers la Piazza Ippolito Nievo et ses antiquaires. Tous les dimanches, elle atterrissait invariablement dans cette partie du marché car ce qui l'intéressait vraiment, c'étaient les antiquités. Un lambeau de tapisserie médiévale ou un fragment de bronze suffisait à faire battre son cœur plus fort. Le temps qu'elle arrive dans le coin des antiquaires, la plupart avaient déjà fermé. Il restait néanmoins quelques stands ouverts, leur marchandise exposée à la bruine. Elle déambula entre les rares objets intéressants, passant devant des marchands à la mine lasse et maussade, et s'apprêtait à rentrer quand son regard fut attiré par un petit coffret en bois. Elle s'arrêta net.

Trois croix inversées étaient gravées sur le couvercle.

Son visage humide se glaça. Puis elle remarqua la charnière orientée vers elle et, avec un petit rire penaud, se pencha et remit la boîte dans le bon sens. Les croix s'inversèrent. À force de trop chercher le mal, on le voit partout.

Même quand il n'est pas là.

Le marchand lui demanda en italien :

— Vous êtes intéressée par des objets religieux ?

Il avait le visage tout ridé, ses yeux disparaissaient presque entièrement sous les plis de chair.

— Non, pas vraiment, je regardais juste.

— Tenez, en voici tout un tas.

Il poussa une boîte vers elle. Elle contenait un enchevêtrement de rosaires, une Vierge en bois et des vieux livres aux pages racornies par l'humidité.

— Regardez ! Regardez ! Prenez tout votre temps.

Au premier coup d'œil elle ne vit rien d'intéressant. Puis elle remarqua le dos d'un des ouvrages. Son titre était imprimé en lettres d'or sur la reliure en cuir : *Le Livre d'Enoch*.

Elle l'ouvrit à la page de garde. C'était une traduction anglaise de R. H. Charles, une édition de 1912 publiée par l'Oxford University Press. Deux ans plus tôt, dans un musée parisien, elle avait vu des fragments de la version éthiopienne. *Le Livre d'Enoch* était un ouvrage ancien, qui faisait partie de la littérature apocryphe.

— C'est très vieux, dit le marchand.

Elle répondit dans un murmure :

— Oui, je sais.

— C'est écrit « 1912 » dessus.

Mais ces mots sont bien plus anciens.

Elle fit courir ses doigts sur les pages jaunies. Le texte avait été écrit deux cents ans avant la naissance du Christ. Il parlait d'une ère d'avant Noé et son arche, d'avant Mathusalem. En le feuilletant, elle s'arrêta à un passage qui avait été souligné à l'encre :

Ils procréeront à leur tour de mauvais esprits, parce qu'ils tiennent au ciel par un côté de leur être, parce que c'est des saints vigilants qu'ils tirent leur origine. Ils seront donc de mauvais esprits sur la terre, et on les appellera esprits du mal.

— J'ai encore plein d'affaires à lui, dit le marchand.

Elle releva les yeux.

— Les affaires de qui ?

— De l'homme à qui ce livre appartenait. Tout ça, c'était à lui.

Il indiqua une série de caisses.

— Il est mort le mois dernier et tous ses biens ont été mis en vente. Si ce genre de bouquins vous intéresse, j'en ai un autre pareil...

Il fouilla dans une des caisses, en sortit un mince volume en cuir éraflé et taché.

— C'est du même auteur. R. H. Charles.

Pas le même auteur, mais le même traducteur. C'était une édition de 1913 du *Livre des Jubilés*, un autre texte antérieur à la période chrétienne. Elle en avait souvent entendu parler mais ne l'avait jamais lu. Elle prit le livre, qui s'ouvrit automatiquement au chapitre dix, verset cinq, un passage lui aussi souligné en noir :

> *Et tu sais comment tes Vigilants, les pères de ces esprits, ont agi en mon temps ; quant à ces esprits qui sont vivants, emprisonne-les et condamne-les fermement ; ne les laisse pas apporter la destruction sur les fils de ton serviteur, mon Dieu, car ils sont malins et ont été créés pour détruire.*

Dans la marge, avec la même encre, on avait écrit : *Les fils de Seth. Les filles de Caïn.*

Lily referma le livre et remarqua soudain les taches brunes sur la reliure.

Du sang ?

— Vous voulez l'acheter ? demanda le marchand.

— Qu'est-il arrivé au propriétaire de ces livres ?

— Je vous l'ai dit : il est mort.

— Comment ?

Le vieil homme haussa les épaules.

— Il vivait seul. Il était très vieux, très étrange. On l'a trouvé enfermé dans son appartement, avec tous ses bouquins empilés devant la porte. Il ne pouvait même plus sortir de chez lui, c'est dingue, non ?

À moins qu'il n'ait été terrifié par ce qui pouvait entrer.

— Je vous ferai un bon prix. Vous le voulez ?

Elle regarda le second livre et songea au vieil homme mort, barricadé dans son appartement encombré de volumes poussiéreux. Elle pouvait presque sentir la puanteur de sa chair putride se dégager des pages. Si répugnantes que soient les taches sur la reliure, elle voulait ce livre. Elle voulait savoir pourquoi son propriétaire avait griffonné ces mots dans la marge et s'il avait écrit autre chose.

— Cinq euros, dit le marchand.

Pour une fois, elle ne marchanda pas. Elle paya et s'éloigna avec le volume.

Il pleuvait dru au-dehors quand elle attaqua l'escalier froid et humide qui menait à son appartement. Il continua de pleuvoir tout l'après-midi, tandis qu'elle lisait à la lumière grise de la fenêtre. Elle lut l'histoire de Seth, le troisième fils d'Adam. Seth engendra Enos, qui engendra Kenan. C'était cette même noble lignée qui avait donné plus tard les patriarches Jered et Enoch, Mathusalem et Noé. Mais de cette même lignée étaient également issus des fils corrompus, mauvais, qui s'étaient accouplés avec les filles d'un ancêtre meurtrier.

Les filles de Caïn.

Lily s'arrêta sur un autre passage souligné, les mots remarqués longtemps auparavant par un homme dont la présence spectrale semblait penchée au-dessus de son épaule, désireuse de partager ses secrets, de lui chuchoter des mises en garde.

Et l'anarchie se répandit sur terre et tous les êtres de chair devinrent corrompus, les hommes, le bétail, les animaux, les oiseaux et tout ce qui marchait sur terre, tous devinrent corrompus

dans leurs mœurs et leurs ordres ; et ils se mirent
à s'entre-dévorer, et l'anarchie augmenta encore
et toutes les idées issues de la pensée des hommes
étaient ainsi continuellement mauvaises.

La lumière commençait à baisser. Elle était restée assise si longtemps que ses membres étaient engourdis. Dehors, la pluie continuait de cingler la fenêtre, et dans les rues de Rome le trafic grondait dans un concert de klaxons. Toutefois, dans sa chambre, elle était assise dans un silence de mort. Un siècle avant le Christ, ces mots étaient déjà vieux et parlaient d'une terreur si ancienne qu'aujourd'hui l'humanité ne s'en souvenait plus, ne remarquait plus sa présence.

Elle baissa à nouveau les yeux vers *Le Livre des Jubilés* et les paroles menaçantes de Noé à ses fils :

Car je vois ! Regardez les démons qui ont
entamé leur séduction sur vous et sur vos enfants.
J'ai peur pour vous, je crains qu'après ma mort
vous ne versiez le sang des hommes et que, à
votre tour, vous ne soyez effacés de la surface
de la terre.

Les démons sont toujours parmi nous, pensa-t-elle.
Et le bain de sang ne fait que commencer.

26

Jane et Maura descendirent le Massachusetts Turn-pike, traversant un paysage austère de neige et d'arbres dénudés. Même un dimanche après-midi, elles devaient partager l'autoroute avec un convoi de camions monstrueux aux côtés desquels la Subaru de Jane paraissait minuscule, un moucheron casse-cou zigzaguant à toute allure entre les géants. Maura préférait ne pas regarder, se concentrant plutôt sur les notes de Jane. Elle avait une petite écriture en pattes de mouche, mais ce n'était pas pire que celle de la plupart des médecins, que Maura avait appris à déchiffrer depuis longtemps.

Sarah Parmley, 28 ans. Vue pour la dernière fois le 23/12, rendant sa clef à l'Oakmont Hotel.

— Elle a disparu il y a deux semaines et on ne retrouve son corps que maintenant ?

— On l'a trouvée dans une maison vide, apparemment assez isolée. Le gardien a vu sa voiture garée devant. Constatant que la porte n'était pas fermée, il est entré. C'est lui qui a découvert le corps.

— Qu'est-ce qu'elle faisait dans une maison vide ?

— Personne ne le sait. Sarah est arrivée en ville le 20 décembre pour assister à l'enterrement de sa tante. Tout le monde a pensé qu'elle était rentrée en Californie immédiatement après la cérémonie. Puis son employeur à San Diego a téléphoné, la cherchant. Même alors, personne en ville n'a pensé qu'elle pouvait ne pas être repartie.

— Regarde la carte, Jane. Du nord de l'État de New York à Boston, nos deux scènes de crime, ça fait près de cinq cents kilomètres. Pourquoi le tueur trimballerait-il sa main aussi loin ? Ce n'est peut-être pas la sienne.

— Si. J'en suis certaine. Crois-moi, les radios vont coller ensemble comme les pièces d'un puzzle.

— Comment peux-tu en être si sûre ?

— Regarde le nom de la ville où on a retrouvé le corps de Sarah.

— Purity ? C'est plutôt pittoresque comme nom, mais je ne vois toujours pas...

— Sarah Parmley a grandi à Purity. C'est là qu'elle est allée au lycée.

— Et alors ?

— Devine où Lori-Ann Tucker a été au lycée ?

Maura écarquilla les yeux.

— Elles viennent de la même ville ?

— Bingo ! Et Lori-Ann Tucker avait vingt-huit ans, elle aussi. Il y a onze ans, elles ont eu leur diplôme de fin d'études secondaires en même temps.

— Deux victimes qui ont grandi dans la même ville, ont fréquenté le même lycée... et qui se connaissaient probablement...

— C'est peut-être là que notre tueur les a rencontrées. C'est comme ça qu'il les a choisies. Elles l'obsédaient peut-être depuis le lycée. Elles l'ont snobé et il a passé les onze dernières années à méditer sur la meilleure façon de se venger. Puis, un beau jour, Sarah débarque en ville pour l'enterrement de sa tante. Il la voit et la moutarde lui remonte au nez. Il la tue et lui coupe la main en guise de souvenir. Il prend tellement son pied en le faisant qu'il décide de ne pas s'arrêter là.

— Alors il aurait fait toute la route jusqu'à Boston pour tuer Lori-Ann à son tour ? Ça fait une sacrée trotte pour un frisson...

— Mais pas pour une bonne vengeance à l'ancienne.

Songeuse, Maura fixa le paysage qui défilait.

— Si ce n'était qu'une affaire de vengeance, pourquoi aurait-il appelé Joyce O'Donnell cette nuit-là ? Pourquoi a-t-il retourné sa hargne contre elle ?

— Elle était la seule à pouvoir nous répondre, mais elle a refusé de partager son secret avec nous.

— Et pourquoi écrire sur ma porte ? Qu'est-ce qu'il a voulu nous faire comprendre par là ?

— Quoi, tu ne comprends pas ce « J'ai péché » ?

Maura rougit. Elle referma le dossier et croisa les mains dessus.

Nous y revoilà !

Le seul sujet dont elle n'avait vraiment pas envie de parler.

— J'ai dû le dire à Frost, annonça Jane.

Maura se tut, gardant le regard perdu au loin.

— Il fallait qu'il le sache, poursuivit Jane. Il en a discuté avec le père Brophy.

— Tu aurais dû me laisser parler à Daniel d'abord.

— Pourquoi ?

— Pour qu'il ne soit pas totalement pris de court.

— Par rapport au fait qu'on est au courant au sujet de vous deux ?

— Épargne-moi ce ton moralisateur !

— Je n'avais pas l'impression de te faire la morale.

— Je l'entends dans ta voix. Je n'ai pas besoin de ça !

— Dans ce cas, c'est aussi bien que tu n'aies pas entendu ce que Frost avait à dire à ce sujet...

— Parce que tu crois que ce genre de chose n'arrive jamais ? Les gens tombent amoureux, Jane. Ils commettent des erreurs.

— Mais pas toi !

Jane paraissait presque en colère, comme trahie.

— J'ai toujours pensé que tu étais plus maligne que ça.

— Personne n'est aussi malin.

— Cette histoire ne peut aboutir à rien et tu le sais bien. Si tu t'imagines qu'il va t'épouser !

— Pour ce qui est du mariage, j'ai déjà donné, tu l'as oublié ? Ce fut un succès fracassant.

— Et où crois-tu que cette histoire va te mener ?

— Je ne sais pas.

— Tu veux que je te le dise ? Ça va commencer par les chuchotements. Tes voisins vont se demander ce que fait la voiture du curé toujours garée devant chez toi. Puis, pour passer du temps ensemble, vous allez devoir vous retrouver quelque part hors de la ville. Mais quelqu'un finira par vous voir ensemble. Alors les commérages vont commencer. Ça deviendra de plus en plus gênant et compliqué. Combien de temps penses-tu pouvoir tenir ? Combien de temps avant qu'il soit obligé de faire un choix ?

— Je n'ai pas envie d'en parler.

— Parce que tu t'imagines que c'est toi qu'il choisira ?

— Arrête ça, Jane.

— Hein, c'est ce que tu crois ?

La question était inutilement brutale et, l'espace d'un instant, Maura envisagea de descendre à la ville suivante, de louer une voiture et de rentrer chez elle.

— Je suis assez grande pour prendre mes décisions toute seule.

— Mais sa décision à lui, ce sera quoi, à ton avis ?

Maura détourna la tête, contemplant les champs blancs aux clôtures à demi enfouies dans les congères.

Si ce n'est pas moi qu'il choisit, serai-je vraiment surprise ? Il peut me répéter encore et encore à quel point il m'aime, mais quittera-t-il son Église pour moi ?

Jane poussa un soupir.

— Excuse-moi.

— C'est ma vie, pas la tienne.

— Oui, tu as raison, c'est ta vie.

Elle secoua la tête en riant.

— Putain, tout le monde a perdu la boule ! Je ne peux plus compter sur rien ni personne.

Elle conduisit un moment en silence, plissant des yeux devant le soleil couchant. Puis elle reprit :

— Au fait, je ne t'ai pas raconté, chez moi aussi il y a du nouveau.

— Quoi donc ?

— Mes parents se sont séparés.

Maura se tourna enfin vers elle.

— Quand ça ?

— Juste après Noël. Après trente-sept ans de mariage, mon père a décidé d'aller renifler sous les jupes d'une blondasse qui travaille avec lui.

— Je suis désolée.

— Alors, avec ton histoire avec Brophy, j'ai l'impression que tout le monde ne pense plus qu'à ça. Toi. Mon idiot de père. Même ma mère.

Elle marqua une pause avant d'ajouter :

— Vince Korsak l'a invitée à dîner en tête à tête. C'est pour te dire à quel point le monde ne tourne plus rond.

Elle poussa un gémissement.

— Non mais tu te rends compte, je vais avoir ce gars-là comme beau-père ?

— Le monde n'est pas devenu fou à ce point.

Jane frissonna.

— Mais ça pourrait arriver. Rien que de les imaginer ensemble, j'en ai la chair de poule.

— Alors n'y pense pas.

Jane serra les dents.

— J'essaie.

Et moi, j'essaierai de ne pas penser à Daniel.

Pourtant, au fil de cette route vers l'ouest, tandis qu'elles traversaient la ville de Springfield et s'enfonçaient dans les collines du Berkshire, elle ne pensa qu'à lui.

Elle respirait profondément et sentait son odeur ; elle croisait les bras sur sa poitrine et sentait sa caresse, comme si les souvenirs étaient gravés sur sa peau.

Ressens-tu la même chose, Daniel ? Quand tu t'es tenu devant tes paroissiens ce matin et que tu as regardé tous ces visages tournés vers toi, attendant tes paroles, ce sont mes traits que tu cherchais dans la foule, mes traits qui occupaient tes pensées ?

Quand elles franchirent enfin la frontière de l'État de New York, la nuit était tombée. Le téléphone portable de Maura sonna et, dans l'obscurité de la voiture, elle mit un certain temps à le dénicher dans le fouillis au fond de son sac.

— Ici le Dr Isles, répondit-elle.

— Maura, c'est moi.

En entendant la voix de Daniel, elle sentit le feu lui monter aux joues. Heureusement que dans le noir Jane ne pouvait voir son visage.

— L'inspecteur Frost est venu me trouver.

— J'ai été obligée de le leur dire.

— Je le sais bien. Mais j'aurais aimé que tu m'en parles. Tu aurais dû m'appeler.

— Je suis désolée. Ça a dû être terriblement gênant de l'apprendre de sa bouche.

— Non, je veux parler de ce qui était écrit sur ta porte. Je ne me suis rendu compte de rien. J'aurais été à tes côtés. Tu n'avais pas à vivre ça toute seule.

Elle hésita, consciente que Jane écoutait ses moindres paroles et ne manquerait pas d'exprimer sa réprobation dès qu'elle raccrocherait.

Daniel reprit :

— Je suis passé chez toi, tout à l'heure. J'espérais te trouver à la maison.

— Je ne dors pas chez moi ce soir.

— Où es-tu ?

— En voiture, avec Jane. On vient juste de passer Albany il y a quelques minutes.

— Vous êtes dans l'État de New York ? Pourquoi ?

— On a trouvé une autre victime. On pense que…

La main de Jane se referma brusquement sur son bras, lui indiquant que moins elle en disait mieux cela valait. Elle ne faisait plus confiance à Brophy, maintenant qu'il avait prouvé qu'il était humain.

— Je ne peux pas en parler, poursuivit-elle.

Il y eut un silence, puis il dit doucement :

— Je comprends.

— Il y a des détails que nous devons garder confidentiels.

— Tu n'as pas à te justifier. Je connais la procédure.

— Je peux te rappeler plus tard ?

Quand il n'y aura pas une autre paire d'oreilles à portée.

— Tu n'es pas obligée, Maura.

— J'en ai envie.

J'en ai besoin.

Elle raccrocha, contempla la nuit autour d'elles. Elles étaient sorties de l'autoroute et avaient pris la direction du sud-ouest sur une route bordée de champs enneigés. Ici, les seules lumières étaient celles des phares d'une voiture qu'elles croisaient occasionnellement ou la lueur d'une ferme lointaine.

Jane lui demanda :

— Tu ne vas pas lui parler de notre enquête, hein ?

— Quand bien même je le ferais, il est très discret. Je lui ai toujours fait confiance.

— Moi aussi je lui faisais confiance.

— Et plus maintenant ?

— Tu n'es pas dans la meilleure situation pour te fier à ton jugement.

— Nous le connaissons toutes les deux.

— Tout ce que je dis, c'est qu'on croit parfois connaître les gens, jusqu'à ce qu'ils nous fassent tomber des nues. Ils font quelque chose qu'on n'aurait jamais imaginé et on se rend compte qu'on est en plein brouillard. Il en va de même pour tout le monde. Si tu m'avais dit il y a quelques mois que mon père quitterait ma mère pour une bimbo, je t'aurais prise pour une folle. Crois-moi, les autres sont un vrai mystère. Même ceux qu'on aime.

— Et à présent, tu n'as plus confiance en Daniel.

— Pas quand il s'agit de son vœu de chasteté.

— Je ne te parle pas de ça mais de l'enquête, de détails qui nous préoccupent toutes les deux.

— Il n'est pas flic, il n'a pas à être informé.

— Il était avec moi hier soir. Le message sur la porte s'adressait à lui aussi.

— Le « J'ai péché » ?

— Exactement, grogna Maura.

Elles roulèrent en silence un moment, se laissant bercer par le chuintement des pneus sur la chaussée humide, le ronronnement du chauffage. Puis Jane reprit :

— J'avais du respect pour Brophy, d'accord ? Il a toujours été parfait avec la police de Boston. Chaque fois qu'on a besoin d'un prêtre sur une scène de crime, il rapplique, quelle que soit l'heure. Je l'aimais bien.

— Pourquoi ce revirement, d'un seul coup ?

— Parce qu'il se trouve que toi aussi, je t'aime bien.

— Ce n'est pas l'impression que tu donnes.

— Ah non ? Eh bien, quand tu fais quelque chose d'aussi inattendu, d'aussi autodestructeur, je me pose des questions.

— Quel genre ?

— Je me demande si, au fond, je te connais aussi bien que je le crois.

Quand elles se garèrent sur le parking du Lourdes Hospital de Binghamton, il était vingt heures passées. En descendant de voiture, les muscles raidis par la longue route, Maura était d'humeur acerbe. Elles ne s'étaient arrêtées que brièvement pour dîner en silence dans un McDo au bord de la route. Son estomac était retourné par la conduite nerveuse de Jane, le repas avalé à la hâte et, surtout, la tension entre elles, désormais si forte que le prochain accroc risquait d'être explosif.

De quel droit me juge-t-elle ?

Jane était mariée, heureuse, et elle devenait une vraie moralisatrice. Que savait-elle sur la vie de Maura, sur ses nuits passées seule à regarder des vieux films ou à jouer du piano dans une maison vide ? Le gouffre entre leurs deux vies était trop grand pour qu'une vraie amitié puisse l'enjamber.

Et puis qu'est-ce que j'ai en commun avec cette garce revêche et intransigeante ? Rien !

Elles pataugèrent dans la neige molle déblayée par les chasse-neige et franchirent la porte des urgences, laissant entrer avec elles un souffle d'air glacé. Jane marcha droit vers le guichet des admissions et appela :

— Hé, il y a quelqu'un ? Il y a moyen d'être renseigné, par ici ?

— Vous êtes l'inspecteur Rizzoli ? dit une voix derrière elles.

Elles ne l'avaient pas vu, assis seul dans la salle d'attente. Il se leva et vint vers elles. Un homme au visage blême portant une veste en tweed sur un pull vert kaki. Ce n'était pas un flic, devina Maura en voyant ses épais cheveux hirsutes, une impression qu'il confirma rapidement :

— Je suis le Dr Kibbie. J'ai pensé qu'il valait mieux vous attendre ici afin de vous conduire à la morgue. Cet hôpital est un vrai dédale.

— Merci d'être venu ce soir, dit Jane. Je vous présente le Dr Isles, du service de médecine légale.

Maura lui serra la main.

— Vous avez déjà pratiqué son autopsie ?

— Oh non, je ne suis pas expert médico-légal, juste un humble interniste. Nous sommes quatre à nous relayer en tant que coroners du comté de Chenango. Je fais l'examen préliminaire du cadavre et décide si une autopsie est nécessaire. Celle-ci sera probablement réalisée demain après-midi, à condition que le médecin légiste du comté d'Onondaga puisse venir de Syracuse.

— Vous devez bien avoir votre propre médecin légiste dans le comté, non ?

— Oui mais, dans ce cas précis…

Il agita la tête d'un air écœuré.

— Nous savons hélas que ce meurtre va attirer l'attention des médias et susciter beaucoup d'intérêt. En outre, il pourrait déboucher sur un procès à sensation, et notre pathologiste tient à ce qu'un collègue l'accompagne. Histoire qu'on ne puisse pas mettre leurs conclusions en question. L'union fait la force, comme on dit.

Il saisit son manteau posé sur une chaise.

— L'ascenseur est par ici.

— Où est l'inspecteur Jurevich ? demanda Jane. Je pensais qu'il serait ici pour nous accueillir.

— Malheureusement, Joe vient juste d'être appelé sur le terrain. Vous ne le verrez pas ce soir. Il a dit qu'il vous retrouverait demain matin dans la maison où on l'a trouvée. Passez-lui un coup de fil quand vous vous mettrez en route.

Kibbie reprit son souffle.

— Vous êtes prêtes pour affronter ça ?

— C'est si moche ?

— Disons que j'espère bien ne plus jamais revoir une chose pareille.

Ils avancèrent dans le couloir et s'arrêtèrent devant l'ascenseur. Kibbie appuya sur le bouton.

— Au bout de deux semaines, j'imagine qu'elle ne doit pas être de la première fraîcheur, dit Jane.

— En fait, la décomposition est minimale. La maison était vide. Pas de chauffage, pas d'électricité. Il ne doit pas faire plus d'un degré là-dedans. Un peu comme dans les chambres froides où on conserve la viande.

— Comment a-t-elle atterri là-bas ?

— On n'en a aucune idée. Il n'y avait aucune trace d'effraction. C'est donc qu'elle avait une clef. Ou que le tueur en avait une.

Les portes de l'ascenseur s'ouvrirent et ils entrèrent, Kibbie encadré par les deux femmes. Un tampon entre Jane et Maura qui n'avaient pas échangé une parole depuis qu'elles étaient descendues de voiture.

— À qui appartient la maison ? demanda Jane.

— À une femme qui n'habite plus dans l'État. Elle l'a héritée de ses parents et cherche à la vendre depuis des années. Nous n'avons pas réussi à la joindre. Même l'agent immobilier ne sait pas où elle est.

Ils sortirent de l'ascenseur au niveau du sous-sol. Kibbie les guida le long d'un couloir puis poussa une porte battante donnant sur les locaux de la morgue.

— Ah vous voilà, docteur Kibbie !

Une jeune femme en blouse reposa le roman qu'elle était en train de lire et se leva pour les accueillir.

— Je commençais à me demander si vous viendriez.

— Merci d'avoir attendu, Lindsey. Ce sont les deux femmes de Boston dont je vous ai parlé. L'inspecteur Rizzoli et le Dr Isles.

— Ne bougez pas. Je vais vous la sortir.

Elle poussa les portes de la salle d'autopsie et appuya sur un interrupteur. Des néons s'allumèrent au-dessus d'une table vide.

— Docteur Kibbie, il faut vraiment que je rentre. Vous voulez bien la remettre dans le frigo quand vous aurez terminé, et refermer derrière vous ?

— Vous allez essayer d'arriver avant la fin du match ?

— Si je n'y suis pas, Ian ne m'adressera plus jamais la parole.

— Parce qu'il lui arrive de parler ?

Lindsey leva les yeux au ciel.

— Docteur Kibbie, quand même !

— Je me tue à vous le répéter : vous devriez passer un coup de fil à mon neveu. Il fait sa prépa de médecine à Cornell. Si vous ne vous dépêchez pas, une autre fille va vous le piquer sous le nez !

Elle ouvrit la porte de la chambre froide en riant.

— Épouser un médecin, ça jamais !

— Vous me vexez.

— Je veux un mari qui rentre tous les soirs pour dîner.

Elle tira un lit à roulettes hors de la chambre froide et demanda :

— Vous la voulez sur la table ?

— Non, laissez-la sur la civière, on ne va pas la disséquer.

— Laissez-moi quand même vérifier que c'est bien la bonne...

Elle retourna l'étiquette fixée à la housse mortuaire puis ouvrit la fermeture Éclair pour dégager le visage du cadavre. Ses gestes ne trahissaient pas la moindre hésitation ni le moindre dégoût.

— C'est bien elle.

Elle se redressa et rejeta en arrière ses cheveux blonds. Ses joues fraîches et roses contrastaient fortement avec le visage inerte et desséché sur la table.

— Vous pouvez nous laisser, Lindsey, dit Kibbie.

Elle leur dit au revoir d'un signe de la main et leur lança, sur un ton joyeux :

— N'oubliez pas de bien claquer la porte en partant !

Elle sortit en laissant dans son sillage une trace incongrue de parfum.

Maura sortit une paire de gants en latex d'une boîte posée sur un comptoir. Elle s'approcha de la civière et ouvrit la housse jusqu'en bas. Personne ne prononça un mot. Le corps étendu devant eux les avait rendus muets.

À quatre degrés Celsius, la croissance bactérienne est arrêtée, la décomposition interrompue. Bien qu'il fût resté exposé à l'air au moins deux semaines, la température glaciale de la maison vide avait préservé les tissus mous du cadavre, rendant inutile l'application d'un onguent mentholé pour masquer d'éventuelles odeurs nauséabondes. Néanmoins, la lumière crue révélait des horreurs bien pires que la simple putréfaction. La gorge était grande ouverte, fendue d'un seul coup de lame qui avait entièrement sectionné la trachée et pénétré jusqu'aux vertèbres cervicales. Mais ce n'était pas ce coup fatal qui retenait l'attention de Maura. Elle ne pouvait arracher son regard du torse. Une multitude de croix avaient été incisées sur les seins et le ventre de la victime. Des symboles sacrés gravés sur un parchemin en peau humaine. Le sang avait formé des croûtes sur les plaies et d'innombrables rigoles couleur rouille de chaque côté du buste.

Elle examina le bras droit étendu le long du corps et remarqua le cercle d'ecchymoses autour du poignet, tel un bracelet cruel. Elle releva les yeux et croisa le regard de Jane. Toute animosité entre elles avait disparu, balayée par la vision des derniers moments de Sarah Parmley.

— Tout ça a été fait pendant qu'elle était encore en vie, dit Maura.

Jane déglutit.

— Toutes ces entailles... ça a dû durer des heures.

Kibbie déclara :

— Quand on l'a trouvée, le poignet restant et les deux chevilles étaient attachés avec une corde en nylon. Les nœuds étaient cloués au sol pour l'empêcher de bouger.

— Il n'a pas fait ça à Lori-Ann Tucker, observa Maura.

— C'est la victime de Boston ?

— Elle a été amputée mais pas torturée, expliqua Maura.

Elle fit le tour de la civière et examina le moignon du poignet gauche. La chair incisée avait séché en formant une surface tannée brunâtre. Les tissus mous s'étaient contractés en exposant l'os sectionné.

Jane suggéra :

— Il voulait sans doute quelque chose de cette femme, c'est pourquoi il l'a torturée.

— Comme un interrogatoire ? avança Kibbie.

— Ou peut-être un châtiment, répondit Maura.

Elle contempla le visage de la morte, songeant aux mots sur sa porte. Les mêmes que ceux sur le mur de la chambre de Lori-Ann. *J'ai péché*.

— Ce ne sont pas simplement des entailles faites au hasard. Ce sont des croix, des symboles religieux.

— Il en a dessiné aussi sur les murs, dit Kibbie.

Maura se tourna vers lui.

— Y avait-il autre chose sur les murs ? D'autres symboles ?

— Oh, oui ! Tout un tas de trucs bizarres. Croyez-moi, rien qu'en franchissant la porte d'entrée, ça m'a flanqué une de ces trouilles ! Joe Jurevich vous montrera tout ça demain dans la maison.

Il baissa les yeux vers le corps.

— Quant à elle, elle n'a pas grand-chose de plus à nous dire, mis à part qu'on a affaire à un grand, grand malade mental.

Maura referma la housse, cachant les yeux enfoncés dans leurs orbites, les cornées voilées par la mort. Elle ne pratiquerait pas l'autopsie mais elle n'avait pas besoin de son scalpel pour savoir comment cette victime était morte. Elle avait vu la réponse gravée dans sa chair.

Ils repoussèrent la civière dans la chambre froide et ôtèrent leurs gants. Se tenant devant l'évier pour se laver les mains, Kibbie déclara :

— Il y a dix ans, quand je me suis installé dans le comté de Chenango, je pensais avoir trouvé le paradis. De l'air frais, des collines verdoyantes à perte de vue, des habitants qui vous disaient bonjour, qui m'offraient une part de tarte chaque fois que je faisais une visite à domicile...

Il soupira et ferma le robinet.

— On ne peut pas y échapper, pas vrai ? Dans les grandes villes comme dans les hameaux, il y a toujours des maris qui battent leurs femmes, des gamins qui cassent et qui volent. Mais je n'aurais jamais pensé me retrouver face à une horreur pareille. Surtout pas dans un village comme Purity. Vous comprendrez quand vous y serez.

Il tira sur une serviette en papier dans le distributeur et s'essuya les mains.

— C'est loin d'ici ? demanda Jane.

— Entre une heure et demie et deux heures de voiture. Tout dépend si vous voulez risquer votre peau en fonçant à toute allure sur les petites routes de campagne...

— Dans ce cas, on ferait bien d'y aller si on veut trouver un motel.

— Un motel ? s'esclaffa Kibbie. À votre place, je m'arrêterais plutôt à Norwich. Vous ne trouverez pas grand-chose à Purity.

— C'est si petit que ça ?

Il lança sa serviette en papier dans la corbeille.

— Plus petit, encore.

27

Les cloisons de la chambre du motel étaient fines comme du papier. Étendue sur son lit, Maura pouvait entendre Jane parler au téléphone dans la chambre voisine.

Comme ce doit être agréable de pouvoir appeler son mari et de rire tous les deux au téléphone, de pouvoir s'embrasser en public, de s'enlacer sans avoir à vérifier d'abord que personne ne vous regarde.

Son propre appel à Daniel avait été bref et furtif. Il y avait des gens parlant en fond sonore, d'autres dans la pièce qui pouvaient l'entendre, d'où le ton, si réservé. Serait-ce toujours ainsi ? Leurs vies privées et publiques totalement séparées, sans jamais s'entrecroiser ? C'était là le vrai prix du péché. Pas les feux de l'enfer, ni la damnation, mais le chagrin.

Dans la chambre d'à côté, Jane raccrocha. Quelques instants plus tard, elle alluma la télé et Maura l'entendit ouvrir la douche. Seul un mur les séparait, mais la barrière entre elles était bien plus robuste que le bois et le plâtre. Elles avaient à peine échangé un mot depuis Binghamton et, à présent, le son du téléviseur de Jane l'agaçait de plus en plus. Elle se plaqua un oreiller sur le visage pour étouffer le bruit mais cela ne faisait pas taire les murmures de doute dans sa tête. Même quand le silence se fit dans la chambre de Jane, Maura resta éveillée, écoutant les minutes, puis les heures s'écouler.

Le lendemain matin, elle sortit du lit avant sept heures, épuisée par sa nuit blanche, et alla regarder par la fenêtre. Le ciel était d'un gris oppressant. Il avait neigé pendant la nuit, les voitures sur le parking étaient recouvertes d'un voile blanc. Elle avait envie de rentrer chez elle. Que le connard qui avait écrit sur sa porte aille au diable. Elle voulait le confort de son propre lit, de sa propre cuisine. Hélas, une longue journée l'attendait, une journée de lourds silences et de leçons de morale de la part de Jane.

Serre les dents et tout ira bien.

Il lui fallut deux tasses de café avant de se sentir d'attaque. Après avoir avalé le morceau de fromage rance fourni avec le petit déjeuner du motel, elle saisit son sac et marcha jusqu'à la voiture où Jane l'attendait déjà, le moteur tournant. Elle lui annonça :

— Jurevich nous retrouve à la maison du crime.

— Tu sais comment y aller ?

— Il m'a expliqué comment faire.

Jane la regarda en fronçant les sourcils.

— Dis donc, tu n'as pas l'air fraîche.

— Je n'ai pas bien dormi.

— Les matelas ne sont pas terribles, hein ?

— Entre autres choses.

Maura balança son sac sur la banquette arrière et referma sa portière. Elles restèrent assises en silence quelques instants, le chauffage leur soufflant sur les genoux.

— Tu es encore en rogne contre moi, dit enfin Jane.

— Je ne suis pas d'humeur très bavarde ce matin.

— Écoute, j'essaie juste d'être une amie. Quand je vois la vie d'une copine qui part en vrille, je trouve qu'il est de mon devoir de le lui dire.

— Oui, et je t'ai parfaitement entendue.

Maura accrocha sa ceinture.

— On peut y aller, maintenant ?

Elles sortirent de Norwich et prirent la direction du nord-ouest. La neige fraîche rendait les routes glissantes. Le ciel de plomb laissait présager qu'il neigerait encore pendant la journée et le paysage que Maura voyait de sa fenêtre n'était qu'un patchwork de gris. Le mauvais fromage formait une boule de ciment dans son estomac. Elle s'enfonça dans son siège et ferma les yeux pour lutter contre la nausée.

Elle se réveilla en sursaut d'un somme qui lui avait paru durer à peine quelques instants pour découvrir qu'elles étaient à présent en train de monter laborieusement une pente non déblayée. Les pneus patinaient dans la neige. Elles se trouvaient au milieu d'une forêt dense et le ciel semblait encore s'être obscurci.

— On est loin de Purity ?

— On vient juste de traverser le village. Rassure-toi, tu n'as rien perdu.

— Tu es sûre qu'on est sur la bonne route ?

— J'ai suivi ce qu'il m'a dit.

— Jane, on va s'embourber…

— J'ai quatre roues motrices. Au pire, on peut toujours appeler un dépanneur.

Maura sortit son portable.

— Pas de réseau. Il vaudrait mieux éviter d'en arriver là !

— Regarde, ça doit être ici.

Jane pointa le doigt vers le panneau d'une agence immobilière à moitié enfoui sous la neige.

— La maison est à vendre, tu te souviens ?

Elle appuya sur l'accélérateur et la voiture dérapa, puis les pneus adhérèrent enfin et elles bondirent en avant. Vers le haut de la colline, les arbres se clair-semèrent, laissant voir la maison perchée au sommet.

Jane s'arrêta dans l'allée et contempla l'imposante maison victorienne qui les surplombait.

— La vache ! Tu parles d'une baraque !

Le ruban jaune de la police accroché à la balustrade d'une grande véranda claquait au vent. Les bardeaux avaient sérieusement besoin d'un coup de peinture, mais les signes d'abandon ne pouvaient cacher le fait que cela avait été une belle maison, avec une vue imprenable. Elles descendirent de voiture et gravirent les marches de la véranda en plissant les yeux pour se protéger de la piqûre des cristaux de neige. Maura regarda par une fenêtre, ne distingua que les formes spectrales de meubles recouverts de draps blancs.

— La porte est verrouillée, constata Jane.

— À quelle heure nous a-t-il donné rendez-vous ?

— Il y a un quart d'heure.

Maura exhala un nuage blanc.

— Le vent est glacial. Il va nous faire poireauter longtemps ?

— Je vais voir si je peux capter un réseau.

Elle regarda son portable.

— Une barre... ça devrait suffire.

— Je vais attendre dans la voiture, annonça Maura.

Elle descendit les marches et allait ouvrir sa portière quand elle entendit Jane, derrière elle :

— Le voilà !

En se retournant, elle vit une Jeep Cherokee rouge s'approcher. Juste derrière elle suivait une Mercedes noire. Le 4 × 4 se gara près de la Subaru de Jane. L'homme qui en descendit avait les cheveux en brosse et était équipé pour le temps : grosse doudoune et lourdes bottes. Il tendit sa main gantée à Maura. Il avait un visage sérieux et des yeux gris glaçants.

— Inspecteur Rizzoli ?

— Non, je suis le Dr Isles. Vous devez être l'inspecteur Jurevich ?

Il acquiesça.

— Je travaille pour le bureau du shérif du comté de Chenango.

Il lança un regard vers Jane qui venait à sa rencontre.

— C'est vous, Rizzoli ?

— Oui. On est arrivées il y a quelques minutes…

Elle aperçut soudain l'homme qui venait de descendre de la Mercedes et se figea.

— Qu'est-ce qu'il fait ici, celui-là ?

— Il nous avait prévenus que ça ne vous plairait pas, dit Jurevich.

Anthony Sansone marcha vers eux, son manteau noir claquant au vent. Il salua Jane d'un bref signe de tête qui signifiait qu'il savait ce qui sautait aux yeux : elle ne voulait pas de lui ici. Puis il se tourna vers Maura.

— Vous avez vu le corps ?

— Oui, hier soir.

— Vous pensez que nous avons affaire au même tueur ?

— « Nous » ? s'exclama Jane. J'ignorais que vous travailliez pour les forces de l'ordre, monsieur Sansone.

Imperturbable, il lui répondit :

— Je ne me mettrai pas dans vos pattes.

— Cette maison fait l'objet d'une enquête policière. Vous n'avez rien à faire ici.

— Le comté de Chenango ne fait pas partie de votre juridiction. Il me semble que c'est à l'inspecteur Jurevich d'en décider.

Jane se tourna vers Jurevich.

— Vous allez l'autoriser à entrer ?

Il haussa les épaules.

— Notre équipe scientifique a déjà passé la maison au crible. Je ne vois pas pourquoi il ne pourrait pas visiter les lieux avec nous.

— Je vois, c'est une visite de groupe, en quelque sorte.

— Le shérif a donné son autorisation, sur demande spéciale.

— La demande de qui ?

Jurevich lança un regard à Sansone, toujours aussi imperturbable.

— Nous perdons notre temps, déclara Sansone. Je suis sûr que nous préférerions tous nous abriter de ce vent.

— Alors, inspecteur ? insista Jane.

Jurevich, visiblement agacé de se retrouver coincé entre deux feux, rétorqua :

— Si vous avez des objections, présentez-les au Département de la Justice. À présent, je suggère qu'on rentre tous à l'intérieur avant d'être congelés.

Il gravit les marches de la véranda, Sansone sur ses talons.

Jane les regarda puis chuchota à Maura :

— Je savais qu'il avait le bras long mais là, quand même !

— Tu n'as qu'à lui demander directement qui sont ses appuis, répondit Maura.

Jurevich avait déjà ouvert la porte et elle suivit les deux hommes à l'intérieur. Il n'y faisait guère plus chaud mais, au moins, ils étaient à l'abri du vent. Jane entra derrière elle et referma la porte. Après la lumière aveuglante de la neige, il fallut quelques instants à Maura avant que sa vue s'accoutume à la pénombre. Une porte donnait sur un petit salon. Elle vit des meubles recouverts de draps et l'éclat terne d'un parquet. Une lumière pâle filtrait par les fenêtres, baignant la pièce de tons gris.

Jurevich pointa un index vers le pied de l'escalier.

— On ne les voit pas à l'œil nu, mais le Luminol a révélé tout un tas de traces de sang sur ces marches et dans le vestibule. Apparemment, le tueur a essuyé derrière lui avant de partir, ce qui fait que les empreintes sont pratiquement indéchiffrables.

— Vous avez passé toute la maison au Luminol ? demanda Jane.

— Au Luminol, aux UV, au minicrimescope. On a vérifié toutes les pièces. Cette porte donne sur la cuisine et la salle à manger. Il y a aussi un bureau de l'autre côté du salon. En dehors des traces ici dans le vestibule, on n'a rien trouvé d'intéressant au rez-de-chaussée.

Il indiqua l'escalier d'un signe de tête.

— C'est là-haut que tout s'est passé.

— Vous avez dit que la maison était inhabitée, dit Sansone. Comment le tueur est-il entré ? Y avait-il des traces d'effraction ?

— Non, aucune. Les fenêtres étaient solidement fermées. Et la femme de l'agence immobilière jure avoir toujours bien verrouillé la porte en sortant, après chaque visite.

— Qui possède une clef ?

— Elle. Elle affirme qu'elle ne quitte jamais le tiroir de son bureau.

— De quand date la serrure ?

— Oh là ! Vous m'en demandez, des choses ! Je dirais… une vingtaine d'années.

— Je suppose que la propriétaire a une clef, elle aussi.

307

— Elle n'a pas remis les pieds à Purity depuis des années. J'ai entendu dire qu'elle vivait quelque part en Europe. On n'a pas pu la localiser.

Jurevich indiqua les meubles sous les draps.

— Tout est recouvert d'une épaisse couche de poussière. On voit tout de suite que personne ne vit ici depuis un bail. Quel gâchis ! Une maison aussi solidement bâtie est conçue pour durer des siècles et pas pour rester là à pourrir toute seule. Un gardien passe une fois par mois pour vérifier que tout est en ordre. C'est comme ça qu'il a découvert le corps. Il a vu la voiture de location de Sarah Parmley garée devant la maison et a constaté que la porte d'entrée n'était pas fermée à clef.

Jane demanda :

— Vous avez fait des recherches sur ce gardien ?

— Ce n'est pas un suspect.

— Pourquoi ?

— Primo, il a soixante et onze ans. Deuzio, il est sorti de l'hôpital il y a trois semaines. Opération de la prostate.

Il lança un regard à Sansone.

— Voilà ce qui nous attend tous, nous les hommes.

Sansone déclara :

— Nous avons donc déjà plusieurs questions sans réponses : qui a ouvert la porte d'entrée ? Et qu'est-ce que la victime est venue faire ici ?

— La maison est en vente, lui rappela Maura. Elle a peut-être vu le panneau de l'agence immobilière. Ou elle aurait pu venir jeter un coup d'œil par curiosité.

— Tout ça, ce ne sont que des hypothèses, dit Jurevich. On en a discuté et rediscuté... mais on n'a toujours aucune idée de ce qu'elle fichait ici.

— Parlez-nous de Sarah Parmley, demanda Sansone.

— Elle a grandi à Purity. Elle a fait son lycée ici mais, comme pour la plupart des gosses, il n'y avait rien dans le coin pour la retenir. Alors elle est partie s'installer en Californie, où elle est restée. Elle n'est revenue en ville qu'à cause de la mort de sa tante.

— Comment est-elle morte, cette tante ? demanda Sansone.

— Oh, un banal accident. Elle s'est brisé le cou en tombant dans les escaliers. Sarah est revenue pour l'enterrement. Elle a pris une chambre dans un motel du coin et a rendu sa clef le lendemain de la cérémonie. C'est la dernière fois qu'elle a été vue… jusqu'à samedi dernier, quand le gardien a trouvé sa voiture devant la maison.

Il leva le nez vers l'étage supérieur.

— Je vais vous montrer la chambre.

Il passa le premier. Au milieu de l'escalier, il s'arrêta et leur montra le mur.

— C'est la première qu'on a remarquée. Cette croix, là. C'est le même symbole qu'il a tailladé sur tout le corps. On dirait qu'il l'a tracée avec une sorte de craie rouge.

Maura contempla le dessin, sentant ses doigts se glacer dans ses gants.

— Cette croix est à l'envers.

— Il y en a d'autres là-haut. Beaucoup d'autres.

À mesure qu'ils montaient vers le palier du premier, d'autres croix apparurent. Les premières étaient simplement éparpillées d'une manière aléatoire mais, plus ils montaient, plus elles se regroupaient telle une infestation furieuse, se massant dans le couloir et grouillant en direction d'une porte.

— Là, ça se corse, annonça Jurevich.

Son avertissement fit hésiter Maura. Même après que les autres furent entrés dans la pièce, elle s'attarda

309

sur le seuil, se préparant à ce qui l'attendait de l'autre côté.

Puis elle franchit la porte et pénétra dans la chambre des horreurs.

Ce ne fut pas la mare de sang séché sur le sol qui retint son attention mais les empreintes de main recouvrant tous les murs, comme si une multitude d'âmes perdues avaient laissé leur souvenir sanglant en passant par cette pièce.

— Toutes ces empreintes ont été laissées par la même main, expliqua Jurevich. Les sillons palmaires et digitaux sont identiques. Je ne pense pas que notre tueur ait été assez idiot pour utiliser sa propre main.

Il lança un regard à Jane.

— Je suis prêt à parier que toutes ces traces ont été faites avec la main de Sarah Parmley, celle que vous avez trouvée à Boston.

— Bon sang, marmonna Jane. Il l'a utilisée comme un tampon encreur.

Avec du sang en guise d'encre, ajouta Maura en elle-même.

Son regard errait sur les murs. Combien d'heures l'assassin avait-il passées dans cette pièce, trempant la main dans la mare de sang, la pressant contre le mur tel un enfant jouant avec un pochoir ?

Puis son attention fut attirée par des mots écrits sur le mur le plus proche. Ils étaient à moitié cachés par des empreintes de main les chevauchant. C'était du latin, trois mots répétés, encore et encore. Elle suivit le texte qui faisait le tour de la pièce dans une ligne ininterrompue, tel un serpent resserrant ses anneaux autour d'eux.

Abyssus abyssum invocat Abyssus abyssum invocat Abyssus abyssum invocat Abyssus abyssum invocat...

Quand elle en comprit enfin le sens, elle eut un mouvement de recul, sentant son sang se glacer. Sansone murmura :

— « L'enfer appelle l'enfer. »

Elle ne l'avait pas entendu approcher derrière elle.

— C'est ça que ça veut dire ? demanda Jane.

— C'est le sens littéral. Il y en a un autre.

— « L'enfer appelle l'enfer » me paraît déjà assez menaçant...

— « *Abyssus abyssum invocat* » est une expression qui remonte à au moins un millier d'années. Elle veut dire : « Une mauvaise action en entraîne une autre. »

— Il nous dit que ce n'est que le début, déclara Maura. Il ne fait que commencer.

Sansone indiqua un endroit du mur où un groupe de croix étaient amassées comme un essaim de guêpes, prêtes à attaquer.

— Toutes ces croix inversées visent à railler le christianisme. Elles indiquent un rejet de l'Église.

— Ouais, on nous a dit que c'était un symbole satanique, fit Jurevich.

Maura inspecta de plus près les filets de sang qui avaient dégouliné sur les murs, masquant en partie la ligne de latin. Elle déchiffra les éclaboussures, décela les arcs de gouttes projetées par un jet artériel.

— Ces croix et ces mots ont été tracés en premier. Avant de la tuer, de lui trancher la gorge, il a pris le temps de décorer la pièce.

Jurevich demanda :

— La question, c'est de savoir s'il les a écrits pendant qu'elle était étendue là, attendant de mourir. Ou est-ce que la chambre était déjà préparée avant l'arrivée de la victime ?

— Il l'aurait ensuite attirée ici ?

Jurevich indiqua la mare de sang séché sur le parquet.

— Tout indique qu'il a préparé son coup. Vous voyez ces clous, là ? Il est venu équipé d'un marteau et d'une corde en nylon. C'est comme ça qu'il l'a immobilisée. Il lui a attaché les poignets et les chevilles et a cloué les nœuds au parquet. Une fois qu'elle était maîtrisée, il pouvait prendre tout son temps.

Maura songea à ce qui avait été gravé dans la chair de Sarah Parmley. Puis elle regarda les mêmes symboles dessinés sur les murs à l'ocre rouge. Un crucifix renversé. La croix de Lucifer.

— Mais comment l'a-t-il attirée ici ? demanda Sansone. Qu'est-ce qui a pu la convaincre de venir dans cette maison ?

— Nous savons qu'elle a reçu un appel dans sa chambre de motel, indiqua Jurevich. C'était le jour de son départ. La réceptionniste l'a transféré dans sa chambre.

— Vous ne nous aviez pas parlé de ça, observa Jane.

— Parce qu'on n'est pas sûrs qu'il y ait un rapport. Sarah Parmley a grandi dans cette ville. Elle connaissait probablement un tas de monde ici, plein de gens qui auraient pu l'appeler après l'enterrement de sa tante.

— C'était un appel local ?

— Depuis la cabine d'une station-service à Binghamton.

— C'est à quatre heures de route.

— Oui, c'est une des raisons pour lesquelles on a écarté l'hypothèse que l'appel ait pu venir du tueur.

— Il y a autre chose ?

— La personne qui a appelé était une femme.

— La réceptionniste du motel en est sûre ? C'était il y a deux semaines…

— Elle est catégorique. On l'a interrogée plusieurs fois.

— Le mal n'a pas de sexe, observa Sansone.

Jane indiqua du menton les empreintes sanglantes sur le mur.

— Vous croyez vraiment qu'une femme aurait pu faire ça ?

— Je serais vous, je ne rejetterais pas d'emblée la possibilité d'une tueuse, répondit Sansone. N'oubliez pas que nous n'avons aucune empreinte de pas utilisable.

— Je ne rejette rien, je prends en compte les probabilités.

— Ce ne sont que ça, des probabilités.

— Dites, vous avez traqué combien d'assassins jusqu'à maintenant ? s'échauffa Jane.

— La réponse vous surprendrait, inspecteur.

Maura se tourna vers Jurevich.

— Le tueur a dû passer des heures dans cette maison. Il a probablement laissé des cheveux, des fibres…

— Notre équipe scientifique a passé toutes les pièces au minicrimescope.

— Ne me dites pas qu'ils n'ont rien trouvé du tout !

— Oh, pour ça, ils en ont trouvé, des choses ! Cette vieille maison a été habitée par différentes personnes au cours des soixante-dix dernières années. Nous avons relevé des poils et des fibres dans toutes les pièces. Nous avons également trouvé quelque chose de surprenant. Laissez-moi vous montrer le reste de la maison.

Ils retournèrent dans le couloir et Jurevich leur indiqua une porte.

— Là, il y a une autre chambre. Beaucoup de poussière, quelques poils de chat mais, sinon, rien de bien intéressant.

Il reprit sa marche, passa devant une autre chambre et une salle de bains avec un carrelage noir et blanc, les rejetant d'un geste vague de la main, puis il s'arrêta devant la dernière porte.

— Cette pièce, par contre, s'est révélée très intéressante.

Maura perçut la note sinistre dans sa voix mais, en entrant dans la chambre, elle ne remarqua rien de particulier, juste un espace vide aux murs nus. Le parquet y était en meilleur état que dans le reste de la maison, ses lattes ayant été récemment revernies. Les deux fenêtres sans rideaux donnaient sur le versant boisé qui descendait jusqu'au lac gelé.

— Qu'est-ce que cette chambre a de si passionnant ? demanda Jane.

— Ce qu'on a trouvé sur le sol.

— Je ne vois rien.

— C'est apparu quand on a vaporisé le plancher au Luminol. L'équipe scientifique l'a fait dans toute la maison pour voir si notre tueur avait laissé des traces de sang. On a trouvé des empreintes de pas dans le couloir, l'escalier et le vestibule, toutes invisibles à l'œil nu. C'est comme ça qu'on sait qu'il a cherché à effacer ses traces en sortant. Mais on ne peut pas vraiment cacher le sang. Au contact du Luminol, il devient luminescent.

Il indiqua le plancher avant de conclure :

— Ici, ça a été un vrai feu d'artifice.

— Encore des empreintes de semelles ? demanda Jane.

— Pas seulement. On aurait dit qu'une vague de sang avait déferlé dans la pièce, éclaboussant les murs.

Il y en avait dans toutes les fentes entre les lattes du plancher. Sur ce mur-là, il y avait de grandes traînées, là où quelqu'un avait essayé de le laver. Même si vous ne voyez rien en ce moment, il y en a partout. Quand on s'est tenus là dans le noir et que toute la pièce s'est mise à luire, c'était flippant, croyez-moi. Puis on a rallumé la lumière et il n'y avait plus rien, comme en ce moment. Pas une goutte. Aucune trace de sang visible à l'œil nu.

Sansone scrutait les murs comme s'il essayait de distinguer ces effroyables échos de la mort. Puis il baissa les yeux vers le plancher lisse et ses lattes poncées.

— Ça ne peut pas être du sang frais. Il s'est passé quelque chose d'autre dans cette maison.

Maura songea au panneau « À VENDRE » à demi enfoui dans la neige, aux bardeaux défraîchis, à la peinture écaillée. Pourquoi une si belle maison était-elle à l'abandon ?

— C'est pour ça que personne ne veut l'acheter, déclara-t-elle.

Jurevich acquiesça.

— Ça s'est passé il y a une douzaine d'années, juste avant que je m'installe dans la région. Je ne l'ai su que récemment, parce que la femme de l'agence immobilière me l'a raconté. Elle préférerait que ça ne se sache pas, vu que la maison est sur le marché. Mais c'est le genre de détail que tout acheteur potentiel est en droit de connaître. Et ils détalent tous dès qu'ils l'apprennent.

Maura se pencha vers le plancher, observant les jointures et les fissures qui cachaient le sang qu'elle ne pouvait pas voir.

— Qui est mort ici ?

— Dans cette chambre, c'était un suicide. Mais quand on pense à tout ce qui s'est passé d'autre ici, c'est à croire que c'est toute la maison qui porte la poisse.

— Il y a eu d'autres morts ?

— À l'époque, une famille vivait ici. Un médecin, sa femme et leurs deux enfants, une fille et un garçon. Plus un neveu, qu'ils hébergeaient pour l'été. D'après ce que tout le monde raconte, les Saul étaient des gens bien. Une famille unie, des quantités d'amis.

Il ne faut pas se fier aux apparences, pensa Maura. *Rien n'est jamais ce qu'il paraît être.*

— Leur fils de onze ans est parti le premier. Un accident idiot. Un jour, le gamin est descendu pêcher dans le lac et il n'est jamais remonté. Il a dû tomber dans l'eau et paniquer. Ils ont retrouvé son corps le lendemain. À partir de là, la série noire n'a fait que continuer. Une semaine plus tard, la mère a dévalé l'escalier et s'est brisé la nuque. Elle était sous calmants et a dû perdre l'équilibre.

— C'est une coïncidence intéressante, observa Sansone.

— Comment ça ?

— La tante de Sarah n'est pas morte de la même manière ? Une chute dans l'escalier ? Le cou brisé ?

Jurevich parut réfléchir.

— C'est vrai, ça. Je n'y avais pas pensé. C'est une drôle de coïncidence, hein ?

— Et le suicide ? lui rappela Jane.

— Ah oui ! Ça, c'était le mari. D'abord son fils se noie, puis sa femme tombe dans l'escalier... Deux jours plus tard, il sort son flingue, s'assoit sur le bord du lit et se fait exploser la cervelle.

Il montra le plancher.

316

— C'est son sang sur le sol. Vous vous imaginez...
toute une famille décimée en quelques semaines.

— Qu'est-il arrivé à la fille ? demanda Jane.

— Elle a emménagé chez des amis, a terminé le
lycée un an plus tard puis a quitté la ville.

— C'est à elle qu'appartient la maison ?

— Oui, elle est encore à son nom. Depuis toutes
ces années, elle essaie de s'en débarrasser. L'agence
immobilière a dit qu'il y avait eu quelques personnes
intéressées, mais, dès qu'elles apprennent ce qui s'est
passé, elles partent en courant. Vous vivriez ici, vous ?
Faudrait me payer cher. Cet endroit porte la poisse,
je vous dis. On le sent dès qu'on franchit la porte
d'entrée.

Maura balaya la pièce du regard et réprima un frisson.

— Si je croyais aux maisons hantées, je dirais que
celle-ci en est une.

— *Abyssus abyssum invocat*, murmura Sansone. À
présent, ça prend un tout nouveau sens.

Ils se tournèrent tous vers lui.

— Pardon ? fit Jurevich.

— C'est pour ça qu'il est venu la tuer ici. Il
connaissait l'histoire de la maison. C'est ça qui l'a
attiré. On peut l'appeler le portail d'une autre dimen-
sion, ou un vortex. Il existe des lieux noirs dans le
monde, des endroits néfastes qu'on ne peut que qua-
lifier de maudits.

Jane se mit à ricaner.

— Vous y croyez vraiment ?

— Là n'est pas la question. Si notre tueur y croit,
lui, il a choisi cette maison parce qu'elle l'a appelé.
« L'enfer appelle l'enfer »...

— Arrêtez ! gémit Jurevich. Vous me faites froid
dans le dos.

Il regarda les murs nus autour de lui et frissonna.

— Vous savez ce que je pense ? Ils devraient la brûler, cette baraque. Personne de sensé ne l'achètera jamais.

— Vous avez dit que c'était un médecin et sa famille qui habitaient ici ? demanda Jane.

— Oui, les Saul.

— Et ils avaient un neveu avec eux, cet été-là ?

Jurevich hocha la tête.

— Un gamin de quinze ans.

— Qu'est-il devenu après les tragédies ?

— D'après la femme de l'agence, il a quitté Purity peu après. Sa mère est venue le chercher.

— Vous ne savez rien d'autre sur lui ?

— N'oubliez pas que ça fait une douzaine d'années. Personne ne le connaissait bien. Il n'est resté ici qu'un été.

Jurevich marqua une pause.

— Je sais ce que vous pensez. Aujourd'hui, le gamin doit avoir dans les vingt-sept ans. Il sait probablement ce qui s'est passé ici.

— Il pourrait également avoir une clef de la porte d'entrée, dit Jane. Comment pouvons-nous en apprendre davantage sur lui ?

— Par sa cousine, probablement. La propriétaire de la maison, Lily Saul.

— Mais vous ne savez pas où la trouver, elle non plus.

— La femme de l'agence continue de chercher.

— J'aimerais voir les rapports de police sur la famille Saul, déclara Jane. Je suppose que toutes ces morts ont fait l'objet d'une enquête ?

— Je vais appeler mon bureau pour qu'il vous fasse des copies de tous les dossiers. Vous pourrez passer les prendre en repartant. Vous rentrez à Boston ce soir ?

— On pensait reprendre la route après le déjeuner.

— Dans ce cas, je vais m'arranger pour qu'ils soient prêts le plus tôt possible. Je vous conseille le Roxanne's Café, ils font d'excellents club-sandwichs à la dinde. En plus, c'est juste en face du bureau.

— Ça vous laissera assez de temps pour tout photocopier ?

— Il n'y a pas grand-chose dans ces dossiers, mis à part les rapports d'autopsie et le compte rendu du shérif. Dans les trois cas, le comment et le pourquoi de leur mort étaient assez clairs.

Sansone se tenait devant la fenêtre, regardant à l'extérieur. Il se tourna brusquement vers Jurevich.

— Comment s'appelle le journal local ?

— Tout le comté de Chenango est couvert par l'*Evening Sun*. Le bureau se trouve à Norwich.

Il regarda sa montre avant d'ajouter :

— Je n'ai plus rien d'autre à vous montrer ici.

De retour à l'extérieur, ils attendirent dans le vent mordant pendant que Jurevich verrouillait la porte d'entrée. Il la secoua vigoureusement pour s'assurer qu'elle était bien fermée, puis il remonta la fermeture Éclair de sa doudoune et enfila ses gants.

— Si on avance de notre côté, je vous passe un coup de fil, déclara-t-il à Jane. Mais j'ai comme l'impression que c'est chez vous que ça va se jouer, désormais. Notre tueur a changé de terrain de jeux.

28

Jane agita sa frite sous le nez de Maura.

— Il débarque dans sa bagnole de luxe et se fait tranquillement inviter sur la scène de crime. D'où il sort, ce Sansone ? Qui connaît-il au Département de la Justice ? Même Gabriel n'a rien pu trouver.

— Ils ont sûrement une bonne raison de lui faire confiance.

— Ouais, c'est ça.

Jane engouffra sa frite et en saisit une autre, son agitation lui donnant de l'appétit. En quelques minutes, elle avait englouti un énorme club-sandwich. Elle trempa ses dernières frites dans une mare de ketchup.

— Faire confiance à un millionnaire qui s'amuse à jouer les justiciers ?

— Un *multi*millionnaire.

— Il se prend pour qui ? C'est un richard qui s'ennuie et qui trouve excitant de jouer à l'inspecteur Harry, sauf qu'il ne veut surtout pas se salir les mains. Il ne veut pas s'emmerder à faire des rondes ou à taper des rapports de police. Il préfère se pointer dans sa Mercedes et nous expliquer notre métier, à nous autres pauvres idiots. Tu crois que je n'en connais pas, des mecs comme ça ? Tout le monde se croit plus malin que la police !

— Je ne pense pas que ce soit un simple amateur, Jane. Il mérite qu'on l'écoute.

— Ben voyons. Un ex-professeur d'histoire.

Jane vida son café d'un trait puis se retourna, cherchant la serveuse du regard dans le café bondé.

— Hé, mademoiselle ? Je voudrais bien encore du café, s'il vous…

Elle s'interrompit, puis glissa à Maura :

— Regarde donc qui vient d'entrer.

— Qui ça ?

— Plein-aux-As en personne.

Maura se tourna vers la porte, étirant le cou pour voir par-dessus le comptoir et la rangée d'hommes coiffés de casquettes de base-ball penchés au-dessus de leurs hamburgers. Elle aperçut Sansone au moment même où il la repérait. Quand il traversa la salle, une dizaine de têtes le suivirent des yeux, leurs propriétaires apparemment intrigués par ce personnage aux cheveux argentés qui marchait d'un pas si sûr vers les deux femmes attablées dans le fond.

— Content de voir que vous êtes encore en ville, dit-il. Je peux me joindre à vous ?

— On allait justement partir, répliqua Jane.

Elle sortit son portefeuille avec ostentation, oubliant son café.

— Je n'en ai que pour une minute, inspecteur. À moins que vous ne préfériez que je vous envoie ça par la poste ?

Maura baissa les yeux vers la liasse de papiers qu'il tenait à la main.

— Qu'est-ce que c'est ?

— Des archives de l'*Evening Sun*.

Il les déposa entre elles sur la table.

Maura se glissa de côté sur la banquette pour lui faire de la place. Elle se retrouva coincée contre le mur, se sentant piégée par cet homme dont la présence semblait dominer le petit espace.

— Leurs archives ne sont numérisées que depuis cinq ans. J'ai dû faire des photocopies à partir de vieux volumes reliés, si bien que les reproductions ne sont pas aussi bonnes que je l'aurais souhaité, mais toute l'histoire y est.

Maura regarda la première page. C'était la une de l'*Evening Sun* en date du 11 août, douze ans plus tôt. Elle repéra aussitôt l'article en haut à gauche.

LE CORPS DU GARÇON DISPARU REPÊCHÉ DANS LE LAC PAYSON

Une photo montrait un gamin souriant à la mine espiègle, serrant dans ses bras un chat tigré. La légende disait : « Teddy Saul venait de fêter ses onze ans. »

— Sa sœur Lily est la dernière personne à l'avoir vu vivant, déclara Sansone. C'est également elle qui a aperçu son corps flottant sur le lac, le lendemain. Selon l'article, ce qui a surpris tout le monde c'est que l'enfant était un excellent nageur. Il y a un autre détail intéressant...

Maura releva les yeux.

— Lequel ?

— Il était prétendument descendu pêcher. Mais sa boîte d'appâts et sa canne ont été retrouvées à une bonne vingtaine de mètres de la berge.

Maura tendit la photocopie à Jane et lut la page suivante, datée du 18 août. Une semaine après qu'on avait retrouvé le corps du petit Teddy, une nouvelle tragédie s'abattait sur la famille Saul.

LA MORT DE LA MÈRE DE L'ENFANT NOYÉ TRÈS PROBABLEMENT ACCIDENTELLE

Une autre photo accompagnait l'article, ainsi qu'une autre légende déchirante. Amy Saul était présentée en des temps plus heureux, souriant à l'objectif avec un bébé dans les bras. Le même enfant, Teddy, qu'elle perdrait onze ans plus tard dans les eaux du lac Payson.

Maura lut à voix haute :

— « Elle a été trouvée au pied de l'escalier... »

Elle releva les yeux vers Jane.

— « ... par sa fille, Lily. »

— Encore ? C'est la fille qui les a trouvés tous les deux ?

Jane lui prit la photocopie.

— Ça fait beaucoup de chocs pour une seule gamine.

— N'oublie pas qu'il y a deux semaines c'est une voix féminine qui a demandé la chambre de Sarah Parmley.

Sansone intervint :

— Avant que vous n'en tiriez des conclusions hâtives, je vous précise que ce n'est pas la fille qui a découvert son père, mais son cousin. C'est la seule fois que le nom de Dominic Saul apparaît dans ces articles.

Maura saisit la troisième page et vit la photo d'un homme souriant. Légendée ainsi : « Terrassé par la mort de son fils et de son épouse. » Elle releva les yeux.

— On a une photo de Dominic ?

— Non, mais il est mentionné dans l'article comme étant celui qui a trouvé le corps de son oncle. C'est également lui qui a prévenu la police.

— Et la fille ? demanda Jane. Où était-elle quand c'est arrivé ?

— On ne le dit pas.

— Je présume que la police a vérifié son alibi.

— Sans doute.

— Pour ma part, je ne présume de rien.

— Espérons que cette information figure dans les dossiers de la police, dit Sansone. En tout cas, vous ne l'obtiendrez pas de l'enquêteur lui-même.

— Pourquoi ça ?

— Il est mort l'année dernière d'une crise cardiaque. J'ai trouvé sa notice nécrologique dans les archives du journal. Donc, tout ce dont on dispose, c'est ce qui figure dans les dossiers. Cela dit, il faut se remettre dans le contexte. Vous êtes un flic du coin, confronté à une adolescente qui vient de perdre son frère, sa mère, puis son père. Elle est sans doute en état de choc, voire hystérique. Vous allez la harceler de questions pour savoir ce qu'elle faisait quand son père est mort alors que cela a tout l'air d'un suicide ?

— C'est mon boulot de poser des questions, répondit Jane. Moi, je l'aurais fait.

Pour ça, on peut te faire confiance, pensa Maura en lançant un regard à sa mine inflexible.

Elle se souvint de l'interrogatoire implacable auquel elle avait été soumise la veille puis elle baissa les yeux vers la photo du Dr Peter Saul.

— Il n'y a pas de photo de Lily. On ne sait pas à quoi elle ressemble, elle non plus.

— En fait, si, il y en a une, dit Sansone. Je crois que vous allez la trouver très intéressante...

Il prit la page suivante et leur montra un article.

LE COMTÉ REND HOMMAGE
AU DOCTEUR SAUL

Des amis, des collègues et même des inconnus se sont rassemblés hier après-midi au cimetière

d'Ashland pour un dernier adieu au Dr Peter Saul.
Ce dernier a mis fin à ses jours dimanche dernier.
C'était la troisième tragédie à s'abattre sur la
famille Saul au cours des deux dernières semaines.

Sansone pointa le doigt vers la photo qui accompagnait l'article.

— La voilà. Lily Saul.

Le visage de la fille était en partie caché par les deux autres personnes qui l'encadraient. Maura ne pouvait voir que le profil d'une tête baissée, voilée par de longs cheveux noirs.

— On ne voit pas grand-chose, observa-t-elle.

— Ce n'est pas la photo que je voulais vous montrer, mais la légende. Lisez les noms des deux filles qui l'accompagnent.

Maura comprit alors pourquoi Sansone avait tenu à leur montrer ces pages. La légende sous la photo de Lily Saul abattue de chagrin allait droit à l'essentiel :

Lily Saul consolée par ses amies Lori-Ann Tucker et Sarah Parmley.

— C'est le lien qui nous manquait, dit Sansone. Trois amies. Deux d'entre elles sont mortes. Il ne reste plus que Lily Saul en vie. Enfin... on ignore si elle est encore en vie. On ne sait même pas où elle se trouve, en fait.

Jane saisit la page et l'examina.

— Peut-être qu'elle ne tient pas à ce qu'on le sache.

— C'est elle que nous devons retrouver, dit Sansone. Elle connaît les réponses.

— Elle pourrait aussi *être* la réponse. On ne sait pratiquement rien sur cette fille. Est-ce qu'elle s'entendait bien avec sa famille ? Est-ce qu'elle a hérité d'un gros magot ?

— Tu plaisantes ! dit Maura.

— Comme nous l'a dit M. Sansone ici présent il n'y a pas longtemps : « Le mal n'a pas de sexe. »

— De là à assassiner sa propre famille…

Jane contempla la photo des trois filles, songeuse.

— Peut-être que ses copines savaient, elles aussi. Douze ans, c'est long pour garder un secret.

Elle lança un regard à sa montre.

— Il faut que je pose quelques questions en ville, que je glane d'autres infos à son sujet. Quelqu'un doit bien savoir où elle est.

— Pendant que vous posez des questions, vous pourriez peut-être vous renseigner sur ça…

Sansone poussa devant elle une autre photocopie. Jane lut : « Un lycéen de South Plymouth obtient le meilleur score du comté aux examens de fin d'études secondaires. »

— Euh… pendant que vous y êtes, vous ne voulez pas non plus que je me renseigne sur les concours de taureaux ?

— Non, je veux parler du petit encart juste dessous, dans la rubrique des faits divers. Je ne l'aurais pas vu moi-même s'il ne s'était pas trouvé sur la même page que l'article sur la noyade de Teddy Saul.

— Celui-ci ? « Grange vandalisée, chèvre disparue » ?

— Lisez-le, vous comprendrez.

Jane lut l'article à voix haute :

— « Eben Bongers, de Purity, a porté plainte auprès de la police après que des vandales se sont introduits dans sa grange dans la nuit de samedi à dimanche. Quatre chèvres se sont échappées, mais seulement trois ont été retrouvées. La grange a été détériorée par des incisions en forme de… de croix »…

Elle s'interrompit et regarda Maura.

— Continuez à lire, lui enjoignit Sansone.

Jane déglutit et poursuivit :

— « Des dégradations similaires ont été constatées dans d'autres bâtiments de la région. Toute personne ayant des informations à ce sujet est priée de contacter le bureau du shérif du comté de Chenango. »

— Le tueur était déjà là il y a douze ans, conclut Sansone. Il vivait dans ce comté. Personne ne s'est rendu compte de ce qui rôdait ici. Personne ne savait ce que la région abritait en son sein.

Il parle comme si ce tueur n'était pas humain, pensa Maura.

Sansone reprit :

— Puis, il y a deux semaines, il revient dans la maison où les Saul habitaient autrefois. Il dessine les mêmes symboles sur les murs, plante des clous dans le plancher. Tout ça pour se préparer à accueillir sa victime.

Il se pencha vers Jane, la regardant dans le blanc des yeux.

— Je ne crois pas que Sarah Parmley a été la première. Il en a tué d'autres avant elle. Vous avez constaté à quel point la scène du crime était élaborée, planifiée, cérémonielle. Il s'agit d'un meurtre bien mûri, commis par quelqu'un qui a mis des mois, des années, pour peaufiner son rituel.

— Nous avons consulté le VICAP[1], à la recherche de meurtres similaires...

— Quels étaient vos paramètres de recherche ?

— Démembrement, symboles sataniques. Quelques cas sont apparus dans d'autres États, mais rien qui corresponde à notre affaire.

---

1. Pour « Violent Criminal Apprehension Program » : programme informatique répertoriant toutes les caractéristiques significatives des crimes violents.

— Alors élargissez le champ de recherche.

— Plus large que ça, ça ne sert à rien. C'est trop général, le filet est trop grand.

— Je voulais dire : élargissez-le à l'international.

— Ça fait un sacré grand filet !

— Pas trop grand pour notre tueur. Regardez tous les indices qu'il nous a laissés. Des inscriptions en latin. Des dessins tracés avec de l'ocre rouge de Chypre. Un coquillage méditerranéen. Il nous a pratiquement annoncé qu'il avait vécu à l'étranger. Et il a probablement tué à l'étranger. Je vous garantis que si vous cherchez dans la base de données d'Interpol vous trouverez d'autres victimes de notre tueur.

— Comment pouvez-vous en être si…

Elle s'interrompit, plissa les yeux.

— Vous le savez déjà, vous avez vérifié.

— Je me suis permis cette liberté. Ce tueur a laissé des traces caractéristiques partout. Il ne craint pas la police. Il est sûr de sa faculté à rester invisible.

Il indiqua les photocopies.

— Il y a douze ans, le tueur vivait ici. Il nourrissait déjà ses fantasmes, traçait déjà ses croix.

Jane se tourna vers Maura.

— Je vais rester ici une nuit de plus. Il faut que j'interroge d'autres gens.

— Moi, je dois rentrer, répondit Maura. Je ne peux pas m'absenter plus longtemps.

— Le Dr Bristol peut bien te remplacer, non ?

— J'ai d'autres questions à régler.

Maura n'apprécia guère le regard que Jane lui lança. *D'autres questions comme Daniel Brophy ?*

— Je rentre à Boston ce soir, annonça Sansone. Je vous ramène ?

29

— L'inspecteur Rizzoli n'avait pas l'air très emballée que vous acceptiez mon offre, glissa Sansone.

— Il y a beaucoup de choses qui l'agacent, ces temps-ci. J'en fais partie.

Maura contemplait les champs drapés d'une pellicule blanche. Les dernières lueurs du jour s'estompaient mais la lune montante faisait luire la neige.

— Oui, j'ai remarqué une tension entre vous.

— Ça se voyait tant que ça ?

— Elle ne dissimule pas grand-chose, n'est-ce pas ?

Il lui lança un regard.

— Vous ne pourriez pas être plus différentes, toutes les deux.

— C'est ce dont je me rends compte chaque jour un peu plus.

— Vous vous connaissez depuis longtemps ?

— Environ deux ans. Depuis que j'ai pris mon poste à Boston.

— Ça a toujours été aussi tendu entre vous ?

— Non, c'est juste que…

Elle s'interrompit.

Jane a enfourché son cheval de bataille : la morale. Pour elle, je n'ai pas le droit d'être humaine. Je n'ai pas le droit d'être amoureuse.

— Ces dernières semaines ont été stressantes, acheva-t-elle enfin.

— Je suis ravi que nous ayons cette occasion de parler en tête à tête parce que ce que je vais vous dire va paraître absurde et elle l'écarterait sans hésiter.

Il lui lança un nouveau regard de biais.

— J'espère que vous serez mieux disposée à m'entendre.

— Parce que vous pensez que je suis moins sceptique qu'elle ?

— Qu'avez-vous pensé de la scène de crime d'aujourd'hui ? Que vous a-t-elle appris sur le tueur ?

— J'y ai vu les preuves d'un esprit sérieusement perturbé.

— C'est une des possibilités.

— Et vous, quelle est votre interprétation ?

— Qu'il y a une vraie intelligence derrière tout cela. Ce n'est pas seulement un cinglé qui prend son pied en torturant des femmes. Notre assassin a un objectif clair et logique.

— Vos démons mythiques, là encore ?

— Je sais que vous n'acceptez pas leur existence. Mais vous avez lu l'article du journal à propos de la grange vandalisée il y a douze ans. Rien ne vous a frappée ?

— Vous voulez dire, en plus des croix gravées sur les murs ?

— La chèvre manquante. Quatre chèvres se sont enfuies de la grange, mais le fermier n'en a retrouvé que trois. Qu'est-il arrivé à la quatrième ?

— Elle s'est peut-être échappée. Elle se sera perdue dans les bois.

— Dans le Lévitique, chapitre seize, on donne un autre nom à Azazel : « le bouc émissaire ». C'est celui qui endosse tous les péchés, tous les maux de l'humanité. Dans la tradition, on désignait un animal qu'on conduisait dans le désert où on l'abandonnait pour qu'il emporte avec lui tous les péchés de l'humanité.

— Nous revoilà avec votre symbole d'Azazel.

— Un dessin de sa tête est apparu sur votre porte, vous ne l'avez quand même pas déjà oublié ?

Certainement pas. Comment pourrais-je oublier qu'un tueur a laissé sa marque sur ma porte ?

— Je sais que vous êtes sceptique, reprit-il. Je sais que vous êtes convaincue qu'il ne s'agit que d'une enquête comme une autre. Qu'elle vous mènera à un pauvre type ordinaire qui vit seul dans son coin. Un autre Jeffrey Dahmer, ou un autre Fils de Sam. Peut-être que cet assassin entend des voix, ou encore qu'il a lu un peu trop souvent la *Bible satanique* d'Anton LaVey et l'a prise au pied de la lettre. Mais essayez d'envisager une autre possibilité, beaucoup plus terrifiante... que les Nephilim, les Vigilants, existent réellement. Qu'ils ont toujours existé et vivent encore parmi nous.

— Les enfants des anges déchus ?

— Ce n'est là que l'interprétation biblique.

— Tout, dans vos histoires, est biblique. Et vous savez que je ne suis pas croyante.

— Il n'y a pas que dans l'Ancien Testament qu'on parle de ces créatures. Elles apparaissent également dans les mythes de cultures plus anciennes.

— Toutes les civilisations ont leurs esprits malins.

— Je ne vous parle pas d'esprits, mais d'êtres de chair et de sang avec des visages humains. Une espèce parallèle de prédateurs qui ont évolué à nos côtés, se sont croisés avec nous...

— Vous ne croyez pas qu'on s'en serait déjà rendu compte ?

— On les connaît par le mal qu'ils sèment, mais nous ne les reconnaissons pas pour ce qu'ils sont. On les appelle des sociopathes ou des tyrans. Ils se hissent à des positions de pouvoir et d'autorité grâce à leur charme et leur séduction. Ils se nourrissent de guerres, de révolutions et de désordre. On ne se rend jamais compte qu'ils sont différents de nous. Différents d'une manière fondamentale, jusque dans nos codes génétiques. Ce sont des prédateurs-nés et le monde est leur terrain de chasse.

— C'est ça, la mission de la Fondation Méphisto ? La recherche de ces créatures mythiques ?

Elle se mit à rire avant d'ajouter :

— Autant chasser les licornes.

— Nous sommes nombreux à y croire.

— Et que ferez-vous quand vous en aurez enfin trouvé un ? Vous l'abattrez et accrocherez sa tête dans votre salon comme un trophée ?

— Nous sommes uniquement un groupe de recherche. Notre rôle consiste à identifier et étudier. Ainsi qu'à conseiller.

— Conseiller qui ?

— Les forces de l'ordre. Nous leur fournissons des informations et des analyses et ils utilisent ce que nous leur donnons.

— Il y a des services de police qui vous écoutent ?

Son ton volontairement incrédule ne pouvait lui échapper.

— Oui, répondit-il simplement.

C'était l'affirmation tranquille d'un homme sûr de ce qu'il avançait. Il ne ressentait pas le besoin de se défendre.

Elle songea à la facilité avec laquelle il avait eu accès aux détails confidentiels de l'enquête ; puis au fait que les tentatives de Jane pour en savoir plus sur lui s'étaient heurtées au silence du FBI, d'Interpol et du Département de la Justice.

Ils le protègent tous.

— Notre travail n'est pas passé inaperçu... hélas.

— Je croyais que c'était ce que vous cherchiez, attirer l'attention.

— Pas celle de n'importe qui. *Ils* ont fini par nous découvrir. Ils savent qui nous sommes et ce que nous faisons.

Il hésita un instant avant d'ajouter :

— Ils pensent que vous êtes des nôtres.

— Mais je ne crois même pas en leur existence !

— Ils ont marqué votre porte. Ils vous ont identifiée.

Elle regarda la neige illuminée par la lune, sa blancheur surprenante dans la nuit. Il faisait presque aussi clair qu'en plein jour. Aucun abri, aucune ombre. Dans un paysage aussi impitoyable, les moindres mouvements d'une proie étaient faciles à détecter.

— Je ne suis pas membre de votre club, répéta-t-elle.

— Ça ne change rien. Vous avez été vue chez moi, avec moi.

— Je me suis trouvée également sur les trois scènes de crime. Je n'y faisais que mon boulot. Le tueur aurait pu me remarquer n'importe laquelle de ces nuits.

— C'est ce que j'ai d'abord pensé. Que vous aviez simplement traversé son champ de vision, devenant une proie occasionnelle. C'est également ce que j'ai pensé d'Eve Kassovitz... qu'il l'avait remarquée sur la première scène de crime, la nuit de Noël, et qu'elle avait suscité son intérêt...

— Mais vous avez changé d'avis ?

— Oui.

333

— Pourquoi ?

— À cause du coquillage. Si j'en avais entendu parler plus tôt, nous aurions tous pris nos précautions et Joyce serait peut-être encore en vie.

— Vous pensez que le coquillage était un message qui vous était destiné ?

— Pendant des siècles, les hommes de la famille Sansone ont marché au combat sous la bannière du coquillage. C'est une provocation, un défi lancé à la Fondation. Un avertissement de ce qui nous attend.

— À savoir ?

— Notre extermination.

Il avait parlé presque à voix basse, comme si le seul fait de prononcer ces deux mots risquait de faire tomber le couperet sur sa nuque. Pourtant, il ne semblait pas effrayé, uniquement résigné au sort qui lui avait été attribué. Elle ne trouva rien à répondre. Leur conversation s'était égarée sur un territoire inconnu et elle ne retrouvait plus ses repères. L'univers de cet homme était un paysage de cauchemars si sinistre que le seul fait d'être assise à ses côtés dans une voiture altérait sa vision du monde. Ce dernier était devenu un pays étranger où déambulaient des monstres.

Daniel, c'est maintenant que j'ai besoin de toi. J'ai besoin de tes caresses, de ton espoir et de ta foi en ce monde. Cet homme n'est que ténèbres et tu es la lumière.

— Vous savez comment mon père est mort ? demanda-t-il abruptement.

Elle sursauta.

— Pardon ?

— Croyez-moi, il y a un rapport. Toute l'histoire de ma famille a un rapport avec ce qui se passe. J'ai voulu m'en écarter. J'ai passé treize ans à enseigner au Boston College, pensant que je pourrais mener une vie normale comme tout le monde, convaincu que mon père était un excentrique doublé d'un asocial, comme son père avant lui, que toutes les histoires bizarres qu'il me racontait quand j'étais petit n'étaient que des légendes familiales. À l'époque, je n'y croyais pas plus que vous, c'est-à-dire pas du tout. En tant que professeur d'histoire, je connaissais bien les mythes anciens, mais ce n'est pas pour autant que je croyais à l'existence réelle des satyres, des sirènes et des chevaux ailés. Pourquoi aurais-je cru les histoires de mon père sur les Nephilim ?

— Qu'est-ce qui vous a fait changer d'avis ?

— Oh, je savais qu'une partie de ce qu'il me racontait était vraie. La mort d'Isabella, par exemple. À Venise, j'ai pu retrouver des témoignages de son emprisonnement et de son exécution dans les archives ecclésiastiques. Effectivement, elle a été brûlée vive. C'est vrai aussi qu'elle a eu un fils, juste avant de mourir. Tout ce qui a été transmis dans ma famille de génération en génération n'était pas que du folklore.

— Même la partie de vos ancêtres chasseurs de démons ?

— Mon père y croyait.

— Et vous ?

— Je crois qu'il existe des forces hostiles qui veulent la destruction de la Fondation Méphisto. À présent, elles nous ont trouvés. Comme elles ont trouvé mon père.

Elle se tourna vers lui, attendant une explication.

— Il y a huit ans, il est parti pour Naples. Il devait y retrouver un vieil ami de faculté avec qui il avait étudié à New Haven. Ils étaient tous les deux veufs et partageaient une passion pour l'histoire ancienne. Ils avaient projeté de visiter le musée archéologique

335

national et d'évoquer ensemble le bon vieux temps. Mon père était très excité par ce voyage. Je n'avais pas entendu autant d'enthousiasme dans sa voix depuis la mort de ma mère. Quand il a atterri à Naples, son ami n'était pas à l'aéroport comme prévu, ni à l'hôtel. Il m'a téléphoné, me disant que quelque chose n'allait pas du tout et qu'il comptait rentrer à la maison dès le lendemain. Il paraissait très perturbé mais n'a pas voulu m'en dire plus. J'ai eu l'impression qu'il pensait que notre conversation était écoutée.

— Il croyait vraiment avoir été mis sur écoute ?

— Vous voyez, vous réagissez exactement comme moi à l'époque. J'ai cru que mon cher vieux papa affabulait à nouveau. La dernière chose qu'il m'a dite, c'est : « Ils m'ont trouvé, Anthony. Ils savent qui je suis. »

— « Ils » ?

— Je savais très bien de quoi il parlait. C'étaient les mêmes inepties que j'entendais depuis que j'étais petit. Des forces obscures au gouvernement. Une conspiration planétaire de Nephilim s'entraidant pour occuper des postes de pouvoir. Une fois qu'ils auraient le contrôle politique, ils pourraient chasser à loisir sans craindre d'être punis. Tout comme ils ont chassé au Kosovo, au Cambodge, au Rwanda. Ils aiment la guerre, le chaos et le sang. Ils s'en nourrissent. C'est ce que l'Apocalypse représente pour eux, un paradis pour chasseurs. Ils sont impatients d'y arriver.

— Ça m'a tout l'air d'un délire paranoïaque.

— C'est également une manière d'expliquer l'inexplicable : comment les hommes peuvent être capables de telles barbaries.

— Et votre père croyait à tout ça ?

— Il voulait que je le croie aussi, mais il a fallu sa mort pour me convaincre.

— Que lui est-il arrivé ?

— Ça aurait pu passer pour un simple voyage qui aurait mal tourné. Naples est une ville dangereuse et les touristes doivent être vigilants. Il se trouvait sur la Via Partenope, le long de la baie de Naples, une rue presque toujours grouillante d'étrangers. Même ainsi, c'est arrivé si vite qu'il n'a pas eu le temps d'appeler à l'aide. Il s'est simplement effondré dans la rue. Personne n'a vu son agresseur, personne n'a vu ce qui s'était passé. Mon père était étendu sur le trottoir, se vidant de son sang. La lame est entrée juste sous son sternum, a traversé le péricarde et transpercé le ventricule droit.

— Comme Eve Kassovitz, murmura Maura.

Une mise à mort d'une efficacité redoutable.

— Le pire, reprit Sansone, c'est qu'il est mort en pensant que je ne le croirais jamais.

— Mais ensuite, vous avez changé d'avis…

— Même après que je suis allé à Naples, quelques jours plus tard, je pensais toujours que c'était juste un acte de violence gratuit. Un touriste malchanceux se trouvant au mauvais endroit au mauvais moment. Pendant que j'étais au commissariat, attendant une copie du rapport de police, un homme est venu vers moi et s'est présenté. J'avais déjà entendu mon père mentionner son nom, mais il ne m'avait pas dit que Gottfried Baum travaillait pour Interpol.

— Pourquoi ce nom me dit-il quelque chose… ?

— Il faisait partie de ceux qui dînaient chez moi quand Eve Kassovitz a été assassinée.

— Celui qui avait un avion à prendre ?

— Oui, pour Bruxelles.

— C'est un membre de la Fondation Méphisto ?

Sansone hocha la tête.

337

— C'est lui qui m'a obligé à écouter, lui qui m'a convaincu. Toutes les histoires que mon père m'avait racontées, ses théories folles sur les Nephilim, Baum me les a répétées.

— Une folie à deux, répliqua Maura. Un délire partagé.

— J'aurais préféré que ce ne soit qu'un délire. J'aimerais pouvoir faire comme vous, écarter tout ça comme si ce n'étaient que des âneries. Mais vous n'avez pas vu ni entendu ce que Gottfried, les autres et moi avons vu et entendu. Méphisto lutte pour sa survie. Quatre siècles plus tard, nous sommes les derniers.

Il marqua une pause avant d'ajouter :

— Et je suis le dernier de la lignée d'Isabella.

— Le dernier chasseur de démons.

— Je n'ai pas réussi à vous persuader ne serait-ce qu'un tout petit peu, n'est-ce pas ?

— Je vais vous dire ce qui me chiffonne. Tuer quelqu'un n'est pas si sorcier. Si vous êtes leur cible, pourquoi ne vous ont-ils pas déjà éliminé ? Vous ne vous cachez pas. Il suffit de vous abattre d'un coup de revolver, de placer une bombe sous votre voiture... Pourquoi jouer à ces jeux stupides avec des coquillages ? Quel intérêt de vous prévenir qu'ils vous ont dans le collimateur ?

— Je ne sais pas.

— Vous êtes donc d'accord avec moi : ce n'est pas logique ?

— Oui.

— Pourtant, vous croyez toujours que ces meurtres tournent autour de la Fondation Méphisto ?

Il poussa un soupir.

— Je n'essaierai même pas de vous en convaincre. Je voudrais juste que vous envisagiez que ce que je vous dis puisse être vrai.

— Qu'il existe une conspiration mondiale ourdie par la confrérie des Nephilim ? Que la Fondation Méphisto est la seule à en être consciente ?

— Nous commençons à faire entendre notre voix.

— Comment comptez-vous vous protéger ?

— Je vais retrouver Lily Saul.

Elle fronça les sourcils.

— La fille ?

— Vous ne trouvez pas étrange que personne ne sache où elle est ? Que personne ne parvienne à la localiser ? Lily sait quelque chose.

— Qu'est-ce qui vous fait penser ça ?

— Le fait qu'elle ne veuille pas être retrouvée.

— Je vais entrer avec vous, juste pour m'assurer que tout est normal.

Ils étaient garés devant chez elle. À travers les rideaux du salon, Maura voyait de la lumière, les lampes ayant été allumées par le minuteur automatique. La veille, avant de partir, elle avait effacé les marques sur sa porte. À présent, dans l'obscurité, elle se demandait si elle allait en trouver d'autres, de nouvelles menaces dissimulées dans le noir.

— Oui, je crois que je me sentirai mieux, admit-elle.

Il sortit une lampe torche de sa boîte à gants et ils descendirent de voiture. Ni l'un ni l'autre ne parlait, chacun concentré sur les alentours, la rue sombre, le ronronnement lointain de la circulation. Sansone s'arrêta sur le trottoir, comme s'il essayait de déceler l'odeur de ce qu'il ne pouvait voir. Une fois sur le perron, il braqua sa torche sur la porte.

Elle était propre.

À l'intérieur, le téléphone sonnait.

Daniel ?

Il ne lui fallut que quelques secondes pour entrer puis taper son code sur le clavier pour désactiver l'alarme. Néanmoins, quand elle atteignit le combiné, il s'était tu. Elle appuya sur la touche des appels manqués et reconnut le numéro de portable de Daniel. Elle fut tentée de le rappeler sur-le-champ, mais Sansone se tenait derrière elle dans le salon.

— Tout vous paraît normal ?

Elle acquiesça.

— Vous ne voulez pas quand même jeter un coup d'œil dans les autres pièces avant que je m'en aille ?

— Si, bien sûr.

Il la suivit dans le couloir. Elle sentait son regard dans son dos. Pouvait-il lire sur son visage ? Reconnaissait-il l'expression d'une femme amoureuse ? Ils allèrent de pièce en pièce, vérifiant les fenêtres, ouvrant toutes les portes. Tout était en ordre. Par simple hospitalité, elle aurait dû lui offrir une tasse de café. Après tout, il avait eu la gentillesse de la raccompagner chez elle. Mais elle ne se sentait pas d'humeur hospitalière.

À son grand soulagement, il ne s'attarda pas.

— Je passerai voir si tout va bien demain matin, annonça-t-il.

— Ce ne sera pas la peine.

— Vous devez faire très attention, Maura. Nous le devons tous.

Mais je ne suis pas des vôtres. Je n'ai jamais voulu l'être.

La sonnette retentit. Ils se regardèrent, puis Sansone lui dit doucement :

— Vous devriez aller voir qui c'est.

Elle prit une grande inspiration, s'avança vers le vestibule. Un regard par la fenêtre lui suffit et elle ouvrit immédiatement la porte. Même le courant d'air glacé ne put refroidir le feu de ses joues quand Daniel franchit la porte, les bras déjà ouverts vers elle. Puis il aperçut l'autre homme dans le couloir et se figea.

Sansone profita du silence pour avancer, la main tendue.

— Vous devez être le père Brophy. Je suis Anthony Sansone. Nous nous sommes déjà aperçus l'autre nuit devant la maison du Dr O'Donnell, quand vous êtes venu raccompagner Maura.

Daniel hocha la tête.

— Effectivement.

Ils se serrèrent la main avec raideur. Sansone eut l'élégance de ne pas traîner, rappelant à Maura :

— N'oubliez pas de rebrancher votre alarme.

— Je n'oublierai pas.

Avant de franchir la porte, il lança un dernier regard intrigué à Daniel. Il n'était ni aveugle ni idiot et devinait probablement ce que le prêtre faisait là.

Maura referma la porte à clef derrière lui et se glissa dans les bras de Daniel.

— Tu m'as manqué.

— La journée m'a paru interminable.

— Je n'avais qu'une envie, rentrer à la maison et être avec toi.

— Moi aussi, je n'ai pensé qu'à ça. Je suis désolé d'être venu sans prévenir, mais il fallait que je te voie.

— C'est une excellente surprise.

— J'avais pensé que tu rentrerais beaucoup plus tôt.

— On s'est arrêtés en route pour dîner.

— J'étais inquiet de savoir que tu rentrais en voiture avec lui.

— Il n'y avait absolument pas de quoi.

Elle recula d'un pas en souriant.

— Laisse-moi prendre ton manteau.

Il ne fit pas mine de l'enlever.

— Qu'as-tu appris sur lui ? interrogea-t-il.

— Que c'est juste un excentrique avec beaucoup d'argent et un étrange violon d'Ingres.

— Être obsédé à ce point par tout ce qui touche au satanisme ? Ça me paraît être plus qu'« étrange ».

— Le plus surprenant, c'est qu'il soit parvenu à rassembler autour de lui un groupe d'amis qui partagent ses convictions.

— Ça ne t'inquiète pas ? Un être obsédé par les forces obscures ? Un homme qui chasse le Diable ? Tu connais le dicton : « Quand tu regardes trop longtemps au fond de l'abîme... »

— « ... l'abîme regarde aussi au fond de toi. » Oui, je le connais.

— Cela vaut la peine d'y réfléchir, Maura. Tu n'imagines pas à quel point il est facile de se laisser engloutir par les ténèbres.

Elle se mit à rire.

— On croirait entendre un de tes sermons du dimanche.

— Je suis sérieux. Tu ne connais pas assez cet homme.

Je sais qu'il t'inquiète. Qu'il te rend jaloux.

Elle lui caressa le visage.

— Cessons de parler de lui. Il n'a pas d'importance. Viens, laisse-moi prendre ton manteau.

Voyant qu'il ne déboutonnait toujours pas son col, elle comprit enfin.

— Tu ne restes pas ici cette nuit ?

Il poussa un soupir.

— Je ne peux pas, je suis désolé.

— Mais alors pourquoi tu es venu ?

— Je te l'ai dit, parce que j'étais inquiet. Je voulais m'assurer qu'il t'avait bien raccompagnée.

— Tu ne peux pas rester quelques heures au moins ?

— J'aimerais tant. Mais à la dernière minute, ils m'ont appelé pour participer à une conférence à Providence. Je dois y descendre cette nuit.

Ils. Elle n'avait aucun droit sur lui. C'était l'Église qui dirigeait sa vie. Il lui appartenait.

Il la serra dans ses bras, son souffle chaud dans ses cheveux.

— Si on partait quelque part un de ces jours ? murmura-t-il. Hors de la ville.

Là où personne ne nous connaît.

La porte grande ouverte, elle se tint sur le seuil, le regardant s'éloigner vers sa voiture. Même quand il eut disparu, elle resta là, laissant le vent glacé entrer dans la maison. C'était son juste châtiment pour le désirer. C'était ce que l'Église exigeait d'eux. Des lits séparés, des vies séparées. Le Diable lui-même pouvait-il être plus cruel ?

Si je pouvais vendre mon âme à Satan contre ton amour, je crois bien que je le ferais.

30

Cora Bongers pressa son poids considérable contre la porte de la grange, qui s'ouvrit dans un grincement douloureux. Des bêlements inquiets s'élevèrent de l'intérieur sombre et une forte odeur de foin humide et de chèvres chatouilla les narines de Jane. Mme Bongers braqua sa lampe torche vers le fond de la structure.

— Je ne sais pas si vous pourrez voir grand-chose à cette heure-ci. Je suis désolée de ne pas avoir eu votre message plus tôt, quand il faisait encore jour.

Jane alluma sa propre lampe.

— Ce n'est pas grave. Je veux juste voir les dessins, s'ils sont encore là.

— Oh, ils ne sont partis nulle part ! Ça mettait mon mari en rogne chaque fois qu'il venait ici et les voyait. Je lui ai dit mille fois qu'il n'avait qu'à repeindre par-dessus au lieu de râler, mais il répondait que ça ne ferait que l'énerver encore plus. Il disait qu'il n'allait quand même pas peindre l'intérieur d'une grange pour que ses chèvres se croient dans un numéro de *Vogue* !

Elle entra, ses grosses bottes faisant crisser la paille répandue sur le sol en terre. La courte marche depuis la maison l'avait laissée hors d'haleine et elle s'arrêta pour reprendre son souffle. Elle éclaira un petit enclos où une dizaine de chèvres étaient blotties les unes contre les autres.

— Il leur manque beaucoup, vous savez. Eben se plaignait toujours que c'était trop de travail, qu'il en avait par-dessus la tête de les traire tous les matins. Mais au fond il les adorait, ses fifilles. Ça va faire six mois qu'il nous a quittées, et elles ne se sont toujours pas habituées à se laisser traire par quelqu'un d'autre.

Elle ouvrit la porte de l'enclos et lança un regard à Jane, remarquant qu'elle n'avait pas bougé.

— Vous n'avez pas peur des chèvres, hein ?

— Faut vraiment que j'entre là-dedans ?

— Elles ne vous feront aucun mal. Faites juste attention à votre manteau, elles ont la manie de tout mordiller.

Jane entra dans l'enclos et referma la porte derrière elle.

Gentilles, les biquettes. On ne mord pas le flic.

Elle marcha sur la paille souillée, essayant de ne pas salir ses chaussures. Les bêtes l'observaient d'un regard froid et vide. Elle n'avait pas approché une chèvre d'aussi près depuis une excursion avec sa classe du cours élémentaire dans une ferme témoin. Elle avait regardé la chèvre, la chèvre l'avait regardée et, l'instant suivant, elle s'était retrouvée les quatre fers en l'air sous les rires de ses camarades. Ces bestioles ne lui inspiraient pas confiance et, visiblement, elles se méfiaient tout autant d'elle, car elles s'écartèrent pendant qu'elle traversait leur enclos.

Mme Bongers projeta son faisceau sur une cloison.

— Là, en voici quelques exemples.

Jane s'approcha, fixant les symboles profondément entaillés dans le bois. Les trois croix du Golgotha, mais inversées.

— Il y en a d'autres là-haut, lui indiqua Mme Bongers.

Elle leva sa torche, éclairant le haut du mur.

— Pour faire celles-ci, il a dû grimper sur des ballots de paille. Il s'en est donné du mal ! C'est à croire que ces sales gamins n'ont rien de mieux à faire.

— Qu'est-ce qui vous fait croire que c'était un gamin ?

— Qui d'autre ? L'été, ils s'ennuient et tuent le temps en faisant des bêtises, comme vandaliser des granges ou accrocher des grigris bizarres dans les arbres.

Jane se tourna vers elle.

— Des grigris ?

— Des poupées faites avec des brindilles et des bouts de ficelle. Hideuses, si vous voulez mon avis. Le bureau du shérif a trouvé ça drôle, mais, moi, ça me donnait la chair de poule, de les voir se balancer aux branches.

Elle éclaira un des symboles.

— Tenez, elles ressemblaient à ça.

C'était un bonhomme tracé avec quelques traits, semblant brandir une épée. Dessous était gravé *AXX-VII*.

— Allez savoir ce que ça veut dire, grommela Mme Bongers.

— J'ai lu dans les archives du journal local qu'une de vos chèvres avait disparu cette nuit-là. Vous ne l'avez jamais retrouvée ?

— Non, jamais.

— Aucune trace d'elle ?

— Il y a des bandes de chiens sauvages qui traînent souvent par ici. Quand ils trouvent une charogne, ils n'en laissent pas une miette.

Jane se tourna à nouveau vers les incisions.

Son portable sonna soudain. Les chèvres se bous-culèrent vers l'autre extrémité de leur enclos, dans un concert de bêlements paniqués.

— Désolée, grimaça Jane.

Elle décrocha, surprise de capter un signal dans cet endroit.

— Rizzoli à l'appareil.

— Je fais de mon mieux, répondit la voix de Frost.

— Ça, ça sonne déjà comme le début d'une excuse.

— Je ne suis toujours pas arrivé à mettre la main sur Lily Saul. Apparemment, elle se déplace beau-coup. On sait qu'elle est en Italie depuis au moins huit mois. On a trouvé des relevés de ses retraits ban-caires dans des distributeurs de Rome, Florence et Sorrente. Cependant, elle n'utilise pas beaucoup sa carte de crédit.

— Huit mois de vacances en Italie ? Mademoiselle a les moyens.

— Elle voyage pas cher. Mais alors, vraiment pas cher. Elle ne dort que dans des hôtels de dernière caté-gorie. En plus, il se peut qu'elle fasse des petits bou-lots illégalement. Je sais qu'elle a travaillé un temps comme assistante d'un conservateur de musée à Flo-rence.

— Elle a les qualifications pour ça ?

— Elle a un diplôme universitaire d'histoire ancienne. Quand elle était étudiante, elle a travaillé sur des fouilles en Italie. Dans un endroit appelé Paes-tum.

— Dans ce cas, comment se fait-il qu'on n'arrive pas à la retrouver ?

— Parce que, de toute évidence, elle ne veut pas être retrouvée.

— Soit. Tu as du nouveau sur le cousin, Dominic Saul ?

— Oh celui-là, c'est un vrai casse-tête !

— Tu fais vraiment tout pour me saper le moral, aujourd'hui.

— J'ai une copie de son dossier scolaire de la Putnam Academy. C'est une pension dans le Connecticut. Il y est resté six mois, quand il était en seconde.

— Ça lui faisait quoi, quinze, seize ans ?

— Quinze. Il était censé revenir à la pension après les grandes vacances mais on ne l'y a plus revu.

— C'est l'été qu'il a passé chez les Saul, à Purity ?

— Exact. Son père venait de mourir, alors le Dr Saul l'a pris chez lui pour l'été. Quand le gamin n'est pas rentré à la pension, en septembre, la Putnam Academy a tenté de le contacter. Ils ont fini par recevoir une lettre de sa mère, annonçant qu'elle le retirait de l'école.

— Dans quelle autre école l'a-t-elle envoyé ?

— On ne sait pas. Selon la Putnam Academy, ils n'ont jamais reçu de demande de transfert de son dossier. C'est la dernière trace de lui qu'on ait pu retrouver.

— Et sa mère ? Où est-elle ?

— Aucune idée. Je n'ai absolument rien trouvé sur cette femme. Personne à la pension ne l'a jamais rencontrée. Ils ont juste reçu une lettre, signée Margaret Saul.

— Tu parles d'une famille de fantômes ! La cousine, la mère...

— Mais j'ai une photo d'école de Dominic. Je ne sais pas si elle nous sera très utile, vu qu'il n'avait que quinze ans à l'époque.

— À quoi ressemble-t-il ?

— C'était un très beau garçon. Blond. Yeux bleus. D'après ses tests à l'école, c'était un petit génie. De toute évidence, un gamin intelligent. J'ai aussi trouvé une note dans son dossier disant qu'il n'avait aucun ami.

Tout en écoutant, Jane regardait Mme Bongers tenter de calmer ses chèvres. Elle se tenait auprès d'elles dans l'obscurité, leur chuchotant des paroles de réconfort, là même où, douze ans plus tôt, quelqu'un avait gravé ces étranges symboles sur le mur, quelqu'un qui avait fort bien pu, par la suite, se mettre à les graver sur des femmes.

— J'ai quand même trouvé un truc intéressant, poursuivit Frost. Dans son formulaire d'admission à la pension...

— Je suis tout ouïe.

— ... il y a une case où les parents inscrivent les inquiétudes qu'ils pourraient avoir quant à l'adaptation de leur enfant. Le père de Dominic y a écrit que c'était la première fois que son fils fréquentait une école américaine car, jusque-là, il avait toujours vécu à l'étranger.

Jane sentit son pouls s'accélérer.

— À l'étranger ? Où ?

— En Égypte, en Turquie... et à Chypre.

Le regard de Jane se posa à nouveau sur le mur de la grange et l'inscription *AXX-VII*.

— Où es-tu en ce moment ?

— Chez moi.

— Tu as une bible sous la main ?

— Pour quoi faire ?

— Je voudrais que tu cherches quelque chose.

— Je vais demander à Alice où elle est... Bouge pas.

Il appela sa femme puis elle entendit des bruits de pas. Quelques instants plus tard, Frost lui demanda :

— La version du roi Jacques, ça t'ira ?

— Qu'est-ce que j'en sais ? Regarde dans le sommaire quels chapitres commencent par la lettre A.

— Dans l'Ancien ou dans le Nouveau Testament ?

— Ah... dans les deux.

Elle l'entendit feuilleter des pages à l'autre bout de la ligne.

— Le livre d'Amos, d'Abdias, d'Aggée, les Actes des apôtres et l'Apocalypse.

— Dans chacun de ces livres, lis-moi le septième verset du chapitre vingt.

— Voyons... Amos... ne va pas jusqu'au chapitre vingt. Abdias... non plus, et Aggée... Kif-kif pour Aggée.

— Les Apôtres ?

— Attends... J'y suis : « Le premier jour de la semaine, nous étions réunis pour rompre le pain ; Paul, qui devait partir le lendemain, s'entretenait avec les disciples et il prolongea son discours jusqu'à minuit. »

— Bof. Et l'Apocalypse ?

— Un instant... Voilà : « Quand les mille ans seront accomplis, Satan... »

Frost s'interrompit, puis reprit à voix basse :

— « ... Satan sera relâché de sa prison. »

Jane entendait battre son propre cœur. Elle fixait le mur et la petite silhouette gravée brandissant une épée. Sauf que ce n'était pas une épée mais une faux.

— Rizzoli ? demanda Frost.

— Je crois que nous avons le nom de notre assassin.

31

Sous la basilique Saint-Clément, le bruit de l'eau résonnait dans l'obscurité. Lily braqua sa torche sur la grille qui bloquait l'accès au tunnel, le faisceau illuminant les vieux murs de brique et le reflet lointain de l'eau en contrebas.

— Il y a un lac souterrain sous la basilique, expliqua-t-elle. D'ici, vous pouvez apercevoir la rivière qui se jette dedans. Sous Rome, il existe un autre monde, un vaste univers de galeries et de catacombes.

Elle balaya du regard les visages captivés qui la dévisageaient dans la pénombre.

— Quand vous remonterez à la surface et que vous vous promènerez dans les rues, pensez-y. Pensez à tous les lieux sombres et secrets sous vos pieds.

Une femme demanda :

— Je peux voir la rivière de plus près ?

— Oui, bien sûr. Approchez-vous, je vais vous éclairer pendant que vous regarderez à travers la grille.

Les uns après les autres, les touristes se pressèrent à côté de Lily pour se pencher au-dessus du tunnel. En fait, il n'y avait pas grand-chose à voir. Mais lorsqu'on venait jusqu'à Rome, souvent pour la seule et unique fois de sa vie, regarder était un devoir. Aujourd'hui, Lily n'avait que six personnes dans son groupe, deux Américains, deux Anglais et un couple d'Allemands. Ce n'était pas une bonne journée ; les pourboires seraient maigres. Il fallait s'y attendre, un jeudi de janvier. Les touristes de Lily étaient les seuls dans le dédale à cette heure-ci et elle les laissa se presser contre la grille, leurs imperméables la frôlant. L'humidité qui remontait du tunnel se mêlait à l'odeur de moisi et de vieille pierre : le parfum du temps jadis.

L'Allemand demanda :

— Qu'étaient ces murs, à l'origine ?

Lily l'avait classé parmi les hommes d'affaires. La soixantaine, il parlait un anglais irréprochable et portait un luxueux imper Burberry. Sa femme, en revanche, devait mal comprendre la langue de Shakespeare. Elle n'avait pratiquement pas dit un mot de la matinée.

— Ce sont les fondations de maisons qui datent de l'époque de Néron. Le grand incendie de l'an 64 a réduit tout le quartier en cendres.

L'Américain demanda :

— C'est ce fameux incendie pendant lequel Néron jouait du violon ?

Lily sourit, car on lui avait déjà posé cette question une bonne dizaine de fois et elle pouvait presque toujours deviner à l'avance qui, dans le groupe, la poserait en premier.

— En fait, ce n'était pas un violon. L'instrument n'avait pas encore été inventé à l'époque. On raconte que, pendant que Rome était en feu, il jouait de la lyre et chantait.

L'Américaine déclara :

— Après quoi, il a tout mis sur le dos des chrétiens.

Lily éteignit sa torche.

— Suivez-moi, il y a encore beaucoup de choses à voir…

Elle les conduisit dans le labyrinthe sombre. Quelques mètres plus haut, les rues résonnaient du vacarme de la circulation, et des marchands ambulants vendaient des cartes postales et des breloques aux touristes perdus dans les ruines du Colisée. Mais, ici, sous la basilique, on n'entendait que le bruit de l'eau et le bruissement des imperméables. Elle pointa l'index vers un mur.

— On appelle ce type de construction *opus reticulatum*. C'est un travail de maçonnerie qui alterne la brique et des moellons de tuf.

— Du teuf ? dit à nouveau l'Américain. C'est quoi, ça ? Ça sonne pas très solide.

Sa femme fut la seule à le trouver drôle, émettant un ricanement haut perché agaçant.

L'Anglais prit Lily de vitesse :

— Ce sont des cendres volcaniques compactées.

— Exactement, confirma Lily. C'était un matériau de construction très utilisé par les Romains.

L'Américaine demanda à son mari :

— Comment ça se fait qu'on n'ait jamais entendu parler de ce tuf machin, avant ?

À son ton, il était clair que s'ils n'en avaient pas entendu parler, cela ne pouvait pas vraiment exister.

Même dans l'obscurité, Lily put voir l'Anglais lever les yeux au ciel.

L'Américaine demanda à nouveau :

— Dites, mademoiselle, vous êtes bien américaine, non ?

Lily hésita, n'aimant pas les questions personnelles.

— En fait, je suis canadienne.

— Avant de devenir guide, vous saviez ce que c'était que ce tuf ? Ou c'est juste un mot européen ?

— De nombreux Américains ne connaissent pas ce terme.

— Ah, je comprends. C'est un truc d'Européens.

Elle paraissait satisfaite. Si les Américains l'ignoraient, ce ne pouvait pas être important.

Lily enchaîna rapidement :

— Ce que vous voyez ici, ce sont les vestiges de la villa de Titus Flavius Clemens. Au premier siècle de notre ère, c'était un lieu de rendez-vous secret pour les chrétiens, avant qu'ils ne soient officiellement acceptés. Le culte ne faisait alors que s'installer, attirant surtout les épouses de nobles romains.

Elle agita son faisceau dans la galerie pour attirer leur attention.

— Nous allons à présent passer dans la partie la plus intéressante de ces ruines. Elle n'a été dégagée qu'en 1870. Nous allons voir un temple secret consacré à des rites païens.

Ils traversèrent une galerie, et des colonnes corinthiennes se détachèrent dans la pénombre. C'était l'antichambre du temple, bordée de bancs en pierre et décorée de fresques et de stucs. Ils s'enfoncèrent plus avant dans le sanctuaire, passant devant des niches sombres qui avaient abrité des rites initiatiques. Dans le monde en surface, le passage des siècles avait altéré les rues et les maisons, mais dans cette grotte ancienne le temps s'était figé. L'autel du dieu Mithra égorgeant le taureau était toujours à sa place, bercé par le gargouillis de l'eau chuchoté depuis les profondeurs.

— À la naissance du Christ, le culte de Mithra était déjà ancien. Il fut vénéré durant des siècles par les Perses. Pour eux, Mithra était le dieu messager de la vérité. Il est né dans une grotte lors du solstice d'hiver. Sa mère, Anahita, était vierge et, à sa naissance, des bergers arrivèrent de partout apportant des présents. Il a eu douze disciples qui l'ont accompagné dans ses voyages. Il a été enterré dans une grotte avant de ressusciter. Chaque année, son ascension est célébrée comme une renaissance.

Elle marqua une pause pour l'effet théâtral, puis demanda :

— Ça ne vous rappelle rien ?

— Mais... c'est l'Évangile chrétien ! s'étonna l'Américaine.

— Pourtant, des siècles avant le Christ, cela faisait déjà partie de la tradition perse.

La femme échangea un regard interdit avec son mari.

— Je n'ai jamais entendu cette histoire, et toi ?

— Non plus.

— Dans ce cas, vous devriez peut-être visiter les temples d'Ostie, répondit l'Anglais. Ou le Louvre. Ou encore le musée archéologique de Francfort. Vous les trouveriez *peut-être* édifiants.

L'Américaine se tourna vers lui.

— Je n'ai pas besoin qu'on me donne des leçons.

— Croyez-moi, madame, rien de ce que nous a dit notre charmante guide n'est choquant ou faux.

— Ah oui ? Pourtant, vous savez aussi bien que moi que le Christ n'était pas un vulgaire Persan avec un drôle de bonnet sur la tête qui passait son temps à égorger des taureaux !

Lily jugea préférable d'intervenir :

— Je ne faisais qu'attirer votre attention sur des parallèles intéressants dans l'iconographie.

— Quoi ?

— C'est sans importance, vraiment.

Elle priait intérieurement pour que l'enquiquineuse laisse tomber, se rendant compte en même temps qu'elle devrait faire une croix sur un gros pourboire de la part des Américains.

— Ce n'est que de la mythologie.

— La Bible, ce n'est pas de la mythologie !

— Je ne le disais pas dans ce sens.

— Et puis, qu'est-ce qu'on sait sur ces Perses, au fond ? Après tout, c'est quoi, leur livre sacré ?

Les autres touristes se taisaient, gênés.

Ne rentre pas dans son jeu, ça n'en vaut pas la peine.

Mais l'Américaine n'en avait pas terminé. Depuis qu'elle était descendue du minibus de l'agence de tourisme ce matin, elle n'avait cessé de se plaindre de l'Italie et des Italiens. La circulation à Rome était chaotique, pas comme aux États-Unis ; les hôtels étaient chers, pas comme aux États-Unis ; les salles de bains étaient trop petites, pas comme aux États-Unis. Et à présent, cette nouvelle irritation. Elle était entrée dans la basilique Saint-Clément pour voir un des premiers lieux de rencontres chrétiens et voilà qu'on lui rebattait les oreilles avec de la propagande païenne. Elle poursuivit :

— Qu'est-ce qu'on en sait, de ce qu'ils croyaient vraiment, ces mithra... je ne sais quoi ? Où ils sont passés, aujourd'hui ?

— Exterminés, rétorqua l'Anglais. Leurs temples ont été détruits il y a bien longtemps. Que croyez-vous qu'il leur soit arrivé après que l'Église a eu décrété que Mithra était le fils de Satan ?

— Mouais... ça, ça m'a tout l'air d'être une réécriture de l'histoire.

— Et à votre avis, qui s'est chargé de la réécrire ?

Lily intervint :

— Bon, c'est ici que s'arrête notre visite. Je vous remercie de votre attention. Vous pouvez continuer à vous promener un moment dans les galeries. Le chauffeur vous attendra devant la basilique avec le minibus pour vous raccompagner à votre hôtel. Si vous avez d'autres questions, n'hésitez pas.

— Je trouve que vous devriez prévenir les touristes, dit l'Américaine.

— Pardon ? Les prévenir de quoi ?

— L'excursion s'intitule « L'aube de la chrétienté » mais en fait, ça n'a rien d'historique, ce n'est que de la mythologie.

Lily soupira.

— En vérité, c'est de l'histoire. Mais l'histoire n'est pas toujours ce qu'on nous a raconté.

— Et vous êtes une experte en la matière ?

— J'ai un diplôme de…

Elle hésita. *Attention où tu mets les pieds.*

— J'ai étudié l'histoire.

— C'est tout ?

— J'ai également travaillé dans des musées. À Florence, Paris…

Cette fois, elle était trop agacée pour prendre des précautions.

— Tout ça pour finir guide ?

Même dans la fraîcheur de la salle souterraine, Lily sentit une bouffée de chaleur lui monter au visage.

— Oui, répondit-elle après un long silence. Je ne suis qu'une guide touristique. Maintenant, si vous voulez bien m'excuser, je vais remonter voir si notre chauffeur est bien arrivé.

Elle tourna les talons et s'éloigna dans le dédale de galeries. Puisqu'il n'y aurait pas de pourboires aujourd'hui, ils n'avaient qu'à se débrouiller tout seuls pour retrouver leur chemin.

Elle sortit du mithraeum, chaque marche lui faisant remonter le temps jusqu'aux fondations byzantines. Ici, sous l'actuelle basilique, se trouvaient les salles abandonnées d'une église du quatrième siècle qui était restée dissimulée pendant huit cents ans, enfouie sous l'église médiévale qui était venue la remplacer. Elle entendit des voix approcher, parlant français. Un autre groupe descendait vers le mithraeum. Elle le croisa dans la galerie étroite et se plaqua contre la paroi pour laisser passer trois touristes et leur guide. Quand ils se furent éloignés, elle s'arrêta sous une fresque décrépie, se sentant soudain coupable d'avoir abandonné son groupe. Pourquoi se laissait-elle déstabiliser par les commentaires d'une ignare ? Quelle importance ?

Elle se tourna pour repartir, se figea. La silhouette d'un homme se dressait à l'autre bout de la galerie.

— J'espère qu'elle ne vous a pas trop contrariée.

Elle reconnut le touriste allemand et poussa un soupir de soulagement, toute sa tension la quittant aussitôt.

— Oh non, ce n'est rien. J'ai déjà entendu pire.

— C'était totalement injustifié. Vous ne faisiez que lui expliquer l'histoire.

— Certaines personnes préfèrent leur propre version de l'histoire.

— S'ils ne veulent pas que leurs idées soient remises en question, ils feraient mieux de ne pas venir à Rome.

Elle sourit, ce qu'il ne pouvait probablement pas voir depuis l'autre bout du tunnel.

— C'est vrai, Rome est une ville déroutante à bien des égards.

Il marcha vers elle, avançant à pas lents comme s'il approchait une biche craintive.

— Puis-je me permettre de vous faire une suggestion ?

Elle serra les dents. Lui aussi, il avait des critiques à émettre ? Décidément, aujourd'hui elle ne parvenait à satisfaire personne.

— Juste une idée, reprit-il. Pour un type de visite différent, quelque chose qui attirerait certainement une autre catégorie de visiteurs...

— Sur quel thème ?

— Vous connaissez l'histoire biblique ?

— Ce n'est pas ma spécialité mais je l'ai étudiée.

— Toutes les agences de voyages proposent des excursions dans les sanctuaires chrétiens, pour des touristes comme nos amis américains qui souhaitent mettre leurs pas dans ceux des saints. Mais nous ne nous intéressons pas tous aux saints ni aux lieux saints.

Il était arrivé à sa hauteur et se tenait si près qu'elle sentait l'odeur de pipe sur ses vêtements.

— Certains d'entre nous, reprit-il, s'intéressent davantage aux choses impies.

Elle se raidit.

— Vous avez lu l'Apocalypse ? poursuivit-il.

— Oui, répondit-elle dans un murmure.

— Vous connaissez la Bête ?

Elle déglutit et acquiesça.

— Et qui est la Bête ?

Elle recula lentement d'un pas.

— Ce n'est pas un être mais un concept... c'est... une représentation de Rome.

— Ah, je vois que vous connaissez l'interprétation savante.

Elle continua de reculer.

— La Bête était l'Empire romain. Le chiffre 666 était un symbole désignant l'empereur Néron.

— Vous le croyez vraiment ?

Elle lança un regard par-dessus son épaule, vers la sortie. Personne ne barrait sa route.

Il insista :

— Vous croyez qu'elle existe vraiment ? Faite de chair et de sang ? Certains disent que la Bête vit ici, dans cette ville. Qu'elle ronge son frein, attendant, observant.

— C'est… c'est aux philosophes d'en décider.

— Dites-moi, Lily Saul. En quoi croyez-vous ?

Il connaît mon nom.

Elle tourna les talons pour s'enfuir mais quelqu'un s'était matérialisé derrière elle dans la galerie. La religieuse qui avait laissé entrer son groupe plus tôt dans les sous-sols. Elle se tenait immobile, la regardant, lui bouchant le passage.

Ses démons ont fini par me trouver.

Elle n'hésita pas un instant et fonça, tête baissée, sur la nonne, la projetant en arrière dans un tourbillon de jupe noire. Une main se referma sur sa cheville et elle se libéra d'un coup de pied.

La rue ! Je dois atteindre la rue !

Elle avait au moins trente ans de moins que l'Allemand. Une fois dehors, elle pourrait le distancer et le semer parmi la foule qui grouillait autour du Colisée. Elle grimpa les marches quatre à quatre, poussa une porte et fit irruption dans la lumière aveuglante de la basilique. Elle courut vers la nef et la sortie. Toutefois, elle n'avait parcouru que quelques mètres sur le sol en mosaïque quand, écarquillant des yeux horrifiés, elle freina pile. Surgissant de derrière des colonnes en marbre, trois hommes venaient d'apparaître. Ils avançaient sur elle sans un mot, refermant le piège. Elle entendit une porte claquer derrière elle et des pas précipités. L'Allemand et la bonne sœur.

Pourquoi n'y a-t-il pas d'autres touristes ? Personne pour m'entendre crier…

— Lily Saul, dit l'Allemand.

Elle se tourna vers lui tout en sentant les trois hommes approcher.

C'est donc ainsi que ça se termine. Dans ce lieu saint, sous le regard du Christ en croix.

Elle n'aurait jamais imaginé que cela se passerait dans une église. Elle pensait plutôt à une ruelle obscure, une chambre d'hôtel minable. Mais pas ici, où tant de gens venaient chercher la lumière...

— Nous avons fini par vous retrouver, dit l'Allemand.

Elle se redressa, le menton haut. Si elle devait affronter le Diable, ce serait avec dignité.

— Où est-il ? demanda-t-il.

— Qui ?

— Dominic.

Elle le regarda, interdite. Elle ne s'était pas attendue à cette question.

— Où est votre cousin ? répéta-t-il.

— Comment... ce n'est pas lui qui vous envoie ? Pour me tuer ?

Ce fut au tour de l'Allemand d'être pris de court. Il fit un bref signe de tête à l'un des hommes derrière elle et, avant qu'elle ait eu le temps de réagir, on lui tira les bras en arrière et des menottes se refermèrent autour de ses poignets.

— Vous allez venir avec nous, dit l'Allemand.

— Où ?

— Dans un lieu sûr.

— Vous voulez dire que... vous n'allez pas me...

— Vous tuer ? Non.

Il passa derrière l'autel et ouvrit un panneau en trompe-l'œil dans le mur. Dévoilant une galerie qu'elle ne connaissait pas.

— Mais quelqu'un d'autre pourrait bien s'en charger.

32

À travers la vitre teintée de la limousine, Lily regardait défiler le paysage toscan. Cinq mois plus tôt, elle avait parcouru cette même route en sens inverse, descendant vers le sud, mais dans des conditions très différentes : à bord d'un camion bringuebalant dont le chauffeur mal rasé n'avait qu'une idée en tête, la mettre dans son lit. Cette nuit-là, elle avait eu faim et ses pieds étaient endoloris d'avoir trop marché. À présent, elle remontait vers le nord et Florence, non plus comme une auto-stoppeuse lasse mais dans une voiture de luxe. La banquette arrière sur laquelle elle était assise était en cuir noir, aussi souple que de la peau humaine. La pochette devant elle contenait un éventail surprenant de journaux : les éditions du jour de l'*International Herald Tribune*, du *Times* de Londres, du *Figaro* et du *Corriere della Sera*. Les ventilateurs soufflaient un air chaud. Il y avait même un minibar avec de l'eau minérale, du vin et un assortiment de fruits frais, de fromages et de crackers. Toutefois, en dépit du confort, c'était toujours une prison. Une vitre pare-balles la séparait du chauffeur et de son compagnon. Au cours des deux dernières heures, ni l'un ni l'autre ne lui avait adressé un regard. Elle n'était même pas sûre qu'ils soient humains. Ils pouvaient aussi bien être des robots ; elle n'avait vu d'eux que leur nuque.

Elle se retourna et regarda à travers la vitre arrière la Mercedes qui les suivait. Derrière le volant, l'Allemand la regardait, lui aussi. Elle était escortée par trois hommes dans deux voitures de luxe. Ces gens avaient des moyens et savaient ce qu'ils faisaient. Que pouvait-elle faire, seule contre eux ?

Je ne sais même pas qui ils sont.

Eux savaient qui elle était. Malgré toutes ses précautions, ils avaient fini par la retrouver.

La limousine quitta l'autoroute. Donc, ils n'allaient pas jusqu'à Florence. Ils s'enfoncèrent dans la campagne, à travers les douces collines de Toscane. Le soir tombait et dans le crépuscule croissant elle aperçut des vignes nues blotties sur des versants venteux, de vieilles maisons en pierre décrépies, abandonnées depuis longtemps. Pourquoi prendre cette route ? Il n'y avait rien par là, hormis quelques champs en jachère.

Justement. Il n'y aurait pas de témoins.

Elle avait tellement voulu croire l'Allemand quand il lui avait annoncé qu'il l'emmenait en lieu sûr qu'elle s'était momentanément laissé leurrer par un peu de luxe et de confort. La limousine ralentit et s'engagea sur une petite route en terre. Elle sentit son cœur battre à se rompre, essuya ses paumes moites sur son jean. Il faisait suffisamment noir, à présent. Ils allaient l'emmener quelque part dans un champ et lui tireraient une balle dans la tête. À eux trois, ce serait vite fait. Ils creuseraient une fosse et balanceraient son corps dedans.

En janvier, la terre serait froide.

La route sinuait entre les pins, les phares de la limousine illuminant un sous-bois épais. Elle aperçut l'éclat des yeux d'un lapin. Puis le rideau d'arbres s'ouvrit et ils s'arrêtèrent devant une grille en fer forgé. Une caméra de surveillance luisait au-dessus d'un interphone. Le chauffeur baissa sa vitre et annonça en italien :

— On a le colis.

Un projecteur aveuglant fut braqué sur eux et la caméra balaya les occupants de la voiture. Puis la grille s'ouvrit en grinçant.

Ils redémarrèrent, suivis par la Mercedes. Lorsque la vue de Lily se réaccoutuma à l'obscurité, elle commença à distinguer des statues et des haies taillées. Plus loin, au bout de l'allée en gravier, se dressait une villa étincelante de lumières. Elle se pencha en avant, abasourdie, contemplant les terrasses en pierre, les urnes géantes et les hauts cyprès, telles des rangées de lances pointées vers les étoiles. La limousine s'arrêta près d'une fontaine en marbre asséchée pour l'hiver. La Mercedes se gara derrière eux, l'Allemand en sortit et ouvrit sa portière.

— Mademoiselle Saul, si vous voulez bien entrer dans la maison ?

Elle leva les yeux vers les deux hommes qui l'encadraient. Ils ne lui laisseraient aucune ouverture, pas la moindre possibilité de s'échapper. Elle descendit et, les jambes raides après une si longue route, suivit l'Allemand vers la grande terrasse. Un vent froid balaya des feuilles mortes devant elle, les éparpillant comme des cendres. Avant qu'ils aient atteint l'entrée, la porte s'ouvrit en grand et un homme âgé s'avança pour les accueillir. Il ne lui adressa qu'un regard et s'adressa à l'Allemand dans un anglais teinté d'accent italien :

— Sa chambre est prête.

— Je resterai également, si ça ne pose pas de problème. Il arrive bien demain ?

Le vieil homme acquiesça.

— Il prend le vol de nuit.

Qui vient demain ? se demanda Lily.

Ils gravirent un magnifique escalier jusqu'au premier étage, faisant frémir sur leur passage les tapisseries couvrant les murs. On ne lui laissa pas le temps d'admirer les œuvres d'art. Ils prirent un long couloir, passant devant des portraits qui semblaient la suivre du regard, puis le vieil homme ouvrit une lourde porte en chêne et s'effaça pour la laisser entrer dans une chambre au décor chargé, tout en boiseries sombres et velours.

— Ce n'est que pour cette nuit, lui précisa l'Allemand.

Elle se retourna, se rendant soudain compte que les deux hommes ne l'avaient pas suivie dans la pièce.

— Que se passera-t-il demain ? demanda-t-elle.

La porte se referma, la clef tourna dans la serrure. Elle était seule.

Pourquoi personne ne veut répondre à mes questions ?

Elle se précipita vers les rideaux et les écarta, dévoilant une fenêtre protégée de barreaux. Elle les saisit et les secoua jusqu'à en avoir mal aux bras. Peine perdue, ils étaient en fonte et solidement fixés. Frustrée, elle se tourna vers sa geôle cinq étoiles. Il y avait là un lit immense en chêne, surmonté d'un baldaquin en velours lie-de-vin. Les moulures en bois sombre étaient sculptées de chérubins et de lianes de lierre qui s'entrelaçaient jusque sur le haut plafond.

C'est peut-être une prison, mais c'est la plus belle chambre dans laquelle j'aurai jamais dormi. Digne d'un Médicis.

Sur une superbe table en marqueterie étaient posés un plat en argent sous cloche, un verre à vin et une bouteille de chianti débouchée. Elle souleva la cloche, découvrit des tranches de rôti froid, une salade de tomates et de mozzarella, un pain toscan. Elle remplit le verre, hésita avant de le porter à ses lèvres.

Pourquoi m'empoisonneraient-ils quand il serait si facile de me tirer une balle dans la tête ?

Elle but le verre d'un trait et s'en servit un autre. Après quoi, elle s'assit à la table et attaqua la nourriture. Le bœuf était si tendre qu'on eût dit du beurre. Elle l'engloutit jusqu'au dernier morceau et vida toute la bouteille. Quand elle se releva, elle tituba jusqu'au lit.

Ce qui se passerait le lendemain ne la préoccupait même plus. Elle se laissa tomber sur le couvre-lit damassé tout habillée.

Une voix la réveilla, grave et inconnue, appelant son nom. Elle ouvrit péniblement un œil et se tourna vers la fenêtre. Le soleil entre les barreaux était aveuglant. Elle le referma aussitôt. Qui avait ouvert les rideaux ? Depuis quand le jour s'était-il levé ?

— Mademoiselle Saul ? Réveillez-vous.

— Plus tard, marmonna-t-elle.

— Je n'ai pas voyagé toute la nuit pour vous regarder dormir. Il faut qu'on parle.

Elle gémit et se retourna.

— Je ne parle pas aux hommes dont je ne connais même pas le nom.

— Je m'appelle Anthony Sansone.

— On se connaît ?

— Vous êtes dans ma maison.

Cela acheva de la réveiller. Elle cligna des yeux, se retourna et vit un homme aux cheveux argentés se tenant près du lit. Même avec sa gueule de bois, elle remarqua qu'il était particulièrement beau, en dépit de son air fatigué. Il disait avoir voyagé toute la nuit et elle n'en doutait pas, à voir sa chemise froissée et l'ombre brune sur son menton. Sansone n'était pas seul, l'Allemand se tenait près de la porte.

Elle se redressa dans le lit et se frotta les tempes.

— Cette villa est vraiment à vous ?

— Elle appartient à ma famille depuis des générations.

— Veinard.

Après un instant d'hésitation, elle observa :

— Vous avez un accent américain.

— Je suis américain.

Elle indiqua l'Allemand d'un signe de tête.

— Et lui, qui est-ce ?

— M. Baum est un ami. Il travaille pour Interpol.

Elle se raidit puis baissa les yeux vers les draps pour leur cacher sa mine déconfite.

— Mademoiselle Saul, quelque chose me dit que vous craignez la police.

— Pas du tout.

— J'ai du mal à vous croire.

— Et moi, je trouve que vous avez une drôle de façon de traiter vos invités. Vous m'enfermez à clef. Vous entrez dans ma chambre sans frapper...

— Nous avons frappé. Vous n'avez pas répondu.

— Si vous comptez m'arrêter, ça vous ennuierait de me dire au moins pourquoi ?

Car ce ne pouvait être que ça : ils avaient découvert ce qu'elle avait fait douze ans plus tôt et l'avaient traquée. Elle avait imaginé d'innombrables issues, mais pas celle-ci. Une tombe anonyme au milieu de nulle part, oui, mais arrêtée par la police ? Pour un peu, elle en aurait ri.

M. Baum demanda :

— Y a-t-il une raison pour laquelle nous devrions vous arrêter ?

Qu'est-ce qu'il s'imaginait, qu'elle allait passer aux aveux si facilement ?

Sansone s'assit au bord du lit, une invasion de son espace intime qui la rendit aussitôt méfiante.

— Lily, savez-vous ce qui est arrivé à Boston il y a quelques semaines ?

— À Boston ? Je ne vois pas de quoi vous parlez.

— Lori-Ann Tucker... Ce nom vous dit quelque chose ?

La question la prit de court. Lori-Ann avait parlé à la police ? C'était elle qui l'avait dénoncée ?

Tu m'avais promis, Lori-Ann. C'était notre secret.

— C'était votre amie, n'est-ce pas ?

— Oui, admit-elle.

— Et Sarah Parmley ? C'était aussi une amie ?

Elle se rendit soudain compte qu'il avait utilisé l'imparfait. Sa gorge se noua.

— Vous connaissiez bien ces deux femmes ? insista-t-il.

— Nous... nous avons grandi ensemble. Toutes les trois. Pourquoi ?

— Vous n'êtes donc pas au courant ?

— Je les ai un peu perdues de vue. Ça fait des mois que je n'ai pas appelé les États-Unis.

— Et personne ne vous a appelée ?

— Non.

Comment aurait-on pu ? J'ai tout fait pour me rendre invisible.

Sansone lança un bref regard à Baum, puis se tourna à nouveau vers elle.

— J'ai bien peur d'avoir de très mauvaises nouvelles. Vos amies sont mortes... toutes les deux.

Elle agita la tête.

— Mortes... Je ne comprends pas... il y a eu un accident ? Comment peuvent-elles être...

— Ce n'était pas un accident. Elles ont été assassinées.

— Ensemble ?

— Séparément. C'est arrivé aux environs de Noël. Lori-Ann a été tuée à Boston, Sarah à Purity. Le corps de Sarah a été retrouvé dans la maison de vos parents, celle que vous avez mise en vente. C'est pourquoi la police vous cherche.

— Excusez-moi... chuchota-t-elle. Je ne me sens pas très bien...

Elle bondit hors du lit et fonça droit à la salle de bains. Elle claqua la porte derrière elle et tomba à genoux devant la cuvette des toilettes. Le vin de la veille lui remonta dans la gorge, acide, lui brûlant l'œsophage. Elle s'accrocha aux toilettes et vomit jusqu'à ce que son estomac soit vide. Quand elle n'eut plus rien à rendre, elle tituba jusqu'au lavabo, où elle s'aspergea le visage. Contemplant son reflet dégoulinant, elle reconnut à peine la femme qui lui faisait face. Depuis combien de temps ne s'était-elle pas regardée dans un miroir ? Quand s'était-elle transformée en cette créature sauvage ? Sa cavale avait imprimé sa marque sur ses traits. À force de courir, on finissait par laisser son âme derrière soi.

Elle s'essuya le visage, se recoiffa avec ses doigts et renoua sa queue de cheval. Le bel homme richissime attendait à côté pour l'interroger et elle devait rester vigilante. Ne pas lui en dire plus que le strict nécessaire. Puisqu'il ne savait pas ce qu'elle avait fait, elle n'était pas prête à le lui apprendre.

La couleur revint lentement sur son visage. Elle leva le menton et aperçut la lueur du vieux guerrier au fond de ses yeux. Ses deux amies étaient mortes. Il ne restait plus qu'elle.

Aidez-moi, les filles. Aidez-moi à survivre.

Elle inspira profondément puis sortit de la salle de bains.

Les deux hommes la regardèrent avec sollicitude.

— Je suis navré de vous avoir annoncé cela aussi abruptement, s'excusa Sansone.

— Donnez-moi les détails. Qu'est-ce que la police a trouvé ?

Sa froideur le surprit.

— Les détails ne sont pas agréables.

— Le contraire m'aurait étonnée.

Elle s'assit sur le lit avant de reprendre, plus doucement :

— J'ai simplement besoin de savoir. Il faut que je sache comment elles sont mortes.

M. Baum s'avança vers elle.

— Tout d'abord, je peux vous poser une question ?

Les deux hommes la surplombaient, observant son visage.

— Connaissez-vous la signification de la croix inversée ?

L'espace de quelques secondes, elle cessa de respirer. Puis elle retrouva sa voix :

— C'est... c'est un symbole utilisé pour se moquer du christianisme. Certains le considèrent comme satanique.

Elle vit Baum et Sansone échanger un regard surpris.

— Et ce symbole-ci ?

Baum sortit un stylo et un bout de papier de sa poche. Il y griffonna quelque chose puis le lui tendit, expliquant :

— On l'appelle parfois « l'œil qui voit tout ». Vous connaissez sa signification ?

— C'est l'Oudjat. L'œil de Lucifer.

Les deux hommes se regardèrent à nouveau.

— Et si je vous dessinais une tête de bouc, avec des cornes ? demanda Baum. Cela aurait-il un sens pour vous ?

— Je suppose que vous voulez parler du symbole de Baphomet ? Ou d'Azazel ?

— Vous connaissez tous ces symboles ?

— Oui.

— Pourquoi ? Seriez-vous une adepte du satanisme, mademoiselle Saul ?

Elle eut envie de rire.

— Pas vraiment. Il se trouve juste que je les connais. Par curiosité personnelle.

— Votre cousin Dominic est-il sataniste ?

Elle se figea, ses mains se crispant sur ses genoux.

— Mademoiselle Saul ?

— C'est à lui qu'il faut le demander.

— Nous aimerions bien, répondit Sansone. Où peut-on le trouver ?

Elle baissa les yeux.

— Je ne sais pas.

Sansone soupira.

— Nous avons déployé des efforts considérables pour vous retrouver. Cela nous a pris dix jours. Aussi, si vous pouviez nous dire où se trouve Dominic, vous nous feriez gagner un temps précieux.

— Je vous l'ai dit, je n'en sais rien.

— Pourquoi le protégez-vous ?

Elle redressa brusquement le menton.

— Pourquoi voulez-vous que je le protège ?

— Il est votre seul parent en vie. Et vous ne savez même pas où il est ?

— Ça fait douze ans que je ne l'ai pas vu.

Sansone plissa des yeux.

— Vous vous souvenez exactement du nombre d'années ?

Elle déglutit. *J'ai fait une bourde. Je dois être plus prudente.*

— Ce qui est arrivé à Lori-Ann et à Sarah... c'est l'œuvre de Dominic, Lily.

— Comment le savez-vous ?

— Vous voulez vraiment que je vous dise ce qu'il a fait à Sarah ? Pendant combien d'heures elle a hurlé tandis qu'il gravait des croix sur son corps ? Et devinez ce qu'il a dessiné sur les murs de la chambre de Lori-Ann, dans laquelle il l'a découpée en morceaux ? Des croix inversées. Le même symbole qu'il a gravé dans cette grange quand il avait quinze ans, quand il vivait chez vous cet été-là à Purity.

Sansone s'approcha d'elle, sa proximité soudain menaçante.

— C'est lui que vous fuyez, Lily ? C'est votre cousin Dominic ?

Elle ne répondit pas.

— Vous fuyez quelque chose, c'est évident. Depuis que vous avez quitté Paris, vous n'êtes restée nulle part plus de six mois. Vous n'êtes pas rentrée à Purity depuis des années. Que s'est-il passé cet été-là, Lily ? L'été où vous avez perdu toute votre famille ?

Elle se serra les épaules, se recroquevillant comme un hérisson. Puis elle commença à trembler, au moment où, plus que jamais, elle avait besoin de rester maîtresse d'elle-même.

Sansone enchaîna :

— D'abord, votre frère Teddy se noie. Ensuite, votre mère tombe dans l'escalier. Puis votre père se tire une balle dans la tête. Tout cela en quelques

372

semaines. Cela fait beaucoup de tragédies pour une adolescente de seize ans.

Elle se serra encore plus fort avec l'impression qu'autrement elle tomberait en miettes.

— Était-ce juste la malchance, Lily ? Ou s'est-il passé autre chose cet été-là ? Quelque chose entre Dominic et vous ?

Elle se redressa vivement.

— Qu'est-ce que vous insinuez ?

— Vous refusez de nous aider à le retrouver. Je ne peux en conclure qu'une chose : vous le couvrez.

— Vous… vous pensez qu'on était… ensemble ? Vous croyez que je voulais la mort de ma famille ? Mon frère n'avait que onze ans !

Sa voix avait grimpé à des hauteurs hystériques. Elle répéta dans un murmure :

— Onze ans !

— Vous ne vous êtes peut-être pas rendu compte à quel point c'était dangereux. Vous l'avez d'abord accompagné en récitant quelques incantations, en réalisant quelques rituels inoffensifs. Beaucoup de jeunes le font, vous savez, par curiosité. Ils veulent se prouver qu'ils sont différents des autres, qu'ils sont uniques. Parfois, c'est pour choquer leurs parents. Vos parents ont été choqués ?

— Ils ne le comprenaient pas, murmura-t-elle. Ils ne se rendaient pas compte…

— Et les autres filles ? Vos amies Lori-Ann et Sarah. Participaient-elles, elles aussi, aux rituels ? À quel moment le jeu est-il devenu effrayant ? Quand avez-vous compris qu'il y avait des puissances qu'il ne fallait surtout pas réveiller ? C'est ce qui s'est passé, n'est-ce pas ? C'est Dominic qui vous a entraînée ?

— Non, ce n'est pas du tout ça.

— Puis vous avez pris peur. Vous avez tenté de vous libérer mais il était trop tard. Leurs regards s'étaient posés sur vous. Et sur votre famille. Une fois que vous avez invité les ténèbres dans votre vie, ce n'est pas aussi facile de s'en débarrasser. Elles s'enfoncent en vous, deviennent une partie de vous-même. Vous vous fondez en elles.

Elle le regarda dans les yeux.

— Ce n'est pas mon cas. Je ne voulais rien avoir à faire avec ça !

— Dans ce cas, pourquoi continuez-vous à les chercher ?

— Que voulez-vous dire ?

Sansone lança un regard à Baum qui ouvrit sa mallette et en sortit une liasse de papiers.

— Ce sont les rapports d'enquête sur vos allées et venues au cours de ces dernières années. Des entretiens avec des gens pour lesquels vous avez travaillé. Des conservateurs de musée à Florence et à Paris. L'agence de tourisme à Rome. Un antiquaire à Naples. Apparemment, vous les avez tous impressionnés par vos connaissances ésotériques en démonologie. Vous semblez en connaître long sur le sujet.

— J'ai appris toute seule.

— Pourquoi ? demanda Sansone.

— Je voulais le comprendre.

— Dominic ?

— Oui.

— Et vous y êtes parvenue ?

— Non. J'ai surtout compris que je n'y parviendrais jamais. Comment comprendre un être qui n'est pas humain ?

— On ne peut pas, Lily, mais on peut essayer de le vaincre. Aidez-nous.

— Vous êtes sa cousine, insista Baum. Vous avez vécu avec lui pendant ce fameux été. Vous le connaissez sans doute mieux que quiconque.

— C'était il y a douze ans.

— Mais lui ne vous a pas oubliée, reprit Sansone. C'est pour cela que vos amies ont été tuées. Il les a utilisées pour vous retrouver.

— Alors il les a tuées pour rien. Ni l'une ni l'autre ne savait où j'étais. Elles n'ont rien pu lui apprendre.

— C'est sans doute la seule raison pour laquelle vous êtes encore en vie, dit Baum.

— Aidez-nous à le trouver, répéta Sansone. Rentrez à Boston avec moi.

Elle resta un long moment assise sur le lit sans répondre, sous le regard scrutateur des deux hommes.

Je n'ai pas vraiment le choix. Je dois jouer le jeu.

Elle releva la tête vers Sansone.

— On part quand ?

33

Lily Saul ressemblait à une jeune toxico ramassée dans la rue. Elle avait les yeux rouges, des cheveux gras tirés en queue de cheval. Elle n'avait visiblement pas changé de chemisier depuis un certain temps et son jean était si élimé qu'il ne supporterait plus qu'un ou deux lavages avant de se désintégrer. À moins que ce ne soit la mode chez les jeunes ? Puis Jane se rappela qu'elle n'était pas face à une gamine mais à une femme de vingt-huit ans, même si, en cet instant, elle semblait bien plus jeune et vulnérable. Assise dans l'imposante salle à manger d'Anthony Sansone, elle paraissait minuscule dans le grand fauteuil. Elle avait douloureusement conscience de ne pas être à sa place. Son regard hésitait entre Jane et Sansone, se demandant de quel côté viendrait le premier assaut.

Jane ouvrit un dossier et en sortit la photocopie d'une page d'un annuaire des élèves de la Putnam Academy.

— Pouvez-vous confirmer que c'est bien votre cousin, Dominic Saul ?

Lily baissa les yeux vers la photo. Le portrait qui la fixait en retour était saisissant : un visage sculpté, encadré de cheveux dorés, des yeux bleus... un vrai ange préraphaélite.

— Oui, c'est mon cousin.

— Cette photo a été prise il y a douze ans. Nous n'en avons pas de plus récentes. Vous pouvez nous dire où en trouver ?

— Non.

— Vous êtes assez catégorique.

— Je n'ai plus aucun contact avec Dominic. Je ne l'ai pas vu depuis des années.

— Quand l'avez-vous vu pour la dernière fois ?

— Cet été-là. Il est parti une semaine après l'enterrement de mon père. J'étais hébergée chez Sarah. Il ne s'est pas donné la peine de venir me dire au revoir. Il a simplement laissé un mot expliquant que sa mère était venue le chercher et qu'ils quittaient la ville immédiatement.

— Vous n'avez plus eu de ses nouvelles depuis ?

Lily hésita. Cela ne dura qu'un battement de paupières, mais c'était suffisant pour que Jane se penche en avant, alertée.

— Vous en avez eu, n'est-ce pas ?

— Je ne suis pas sûre...

— Qu'est-ce que ça veut dire ?

— L'année dernière, quand j'étais à Paris, j'ai reçu une lettre de Sarah. Elle avait trouvé une carte postale troublante dans sa boîte aux lettres. Elle me l'a fait suivre.

— De qui était cette carte ?

— Il n'y avait pas de nom, pas de signature. La carte représentait un tableau qui se trouve au musée royal de Bruxelles. *L'Ange du mal*, d'Antoine Wiertz.

— Il y avait un message ?

— Non, juste des symboles. Des symboles que Sarah avait reconnus parce que nous les avions vus gravés sur des arbres cet été-là.

Jane poussa un stylo et un calepin vers elle.

377

— Dessinez-les-moi.

Lily saisit le stylo et hésita, comme si le fait de reproduire ce qu'elle avait vu lui faisait horreur. Puis elle se ressaisit. Ce qu'elle dessina envoya un frisson glacé dans l'échine de Jane : trois croix inversées, suivies de *A 17 : 16*.

— C'est une référence biblique ?

— C'est un verset de l'Apocalypse.

Jane lança un regard à Sansone.

— Vous pouvez nous apporter une bible ?

— Je peux vous le réciter, dit doucement Lily. « Les dix cornes que tu as vues et la Bête haïront la prostituée, la dépouilleront et la mettront à nu, mangeront ses chairs et la consumeront par le feu. »

— Vous le connaissez par cœur.

— Oui.

Jane tourna une feuille du calepin pour lui présenter une page vierge.

— Vous pouvez me le recopier ?

L'espace d'un instant, Lily fixa la page vide. Puis, à contrecœur, elle commença à écrire. Lentement, comme si chaque mot était douloureux. Quand elle rendit le calepin à Jane, ce fut avec un soupir de soulagement.

Jane relut la phrase, sentant à nouveau ce même frisson glacé.

— Ça m'a tout l'air d'un avertissement, d'une menace.

— Ça l'est. Je suis sûre qu'il m'était destiné.

— Alors pourquoi est-ce Sarah qui l'a reçu ?

— Parce que j'étais introuvable. J'avais déménagé tant de fois, changeant de ville, de…

— Il l'aurait donc envoyé à Sarah parce qu'elle savait où vous trouver. C'était bien de lui, hein ?

Lily baissa la tête.

— Je ne sais pas.

— Allons, Lily. De qui donc pouvait être cette carte sinon de Dominic ? C'est presque exactement ce qu'il avait gravé dans cette grange, des années plus tôt. Pourquoi vous cherchait-il ? Pourquoi vous menaçait-il ?

Lily détourna les yeux, répondant d'une voix faible :

— Parce que je sais ce qu'il a fait cet été-là.

— À votre famille ?

Elle acquiesça, les yeux remplis de larmes.

— Je ne pouvais pas le prouver, mais je savais.

— Comment ?

— Mon père ne se serait jamais suicidé ! Il savait combien j'avais besoin de lui. Mais personne n'a voulu m'écouter. Personne n'écoute une gamine de seize ans.

— Qu'est devenue cette carte postale ? Celle avec les symboles ?

Elle se redressa légèrement.

— Je l'ai brûlée. Puis j'ai quitté Paris.

— Pourquoi ?

— Qu'est-ce que vous feriez si vous receviez une menace de mort ? Vous attendriez tranquillement chez vous ?

— Vous auriez pu prévenir la police. Pourquoi ne pas l'avoir fait ?

— Pour leur dire quoi ? Qu'on m'avait envoyé une référence biblique ?

— Vous n'avez même pas envisagé de le dénoncer ? Vous saviez au fond de vous que votre cousin était un assassin mais vous n'avez jamais prévenu les autorités ? C'est cela qui m'échappe, Lily. Il vous a menacée. Il vous a fait suffisamment peur pour que vous quittiez Paris mais vous n'avez jamais demandé de l'aide. Vous vous êtes contentée de fuir.

Lily baissa les yeux. Il y eut un long silence. Dans la pièce d'à côté, une pendule sonna.

Jane lança un regard à Sansone. Il paraissait aussi perplexe qu'elle. Elle se concentra à nouveau sur Lily, qui refusait obstinément de croiser son regard.

— Allez. Qu'est-ce que vous ne nous dites pas ?

Lily ne répondit pas.

Jane commençait à perdre patience.

— Mais, bon sang, pourquoi refusez-vous de nous aider à le coincer ?

— Vous ne pouvez pas.

— Pourquoi ?

— Parce qu'il n'est pas humain.

Pendant le long silence qui suivit, Jane entendit le carillon de la pendule faire écho à travers les pièces. Le frisson qu'elle avait ressenti se mua soudain en courant d'air glacé remontant le long de son dos.

Pas humain. « Les cornes que tu as vues et la Bête... »

Sansone se pencha vers Lily et lui demanda doucement :

— S'il n'est pas humain, qu'est-ce que c'est ?

La jeune femme détourna la tête.

— Je n'arrive pas à le semer. Il me retrouve toujours. Ici aussi, il me trouvera.

Jane fit un effort considérable pour se ressaisir. L'entretien avait tellement dévié de son objectif originel qu'elle finissait par douter de tout ce que la jeune femme lui avait dit depuis le début. Soit elle mentait, soit elle était folle. Quant à Sansone, non seulement il avalait toutes ses sornettes mais il l'encourageait avec ses propres délires.

— Bon, ça suffit avec vos « Hou ! Hou ! Fais-moi peur » ! Je ne cherche pas le Diable mais un homme.

— Dans ce cas, vous ne l'attraperez jamais, répondit Lily. Et je ne peux pas vous aider.

Elle se tourna vers Sansone.

— J'ai besoin d'aller aux toilettes.

Jane insista :

— Vous ne pouvez pas ou vous ne voulez pas ?

— Écoutez, je suis fatiguée, s'énerva Lily. Je viens de descendre de l'avion et je ne me suis pas douchée depuis deux jours. Je ne répondrai plus à d'autres questions.

Elle se leva et quitta la pièce.

— Elle ne nous a rien dit d'utile, soupira Jane.

Sansone fixa la porte que Lily venait de franchir.

— Détrompez-vous. Je crois qu'elle vient de nous faire avancer.

— Elle cache quelque chose…

Jane fut interrompue par la sonnerie de son portable. Elle le sortit de son sac.

— Excusez-moi.

Vince Korsak ne s'embarrassa pas de préambules :

— Il faut que vous veniez tout de suite.

À l'autre bout du fil, Jane entendit de la musique et un brouhaha de conversations.

— Désolée, Vince, mais je ne vais pas pouvoir me joindre à vous ce soir, je suis en plein milieu d'un interrogatoire…

— Mais vous êtes la seule à pouvoir faire quelque chose !

— Vince, je suis occupée.

— Ce sont vos parents. Qu'est-ce que vous voulez que je fasse avec eux ?

— Comment ?

— Ils sont en pleine engueulade… Zut, ils viennent d'entrer dans la cuisine. Il faut que j'aille planquer les couteaux !

— Mon père est venu à votre fête ?

— Il s'est pointé comme ça, je ne l'ai pas invité. Il est arrivé juste après votre mère et ça fait bien vingt minutes qu'ils se crêpent le chignon. Alors, vous venez ? Parce que sinon, il va falloir que j'appelle les flics.

— Non, pas ça !

Maman et papa emmenés au poste les menottes aux poignets ? Je n'y survivrais pas.

— C'est bon, j'arrive.

Elle raccrocha et regarda Sansone.

— Il faut que j'y aille.

Il la suivit dans le vestibule pendant qu'elle enfilait son manteau.

— Vous reviendrez ce soir ?

— Pour le moment, elle n'est pas très coopérative. Je réessaierai demain.

Il acquiesça.

— Je la garderai en sécurité d'ici là.

Elle fit une moue dépitée.

— En sécurité ? Estimez-vous heureux si vous parvenez à l'empêcher de s'enfuir.

Dehors, la nuit était froide et claire. Elle se dirigea vers sa Subaru et mettait la clef dans la serrure quand elle entendit une portière claquer. Un peu plus loin dans la rue, elle vit Maura venir vers elle.

— Qu'est-ce que tu fais ici ? lui demanda-t-elle.

— J'ai appris qu'il avait retrouvé Lily Saul.

— Pour le bien que ça nous a fait !

— Tu l'as déjà interrogée ?

— Oui, mais elle refuse de lâcher quoi que ce soit. On n'a pas avancé d'un iota.

Au même instant, elle vit la camionnette d'Oliver Stark se garer un peu plus loin.

— Mais qu'est-ce qui se prépare ici ce soir ?

— Nous sommes tous venus voir Lily Saul.

— « Nous » ? Ne me dis pas que tu as rejoint cette bande de cinglés ?

— Je n'ai rien rejoint. Mais ma maison a été marquée, Jane, et je veux savoir pourquoi. Je tiens à savoir ce que cette femme a à dire.

Elle tourna les talons et se dirigea vers la maison d'Anthony Sansone.

— Hé, toubib ! la rappela Jane.

— Oui ?

— Fais attention à toi, avec cette Lily Saul.

— Pourquoi ?

— Soit elle est timbrée, soit elle cache quelque chose.

Après une demi-seconde d'hésitation, elle ajouta :

— Ou les deux.

Même à travers la porte fermée de l'appartement de Korsak, Jane pouvait entendre les basses de la musique disco, comme un cœur battant dans les murs. À cinquante-cinq ans, ce type avait déjà fait un infarctus, et *Staying Alive*[1] était probablement un bon choix pour son hymne personnel. Elle frappa, redoutant de se trouver face à Korsak dans un costume en polyester.

Quand il ouvrit, elle resta une fraction de seconde à contempler la chemise en soie étincelante. Il avait de grandes auréoles de transpiration sous les aisselles et son col était largement ouvert sur un poitrail velu.

1. Littéralement : « rester en vie ».

Il ne manquait plus qu'une grosse chaîne en or autour de son cou gras.

— Dieu merci ! soupira-t-il.

— Où sont-ils ?

— Toujours dans la cuisine.

— Encore vivants, j'espère.

— Faut croire, à entendre leurs hurlements ! Putain, j'aurais jamais cru votre mère capable d'un tel langage !

C'était la première fois que Jane entrait dans la nouvelle garçonnière de Korsak et elle dut marquer un temps d'arrêt sur le seuil, stupéfiée par le spectacle. Dans la pénombre mouchetée de lueurs projetées par une boule tournante, une dizaine d'invités amorphes se tenaient par petits groupes, debout, un verre à la main, ou avachis sur le canapé et les fauteuils alentour. Il y avait là une table basse chromée et surmontée d'un verre fumé, un tapis à longs poils blancs, un poste de télévision géant et des amplis si hauts qu'en clouant une planche par-dessus on aurait créé la cabane de rêve d'un SDF. Et beaucoup, beaucoup de cuir noir. Elle pouvait presque sentir la testostérone suinter des murs.

Puis, par-dessus les couinements aigus de *Staying Alive*, elle discerna deux voix hurlant dans la cuisine :

— Pas question que tu restes ici dans cette tenue ! Non mais tu t'es vue ? Tu crois que t'as dix-sept ans ou quoi ?

— Tu n'as aucun droit de me dire ce que j'ai à faire, Frank !

Jane entra dans la cuisine, mais ses parents ne remarquèrent même pas sa présence tant ils étaient concentrés sur leur dispute.

Qu'est-il arrivé à maman ? se demanda Jane en voyant Angela dans une petite robe moulante rouge.

Quand a-t-elle découvert les talons aiguilles et le fard à paupières vert ?

— Tu es grand-mère, bordel ! hurla Frank. Comment tu oses sortir attifée comme ça ? Regarde-toi !

— Au moins, quelqu'un me regarde. Ça n'a jamais été ton cas !

— On dirait que tes nichons vont faire exploser ta robe !

— Quand on en a, autant les montrer.

— Qu'est-ce que tu cherches à prouver ? Toi et cet inspecteur Korsak...

— Vince est très prévenant avec moi, merci.

— Maman ? tenta Jane. Papa ?

— « Vince » ? Parce que, maintenant, tu l'appelles par son petit nom ?

— Hé ! cria Jane.

Ses parents se tournèrent vers elle.

— Ah, Janie ! fit Angela. Finalement, tu as pu te libérer !

Frank fusilla sa fille du regard.

— Tu étais au courant pour cette petite sauterie ? Tu savais que ta mère batifolait ?

— Peuh ! Ça te va bien de dire ça !

— Tu laisses ta mère sortir habillée comme ça ?

— Elle a cinquante-sept ans, rétorqua Jane. Je suis censée contrôler la longueur de ses jupes ?

— C'est... c'est... *inconvenant !*

— Je vais te dire ce qui est inconvenant, répliqua Angela. C'est toi, toi qui m'as volé ma jeunesse et ma beauté, puis m'as balancée à la poubelle. C'est toi, qui fourres ta bite dans la première chatte qui passe dans le coin !

Je ne peux pas croire que ma mère vient de dire ça !

— Et tu as le culot de me dire ce qui est inconvenant ou pas ? Qu'est-ce que t'attends pour aller la retrouver ? Moi, je reste ici. Pour la première fois de ma vie, je m'amuse ! Je fais la fête !

Elle pivota sur ses talons aiguilles et sortit.

— Angela ! Reviens ici tout de suite !

Jane attrapa le bras de son père.

— Papa, laisse tomber.

— Quelqu'un doit l'arrêter avant qu'elle se couvre de ridicule.

— Tu veux dire : qu'elle *te* couvre de ridicule.

Frank libéra son bras.

— C'est ta mère. Tu devrais la raisonner.

— Elle fait la fête, et après ? Elle ne commet aucun crime.

— Cette robe est un crime. Heureusement que je suis arrivé avant qu'elle ne fasse une bêtise qu'elle aurait regrettée plus tard.

— À ce propos, qu'est-ce que tu fais ici ? Comment as-tu su où la trouver ?

— C'est elle qui me l'a dit.

— Maman ?

— Elle m'a appelé pour me dire qu'elle me pardonnait. Que je devais vivre ma vie et m'amuser. Qu'elle allait à une soirée et que mon départ était la meilleure chose qui lui soit arrivée. Non mais, tu peux me dire ce qui lui passe par la tête ?

Il lui passe qu'elle se venge. Elle est en train de te montrer qu'elle se fiche pas mal que tu l'aies laissée tomber.

— Et ce Korsak... reprit Frank. Il est plus jeune qu'elle !

— De quelques années seulement.

— Quoi, tu prends sa défense, maintenant ?

386

— Je ne défends personne. Je pense que vous avez besoin d'air tous les deux. Chacun de votre côté. Rentre chez toi, OK ?

— Je ne partirai pas tant que je n'aurai pas réglé cette affaire avec elle !

— Papa, tu n'as vraiment aucun droit de lui dire quoi que ce soit, tu le sais très bien.

— Mais c'est ma femme, quand même !

— Ah oui ? Et qu'est-ce qu'elle en pense, ta greluche ?

— Ne l'appelle pas comme ça !

— Comment tu veux que je l'appelle ? Ta pétasse ?

— Tu ne comprends pas...

— Je comprends que maman s'amuse enfin un peu. Elle ne se l'était encore jamais accordé auparavant.

Il agita une main vers la musique.

— Tu appelles ça s'amuser ? Cette... cette partouze ?

— Et toi, qu'est-ce que tu fais avec ta... avec l'autre ?

Frank poussa un gros soupir et se laissa tomber sur une chaise. Il se prit la tête entre les mains.

— Quel bordel ! Quelle putain d'erreur !

Jane tiqua, plus choquée par le terme employé par son père que par l'expression de son regret.

— Je ne sais plus quoi faire.

— Qu'est-ce que tu as envie de faire, papa ?

Il releva la tête et la regarda d'un air perdu.

— Je n'arrive pas à décider.

— Sympa ! C'est maman qui va être heureuse en entendant ça.

— Je ne la reconnais plus ! On dirait une extraterrestre, avec ses nibards qui lui remontent sous la gorge. Tous ces types sont probablement en train de la déshabiller du regard.

Il se releva brusquement.

— C'est trop. Je vais y mettre un terme tout de suite !

— Non, tu vas rentrer chez toi. Maintenant !

— Pas tant qu'elle est encore ici.

— Tu ne feras qu'aggraver la situation, papa. Pars.

Elle lui prit le bras et l'entraîna hors de la cuisine.

Quand ils traversèrent le salon, il s'arrêta et aperçut Angela qui se tenait au milieu de la pièce, un verre à la main, la boule disco projetant des paillettes multicolores sur sa robe. Il lui cria :

— T'as intérêt à être rentrée avant onze heures !

Puis il sortit de l'appartement et claqua la porte derrière lui.

— C'est ça ! lança Angela. Cours toujours.

Assise devant la table de sa cuisine, des papiers éparpillés devant elle, Jane lança un regard vers la pendule. Il était vingt-deux heures quarante-cinq.

— Tu ne peux quand même pas la ramener de force, lui dit Gabriel. C'est une adulte. Ça la regarde, si elle veut passer la nuit là-bas.

Jane se plaqua les mains contre les tempes.

— N'évoque pas cette éventualité, s'il te plaît.

Elle tenta de chasser de sa tête l'idée de sa mère dormant chez Korsak. Mais Gabriel avait ouvert les portes et les images se bousculaient déjà.

— Je devrais y retourner avant qu'il se passe quelque chose. Avant que...

— Avant que quoi ? Qu'elle passe un trop bon moment ?

Il vint se placer derrière elle et lui massa les épaules.

— Allons, chérie. Détends-toi. Qu'est-ce que tu peux faire, imposer un couvre-feu à ta mère ?

— J'y songe.

Dans sa chambre, Regina se mit à brailler.

— Aucune des femmes de ma vie n'est contente, ce soir, soupira Gabriel.

Il partit calmer sa fille.

Jane lança à nouveau un regard vers la pendule. Vingt-trois heures. Korsak avait promis de mettre Angela dans un taxi. C'était peut-être déjà fait.

Je pourrais appeler pour demander si elle est partie ?

Elle s'efforça plutôt de se concentrer sur les papiers. C'était son dossier sur l'insaisissable Dominic Saul. Il contenait les rares données sur ce jeune homme qui, douze ans plus tôt, s'était volatilisé. Une fois de plus, elle examina sa photo de lycée, étudiant ce visage d'une beauté presque angélique. Des cheveux dorés, d'intenses yeux bleus, un nez droit.

Un ange déchu.

Elle saisit la lettre manuscrite de Margaret Saul retirant son fils de la Putnam Academy.

> *Dominic ne reprendra pas les cours à l'automne prochain. Je l'emmène avec moi au Caire...*

Où avaient-ils disparu ? Interpol n'avait retrouvé aucune trace de leur arrivée au Caire, aucun document attestant que Margaret et Dominic Saul seraient rentrés en Égypte.

Elle se frotta les yeux, trop épuisée pour réfléchir, puis commença à rassembler les papiers pour les ranger dans le dossier. Ouvrant son calepin, elle se figea, fixant la page devant elle. C'était la citation de l'Apocalypse que Lily Saul avait recopiée.

*Les dix cornes que tu as vues et la Bête haïront
la prostituée, la dépouilleront, la mettront à nu,
mangeront ses chairs et la consumeront par le
feu.*

Ce n'étaient pas les mots eux-mêmes qui venaient
d'envoyer une décharge d'adrénaline dans ses veines,
mais l'écriture.

Elle fouilla dans le dossier, en ressortit la lettre de
Margaret Saul retirant son fils de la Putnam Academy.
Elle l'étala à côté du calepin, regarda l'une, puis
l'autre, la lettre, la citation.

Elle se leva brusquement et appela :

— Gabriel ? Je sors !

Il revint dans la cuisine, la petite Regina dans les
bras.

— Elle ne va pas apprécier, tu sais. Laisse-la donc
passer encore une heure à la soirée.

— Il ne s'agit pas de maman.

Il suivit Jane dans le séjour, l'air inquiet, tandis
qu'elle ouvrait un tiroir, sortait la ceinture de son holster et l'attachait autour de ses hanches.

— Il s'agit de Lily Saul.

— Qu'est-ce qu'elle a fait ?

— Elle a menti. Elle sait parfaitement où se cache
son cousin.

34

— Je vous ai dit tout ce que je savais, déclara Lily.

Jane se trouvait dans la salle à manger de Sansone, où les assiettes à dessert n'avaient pas encore été débarrassées. Jeremy plaça délicatement une tasse de café devant elle, mais elle n'y toucha pas. Elle ne lança pas non plus le moindre regard aux autres convives autour de la table. Elle ne regardait que Lily.

— Passons plutôt dans la pièce à côté, lui proposa-t-elle. Nous pourrons y parler en privé.

— Je n'ai rien d'autre à vous dire.

— Je crois plutôt que vous avez beaucoup de choses à me dire.

Edwina Felway s'interposa :

— Dans ce cas, inspecteur, posez vos questions ici. Nous aimerions tous les entendre.

Jane balaya du regard Sansone et ses convives. La Fondation Méphisto. Maura avait beau affirmer ne pas en être, elle était assise parmi eux. Ces gens s'imaginaient connaître le mal, mais ils n'étaient même pas capables de le reconnaître quand il était assis à leur table. Le regard de Jane revint sur Lily, qui refusait toujours de se lever de sa chaise.

Ah, c'est comme ça que tu veux jouer ? Alors allons-y, jouons en public.

Jane ouvrit le dossier qu'elle avait apporté et plaqua la lettre sur la table devant Lily, faisant cliqueter les verres à vin et la porcelaine.

— Ce n'est pas la mère de Dominic qui a écrit ça, dit Jane.

— Qu'est-ce que c'est ? demanda Edwina.

— Une lettre retirant Dominic Saul, alors âgé de quinze ans, de la Putnam Academy, dans le Connecticut. Prétendument signée de sa mère, Margaret Saul.

— Prétendument ?

— Margaret Saul n'a jamais écrit cette lettre. C'est vous, Lily, qui l'avez fait.

Lily éclata de rire.

— J'ai l'air d'avoir l'âge d'être sa mère ?

Jane posa son calepin sur la table, ouvert à la page contenant la citation.

— Vous avez écrit ceci aujourd'hui pour moi, Lily. Nous savons que c'est votre écriture.

Elle indiqua la lettre.

— C'est la même qu'ici.

Silence. Les lèvres de Lily ne formaient plus qu'un trait fin.

— Cet été-là, quand vous aviez seize ans, votre cousin Dominic a voulu disparaître. D'ailleurs, après ce qu'il avait fait à Purity, il n'avait pas le choix. Vous l'avez aidé. Vous avez raconté à tout le monde que sa mère était venue le chercher, qu'ils avaient quitté le pays. Mais c'était un mensonge, n'est-ce pas ? Margaret Saul n'est jamais venue chercher son fils. Elle ne s'est jamais manifestée. Je me trompe ?

— Je n'ai pas à vous répondre, répliqua Lily. Je connais mes droits.

— Où est-il ? Où est Dominic ?

Lily repoussa sa chaise et se leva.

— Quand vous l'aurez trouvé, faites-moi signe.

— Que s'est-il passé entre vous cet été-là ?

— Je vais me coucher.

— Il a fait toute la sale besogne pour vous ? C'est pour ça que vous le protégez ?

Lily s'arrêta à mi-chemin vers la porte et se retourna, le regard assassin. Jane poursuivit :

— À la mort de vos parents, vous avez hérité d'un joli petit magot.

— J'ai hérité d'une maison que personne ne voudra jamais acheter et d'un compte bancaire qui a payé mes études universitaires, mais c'est à peu près tout.

— Vous vous entendiez bien avec vos parents ? Vous vous disputiez ?

— Comment pouvez-vous imaginer que...

— Tous les adolescents entrent en conflit avec leurs parents, tôt ou tard, mais, parfois, ça va plus loin. Vous n'en pouviez peut-être plus d'habiter dans ce trou perdu et n'attendiez qu'une occasion de partir vivre votre vie. Puis votre cousin est venu passer l'été chez vous. Il vous a donné des idées, vous a montré comment rendre votre départ un peu plus facile, un peu plus rapide...

— Vous n'avez aucune idée de ce qui s'est passé !

— Alors racontez-le-moi. Dites-moi pourquoi c'est vous qui avez repéré le corps de Teddy dans le lac, pourquoi c'est vous qui avez trouvé votre mère au pied de l'escalier...

— Je ne leur aurais jamais fait le moindre mal !

— Vous étiez amants ? Dominic et vous ?

Lily devint livide de rage. L'espace d'un instant, Jane crut que la jeune femme allait lui sauter à la gorge.

Une sonnerie tonitruante brisa soudain le silence. Ils se tournèrent tous vers Sansone.

— C'est notre alarme, expliqua-t-il en se levant.

393

Il se dirigea vers un panneau de commande encastré dans le mur.

— Quelqu'un a essayé d'ouvrir la fenêtre du jardin.

— C'est lui, murmura Lily.

Jeremy entra dans la salle à manger.

— Je viens d'aller vérifier, monsieur. La fenêtre est bien fermée.

Sansone se tourna vers les autres.

— Ce n'est peut-être qu'une défaillance du système. Le mieux est que vous restiez tous ici pendant que je vais jeter un coup d'œil.

— Non, dit Lily.

Son regard allait d'une porte à l'autre, comme si elle s'attendait à ce qu'un intrus surgisse dans la pièce d'un instant à l'autre.

— Je ne peux pas rester ici, pas dans cette maison.

— Vous y êtes en sécurité. Nous vous protégerons.

— Et qui va *vous* protéger ?

Elle regarda successivement Maura, Edwina et Oliver, crachant les mots comme des balles :

— Et vous, et vous, et vous ? Vous n'avez aucune idée de ce à quoi vous avez affaire !

— Bon, on se calme, dit Jane. Restez sagement ici, je vais faire un tour dehors.

— Je viens avec vous, annonça Sansone.

Elle fut sur le point de refuser puis se souvint d'Eve Kassovitz, traînée sur l'allée glacée, son revolver encore dans son holster.

— D'accord, allons-y.

Ils enfilèrent leurs manteaux et sortirent. Le verglas faisait briller les taches de lumière sous les réverbères. Un univers glacé, toutes les surfaces polies et luisantes comme du verre. Même si un intrus était passé par là, il n'aurait pas laissé d'empreintes de pas.

Le faisceau de la torche de Jane balaya des dalles dures comme du diamant. Sansone et elle firent le tour de la grille en fer forgé et pénétrèrent dans l'étroite cour qui longeait la maison. C'était ici que le tueur avait achevé Eve Kassovitz. Il avait traîné son corps le long de l'allée, sa tête sanglante battant contre les pavés en granit, laissant des traînées de sang aussitôt congelé.

Le revolver de Jane était apparu dans sa main comme par magie, telle une extension de son propre corps. Elle avança vers le jardin derrière la bâtisse, sa torche fendant l'obscurité, les semelles de ses chaussures glissant sur le verglas. Son faisceau illumina des branches de lierre racornies. Elle savait que Sansone se trouvait juste derrière elle, mais il était tellement silencieux qu'elle s'arrêta et lança un regard par-dessus son épaule pour s'en assurer.

Elle s'approcha de l'angle du bâtiment et éclaira le petit jardin clos, celui où, quelques semaines plus tôt, ils avaient trouvé le cadavre encore chaud d'Eve. Elle ne distingua aucun mouvement, aucune ombre menaçante, aucun démon en cape noire.

Elle orienta son faisceau sur la façade et vit la lumière réfléchie par une vitre.

— C'est la fenêtre en question ? demanda-t-elle. Celle qui a déclenché votre alarme ?

— Oui.

Elle s'en approcha.

— Elle est toujours verrouillée de l'intérieur ?

— Toujours. La sécurité est pour nous primordiale.

Elle fit courir le faisceau le long du rebord de la fenêtre et aperçut une entaille révélatrice dans le bois. Elle était fraîche.

— On a un problème, chuchota-t-elle. Quelqu'un a essayé de la forcer.

Il suivit son regard.

— Cela n'aurait pas déclenché l'alarme. Pour ça, il faut que la fenêtre ait été ouverte.

— Mais votre majordome a dit qu'elle était verrouillée de l'intérieur !

— Je ne... Mon Dieu !

— Quoi ?

— Il est entré et a reverrouillé derrière lui. Il est déjà dans la maison !

Sansone tourna les talons et partit au pas de course, dérapant sur l'allée verglacée. Il faillit tomber, se rattrapa de justesse, repartit à fond de train. Le temps que Jane atteigne la porte d'entrée, il était déjà dans la salle à manger, exhortant les autres à se lever.

— Prenez vos manteaux. Vous devez tous sortir. Jeremy, je vais aider Oliver à descendre les marches du perron. Si vous pouviez aller chercher son fauteuil roulant...

— Qu'est-ce qui se passe ? demanda Maura.

— Ce n'est pas le moment de discuter ! rugit Jane. Prenez votre manteau et sortez par la porte d'entrée.

Ce fut surtout son arme qui les convainquit, le fait qu'elle soit hors de son holster et dans sa main, signe évident qu'il ne s'agissait pas d'un jeu et que la situation était grave.

Lily fut la première à réagir. Elle fonça hors de la pièce, suivie par les autres. Il y eut une bousculade dans le petit salon où chacun tentait de récupérer son manteau, puis tous se précipitèrent au-dehors, talonnés par Jane. Elle avait sorti son portable et appelait des renforts. Elle était armée, certes, mais pas folle. Elle n'avait pas l'intention de fouiller seule l'hôtel particulier.

Quelques minutes plus tard, la première voiture de police arriva, gyrophare allumé mais sirène éteinte. Deux policiers en uniforme en descendirent.

— Bouclez-moi le périmètre, ordonna Jane. Personne ne doit sortir de cette maison.

— Qui est à l'intérieur ?

— On le saura bientôt.

Une seconde voiture approchait. Elle examina les deux nouveaux agents et fit signe au plus jeune.

— Vous, venez avec moi.

Ce soir, elle voulait des réflexes rapides et une vue aiguisée.

Elle entra la première dans la maison, l'agent juste derrière elle, arme dégainée. Il eut un mouvement de surprise en pénétrant dans le petit salon, ne s'étant pas attendu à ce mobilier luxueux, pas plus qu'au grand portrait au-dessus de la cheminée.

Elle fit coulisser le panneau caché et lança un regard dans la penderie pour s'assurer que personne n'y était caché. Ils passèrent dans la salle à manger, puis dans la cuisine. Ensuite venait une grande bibliothèque. Ils n'avaient pas le temps d'admirer les volumes qui tapissaient les murs du sol au plafond : ils étaient à la chasse au monstre.

Ils grimpèrent l'escalier, une main sur sa rampe incurvée. Les portraits au mur les suivaient du regard. Ils passèrent sous un homme taciturne, une femme aux yeux de biche, deux jeunes filles à visage de chérubin assises devant un clavecin. Parvenus sur le palier, ils se trouvèrent face à un long couloir bordé de portes. Jane ne connaissait pas le plan de la maison. Même avec un agent la couvrant par-derrière et trois autres postés devant la porte, elle avait les mains moites et le cœur lui battait dans la gorge. Ils allèrent de pièce en pièce, ouvrant les armoires, rasant les murs. Il y avait quatre chambres à coucher et trois salles de bains.

Ils arrivèrent devant un second escalier plus étroit.

Jane s'arrêta, fixant la porte du grenier au sommet. Elle saisit la rampe et gravit la première marche. Celle-ci craqua sous son poids, suffisamment fort pour que quelqu'un dans le grenier l'entende et se prépare à son arrivée. Derrière elle, elle entendit le souffle court du jeune agent.

Elle grimpa, dans une succession de craquements sinistres, et saisit la poignée de la porte. Elle lança un regard vers le flic derrière elle et lui fit un bref signe de tête.

Elle ouvrit grand la porte et fit irruption à l'intérieur. Le faisceau de sa torche décrivit un arc à travers l'obscurité, balayant des formes vagues. Elle aperçut un reflet de cuivre, des silhouettes menaçantes prêtes à bondir.

Puis l'agent derrière elle trouva un interrupteur et alluma le plafonnier. Jane fut momentanément aveuglée par la lumière. En un instant, les formes tapies se transformèrent en meubles, lampes et tapis roulés. Un véritable trésor d'antiquités. Sansone était tellement riche que même les meubles qu'il mettait au rebut valaient probablement une fortune. Elle fit le tour de la pièce, sentant son pouls ralentir et ses peurs fondre. Pas de monstre dans le grenier non plus.

Elle rengaina son arme et se tint au milieu de cet amoncellement de richesses, légèrement penaude. L'alarme avait dû être déclenchée par une défaillance du système.

Mais cette trace fraîche, sur le rebord de la fenêtre ?

La radio du flic s'anima soudain :

— Graffam, où en êtes-vous ?

— Apparemment, RAS ici.

— Rizzoli est avec toi ?

— Affirmatif.

— On a un problème, en bas.

Jane lança un regard interrogateur au jeune homme.

— Que se passe-t-il ? demanda-t-il dans la radio.

— Le Dr Isles réclame l'inspecteur de toute urgence.

— On arrive.

Jane lança un dernier regard dans le grenier puis redescendit le petit escalier, repassa devant les chambres et les salles de bains qu'ils avaient examinées, devant les portraits qui les avaient observés un peu plus tôt. Quand elle ressortit par la porte d'entrée, elle était à nouveau sur le qui-vive. La nuit était remplie de lumières clignotantes. Deux autres voitures de police étaient arrivées entre-temps et elle s'immobilisa, ne voyant plus rien dans ce tableau kaléidoscopique.

— Jane, elle s'est enfuie.

Elle distingua Maura, éclairée à contre-jour par les projecteurs sur le toit d'un véhicule.

— Quoi ?

— Lily Saul. On attendait tous ici sur le trottoir, et, quand on s'est retournés, elle n'était plus là.

— Merde !

Jane examina la rue, son regard balaya les silhouettes indistinctes des flics et des curieux qui étaient sortis de leurs maisons pour voir le spectacle.

Maura reprit :

— Elle était encore avec nous il y a quelques minutes. Elle ne peut pas être bien loin.

35

Lily Saul courait, une ruelle, puis une autre, s'enfonçant toujours plus loin dans ce quartier inconnu. Elle ne connaissait pas Boston et n'avait aucune idée de l'endroit où aller. Elle entendait des sirènes de police, autour d'elle, l'encerclant tels des requins. Une lueur de phares la fit bondir dans une allée, où elle se cacha derrière des poubelles tandis qu'une voiture de patrouille passait lentement dans la rue. Dès qu'elle se fut éloignée, Lily reprit sa course éperdue dans la direction inverse. La rue était en pente, elle patinait sur les pavés glacés, son sac à dos lui martelait les omoplates. Elle n'était pas vêtue pour affronter un climat aussi rude. Ses pieds étaient gelés, ses mains nues commençaient à s'engourdir. Soudain, ses baskets glissèrent et elle atterrit sur les fesses, une décharge de douleur vive fusant le long de sa colonne vertébrale. Elle resta étourdie quelques secondes, le crâne bourdonnant. Quand sa vision s'éclaircit à nouveau, elle se rendit compte qu'elle était arrivée au pied de la colline. Il y avait un parc de l'autre côté de la rue, bordé de buissons touffus. Derrière, les arbres nus projetaient leurs ombres noueuses sur une pelouse blanche de glace. Une enseigne lumineuse attira son regard.

Une bouche de métro.

En sautant dans une rame, elle pourrait être n'importe où en ville en quelques minutes. Et elle serait au chaud.

Elle se releva laborieusement, le coccyx en feu. Ses mains écorchées la brûlaient. Elle traversa la rue en boitillant, longea le trottoir et s'arrêta brusquement.

Une voiture de patrouille venait d'apparaître au coin de la rue.

Elle bondit dans le parc et se réfugia derrière les buissons. Elle attendit, le cœur battant. La voiture de police ne passa pas devant elle. En écartant les branches, elle constata qu'elle était toujours au même endroit, le moteur tournant, juste devant l'entrée du métro. Il fallait trouver un autre plan.

Regardant autour d'elle, elle aperçut une autre bouche de métro de l'autre côté du parc. Elle se releva et s'avança sur la pelouse, se cachant d'arbre en arbre. La neige profonde était couverte d'une croûte de glace que chacun de ses pas crevait dans un crissement sonore. La marche était laborieuse et elle faillit perdre une chaussure. Soudain, par-dessus le bruit de son souffle rauque, elle entendit un craquement derrière elle. Elle s'arrêta et se retourna. Son sang se figea.

La silhouette se tenait sous un arbre, sans visage, juste une forme noire qui semblait plus ombre que substance.

C'est lui !

Avec un sanglot de rage, elle redémarra en trombe, trébuchant dans la neige. Sa propre respiration et le martèlement de son cœur étouffaient tous les autres bruits, mais elle savait qu'il était là, juste derrière elle. Il l'avait toujours été, à chaque instant, à chaque souffle, la talonnant, lui murmurant à quel point sa fuite était vaine. Mais jamais si près, jamais ! Elle ne regarda pas en arrière, ne voulant pas voir la créature de ses cauchemars fondre sur elle. Elle courait droit devant, perdit une chaussure, continua à courir, sa chaussette trempée d'eau glacée.

Elle escalada une congère et se retrouva soudain sur le trottoir. La bouche de métro était juste devant elle. Elle dévala l'escalier, s'attendant presque à entendre un battement d'ailes et à sentir des serres se refermer sur sa nuque. Au lieu de cela, elle fut frappée par le souffle chaud du couloir de métro, vit un flot de voyageurs se dirigeant vers la sortie. N'ayant pas de temps à perdre pour acheter un ticket, elle enjamba le tourniquet, sa chaussette trempée claquant sur le sol dallé. Elle fit deux pas et s'arrêta net.

Jane Rizzoli se tenait devant elle.

Elle fit volte-face. De l'autre côté du tourniquet qu'elle venait de franchir, un policier en uniforme lui barrait la route.

Elle regarda frénétiquement autour d'elle, cherchant la créature qui l'avait poursuivie. Elle ne vit que des usagers qui la regardaient avec stupeur.

Des menottes se refermèrent sur ses poignets.

Elle était assise dans la voiture de Jane Rizzoli, trop épuisée pour songer à s'enfuir de nouveau. Sa chaussette mouillée paraissait être un bloc de glace emprisonnant son pied. Même avec le chauffage au maximum, elle ne parvenait pas à se réchauffer. Elle ne cessait de trembler.

— Bien, commença Jane. Maintenant, vous allez me dire la vérité.

— Vous ne me croirez pas.

— Essayez quand même.

Lily resta immobile, ses cheveux emmêlés retombant devant son visage. Cela n'avait plus d'importance. Elle en avait assez de fuir.

Jane demanda à nouveau :

— Où est Dominic ?

— Il est mort.

Quelques secondes s'écoulèrent durant lesquelles l'inspecteur absorba cette information et entreprit d'en tirer ses propres conclusions. De l'autre côté de la vitre fermée, un camion de pompiers passa en hurlant.

— Vous l'avez tué ?

Lily déglutit.

— Oui.

— Donc, sa mère n'est jamais venue le chercher, n'est-ce pas ? Elle ne l'a jamais emmené à l'étranger. C'est pourquoi vous avez écrit cette lettre à la pension.

La tête de Lily s'abaissa encore. Nier ne servait à rien, cette femme avait déjà tout compris.

— L'école n'arrêtait pas d'appeler, voulait savoir s'il reviendrait ou non. J'ai dû envoyer cette lettre pour qu'ils cessent de demander où il était.

— Comment l'avez-vous tué ?

Lily prit une grande inspiration.

— Ça s'est passé la semaine qui a suivi l'enterrement de mon père. Dominic était dans notre garage, en train d'examiner la voiture de ma mère. Il m'a demandé s'il pouvait la prendre puisqu'elle n'en aurait plus besoin. C'est là que je lui ai dit que je savais. Je savais qu'il les avait tués.

— Comment le saviez-vous ?

— J'avais trouvé son journal. Il le cachait sous son matelas.

— Qu'y avait-il dans ce journal ?

— Il parlait de nous. Des pages et des pages sur l'ennuyeuse famille Saul. Ce qu'on faisait tous les jours, ce qu'on se disait. Il notait les différents itinéraires de Teddy pour se rendre au lac, les types de comprimés que nous rangions dans l'armoire à pharmacie de la salle de bains, ce que nous mangions au petit déjeuner, la manière dont nous nous souhaitions bonne nuit…

Elle marqua une pause avant d'ajouter :

— Et l'endroit où mon père cachait la clef du placard dans lequel il gardait son revolver. Il était comme un chercheur, il nous étudiait. Nous n'étions que des rats de laboratoire.

— A-t-il écrit dans son journal qu'il avait tué vos parents ?

Lily hésita.

— Non. Sa dernière note datait du 8 août, le jour où Teddy…

Elle n'acheva pas sa phrase, reprenant plutôt :

— Il n'était pas fou au point de l'écrire noir sur blanc.

— Où est ce journal ? Vous l'avez encore ?

— Je l'ai brûlé, avec tous ses autres cahiers. Je ne supportais pas de les voir.

Elle pouvait deviner la pensée de Jane dans son regard.

Vous avez détruit la preuve. Pourquoi devrais-je vous croire ?

— Reprenons, dit Jane. Vous avez trouvé Dominic dans le garage et vous lui avez dit que vous saviez.

— J'étais tellement bouleversée que je n'ai pas réfléchi à ce qui se passerait ensuite.

— C'est-à-dire ?

— Il m'a regardée droit dans les yeux. Il ne ressentait aucune peur, aucun remords. Il m'a répondu : « Tu ne peux pas le prouver. »

Elle prit une profonde inspiration, expira laborieusement.

— Même si j'avais pu le prouver, il n'avait que quinze ans. Il ne serait pas allé en prison.

404

— Que s'est-il passé ensuite ?

— Je lui ai demandé : « Pourquoi ? » Pourquoi il avait commis un crime aussi terrible. Vous savez ce qu'il m'a répondu ?

— Quoi ?

— « Tu aurais dû être plus gentille avec moi. » Voilà sa réponse. C'était tout ce qu'il avait à dire. Puis il a souri et est sorti du garage, comme si de rien n'était... C'est à ce moment-là que je l'ai tué.

— Comment ?

— Avec une pelle. Elle était posée contre le mur. Je ne me souviens même pas de l'avoir prise. Je n'ai pas senti son poids dans mes mains. C'était comme si... mes bras agissaient tout seuls. Il est tombé, mais il était encore conscient. Il a commencé à ramper pour se mettre à l'abri. Alors je l'ai frappé à nouveau.

Dehors, la nuit était devenue silencieuse. Le froid avait chassé les piétons et seule une voiture passait de temps en temps.

— Ensuite ? demanda Jane.

— Je ne pensais qu'à une chose : me débarrasser du corps. Je l'ai mis dans la voiture de ma mère en pensant simuler un accident. C'était la nuit et donc personne ne me verrait. J'ai roulé jusqu'à une vieille carrière inondée à quelques kilomètres de la ville et j'ai poussé la voiture par-dessus bord. Je supposais que quelqu'un finirait par la trouver et préviendrait la police qu'il y avait un véhicule au fond de l'eau.

Elle émit un petit rire incrédule.

— Vous savez quoi ? Personne ne l'a jamais trouvée. Personne !

— Ensuite, vous avez repris le cours de votre vie ?

— J'ai terminé le lycée puis j'ai quitté la ville, pour toujours. Je ne voulais pas me trouver là le jour où on découvrirait le cadavre.

Elles se regardèrent un moment, puis Jane déclara :

— Vous êtes consciente d'avoir avoué le meurtre de Dominic Saul ? Je vais devoir vous arrêter.

Lily ne tiqua pas.

— Je le referais s'il le fallait. Il l'a mérité.

— Qui était au courant ? Qui savait que vous l'aviez tué ?

Dehors, un couple passa sur le trottoir, tête baissée contre le vent, épaules voûtées sous leurs manteaux.

— Sarah et Lori-Ann savaient ?

— C'étaient mes meilleures amies. Elles ont compris pourquoi je l'avais fait et m'ont juré de garder le secret.

— Et à présent, elles sont mortes.

Lily frissonna et se frotta les bras.

— Oui, c'est de ma faute.

— Qui d'autre est au courant ?

— Je ne l'ai dit à personne d'autre. Je croyais que c'était terminé... puis Sarah a reçu cette carte postale.

— Avec la référence à l'Apocalypse ?

— Oui.

— C'est que quelqu'un d'autre doit savoir. Quelqu'un qui vous a vue ce soir-là, ou en a entendu parler. Quelqu'un qui s'amuse à présent à vous torturer.

Lily secoua la tête.

— Seul Dominic a pu m'envoyer cette carte.

— Mais il est mort. Comment aurait-il fait ?

Lily se tut un moment, consciente que cette femme à la logique froide allait trouver absurde ce qu'elle s'apprêtait à dire.

— Vous croyez en la vie après la mort, inspecteur ?

Comme elle l'avait prédit, Jane se mit à rire.

— Je crois qu'on n'a qu'une vie et qu'on ne peut se permettre de la rater.

— Les anciens Égyptiens croyaient en l'au-delà. Ils pensaient que tout le monde avait un Ba, qu'ils représentaient comme un oiseau à visage humain. Le Ba est votre âme. Après votre mort, il est libéré et peut retourner dans le monde des vivants.

— Qu'est-ce que ces égyptienneries ont à voir avec votre cousin ?

— Il est né en Égypte. Il possédait des dizaines de livres ayant appartenu à sa mère, certains très anciens, avec des incantations relevées sur des sarcophages, des formules magiques pour guider le Ba et le ramener à la vie. Je crois qu'il a trouvé un moyen.

— Vous parlez de résurrection ?

— Non, de possession.

Le silence qui tomba parut durer une éternité.

— Possession démoniaque ? demanda enfin Jane.

— Oui. Le Ba se trouve une autre enveloppe.

— Il s'empare du corps de quelqu'un d'autre et lui fait commettre des meurtres ?

— L'âme n'a pas de forme physique, elle a besoin de contrôler de la chair et du sang. Le concept de la possession n'est pas nouveau. L'Église catholique le connaît depuis toujours. C'est pourquoi elle utilise des rites d'exorcisme.

— Vous dites que le Ba de votre cousin s'est emparé d'un corps et que c'est comme ça qu'il peut vous poursuivre, comme ça qu'il a tué vos deux amies ?

En entendant le scepticisme dans sa voix, Lily soupira.

— Il ne sert à rien d'en discuter. Vous n'y croyez pas.

— Parce que vous, vous y croyez ?

— Il y a douze ans, j'aurais répondu non.

Lily se tourna vers Jane.

— Mais à présent, oui, j'y crois.

Douze ans sous l'eau, pensa Jane.

Elle se tenait au bord de la carrière, frissonnante de froid, pendant que les moteurs grondaient et que le câble se tendait, hissant la voiture submergée. Qu'arrive-t-il à de la chair plongée dans l'eau et soumise aux éclosions d'algues de douze étés, aux gels et aux dégels de douze hivers ? Les personnes qui se tenaient autour d'elle étaient silencieuses et graves, redoutant tout comme elle leur première vision du corps de Dominic Saul. Le coroner du comté, le Dr Kibbie, remonta son col et tira son écharpe devant son visage, comme s'il cherchait à disparaître dans son manteau. Il aurait préféré être n'importe où plutôt qu'ici. Dans les arbres au-dessus d'eux, trois corbeaux croassaient, semblant se délecter par avance de l'apparition d'une charogne.

Pourvu qu'il ne reste pas de chair, pria Jane.

Les os, elle pouvait encore les supporter. Les squelettes n'étaient jamais que des décorations pour Halloween, quelque chose comme des bouts de plastique cliquetant dans le vent. Ils n'étaient pas humains.

Elle lança un regard à Lily, à côté d'elle.

Ce doit être encore plus dur pour toi. Tu le connaissais. Tu l'as tué.

Pourtant, la jeune femme ne détournait pas les yeux. Elle fixait le fond de la carrière.

Le câble gémit, hissant son fardeau hors des eaux noires sur lesquelles flottaient des plaques de glace. Un plongeur avait été envoyé pour confirmer la présence de la voiture, mais l'eau était trop boueuse et les tourbillons de sédiments trop épais pour qu'il puisse voir à l'intérieur. La surface sembla entrer en ébullition et le véhicule apparut. L'air contenu dans les pneus l'avait fait se retourner quand il avait sombré et le châssis apparut en premier, l'eau dégoulinant sur le métal rouillé. Telle une baleine remontant respirer, le pare-chocs arrière creva la surface. La plaque d'immatriculation avait été rendue illisible par des années de mousse et de vase. Le moteur de la grue s'emballa, son gémissement strident transperça le crâne de Jane. Elle sentit le mouvement de recul de Lily à ses côtés et pensa que la jeune femme allait battre en retraite dans sa voiture. Toutefois Lily tint bon, regardant la grue faire pivoter sa charge et la déposer doucement sur le sol.

Un ouvrier détacha un câble. Un autre rugissement de moteur, un autre mouvement de la grue, et la voiture se retourna sur ses roues. L'eau noirâtre qui en dégorgeait tachait la neige autour d'elle.

Pendant quelques instants, personne ne s'en approcha. Ils attendirent qu'elle se vide, puis le Dr Kibbie enfila ses gants et pataugea dans la gadoue jusqu'à la portière du conducteur. Il tenta de l'ouvrir mais elle était coincée. Il fit le tour du véhicule, essaya celle du passager. Elle s'ouvrit d'un coup et il fit un bond en arrière pour éviter le flot qui se déversait.

Il lança un regard vers les autres puis rassembla son courage et se pencha à l'intérieur. Pendant un long moment, il se tint dans cette position, plié en deux. Puis il se redressa et se tourna vers les autres.

— Il n'y a rien là-dedans.

— Quoi ? s'exclama Jane.

— Elle est vide.

— Vous ne voyez aucun reste ?

Kibbie secoua la tête.

— Il n'y a aucun corps dans cette voiture.

— Les plongeurs n'ont rien trouvé, Lily. Pas de corps, pas de squelette, aucune trace indiquant que votre cousin se serait trouvé un jour au fond de cette carrière.

Elles étaient assises dans la voiture, regardant les flocons de neige se poser sur le pare-brise en formant un voile de dentelle de plus en plus épais.

— Je ne l'ai pas rêvé, répondit Lily. Je sais que c'est arrivé.

Elle se tourna vers Jane, le regard hanté.

— Pourquoi l'aurais-je inventé ? Pourquoi aurais-je avoué l'avoir tué si ce n'était pas vrai ?

— Nous avons reçu la confirmation que c'est bien la voiture de votre mère. Sa carte grise n'a pas été renouvelée depuis douze ans. Les clefs sont encore dans le contact.

— Je vous l'avais dit. Je vous ai dit exactement où trouver la voiture.

— Oui, tout ce que vous nous avez dit s'est vérifié, sauf un petit détail : il n'y a pas de corps.

— Il s'est peut-être entièrement décomposé…

— Il y aurait quand même un squelette, mais là, il n'y a rien. Pas d'os, pas de fragments de vêtements.

Jane marqua une pause avant de conclure :

— Vous savez ce que ça signifie ?

Lily acquiesça, regardant droit devant elle.

— Il est vivant.

— Vous n'avez pas fui devant un fantôme ou un esprit malin. Il est toujours là, en chair et en os. Et je suppose qu'il vous en veut à mort d'avoir tenté de l'assassiner. Il ne s'agit finalement que de ça, Lily, d'une vengeance. Il y a douze ans, ce n'était qu'un gamin. À présent, c'est un homme et il peut enfin obtenir sa revanche. En août dernier, il a perdu votre trace en Italie et ne savait pas où vous trouver. Il est donc allé se renseigner auprès de Lori-Ann et de Sarah. Comme elles ne savaient pas non plus où vous étiez, elles ne lui ont été d'aucune utilité. Il lui a fallu trouver un autre moyen pour vous localiser.

— La Fondation Méphisto, murmura Lily.

— Si cette fondation a le bras aussi long que l'affirme Sansone, sa réputation s'est probablement étendue au-delà des cercles de la loi. Dominic en a entendu parler, lui aussi. Il a su les allécher. Le coup de fil à Joyce O'Donnell, les messages en latin, le coquillage, les symboles sataniques... tout cela les a convaincus qu'ils étaient bien sur la piste de Satan. Il les a embobinés.

— Dominic les a utilisés pour me retrouver.

— Il faut dire qu'ils sont plutôt fortiches, non ? Il ne leur a fallu que dix jours pour vous retrouver !

Lily réfléchit quelques instants puis se tourna vers Jane.

— Puisqu'il n'y a pas de corps, vous ne pouvez plus m'inculper de meurtre. Vous ne pouvez pas me retenir.

Jane lut la lueur de peur dans ses yeux et pensa : *Elle veut fuir*.

— Je suis libre de partir ?

Jane se mit à rire.

— Libre ? Vivre terrée comme un lapin, vous appelez ça être libre ?

— J'ai survécu, non ?

— Mais quand allez-vous vous défendre ? Quand allez-vous vous décider à réagir ? Ce n'est pas le Diable, mais un homme. On peut l'arrêter.

— C'est facile à dire, pour vous. Vous n'êtes pas celle qu'il traque.

— Non, mais moi je suis à sa poursuite et j'ai besoin de vous. Aidez-moi, Lily. Vous le connaissez mieux que personne.

— C'est pour ça qu'il ne peut pas se permettre de me laisser vivre.

— Vous serez en sécurité, je vous le jure.

— Vous ne pouvez pas tenir cette promesse. Vous croyez qu'il ne sait pas déjà où je suis ? Vous n'imaginez pas à quel point il est méticuleux. Il ne néglige aucun détail, aucune occasion. Il est peut-être vivant mais vous ne me convaincrez pas qu'il est humain.

Le portable de Jane sonna, les faisant sursauter toutes les deux. Tout en décrochant, elle sentait sur elle le regard de Lily, tendu, interrogateur.

C'était Barry Frost :

— Où êtes-vous ?

— Toujours à Norwich. Comme il est déjà tard, on dormira probablement dans un motel et on rentrera en ville demain.

— Je crois qu'il est préférable que tu ne la ramènes pas ici.

— Pourquoi ?

— Parce qu'on a un gros problème. Oliver Stark est mort.

— Quoi ?

— Quelqu'un a utilisé le téléphone de Stark pour appeler la police puis a laissé le combiné décroché. C'est comme ça qu'on l'a trouvé. Je suis à son appartement en ce moment. Je ne te raconte pas l'horreur. Il est encore attaché sur son fauteuil, mais il est méconnaissable. Le pauvre n'a pas eu l'ombre d'une chance.

Il y eut un silence pendant lequel il attendit qu'elle réagisse. Ce qu'elle fit :

— Il faut prévenir les autres. Sansone et Mme Felway.

— C'est fait. J'ai également appelé le Dr Isles. La Fondation a également des membres en Europe. Ils sont tous en train de prendre des précautions.

Jane songea à ce que Lily avait dit.

« Vous ne me convaincrez pas qu'il est humain. »

Quelles précautions pouvait-on prendre contre un tueur qui semblait capable de traverser les murs ?

— Il est en train de les éliminer les uns après les autres... dit Jane.

— On dirait, oui. Cette affaire a pris des proportions qu'on n'imaginait pas. Il ne s'agit pas uniquement de Lily Saul, mais aussi de toute la Fondation.

— Mais pourquoi ? Pourquoi s'en prendrait-il à eux ?

— Sansone dit qu'il s'agit d'une extermination. On s'est peut-être trompés, au sujet de Lily Saul. Ce n'est peut-être pas elle, la vraie cible.

— Dans un cas comme dans l'autre, je ne peux pas la ramener pour le moment.

— Le commissaire Marquette dit qu'elle sera plus en sécurité hors de Boston et je suis d'accord avec lui. On est en train de chercher une solution à long terme mais ça va nous prendre un jour ou deux.

— En attendant, qu'est-ce que je fais d'elle ?

— Sansone a proposé une planque dans le New Hampshire. Une maison dans la région des White Mountains.

— Elle appartient à qui ?

— À un ami de Mme Felway.

— Et on peut se fier à Sansone sur ce plan-là ?

— Marquette a donné son aval. Il dit que les huiles ont pleine confiance en lui.

— Soit, conclut-elle. Comment je trouve la maison ?

— Mme Felway va t'appeler pour te donner l'adresse.

— Et Sansone et Maura ? Qu'est-ce qu'ils vont faire ?

— Ils vont au même endroit. Ils vous retrouveront sur place.

36

Il était une heure de l'après-midi lorsqu'elles franchirent la frontière du Massachusetts et entrèrent dans le New Hampshire. Lily n'avait pratiquement pas dit un mot depuis qu'elles avaient quitté leur motel, à Oneonta, ce matin-là. Tandis qu'elles faisaient route vers le nord, on n'entendait que le couinement des essuie-glaces chassant les flocons de neige du pare-brise. Lançant un regard vers sa passagère muette, Jane pensa : *Elle est trop angoissée pour faire la conversation.* La veille, dans la chambre qu'elles avaient partagée, elle l'avait entendue se tourner et se retourner dans son lit. À présent, elle avait les yeux creusés et ses joues émaciées révélaient presque la blancheur des os sous sa peau pâle. Avec quelques kilos de plus, Lily Saul aurait sans doute été jolie, mais pour l'heure elle ressemblait à un cadavre ambulant.

Ce qu'elle est peut-être.

— Vous resterez avec moi, ce soir ?

Elle avait parlé sur un ton si bas que sa question fut presque noyée par le bruit des essuie-glaces.

— Je vais d'abord examiner la situation, répondit Jane. Voir ce que j'en pense.

— Ce qui veut dire que vous ne resterez peut-être pas.

— Vous ne serez pas toute seule, là-haut.

— J'imagine que vous avez envie de rentrer chez vous, soupira Lily. Vous avez un mari ?

— Oui, je suis mariée.

— Des enfants ?

Jane hésita. Puis :

— Une fille.

— Vous ne voulez pas me parler de vous. Vous ne me faites pas confiance.

— Je ne vous connais pas assez.

Lily se tourna vers la fenêtre.

— Tous ceux qui me connaissaient vraiment sont morts... sauf Dominic, apparemment.

Dehors, la neige tombait de plus en plus dru. La route grimpait à travers une forêt de pins et, pour la première fois, Jane se demanda si sa Subaru pourrait tenir le coup au cas où le temps continuerait d'empirer.

— Pourquoi me feriez-vous confiance ? poursuivit Lily avec un petit rire amer. Tout ce que vous savez de moi, c'est que j'ai tenté d'assassiner mon cousin. Et même ça, je n'ai pas été capable de le faire correctement !

— Ce message sur le mur de Lori-Ann, il s'adressait à vous, n'est-ce pas ? « J'ai péché ».

— Oui, parce que c'est vrai. Je ne cesserai jamais de payer.

— Et le couvert mis pour quatre ? C'était censé représenter la famille Saul, c'est ça ? Une famille de quatre personnes.

Lily se passa une main sur les yeux et se tourna vers la fenêtre.

— Je suis la dernière. La quatrième assiette.

— Vous savez quoi ? Moi aussi je l'aurais tué, ce petit con.

— Sauf que vous, vous n'auriez pas raté votre coup.

La pente se fit plus rude. La Subaru peina, ses roues chassant dans la neige toujours plus profonde. Jane lança un regard vers son portable, constata qu'il était presque entièrement déchargé. Elles n'étaient pas passées devant une maison au cours des dix derniers kilomètres.

On devrait peut-être faire demi-tour. Je suis censée protéger cette femme, pas la perdre ici, dans ces montagnes où elle mourra de froid.

— Vous êtes sûre que c'est la bonne route ?

Jane plissa les yeux, essayant de distinguer le sommet. Ce fut alors qu'elle aperçut le chalet, perché en nid d'aigle au bord d'une falaise. Il n'y avait aucune autre habitation dans les environs et la route était le seul accès à la cime.

Elles franchirent un portail, laissé ouvert à leur intention.

— Je doute qu'on puisse faire mieux protégé que ça, déclara Jane. Une fois le portail fermé, cet endroit est inaccessible. À moins d'avoir des ailes, il ne pourra pas vous atteindre ici.

Lily contempla la falaise.

— Mais on ne peut pas s'échapper non plus.

Deux voitures étaient garées devant le chalet. Jane s'arrêta près de la Mercedes de Sansone. Elles descendirent et regardèrent la façade en rondins de bois brut, le toit pentu qui transperçait les tourbillons de neige. Puis Jane ouvrit le coffre pour sortir leurs bagages. Elle le referma d'un coup sec et entendit un grondement juste derrière elle.

Deux dobermans avaient surgi des bois tels des spectres noirs. Ils s'étaient déplacés si silencieusement qu'elle ne les avait pas entendus venir. Ils se tenaient à quelques mètres d'elles, montrant les crocs.

— Ne courez pas, chuchota-t-elle à Lily. Ne bougez surtout pas.

— Balan ! Bakou ! Au pied !

Les chiens se tournèrent vers leur maîtresse, qui venait d'apparaître sur la véranda.

— Je suis désolée s'ils vous ont fait peur, dit Edwina Felway. J'ai dû les lâcher pour qu'ils courent un peu.

Jane ne rengaina pas son arme pour autant. Elle se méfiait de ces bestioles et, de toute évidence, ces dernières se méfiaient d'elle. Les dobermans restèrent plantés devant elles, les fixant avec des yeux noirs de serpent.

— Ils protègent leur territoire, mais ils ont tôt fait de comprendre qui est un ami et qui est un ennemi. Vous ne risquez rien. Rangez votre arme et marchez vers moi, mais pas trop vite.

À contrecœur, Jane rengaina son arme dans son holster. Lily et elle passèrent lentement devant les chiens et grimpèrent sur la véranda, les cerbères observant leurs moindres mouvements. Edwina les fit entrer dans une salle immense qui sentait le feu de bois. D'énormes poutres soutenaient le plafond voûté. Des têtes d'élans et de cerfs étaient accrochées aux murs en pin noueux. Dans une cheminée en pierre, des bûches de bouleau crépitaient doucement.

Maura se leva du canapé pour les accueillir.

— Vous voilà enfin ! Avec cette tempête, on commençait à s'inquiéter.

— Ma voiture a eu du mal à grimper la route qui monte jusqu'ici. Vous êtes arrivés quand ?

— Hier soir. Nous sommes partis dès que Frost nous a prévenus.

Jane s'approcha d'une fenêtre qui donnait sur la vallée. À travers l'épais rideau de neige, elle distingua des pics au loin.

417

— Vous avez suffisamment de provisions ? Assez pour vous chauffer ?

— Il y a de quoi tenir des semaines, répondit Edwina. Mon ami est toujours très bien approvisionné, jusqu'à sa cave à vins. Nous avons plusieurs stères de bois et un générateur, en cas de panne de courant.

— Et je suis armé, ajouta Sansone.

Jane ne l'avait pas entendu entrer dans la pièce. Elle fut surprise de le voir aussi sombre. Les dernières vingt-quatre heures l'avaient transformé. Ses amis et lui étaient à présent assiégés et cela se lisait sur ses traits hagards.

— Je suis content que vous restiez avec nous, dit-il.

Jane lança un regard à sa montre.

— En fait, vous m'avez l'air d'être en sécurité, ici.

— Tu ne comptes quand même pas rentrer cette nuit, s'inquiéta Maura.

— Je l'espérais.

— Il fera noir dans une heure. Les routes ne seront pas dégagées avant demain matin.

— Vous devriez vraiment rester, insista Sansone. Reprendre la route ne serait pas prudent.

Jane se tourna à nouveau vers le paysage enneigé. Elle songea à ses pneus chassant dans la neige et aux routes de montagne désertes.

— Mouais... vous avez sans doute raison.

— Bon, nous sommes au complet ? demanda Edwina. Je vais aller fermer le portail.

— Nous devons porter un toast, déclara Edwina. À la mémoire d'Oliver.

Ils étaient tous assis dans la grande salle, rassemblés autour de la cheminée. Sansone déposa une bûche dans les flammes et l'écorce parcheminée du bouleau se racornit en sifflant. Dehors, la nuit était tombée.

Le vent gémissait, faisant trembler les fenêtres. Une rafale s'engouffra dans le conduit de cheminée, faisant refluer une bouffée de fumée.

Couchés aux pieds d'Edwina, les deux dobermans redressèrent brusquement la tête comme s'ils flairaient un intrus.

Lily se leva du canapé et se rapprocha du foyer. En dépit du feu, il faisait frisquet dans la pièce. Elle avait drapé une couverture autour de ses épaules et fixait les flammes, leur lueur orange se reflétant sur son visage. Ils étaient tous coincés dans ce chalet, mais la vraie prisonnière, c'était elle. Celle autour de qui les ténèbres tourbillonnaient. Elle n'avait pratiquement pas dit un mot de la soirée, avait à peine touché à son assiette et, alors que tout le monde s'apprêtait à porter un toast, ne fit même pas mine de prendre son verre.

— À Oliver ! murmura Sansone.

Ils levèrent leur verre dans un hommage triste et silencieux. Jane ne prit qu'une gorgée du bout des lèvres. Elle aurait préféré une bière. Elle reposa son verre et le glissa discrètement vers Maura.

Edwina se tourna vers Sansone.

— Il nous faut du sang nouveau, Anthony. J'ai réfléchi à quelques candidats potentiels.

— Je ne peux demander à personne de se joindre à nous, pas maintenant.

Il s'adressa à Maura :

— Je suis sincèrement désolé que vous ayez été entraînée dans cette histoire. Vous n'avez jamais voulu en faire partie.

— Je connais un homme à Londres, poursuivit Edwina. Je suis sûre qu'il sera intéressé. J'ai déjà suggéré son nom à Gottfried.

— Ce n'est pas le moment, Winnie.

— Quand, alors ? Il a travaillé avec mon mari il y a des années. C'est un égyptologue et il pourra sans doute interpréter tout ce qu'Oliver…

— Personne ne peut remplacer Oliver.

Son ton sec prit Edwina de court.

— Bien sûr que non. Ce n'est pas ce que je voulais dire.

— Il avait été votre élève à l'université ? demanda Jane.

Sansone acquiesça.

— Il n'avait que seize ans, le plus jeune étudiant de première année. J'ai su qu'il était doué dès le premier jour où il est entré dans ma classe avec son fauteuil roulant. Il posait plus de questions que tous les autres réunis. En fait, s'il était aussi doué dans ce qu'il faisait, c'était grâce à ses études de mathématiques. Il lui suffisait d'un regard pour déchiffrer aussitôt la logique derrière un obscur code ancien.

Il reposa son verre.

— Je n'ai jamais rencontré quelqu'un comme lui. Dès le premier regard, vous saviez qu'il était brillant.

— Contrairement à nous autres, dit Edwina avec un petit rire ironique. Je fais partie de ces membres médiocres de la Fondation qui ont dû se faire recommander afin d'être admis.

Elle se tourna vers Maura.

— Au fait, vous savez sans doute que c'est Joyce O'Donnell qui vous a recommandée ?

— Je doute que cette nouvelle fasse plaisir à Maura, dit Sansone.

— Vous n'aimiez pas beaucoup Joyce, n'est-ce pas ?

— Je n'aime pas dire du mal des morts.

— Moi, ça ne me dérange pas du tout, déclara Jane. Je ne voudrais pour rien au monde postuler à un club qui compte O'Donnell parmi ses membres.

— Je n'ai jamais pensé que vous voudriez nous rejoindre, répliqua Edwina. Vous ne croyez pas.

Jane se mit à rire.

— À Satan ? Connais pas.

Sansone lui demanda :

— Comment pouvez-vous dire ça après toutes les horreurs que vous avez pu observer dans l'exercice de vos fonctions, inspecteur ?

— Commises par de simples mortels. Et non, je ne crois pas non plus à la possession démoniaque.

Sansone se pencha vers elle, le reflet des flammes dansant sur son visage.

— Connaissez-vous l'affaire de l'empoisonneur à la tasse de thé ?

— Ça ne me dit rien.

— C'était un jeune Anglais, Graham Young. À quatorze ans, il s'est mis à empoisonner les membres de sa famille. Sa mère, son père, sa sœur... Il a finalement été arrêté et condamné. Quand il est sorti de prison, des années plus tard, il a aussitôt remis ça. Quand on lui a demandé pourquoi, il a répondu que ça l'amusait. Et qu'il voulait être célèbre. Ce n'était pas un être humain comme les autres.

— C'était surtout un psychopathe, répondit Jane.

— Voilà un terme bien pratique ! Il suffit d'appliquer un diagnostic psychiatrique et l'inexplicable est expliqué. Mais certains gestes sont si monstrueux qu'ils défient la compréhension. On ne peut même pas les concevoir. Graham Young a inspiré une autre jeune tueuse. Une Japonaise de seize ans avec qui je me suis entretenu l'année dernière. Elle a lu le journal publié de Graham Young et l'a trouvé si intéressant qu'elle a décidé de l'imiter. Elle a commencé par tuer des animaux. Elle les découpait puis jouait avec les morceaux. Elle tenait un blog sur lequel elle décrivait en détail ce que l'on ressent quand on plonge un couteau dans la chair vivante. La chaleur du sang, les convulsions d'un être à l'agonie… Après ça, elle est passée aux humains. Elle a empoisonné sa mère au thallium et notait chaque jour les douleurs atroces dont souffrait la pauvre femme.

Il se redressa, le regard toujours rivé sur Jane.

— Vous appelez ça une simple psychopathe ?

— Vous préférez l'appeler un démon ?

— Il n'y a pas d'autre terme pour désigner un tel être. Ni pour le genre d'homme qu'est Dominic Saul. Nous savons qu'ils existent. Le problème, c'est qu'ils savent eux aussi que nous existons.

Tout en remplissant les verres de vin, Edwina demanda :

— Avez-vous entendu parler du *Livre d'Enoch*, inspecteur ?

— Vous y avez déjà fait allusion.

— Il a été trouvé parmi les manuscrits de la mer Morte. C'est un texte ancien, préchrétien, qui fait partie de la littérature apocryphe. Il prédit la fin de notre monde. Il explique qu'une autre race appelée les Vigilants hante notre terre. Ce sont eux qui nous ont appris à fabriquer des épées, des couteaux et des boucliers. Ils nous ont donné les outils de notre propre destruction. Même dans les temps anciens, les gens connaissaient ces créatures et savaient qu'elles étaient différentes.

— Les fils de Seth, murmura Lily. Les descendants du troisième fils d'Adam.

Edwina se tourna vers elle.

— Vous les connaissez ?

— J'ignorais qu'Adam avait eu un troisième fils, dit Jane.

— Il figure dans la Genèse, mais la Bible a l'art de glisser sur tant de détails dérangeants ! Une bonne partie de l'histoire a été censurée ou effacée. Ce n'est qu'aujourd'hui, près de deux mille ans plus tard, que nous pouvons lire l'*Évangile de Judas*.

— Et ces descendants de Seth, ce sont les Vigilants ?

— On leur a donné tellement de noms différents au fil des siècles ! Les Elohim, les Nephilim... En Égypte, les Shemsu Hor. Tout ce que nous savons, c'est que leur lignée remonte très loin, dans le Levant.

— Où ça ?

— En Terre sainte. *Le Livre d'Enoch* nous dit que tôt ou tard nous devrons les affronter pour assurer notre survie et que nous souffrirons mille misères tandis qu'ils nous massacreront, nous opprimeront et nous détruiront. Puis, à la fin, tout sera décidé. Ce sera la bataille finale, l'apocalypse. Que vous le croyiez ou non, l'orage approche.

Jane regardait les flammes, ses yeux fatigués ne voyaient qu'un rideau flamboyant. L'espace d'un instant, elle imagina un océan de feu consumant l'univers.

Voici donc le monde dans lequel vous vivez, un monde que je ne reconnais pas.

Elle se tourna vers Maura.

— S'il te plaît, toubib, ne me dis pas que tu y crois.

Maura vida son verre et se leva, se contentant de répondre :

— Je suis épuisée. Je vais me coucher.

37

Quelqu'un frappait à la limite de la conscience de Lily, demandant à entrer dans le paysage secret de ses rêves. Elle se réveilla dans le noir et, ne reconnaissant rien, eut un mouvement de panique. Puis elle aperçut la lueur de la lune et se rappela où elle était. À travers la fenêtre, elle contempla la neige, d'une luminosité surprenante. La tempête était passée et la lune éclairait un monde d'un blanc pur, silencieux et magique. Pour la première fois depuis des mois, elle se sentit en sécurité.

Je ne suis plus seule. Je suis avec des gens qui comprennent mes peurs, des gens qui me protégeront.

Elle entendit un cliquetis passer devant sa porte puis s'éloigner. Ce devait être un des dobermans. Étendue sur son lit, elle guetta le retour du bruit de griffes sur le plancher, mais le chien ne revint pas.

Tant mieux, car elle avait besoin d'aller aux toilettes et ne tenait pas à se retrouver face à l'un de ces molosses dans le couloir.

Elle sortit du lit, ouvrit la porte et regarda au-dehors. Aucun signe des cerbères. Pas un bruit. La lueur montant dans la cage d'escalier lui suffit pour s'orienter dans le couloir et trouver la salle de bains. Sur le seuil de cette dernière, son pied nu se posa sur du liquide. Baissant les yeux, elle distingua une petite flaque. Elle s'écarta précipitamment avec une grimace de dégoût. Les chiens, bien sûr. Avaient-ils laissé d'autres accidents sur le sol ? Elle ne voulait pas marcher dans quelque chose de pire.

Elle chercha l'interrupteur à tâtons, le trouva et alluma. Il y avait d'autres flaques sur le sol, mais ce n'était pas de l'urine de chien. C'était de la neige fondue, épousant la forme d'une semelle. Quelqu'un avait marché à l'extérieur et rapporté de la neige dans la maison. Elle leva les yeux vers le miroir et contempla ses yeux tirés et endormis. Puis elle vit autre chose qui lui fit dresser les cheveux sur la tête : le reflet de ce qui avait été dessiné en rouge sur le mur derrière elle.

Trois croix inversées.

Le souffle coupé, elle tituba en arrière et se précipita hors de la salle de bains. Elle courut dans le couloir, glissant sur le parquet mouillé, fonça vers la porte la plus proche. La chambre de Maura.

— Réveillez-vous ! Il faut vous réveiller !

Elle secoua de toutes ses forces la femme endormie, ébranlant la tête de lit, faisant gémir les ressorts du sommier. Peine perdue. Maura grogna mais continua à dormir.

Qu'est-ce qui lui arrive ? Pourquoi elle ne se réveille pas ?

Il y eut un craquement dans le couloir. Lily se figea, aux aguets. Son cœur battait si fort contre ses côtes qu'elle pouvait à peine respirer. Elle retourna près de la porte et tendit l'oreille.

Rien.

Elle avança lentement la tête et regarda dans le couloir.

Personne.

425

Il faut réveiller les autres, les prévenir qu'il est dans la maison.

Elle avança sur la pointe des pieds vers ce qu'elle pensait être la chambre de Jane. Elle appuya sur la poignée et eut un sanglot de frustration. Elle était fermée à clef.

Est-ce que je frappe à la porte pour la réveiller ? Est-ce que je peux me permettre de faire du bruit ?

Puis elle entendit un gémissement canin et un lointain cliquetis de pattes dans la salle du rez-de-chaussée. Elle s'approcha de l'escalier, se pencha sur la balustrade et faillit rire de soulagement.

En bas, un feu brûlait dans la cheminée. Edwina Felway était assise sur le canapé.

En entendant Lily descendre les marches, les deux dobermans redressèrent la tête. L'un d'eux émit un grondement menaçant. Elle se figea au pied de l'escalier.

— Tout doux, Balan, dit Edwina. Qu'est-ce que tu as à t'exciter comme ça ?

— Edwina ! chuchota Lily.

Edwina se tourna vers elle.

— Tiens, vous ne dormez pas ! J'allais ajouter des bûches.

Lily lança un regard vers la montagne de bûches qui se consumaient déjà. Elle avança d'un pas, s'arrêtant aussitôt en voyant un des chiens se lever et montrer les crocs. Elle chuchota :

— Écoutez-moi ! Il est dans la maison ! Nous devons réveiller les autres !

Edwina saisit deux bûches et les jeta dans le foyer, alimentant encore le brasier.

— J'ai remarqué que vous aviez à peine touché à votre vin ce soir, Lily.

— Dominic est ici !

— Vous auriez pu dormir comme les autres et ne vous rendre compte de rien. Mais, au fond, c'est encore mieux comme ça.

— Quoi ?

Le chien gronda à nouveau. Lily regarda les crocs orange qui reflétaient les flammes. Soudain, elle comprit. Les chiens ! Ils n'avaient pas aboyé une seule fois de la nuit. Un intrus s'était introduit dans la maison, laissant ses empreintes trempées sur le plancher, et ils n'avaient pas bronché.

Parce qu'ils le connaissaient.

Quand Edwina se tourna vers elle, Lily bondit et saisit le tisonnier près de la cheminée. Le tenant devant elle pour se défendre, elle s'écria :

— C'est vous qui l'avez laissé entrer ici ! Vous l'avez prévenu !

— Oh, je n'en ai pas eu besoin. Il était déjà ici dans les montagnes. Nous attendant.

— Où est-il ?

— Dominic apparaîtra en temps voulu.

Lily agita le tisonnier devant elle, hurlant :

— Où est-ce qu'il se cache ?

Elle réagit trop tard. Elle entendit le grondement, le bruit de pattes sur le sol, vit de biais deux ombres noires fondre sur elle. L'impact la projeta en arrière sur le sol. Elle lâcha son arme, qui atterrit un peu plus loin dans un vacarme sourd. Des crocs se refermèrent sur son bras, déchirant sa chair.

— Balan ! Bakou ! Assez !

L'ordre n'émanait pas d'Edwina. C'était la voix des cauchemars de Lily. Les chiens la lâchèrent et reculèrent, la laissant étourdie et ensanglantée. Elle tenta de se redresser mais sa main droite ne répondait plus, les tendons ayant été déchirés par les mâchoires d'acier. Elle roula sur le côté en gémissant et son sang se répandit sur le sol. Au-delà de la mare de sang, elle vit les souliers d'un homme avançant vers elle. Elle ne parvenait à respirer que par saccades mais réussit néanmoins à se mettre en position assise. Il s'arrêta devant la cheminée, les flammes l'éclairant par-derrière. Il se dressait tel un démon émergeant de l'enfer. Il la toisa.

— Je ne sais pas comment tu te débrouilles pour toujours te mettre en travers de mon chemin, Lily.

Elle recula sur les fesses mais se heurta à un fauteuil qui l'empêcha d'aller plus loin. Pétrifiée, elle regardait Dominic, l'homme qu'il était devenu. Il avait toujours les mêmes cheveux dorés, les mêmes yeux d'un bleu saisissant. Mais il avait grandi, ses épaules étaient plus larges et ses traits autrefois angéliques s'étaient durcis. Il poursuivit :

— Il y a douze ans, tu m'as tué. À présent, c'est le retour d'ascenseur.

— Fais attention, lui dit Edwina. Elle est rapide.

— Ne te l'avais-je pas dit, mère ?

Le regard de Lily alla d'Edwina à Dominic.

La même taille, les mêmes yeux.

Dominic vit son air stupéfait.

— À qui d'autre s'adresse un garçon de quinze ans quand il a des problèmes ? Quand il s'extirpe d'une voiture en train de couler et qu'il n'a, en tout et pour tout, que ses vêtements trempés sur le dos ? J'ai dû faire le mort et rester planqué, autrement tu aurais prévenu la police. Tu avais détruit toutes mes possibilités, Lily, sauf une.

Sa mère.

— Il a fallu des mois avant que ma lettre lui parvienne. N'ai-je pas toujours dit qu'elle viendrait me chercher ? Tes parents n'y ont jamais cru.

Edwina tendit la main et caressa la joue de son fils.

— Mais toi, tu savais que je viendrais.

Il lui sourit.

— Tu tiens toujours tes promesses.

— Celle-ci aussi, je l'ai tenue, non ? Tu la voulais, je te l'ai livrée. Il fallait seulement que tu sois patient et que tu finisses ton entraînement.

Lily dévisagea Edwina avec horreur.

— Mais vous faites partie de la Fondation Méphisto !

— Je savais comment les utiliser, comment les faire entrer dans le jeu. Tu t'imagines que tout cela ne concerne que toi, mais, en vérité, il s'agit d'eux. De tout le mal qu'ils nous ont fait au fil des ans. Nous allons les détruire.

Elle lança un regard vers le feu.

— Il va nous falloir plus de bûches. Je vais en chercher.

— Je ne pense pas que ce soit nécessaire, mère. Le bâtiment est sec comme de l'amadou. Une étincelle suffira.

— Vous allez les brûler vifs ! s'écria Lily.

— Ça a toujours été notre projet, dit Edwina. Ils ne s'en rendront même pas compte. Ils ne se réveilleront pas.

— C'est sûr que c'était plus drôle de tuer Joyce O'Donnell, dit Dominic. Mais toi au moins, Lily, tu pourras en profiter.

Il saisit le tisonnier et l'enfonça dans les flammes.

— Ce qu'il y a de pratique avec le feu, c'est qu'il consume entièrement la chair, ne laissant que des os calcinés. Personne ne saura vraiment comment tu as fini, parce que personne ne verra les entailles, les brûlures au fer rouge. Ils penseront que tu es morte comme les autres, pendant ton sommeil. Un accident malheureux dont ma mère sera la seule survivante. Un vrai miracle. On ne saura jamais que tu as hurlé pendant des heures avant d'agoniser.

Il ressortit le tisonnier.

Lily se releva, la main en sang. Elle bondit vers la porte mais les chiens la prirent de vitesse et se plantèrent devant elle. Elle se figea, fixant leurs crocs.

Des mains se refermèrent sur son bras et Edwina l'entraîna en arrière, vers la cheminée. Lily hurla, se retourna et frappa à l'aveuglette. Elle eut la satisfaction de sentir son poing percuter le visage d'Edwina.

Les chiens bondirent à nouveau, atterrirent sur son dos, la projetant à plat ventre sur le plancher.

— Assez ! cria Dominic.

Les molosses reculèrent docilement. Edwina, une main sur la joue, en profita pour lancer un coup de pied vengeur dans les côtes de Lily, qui roula sur le côté, le souffle coupé. À travers un voile de douleur, la jeune femme vit les souliers de Dominic s'approcher. Elle sentit Edwina lui agripper les poignets et les plaquer au sol. Elle releva le visage et croisa le regard de Dominic, dont les yeux brillaient tels des charbons ardents. Il brandit le tisonnier.

— Bienvenue en enfer !

Lily se tortilla en hurlant, essayant de se libérer, mais Edwina la tenait fermement. Au moment où Dominic abaissait son arme, elle détourna la tête, la joue contre le sol, ferma les yeux.

L'explosion projeta une pluie chaude sur son visage. Elle entendit le cri d'Edwina et le bruit du tisonnier tombant au sol. Soudain, ses mains étaient libres.

Elle ouvrit les yeux et vit les deux dobermans traverser la salle à fond de train en direction de Jane Rizzoli. Jane leva son arme et tira à nouveau. Un des chiens s'effondra, mais l'autre fendit l'air comme une fusée noire. Jane tira une dernière fois avant qu'il ne soit sur elle. Son revolver atterrit sur le sol tandis qu'elle tombait à la renverse, luttant avec le molosse blessé.

— Non, gémit Edwina.

Elle était à genoux près de son fils, tenant sa tête, lui caressant les cheveux.

— Tu ne peux pas mourir ! Tu es l'Élu !

Lily parvint à se redresser en position assise. La pièce tanguait autour d'elle. Dans la lueur des flammes voraces, elle vit Edwina ramasser l'arme de Jane et se relever, tel un ange vengeur.

La salle tournoya encore plus vertigineusement quand elle se releva à son tour. Le tourbillon d'images refusait de se calmer. Les flammes. Edwina. La mare de sang sous Dominic reflétant le feu.

Et le tisonnier.

Le chien fut pris d'une ultime convulsion puis Jane le poussa de côté. La carcasse, langue pendante, retomba sur le plancher. Ce ne fut qu'alors qu'elle remarqua Edwina, plantée devant elle, l'arme brillant dans ses mains.

— C'est ici que tout s'arrête, dit Edwina. Cette nuit, vous et la Fondation Méphisto.

Edwina leva l'arme, les muscles de son bras se contractant quand son doigt se referma sur la détente. Elle était tellement concentrée sur Jane qu'elle ne vit pas sa propre mort fondre sur elle.

Le tisonnier l'atteignit en plein crâne. Lily sentit le craquement d'os à travers le métal jusque dans sa main. Edwina s'effondra sans émettre un son. Emportée par son élan, Lily lâcha le tisonnier qui vola dans les airs et s'écrasa plus loin sur le sol. Elle baissa les yeux vers sa victime, vit le crâne enfoncé, le sang se répandant telle une rivière noire. Puis la pièce autour d'elle s'obscurcit et ses genoux lâchèrent. Elle glissa sur le sol, atterrit sur les fesses. Elle laissa sa tête tomber entre ses genoux. Elle ne sentait plus rien, plus de douleur, plus de sensations dans ses membres. Elle flottait, désincarnée, à la lisière des ténèbres.

— Lily ?

Jane lui posa une main sur l'épaule.

— Lily, vous saignez. Laissez-moi voir votre bras.

Elle inspira, la lumière revint. Elle releva lentement la tête vers Jane, murmurant :

— Je l'ai tuée.

— Ne la regardez pas, d'accord ? Venez, je vais vous aider à vous étendre sur le canapé.

Jane se pencha pour la soutenir puis s'immobilisa, ses doigts se raidissant autour du bras de Lily.

Celle-ci entendit à son tour le chuchotement. Elle se tourna vers Dominic. Il avait les yeux ouverts, le regard conscient. Ses lèvres remuaient, prononçant des mots d'une voix si faible qu'elle les entendait à peine.

— Pas... pas...

Jane se pencha au-dessus de lui pour mieux entendre. Lily n'osa pas s'approcher, craignant qu'il ne bondisse soudain sur elle à la façon d'un cobra. Ils pouvaient le tuer, encore et encore. Il reviendrait toujours. Il ne mourrait jamais.

Le mal ne meurt pas.

Le feu se reflétait dans la mare de sang comme si les flammes se propageaient sur le sol, un enfer en expansion dont Dominic était le cœur.

Les lèvres remuèrent à nouveau.

— Nous ne... sommes...

— Dis-le, l'encouragea Jane. Dis ce que tu as à dire.

— Nous ne sommes... pas... les seuls.

— Quoi ?

432

Jane s'agenouilla près de lui, le saisit par les épaules et le secoua.

— Qui sont les autres ?

Les poumons de Dominic expulsèrent un dernier souffle. Sa mâchoire inférieure se relâcha et les lignes de son visage s'affaissèrent comme de la cire fondue. Jane lâcha le corps et se redressa. Elle se tourna vers Lily.

— Qu'est-ce qu'il a voulu dire ?

Lily fixait le regard terne de Dominic, ses traits détendus et sans vie.

— Il vient de nous dire que ce n'est pas terminé.

38

Un chasse-neige grimpait lentement sur la route, le grondement de son moteur résonnant dans la vallée. Debout sur le seuil du chalet, Jane se hissa sur la pointe des pieds pour mieux voir la route en contrebas. Elle observa la progression lente de la machine à mesure qu'elle se rapprochait d'eux, déblayant un passage à travers la poudreuse. Elle inspira une grande bouffée d'air pur et glacé, puis leva son visage vers le soleil, essayant de dissiper les derniers vestiges de brume dans son cerveau. Une fois la route dégagée, toute une procession de véhicules officiels envahirait les lieux : la police de l'État, l'équipe scientifique. Elle allait avoir besoin de toute sa tête pour répondre à leurs questions.

Même si elle n'avait pas toutes les réponses.

Elle frappa le sol du talon pour faire tomber la neige de ses bottes puis fit coulisser la baie vitrée et rentra dans le chalet.

Les autres survivants étaient assis autour de la table de la cuisine. Bien qu'il fît plus chaud dans la grande salle, où le feu brûlait toujours, personne ne voulait y aller. Ils refusaient de partager la pièce avec les cadavres.

Maura acheva de bander le bras de Lily.

— Vos tendons fléchisseurs sont endommagés. J'ai bien peur qu'il ne faille opérer. En tout cas, vous avez besoin d'antibiotiques.

Elle se tourna vers Jane.

— Dès que la route sera dégagée, il faudra la conduire à un hôpital.

— Ça ne devrait plus tarder, répondit Jane. Le chasse-neige est déjà à mi-chemin.

Elle s'assit face à Lily.

— La police va vous poser des questions. Beaucoup de questions.

— Ils attendront qu'elle ait reçu des soins, déclara Maura.

— Bien sûr. Néanmoins, Lily, vous savez qu'ils vont vous interroger sur ce qui s'est passé ici hier soir.

— Tu ne peux pas confirmer tout ce qu'elle aura à dire ? demanda Maura.

— Pas tout. J'ai dormi pendant une bonne moitié des événements.

— Heureusement que tu n'as pas fini ton vin. Autrement, nous serions tous réduits en cendres, à l'heure qu'il est.

— C'est de ma faute, dit Sansone. Je n'aurais jamais dû m'endormir. C'est moi qui ai commis l'erreur en laissant Edwina nous servir à boire.

— Pourquoi ? demanda Jane. Vous aviez prévu de veiller toute la nuit ?

— J'ai pensé que quelqu'un devrait monter la garde, au cas où.

— Alors vous soupçonniez déjà Edwina.

— Non, pour ma plus grande honte. Vous n'imaginez pas à quel point nous sommes vigilants avant d'admettre un nouveau membre. Ils ne nous viennent que sur recommandations, envoyés par des gens que nous connaissons bien. Ensuite, nous faisons des recherches sur leur passé et vérifions toutes nos sources. Ce n'était pas sur Edwina que j'avais des doutes.

Il se tourna vers Lily.

— C'était de vous que je me méfiais.

— Pourquoi Lily ? demanda Jane.

— L'autre nuit, quand la fenêtre donnant sur mon jardin a été forcée, vous vous souvenez que je vous ai dit qu'elle était toujours verrouillée ?

— En effet.

— Ce qui veut dire que quelqu'un l'avait déverrouillée de l'intérieur, quelqu'un qui se trouvait chez moi cette nuit-là. J'ai présumé que c'était Lily.

Maura intervint :

— Je ne comprends toujours pas. Si vous êtes aussi pointilleux, comment avez-vous pu vous tromper à ce point au sujet d'Edwina ?

— C'est ce que Gottfried et moi devons découvrir. Comment s'est-elle infiltrée ? Comment a-t-elle planifié son coup et l'a-t-elle exécuté ? Elle ne s'est pas simplement présentée un beau jour à notre porte. Elle a été aidée de l'intérieur de la Fondation Méphisto. Quelqu'un a soigneusement effacé tout ce qu'il pouvait y avoir de suspect dans son passé.

— Les dernières paroles de Dominic, déclara Lily. « Nous ne sommes pas les seuls. »

Sansone acquiesça et se tourna vers Jane.

— Je suis certain qu'il y en a d'autres. Même si vous refusez de le reconnaître, inspecteur, nous sommes en guerre. Ce qui s'est passé hier soir n'était que l'une des batailles. Le pire est à venir.

Jane secoua la tête avec un rire las.

— Nous y revoilà avec vos démons.

— Ils sont bien réels, insista Lily. Je le sais.

436

Ils entendirent le grattement du chasse-neige sur le macadam et le grondement croissant d'un moteur. La route était enfin dégagée, ils allaient pouvoir descendre de cette montagne et retourner à leur vie : Maura au bras de Daniel Brophy, qui lui briserait le cœur ou lui apporterait l'espoir ; Jane à sa mission de conciliatrice entre ses parents.

Et je vais retrouver Gabriel à la maison. Il m'attend.

Jane se leva et s'approcha de la fenêtre. Dehors, le soleil faisait miroiter la neige immaculée. Le ciel était sans nuages et la route du retour devait avoir été déblayée et sablée. C'était une superbe journée pour rentrer à la maison. Pour serrer son mari dans ses bras et embrasser son enfant.

Qu'est-ce que j'ai hâte de vous retrouver !

Derrière elle, Sansone demanda :

— Vous ne me croyez toujours pas, n'est-ce pas ? Vous ne croyez pas que nous soyons en guerre...

Jane leva les yeux vers le ciel et sourit.

— Aujourd'hui, ma réponse est non.

39

Le ciel était gris et bas. Lily sentait l'odeur métallique de la neige imminente. Elle se tenait devant la maison de son enfance, ne la voyant pas telle qu'elle était aujourd'hui, une carcasse délabrée, au porche affaissé, aux bardeaux défraîchis. Elle la voyait telle qu'elle avait été autrefois en été, ses treillis débordant de clématites, des pots de géraniums suspendus sous les avant-toits. Elle vit son frère Teddy en sortir, laissant la porte moustiquaire se refermer derrière lui en claquant. Il descendait les marches en souriant. Elle vit sa mère à la fenêtre, agitant un bras et criant : « Teddy, ne sois pas en retard pour le dîner ! » Elle vit son père, le teint hâlé, sifflotant, se diriger vers son cher jardin, sa binette sur l'épaule. Elle avait été heureuse ici, autrefois. C'étaient ces jours dont elle voulait se souvenir, auxquels elle voulait se raccrocher.

Tout le reste, tout ce qui s'est passé ici, doit partir en fumée.

— Vous êtes vraiment sûre, mademoiselle Saul ? demanda le chef de la brigade de pompiers.

Son équipe se tenait derrière lui, dûment casquée et en tenue de combat, attendant son ordre. Plus bas sur le versant de la colline, un petit groupe d'habitants du village s'était rassemblé. Mais elle ne voyait qu'Anthony Sansone et Gottfried Baum. Elle avait confiance en eux. Ils étaient là pour la soutenir, pour assister à l'exorcisme de ses démons.

Elle se tourna à nouveau vers la maison. Les meubles avaient été enlevés et donnés à des organisations de charité locales. À part les ballots de paille que les pompiers avaient empilés dans une des chambres à l'étage, il ne restait qu'une coque vide.

— Mademoiselle Saul ? répéta le brigadier-chef.

— Brûlez-la.

Il donna le signal et ses hommes approchèrent avec leurs tuyaux et leurs bonbonnes de kérosène mélangé avec du fuel. Ce n'était pas tous les jours qu'une maison de cette taille était offerte en sacrifice pour leur entraînement. Ils y mirent tout leur cœur, excités de déclencher l'incendie. À titre d'exercice, ils éteindraient le premier feu, puis le rallumeraient, et ainsi de suite jusqu'au moment où le temps serait venu de laisser les flammes triompher.

Tandis qu'une fumée noire s'élevait dans le ciel, Lily recula et vint se placer entre les deux hommes qu'elle en était venue à considérer comme des mentors, voire des pères. Sansone et Baum se taisaient mais Lily sentit le frisson de l'Allemand quand les flammes apparurent à la fenêtre du premier étage. Sansone posa une main sur son épaule, mais elle n'avait pas besoin de soutien. Elle se tenait le dos droit, le regard rivé sur le feu. À l'intérieur, les flammes devaient consumer le plancher encore taché du sang de Peter Saul, lécher les murs souillés par des croix maléfiques. On ne pouvait laisser survivre des endroits aussi néfastes. Un tel mal ne pouvait être réparé, seulement détruit.

Les pompiers s'écartèrent de la maison pour observer l'embrasement final. Des flammes transpercèrent le toit, la neige fondue se vaporisa en sifflant. Des griffes orange sortirent par les fenêtres et lacérèrent les bardeaux. La chaleur fit reculer les hommes à mesure que l'incendie se nourrissait et croissait, telle une bête victorieuse rugissant.

Lily fixa le cœur du brasier qui consumait à présent les derniers vestiges de son enfance. Elle vit, encadré dans le rougeoiement, un dernier tableau du passé. Une soirée d'été. Son père, sa mère et Teddy se tiennent sur le seuil, la regardant faire des gambades dans l'herbe en agitant un filet. Et des lucioles... des milliers de lucioles, comme une constellation clignotant dans la nuit. « Regarde ! Ta sœur en a attrapé une autre ! » s'écrie sa mère. Teddy rit et brandit un bocal pour recevoir le trophée. Ils lui sourient, à travers le temps, en sécurité dans un lieu qu'aucune flamme ne pourra jamais atteindre, car il est à l'abri au fond de son cœur.

Le toit s'effondra, projetant une pluie d'étincelles. Lily entendit les murmures émerveillés des villageois devant le grand bûcher d'hiver. Puis le feu mourut lentement et les spectateurs se dispersèrent en descendant la colline, retournant à leurs voitures, l'attraction du jour étant terminée.

Lily et ses deux amis restèrent jusqu'à ce que les dernières flammes se soient éteintes et que la fumée coure sur des cendres noires. Une fois les restes calcinés nettoyés, elle planterait des arbres sur le terrain. Des cerisiers et des pommiers sauvages.

Aucune autre maison ne sera jamais construite sur cette colline.

Elle sentit un baiser froid sur son nez et leva la tête. De gros flocons tombaient du ciel. C'était la bénédiction finale de la neige, sacrée et purificatrice.

— Tu es prête, Lily ? demanda Baum.

Elle sourit.

— Oui, je suis prête.

Alors elle se retourna et leur emboîta le pas, trois chasseurs de démons descendant ensemble la colline.

Postface

Quand j'étudiais l'anthropologie à l'université Stanford, j'étais fascinée par les mythes antiques. J'aime à penser qu'il y a une part de vérité dans les histoires qui nous ont été transmises au fil des siècles. Les brumes du temps ont peut-être altéré les détails, mais même le conte le plus improbable pourrait être basé sur des personnes ou des événements réels.

Il y a quelques années, alors que je feuilletais des livres dans une librairie d'Oxford, en Angleterre, je suis tombée sur un exemplaire de la traduction de R. H. Charles du *Livre d'Enoch*. Je n'ai pas pu m'empêcher de l'acheter. *Le Livre d'Enoch* est un texte très ancien, remontant probablement à deux siècles avant la naissance du Christ. Bien que racontant l'histoire d'un patriarche de l'Ancien Testament, Enoch, arrière-grand-père de Noé, il a été exclu des textes sacrés hébreux et discrédité comme apocryphe par les premiers Pères de l'Église chrétienne. Il a été effacé de l'histoire et, durant des siècles, on l'a cru perdu à jamais.

Toutefois, il ne l'était pas. Caché dans divers lieux secrets, *Le Livre d'Enoch* a survécu. Au dix-huitième siècle, des copies intactes du texte, traduites du grec, furent découvertes en Éthiopie. En 1947, dans un complexe de grottes situées sur la rive nord-ouest de la mer Morte, un berger bédouin fit une découverte extraordinaire : des jarres contenant des rouleaux de parchemin anciens. Parmi eux, sept fragments du *Livre d'Enoch* rédigés en araméen.

Les pages de ce texte longtemps perdu abritent un mystère qui continue de laisser les érudits perplexes. Il s'agit de l'histoire des Vigilants, des anges déchus ayant eu des rapports sexuels avec des femmes et ayant engendré une race impie qui tourmentera l'humanité jusqu'à la fin des temps :

> *Ils procréeront à leur tour de mauvais esprits, parce qu'ils tiennent au ciel par un côté de leur être, parce que c'est des saints vigilants qu'ils tirent leur origine. Ils seront donc de mauvais esprits sur la terre, et on les appellera esprits du mal.*

Ces créatures de sang mêlé, également appelées Nephilim, apparaissent dans un autre texte ancien, *Le Livre des Jubilés*. Là encore, elles sont décrites comme maléfiques. Selon ce dernier texte, la plupart des Nephilim auraient été détruits du temps de Noé, mais Dieu autorisa un dixième d'entre eux à survivre en tant que sujets de Satan. Le monde continuerait d'être affecté par le mal à travers leur descendance.

Des anges et des femmes s'accouplant pour produire des monstres hybrides ? En voilà un conte fantastique ! Certains spécialistes de la Bible suggèrent très raisonnablement que ces unions étaient en fait des mariages interdits entre différentes tribus. Les « anges » seraient des hommes de la noble lignée de Seth, et les femmes viendraient d'une tribu bien inférieure, descendant de Caïn.

Néanmoins, en tant que romancière, je ne peux m'empêcher de me demander : si la légende des Vigilants n'était pas simplement allégorique mais historique ? Si les Nephilim avaient réellement existé et que leurs descendants se trouvaient toujours parmi nous, semant le chaos ?

Tout au long de l'histoire de l'humanité, certains hommes ont commis de telles atrocités qu'on ne peut que se demander s'ils appartenaient réellement à l'espèce humaine. Ne seraient-ils pas plutôt des membres d'une sous-espèce violente, animés par des besoins et des instincts différents ? Si l'on croit ce qui est écrit dans *Enoch* et *Les Jubilés*, les actes de monstres réels responsables de massacres de masse tels que Pol Pot ou Vlad l'Empaleur trouvent une explication. Les Nephilim ont tout simplement coexisté avec nous, prédateurs invisibles dissimulés parmi leurs proies. Lorsque l'occasion se présente, que la société se désintègre au cours d'une guerre ou de désordres civils, quand la force des lois ne nous protège plus, ces prédateurs sortent s'amuser.

Ce n'est qu'alors que nous découvrons qui ils sont réellement.

Le mal ne s'explique pas facilement. Aujourd'hui, plus de deux mille ans après la rédaction du *Livre d'Enoch*, nous ignorons toujours d'où il vient. Tout ce que nous savons, c'est qu'il existe.

Remerciements

Chaque livre est un défi, un sommet apparemment infranchissable. Si difficile que cela soit, j'ai le réconfort de pouvoir compter sur de merveilleux collègues et amis.

Tous mes remerciements à mon incomparable agent, Meg Ruley, et à l'équipe de l'agence de Jane Rotrosen. Vos conseils ont été mon étoile du Berger. Merci également à ma formidable éditrice, Linda Marrow, capable de rendre brillant n'importe quel auteur ; à Gina Centrello, pour son enthousiasme inébranlable au fil des ans ; ainsi qu'à Gilly Hailparn, pour toutes ses aimables attentions. De l'autre côté de l'océan, toute ma reconnaissance va à Selina Walker, de chez Transworld, toujours là pour m'encourager.

Enfin, je dois remercier celui qui me soutient depuis le plus longtemps : mon mari, Jacob, qui sait ce que c'est que d'être marié à un écrivain. Pourtant, il est toujours là.

Composé par Nord Compo
à Villeneuve-d'Ascq (Nord)

Imprimé en Espagne par
BlackPrint Cpi
en août 2012

POCKET – 12, avenue d'Italie – 75627 Paris cedex 13

Dépôt légal : septembre 2012
S20864/01